Die Leiche
im
Schatten

WEITERE TITEL VON CLARE CHASE

CLARE CHASE

Die Leiche im Schatten

Übersetzt von Sabine Schilasky

bookouture

Die Originalausgabe erschien 2019 unter dem Titel „Death Comes to Call"
bei Storyfire Ltd. trading as Bookouture.

Deutsche Erstausgabe herausgegeben von Bookouture, 2023
1. Auflage Juli 2023

Ein Imprint von Storyfire Ltd.
Carmelite House
50 Victoria Embankment
London EC4Y 0DZ

deutschland.bookouture.com

ISBN: 978-1-83790-451-8
eBook ISBN: 978-1-83790-450-1

Meiner wunderbaren Westfield-Gang

KAPITEL EINS

Detective Constable Tara Thorpe ließ ihren Blick durch den verlassenen Raum wandern. Draußen war es nicht sonderlich hell, und hier brannte in einer Ecke eine große Gelenklampe. Die Schatten, die die zwei Staffeleien und einige hohe Hocker warfen, wirkten wie ins Zimmer ausgestreckte Finger. Der Raum war düster, voller Leinwände, Lappen und halb leeren Terpentinflaschen. Der Geruch von Lösungsmittel vermengte sich mit dem nach Ölfarbe und Staub. Auf einem zerkratzten Holztisch neben Tara stand ein meergrüner, kaffeefleckiger Becher. Neben ihm lag eine tote Spinne, die so winzig war, dass es schien, als könnte sie der kleinste Luftzug zu Staub zerfallen lassen. Es geschah nicht oft, dass Tara ein Raum auf Anhieb unheimlich war.

Die an einer Wand lehnenden Gemälde waren so unheilvoll wie das Wetter draußen. In den letzten anderthalb Wochen hatte es einen bitteren Kälteeinbruch gegeben, sodass es sich kein bisschen wie März anfühlte und bereits die Dämmerung einsetzte, obwohl noch Nachmittag war.

Auf den Leinwänden war die Farbe dick aufgetragen – vornehmlich in dunklen Blautönen, Graunuancen und

Schwarz. Zahlreiche Darstellungen stürmischer Marschland-himmel über den Fens, darunter das Schilfgras und die Wasser-läufe. Tara erkannte auf einem Bild die Kapelle vom St John's College bei beinahe völliger Dunkelheit und mit regennassem Dach. Luke Cope – der Künstler und vermisste Bewohner dieses Hauses – hatte die Kapelle wie einen Ort des Bösen aussehen lassen. Was für ein Mensch verlieh allem, was er abbildet, solch eine schaurige Atmosphäre?

»Um Himmels willen, Sie müssen etwas *tun*!«

Natürlich war diese scharfe Kritik sehr verständlich, wenn auch unberechtigt. Tara setzte eine neutrale Miene auf und wandte sich zu dem Sprecher um. Matthew Cope war groß und hatte dunkelbraune Augen. Seine Lippen waren weiß, seine Züge verhärtet und die Wangen rotfleckig. Der Rest seines Gesichts war blass. Er war eindeutig aufgewühlt. Aufgewühlt und wütend.

»Ich habe meinen Bruder vor über einer Woche vermisst gemeldet, und die schicken mir Sie!«

Er sprach sehr schnell, und seine Stimme wurde gen Ende unkontrolliert schrill. Dann atmete er tief ein – um sich zu fangen, nahm Tara an. Hoffentlich half es. Sie konnte verste-hen, dass er sich sorgte, und sie könnte darüber stehen, wie er sie behandelte, aber es wäre ihr lieber, müsste sie es nicht.

»Hat Ihnen irgendwer erzählt, dass Luke unzuverlässig ist? Ist das das Problem?« Cope fuhr schon fort, ehe sie antworten konnte. »Glauben Sie mir, das hier ist total untypisch für ihn.«

Cope ging neben dem improvisierten Tisch auf und ab. Die Holzbretter lagen auf Backsteinstapeln. Einen Moment später blieb Cope stehen und schloss die Augen. »Ich will, dass er gefunden wird. Und ich habe ein ganz übles Gefühl, was sein Verschwinden angeht. Warum zur Hölle versteht das keiner?« Nun schimpfte er über den ersten Officer, bei dem er gewesen war und der »eindeutig nichts getan« hätte.

Tara beschloss, dass er ruhig eine Weile Dampf ablassen

sollte. Seine Angst fand sie nachvollziehbar, aber seine mangelnde Selbstbeherrschung nervte. Und es war sinnlos, auf seine Kritik an der Polizei einzugehen, ehe er sich nicht beruhigt hatte. Würde sie jetzt etwas sagen, provozierte sie höchstens einen Streit. Und sie nutzte die Zeit, indem sie weiter den Raum musterte, in dem sie standen.

Das Atelier passte nicht zum Rest von Luke Copes stattlicher Cambridge-Villa. Die anderen Zimmer, durch die sie gekommen waren, wirkten prächtig und vornehm, aber dieser große Raum ganz hinten im Haus war voller Farbflecke und chaotisch. Was in Ordnung war; jeder hatte das Recht, in seinen eigenen vier Wänden zu tun, was immer ihm beliebte. Dennoch fühlte sich etwas an diesem Bereich an, als wäre es außer Kontrolle geraten. Als hätte der Bewohner am Rande eines Abgrunds gelebt. Der Teppich war aufgenommen worden, um nackte, unbehandelte Dielen zu enthüllen. Noch lag er zusammengerollt hinten im Zimmer, voller Farbspritzer auf der gewobenen Unterseite. Das Atelier war direkt hinter der Küche, und Tara vermutete, dass es mal ein großer Hauswirtschaftsraum gewesen war. *Wer brauchte so viel Platz für die Hausarbeit?* An den Wänden standen Schränke – deren Fronten angeschlagen waren, als wären sie schon viele Jahre dort – und an der hohen Decke baumelte noch ein hölzerner Flaschenzug für Wäsche. Überall lag Papier herum, das in kleine Fetzen gerissen war oder zerknüllt und achtlos weggeworfen wurde. Etwas an der Art, wie es im Atelier verteilt war, sprach für einen äußerst reizbaren Mann. Vielleicht hatten die Brüder das gemeinsam. Hier und da entdeckte Tara Teller mit Essensresten: Eine Toastbrotscheibe, von der nur ein Bissen genommen wurde; ein angeknabberter Apfel, braun verfärbt. Es musste an der Kälte liegen, dass es hier drinnen nicht neben dem Künstlermaterial auch nach Verfall roch. Ein Teppichmesser steckte schief in einer Werkbank – die Klinge in die Holzplatte gerammt. Tara stellte sich vor, dass jemand es in einem zornigen Moment so in den Tisch hieb.

Matthew Cope hörte auf, hin und her zu wandern. Tara sah ihn direkt an und wahrte einen mitfühlenden Ausdruck, egal was sie dachte. Ihr Journalisteninstinkt, der automatisch einsetzte, erwies sich bei der Polizeiarbeit als sehr praktisch. Sie wollte, dass Matthew Cope sich ihr öffnete, denn hier war es supergruselig. Luke Copes Fall hatte offiziell nicht einmal Priorität, doch Taras Gefühl sagte ihr, dass etwas nicht stimmte.

Schließlich zeigte ihre Geduld die erwünschte Wirkung. Er fuhr sich mit den Fingern durch sein dichtes Haar. »Tut mir leid. Entschuldigung. Es ist nur ... na ja.« Er hielt einen Moment inne. »Um ehrlich zu sein, mein Bruder hat mir schon immer eine Menge Kummer gemacht. Ich bin besorgt, aber ich denke, zumindest ein Teil von mir ist auch wütend, dass er mich in solche Angst versetzt.« Tara schätzte, dass die Wut gewann. »Wenn ich mir nur sicher sein könnte, dass jemand aktiv nach ihm sucht ... Aber es fühlt sich an, als würde gar nichts passieren.«

»Es kann den Anschein haben«, sagte Tara. »Ich bin hier, um mich zu vergewissern, dass wir alle Ermittlungsansätze abgedeckt haben.« Doch Luke war erwachsen und wurde nicht als gefährdet eingestuft. Sie wusste, dass ihre Kollegen dem Standardprozedere folgten. Es war bedenklich, dass jemand einfach so aus seinem Leben verschwinden und – sofern er nicht gefährdet war – so gut wie nichts getan werden konnte. Eine Sekunde lang stellte sie sich vor, es ginge um jemanden, der ihr wichtig war – Bea zum Beispiel, die Frau, die sie großgezogen hatte, als ihre Mutter mit ihrer Schauspielkarriere beschäftigt gewesen war. Daran durfte sie nicht denken; nicht daran, nichts zu wissen.

Der Mann verlagerte jetzt unsicher sein Gewicht von einem Bein aufs andere. »Ich dachte, die schicken vielleicht jemanden Erfahrenes. Ich wollte ...«

Sie würde ihm zu gern erzählen, dass er von Glück reden konnte, sie zu haben. Denn sie würde nicht aufhören, nachzuforschen, wenn sie glaubte, dass etwas nicht stimmte, selbst wenn sie es in ihrer Freizeit tun müsste.

Tara wartete, dass er fortfuhr, aber er hatte sich offenbar dagegen entschieden, ihr mehr zu sagen. Sie sah, wie es in seinem Mund arbeitete. Was wollte er sagen? Etwas, von dem er glaubte, es nur gegenüber einem Polizisten mit höherem Rang vorbringen zu können?

»Bitte, erzählen Sie mir, was Ihnen durch den Kopf geht, Mr Cope. Ich kann dem entweder selbst nachgehen oder es weitergeben. Falls Sie zusätzliche Informationen haben, kann es Ihrem Bruder nur helfen.«

Der Mann schüttelte energisch den Kopf. »Sicher ist dem nicht so.«

Interessant ... Sie wartete. Er war kurz davor, zusätzliche Informationen preiszugeben, das sah Tara ihm an. Und lange genug zu warten, wirkte gewöhnlich. Die meisten Menschen fühlten sich unwohl, wenn das Schweigen zu lange dauerte.

»Ich habe mich schon um Luke gesorgt, bevor er verschwunden ist«, sagte er schließlich. »Darüber, wie sein Verstand arbeitet.«

»Warum?«

Er runzelte die Stirn, öffnete den Mund und schloss ihn gleich wieder, um tief Luft zu holen und von vorn zu beginnen. »Ich hatte das eigentlich nicht vor ...« Er brach ab, schürzte die Lippen und schüttelte wieder den Kopf. »Oh Gott, das nützt nichts. Am besten zeige ich es Ihnen. Es ist nichts, was ich gern zeige, aber wenn Sie es dann ernst nehmen ...« Er kehrte ihr den Rücken zu und schritt zu der Seite, an der die Leinwände lehnten, wo er begann, eine Reihe von Bildern durchzugehen. Die lehnten größtenteils mit der Vorderseite zur Wand, sodass Tara nur die Spannrahmen und die Rückseite der Leinwände sah. Matthew Cope hatte sich hingehockt, kippte sie eine nach der anderen zurück an sein Knie, als er die Kompositionen betrachtete.

Schließlich wählte er ein Bild aus, zog es hervor und ließ es gegen die anderen fallen.

Er richtete sich auf. »Vielleicht hätte ich das erwähnen sollen, als ich das erste Mal bei der Polizei war. Ich bin mir recht sicher, dass es nicht direkt relevant für Lukes Verschwinden ist, aber wenn ich Ihnen anvertraue ...«

Ehe sie ihn warnen konnte, dass sie ihm keine Vertraulichkeit zusichern konnte, hatte Matthew Cope die Leinwand bereits umgedreht, sodass Tara das Bild sah. Und für eine Sekunde, bevor sie den Blick senkte, waren ihre Augen noch auf seine gerichtet, und er wich ihrem Blick aus.

Das Gemälde stellte eine Frau mit schulterlangem blondem Haar dar, deren Kopf auf einem roten Kissen ruhte. Das Bild zeigte nur ihren Kopf und ihre Schultern, aber es sah aus, als wäre sie nackt.

Und um ihren Hals waren Hände geschlungen, die ihre Luftröhre zudrückten ...

KAPITEL ZWEI

Nicht nur das Thema von Luke Copes Gemälde war schockierend, sondern das Gefühl, das er in das Bild gelegt hatte ... die rohe Gewalt. »Wer ist sie?«, fragte Tara langsam. »Und in welchem Verhältnis steht sie zu Ihrem Bruder?«

»Sie heißt Freya Cross und arbeitet in der Galerie namens Trent's gleich außerhalb von Cambridge, in der Luke ausstellt.« Er zögerte. »Sie sind auch befreundet.«

An der Szenerie des Gemäldes war nichts Freundschaftliches, aber die Nacktheit machte Tara stutzig. »Sind sie und Luke ein Paar?«

Matthew Cope sah verlegen aus. »Freya ist verheiratet. Aber – na ja – ich hatte den Verdacht, dass da was war, bevor ich das hier gesehen habe.« Er zeigte auf das Bild. »Natürlich habe ich gewusst, dass Luke nicht getan hat, was er sich vorstellte, als er sie malte. Es wäre bekannt geworden, wäre Freya etwas zugestoßen. Aber die Vorstellung, dass er solche Gedanken kurz vor seinem Verschwinden hatte, lässt mich vermuten, dass er dicht an der Kante war.«

Ach was?

»Wie sind Sie auf dieses Bild gestoßen?« Tara konnte sich nicht vorstellen, dass Luke Cope es herumgezeigt hatte.

»Ich bin eines Abends hier gewesen. Er tobte wegen Freya. Sie hatten sich offensichtlich wegen irgendwas gestritten. Luke hatte eine Menge getrunken, und nach einer Weile ist er auf der Couch da drüben eingeschlafen.« Er zeigte zu dem Möbel, das eine Art Tagesbett war, und über dem ein Überwurf drapiert war. »Ich habe es da erst entdeckt. Die Farbe war noch feucht.«

»Und er hat nicht angedeutet, weshalb sie gestritten hatten?« Taras Bauch war angespannt.

Matthew Cope schüttelte den Kopf.

»Haben Sie ihn jemals gewalttätig erlebt ... abgesehen von seiner Fantasie?«

»Nein.«

Tara sah ihn prüfend an. War die Antwort zu schnell gekommen? »Na gut«, sagte sie schließlich. »Können wir bitte noch einmal von vorn anfangen?« Die Fallnotizen waren ja gut und schön, aber Copes Aussage von Angesicht zu Angesicht wäre erheblich besser. Sie wollte die unbewussten Zeichen sehen, die er ihr beim Sprechen gab. Was dachte er wirklich über seinen Bruder? »Ihnen ist vor ungefähr zehn Tagen klar geworden, dass etwas nicht stimmt?«

Sie ging im Zimmer auf und ab, um sich warmzuhalten, denn sie war kurz vorm Bibbern. Sie hatte einen nussbraunen Tweedhosenanzug an – ein Geschenk von ihrer Mutter, und insgeheim gefiel er Tara ziemlich gut. Er war schmeichelhafter, als sie erwartet hatte, und auch warm, hatte jedoch keine Chance gegen diese Temperaturen.

Matthew Cope nickte. »Das stimmt. Wir waren auf einen Drink im Snug verabredet, das war Samstag vor einer Woche.« Tara kannte das Lokal. Es war eine trendige kleine Bar, die sich selbst als unkonventionell und Treffpunkt für Intellektuelle beschrieb ... *Mehr musste wohl nicht gesagt werden.* »Als er nicht gekommen ist, habe ich es zunächst auf seinem Handy versucht, aber da ging er nicht ran. Danach bin ich hergekommen und habe angeklopft. Als er nicht öffnete, habe ich ihm eine Nachricht geschrieben – er soll mich anrufen – und sie durch den Briefschlitz gesteckt.« Cope machte eine Pause zum Luftholen. »Am nächsten Tag habe ich ihn wieder anzurufen versucht, viermal. Und da fing ich an, mir richtig Sorgen zu machen. Keine Reaktion auf meine Bemühungen, ihn zu erreichen, und mir wollte dieses verfluchte Bild nicht aus dem Kopf. Wie sagt man noch über den unruhigen Geist?« Für einen Moment legte er die Hände an seine Wangen. »An dem Sonntagabend habe ich beschlossen, mit meinem Ersatzschlüssel hier reinzugehen. Es fühlte sich wie ein Eindringen an, aber ich wusste nicht, was ich tun sollte. Selbst wenn ich meine schlimmsten Gedanken verdrängte, waren die banaleren immer noch Besorgnis erregend. Mein Vater ist bei einem Treppensturz gestorben.« Er stockte. »Und weil Luke gerne mal trank, habe ich mich gefragt, ob er gestolpert sein könnte und dasselbe Schicksal erlitten hat. Aber als ich reingekommen bin, deutete nichts darauf hin, dass etwas passiert war. Er war einfach verschwunden, und meine Nachricht lag noch auf der Fußmatte.« Er sah Tara an. »Wie Sie also sehen, gibt es allen Grund, eine groß angelegte Suche nach ihm einzuleiten.« Und sein schriller Tonfall war zurück.

Sofern es Tara betraf, war die Frau, Freya Cross, hier die Gefährdete. Aber Matthew Cope hatte recht: Gewiss hätten sie es gehört, wäre ihr tatsächlich etwas passiert. Immerhin war sie von hier und lebte mit jemandem zusammen, der Alarm schlagen würde, sollte sie verschwinden.

»Okay. Wir müssen es Schritt für Schritt angehen und uns alle Optionen ansehen.« Sie hatte seine Antworten auf die Standardfragen bereits gelesen, angefangen mit der, ob er in den örtlichen Krankenhäusern nachgefragt hätte, bis hin zu Anzeichen, dass Luke über Nacht wegfahren wollte. Und bei dem ersten Gespräch hatte er angegeben, dass er auch mit Lukes Freunden gesprochen hatte. Doch seitdem war einige Zeit vergangen.

»Haben Sie noch einmal seine Kontakte angerufen, ob sie von ihm gehört haben?« Sie blickte sich wieder in dem Atelier um. »Ich nehme an, dass er als freier Künstler gearbeitet hat, es also keine Arbeitsstelle gibt, die überprüft werden müsste?«

Matthew nickte. »Er lebt vom Verkauf seiner Bilder – oder versucht es –, verdient aber nicht viel. Seine Arbeit ist erstklassig, doch er ist kein Verkäufer. Dafür muss man knallhart sein – oder sich mit jemandem zusammentun, der es ist.«

Wieder konnte sie Copes Frust hören. Aber sein Bruder schien ganz gut dagestanden zu haben, dass er in einem Haus wie diesem leben konnte. Tara schaute sich wieder um.

»Das Haus haben wir von unseren Eltern geerbt.« Matthew musste ihre Gedanken gelesen haben. »Hier ist mein Vater die Treppe heruntergestürzt. Es gehört Luke noch nicht offiziell. Wir haben beide Immobilienbesitz, der von einem Trust verwaltet wird, bis wir vierzig sind.« Er zog eine Braue hoch, als warte er nur auf einen Kommentar von Tara. »Manche Leute finden das recht viktorianisch, aber meine Eltern wollten nicht, dass wir zu früh zu viel haben.«

Angesichts dieser Räumlichkeiten fragte Tara sich, was die alten Copes denken würden, dass ein Teil ihres vornehmen Cambridge-Zuhauses so auf den Kopf gestellt worden war. Taras Mutter konnte bis heute nicht fassen, wie Tara lebte, auch wenn sie sich einbildete, es gut zu verbergen. Allerdings war Taras Haus nicht chaotisch – nur einsam gelegen und dringend renovierungsbedürftig.

Matthew Copes kurzer, scharfer Seufzer lenkte Taras Aufmerksamkeit auf ihn zurück. »Doch um Ihre Frage zu beantworten, ich habe die Freunde angerufen, die ich kenne, und sie haben nichts von ihm gehört. Das ist alles schon abgegrast. Ich hatte angenommen, wenn ich Ihnen das Gemälde zeige, kann ich die Dinge beschleunigen.«

»Also, ich vermute, Sie haben Freya Cross kontaktiert, ob sie weiß, wo Ihr Bruder ist?« Tara wahrte einen ruhigen Ton, trotz seiner zunehmenden Verärgerung.

Wie es aussah, hatte sie ihn auf dem falschen Fuß erwischt. Sein überheblicher, mürrischer Gesichtsausdruck wich einem unsicheren. Und Tara fiel es ungeachtet der Situation schwer, ihre Genugtuung zu verbergen.

»Das wollte ich nicht. Es könnte Gerüchte geben, wenn ich sie bei der Arbeit anrufe, und eine andere Nummer habe ich nicht von ihr.«

Der Vermisste hatte wahrscheinlich eine Geliebte – mit der er sich gestritten hatte –, und Matthew Cope hatte nicht mit ihr gesprochen ...

»Aber ihr Name stand auf der Liste, die ich Ihren Kollegen gegeben habe«, ergänzte er rasch.

Tara nickte. »Das ist gut, doch wenn Sie ihnen gesagt haben, Sie hätten bereits herumtelefoniert, werden sie nicht sofort alle noch einmal befragt haben.« *Was glaubst du, wie viel Zeit wir haben?* »Dennoch ist es gut zu wissen«, fügte sie hinzu und behielt ihren Ärger für sich. »Es ist ein frischer Ansatz. Ich sehe mal, ob ich sie in der Galerie erreiche.« Sie sah ihn an. »Keine Sorge, ich werde diskret sein. Und ich halte Sie auf dem Laufenden.«

In ihrem Wagen griff Tara nach ihrem Mantel, den sie auf der Rückbank gelassen hatte, zog ihn sich umständlich über und band den Gürtel in der Taille.

Zwanzig nach fünf. Eine kurze Google-Suche auf ihrem Handy verriet ihr, dass Trent's – der Besitzer war ein Jonny Trent – in zehn Minuten schloss. Sie würde gleich dort anrufen, bevor sie zurück zum Revier fuhr, um Bericht zu erstatten, und hinterher ihren Dienstwagen gegen ihr Fahrrad tauschen, um nach Haus zu radeln.

Am anderen Ende klingelte es eine Minute lang, ehe sich eine Männerstimme mit vornehmem Akzent meldete.

»Trent's.«

»Könnte ich bitte Freya Cross sprechen?«

Es folgte eine Pause. »Wer ist da?«

Jetzt klang die Stimme vorsichtig, und Tara runzelte die Stirn. Sie wäre gern zurückhaltend mit der Wahrheit, aber zu behaupten, sie sei eine Freundin, würde verdächtig wirken. Jede Freundin von Freya würde sie auf ihrem Handy anrufen. Und ihr DI Garstin Blake würde zweifellos darauf hinweisen, dass Lügen gegen das Protokoll verstieß.

»Hier ist DC Tara Thorpe. Ist sie bitte zu sprechen?«

»Die Polizei? Stimmt etwas nicht?«

»Nein, nein, alles in Ordnung. Mein Anruf betrifft sie nicht direkt. Ich habe nur gehofft, dass sie nützliche Hintergrundinformationen zu einem Fall hat, an dem ich arbeite. Spreche ich mit Mr Trent?«

»Ja, Jonny Trent am Apparat.« Jetzt klang er weniger überheblich. »Ich fürchte, Freya ist zurzeit nicht hier.«

Tara fühlte, wie sich die kleinen Härchen in ihrem Nacken aufrichteten. »Sie hat Urlaub, meinen Sie?«

»Ganz richtig«, antwortete Trent ein wenig verzögert.

»Und können Sie mir sagen, wann sie wieder da ist?«

»Das ist noch nicht sicher.« Wieder machte er eine Pause. »Sie muss sich erholen – der Stress – das Übliche. Wie ich ihren Mann verstanden habe, ist sie eine Freundin besuchen gefahren. Sie weiß, dass sie sich so viel Zeit lassen darf, wie sie braucht. Ich habe hier Ersatz. Soll ich sie bitten, dass sie sich bei Ihnen meldet, wenn sie wieder da ist?«

Auf einmal gab er sich durch und durch jovial, doch Taras Adrenalinpegel stieg. Dass die Frau unter diesen Umständen auf unbestimmte Zeit von der Arbeit wegblieb, weckte den

Wunsch in Tara, sie sofort zu sprechen. Sie nahm an, dass die Geschichte von ihrem stressbedingten Urlaub stimmte, da sie von dem Ehemann kam und ihr Chef nicht überrascht klang. Aber was hatte ihr solchen Stress bereitet? Hatte es mit Luke Cope zu tun? Das Timing war verdächtig.

»Ich wäre Ihnen dankbar, wenn Sie ihr eine Textnachricht schicken könnten, sie möge mich anrufen.« Sie ratterte ihre Handynummer herunter. »Auch wenn meine Frage sie nicht direkt betrifft, ist es dringend.«

Jonny Trent seufzte. »Ich belästige meine Mitarbeiter ungern im Urlaub, aber ich versuche es. Allerdings kann ich nicht garantieren, dass sie antworten wird.«

Tara bedankte sich und beendete das Gespräch. Seine Reaktion machte sie stutzig. Jemand rief an, um eine Angestellte zu sprechen, die im Urlaub ist. Würde man das normalerweise nicht gleich sagen, ohne irgendwelches Theater zu machen? *Ich fürchte, sie ist gerade nicht da. Wer spricht da? Kann ich etwas notieren?* So hätte Tara es gehandhabt.

Sie fragte sich, was Blake sagen würde, wenn sie es ihm auf der Wache erzählte. Sicher fände er es interessant. Als sie den Motor anließ und losfuhr, dachte sie über das nach, was sie an Informationen bekommen hatte. Gott sei Dank berichtete sie gegenwärtig direkt ihrem DI und nicht ihrem unmittelbaren – und derzeit suspendierten – Chef, DS Wilkins. Auf dem Verhalten von Leuten basierende Ahnungen waren nichts, was Wilkins ernst nahm. Ein Schauer lief ihr über den Rücken, als sie daran dachte, dass er irgendwann wieder auf seinen Posten zurückkehrte. Doch wie es sich anhörte, würde es noch eine Weile dauern. Und trotz ihrer Sorge um Freya ertappte sie sich dabei, wie sie flüchtig lächelte, als sie im Kreisverkehr rechts zurück in Richtung Stadtzentrum bog.

Der Raum, in dem Blakes Team arbeitete, war an diesem frühen Abend seltsam still – so still, dass Tara, als sie an der Bürotür des DIs vorbeiging, sofort hörte, dass jemand bei ihm war. Was natürlich oft vorkam, dennoch frustrierte es Tara. Sie müsste warten, ehe sie ihm von dem Nachmittag berichten konnte – oder ihm eine E-Mail schicken, was indes nicht dasselbe war wie ein persönliches Gespräch.

Wer mochte bei ihm sein? Die Schalldämmung war gut genug, dass von draußen nicht auszumachen war, wer drinnen redete. Tara vernahm lediglich Gemurmel, und das verriet nicht viel. Sie hängte ihren Mantel an den Garderobenständer in der Ecke, setzte sich an ihren Schreibtisch und loggte sich in ihren Computer ein.

Sie hatte schon einen Teil ihres Berichts fertig, als Blakes Tür aufging. Schnell schaute Tara auf, senkte den Blick jedoch gleich wieder zu ihrem Bildschirm. Nicht Blake kam aus dem Büro, sondern eine Frau, die sie als seine Ehefrau Babette erkannte. »Babette das Babe«, pflegte Wilkins sie zu nennen – heimlich und mit einem leisen Lachen –, ehe er wegen anderem Fehlverhalten ein Disziplinarverfahren an den Hals bekam. Tara hatte auch einen alliterierenden Spitznamen für Wilkins, aber der war zu obszön, um ihn laut auszusprechen.

Es war erstaunlich, wie viel man in einem Sekundenbruchteil wahrnehmen konnte. Tara hatte Babette nur erkannt, weil sie die Frau zufällig mit Blake und ihrer Tochter Kitty vor deren Haus in Fen Ditton gesehen hatte. Auf der Wache war sie Babette noch nie begegnet. Und sie hatte den Eindruck gewonnen – aus vielen unterschiedlichen Gründen, angefangen von Wilkins' Sprüchen bis hin zu der Art, wie Blake jedes Gespräch über sie mied –, dass die Ehe nicht sehr harmonisch war.

Doch nun war Babette hier und sah »hinreißend« aus, wie Taras Mutter sagen würde, strahlend und eindeutig ... sehr schwanger. Wie war sie so schnell so rund geworden? Tara war keine Expertin, aber sie schätzte, dass die Frau mindestens im sechsten Monat sein musste.

Was bedeutete, dass Babette und Blake das Baby bereits erwarteten, als Tara sie Anfang Dezember vor ihrem Haus gesehen hatte. Und allemal kurz vor Weihnachten, als Blake Tara fest in den Armen gehalten hatte, nachdem sie es aus einem brennenden Haus geschafft hatte …

Kriselnde Ehe? Der eine Blick auf Babette, die eine schützende Hand auf ihrem Babybauch hielt – lächelnd –, vermittelte ein anderes Bild. Wenn die Beziehung auf wackligen Füßen stand, zeugte man kein Kind.

Tara war bewusst, dass Blake nun auch vor seinem Büro stand. Aus dem Augenwinkel sah sie seine Beine; er musste mit dem Gesicht zu ihr stehen. Tara hielt den Kopf gesenkt und tippte weiter. Hoffentlich dachte er, sie sei zu beschäftigt, um ihn zu bemerken.

Einen Moment später hörte sie Babette.

»Kommst du, Liebling? Du hast gesagt, dass du gehen kannst. Wir müssen Kitty in zehn Minuten bei Esme abholen. Willst du deine Tochter nicht sehen?« Sie lachte.

Schließlich blickte Tara vorsichtig auf, um nachzuschauen, ob die Luft rein war. Das Paar hatte sich bereits zum Ausgang gewandt, doch bevor sie gingen, sah Blake sich um.

»Einen schönen Abend, Tara.« Er klang verlegen.

Tara saß volle fünf Minuten da und grübelte, was das heißen sollte.

Als Tara an dem Abend wach in ihrem Cottage mit den zugigen Schiebefenstern lag, beherrschte Blake ihr Denken, nicht Luke Cope oder Freya Cross. Sie dachte an seinen Blick zurück, bevor er abends das Büro verließ. Wenn ihm unangenehm war, dass sie Babette sah, hatte sie sein Verhalten vor Weihnachten vielleicht doch nicht falsch gedeutet.

Sie versuchte, die Gedanken aufzuhalten, die sich in ihren Kopf drängten; was er vor Monaten getan hatte, war schlicht eine impulsive Reaktion in der Hitze des Moments gewesen. Nur war es mehr als Erleichterung gewesen, was sie in seinen Augen erkannte, als er sie festhielt ... Warum hatte er solch intensive Emotionen ausgestrahlt, wenn er *gewusst* hatte, dass Babette schwanger war?

Du hättest dich besser benehmen müssen, Blake. Du standest unter Schock, aber ich war die, die beinahe gestorben wäre.

Irgendwann musste sie eingeschlafen sein. Und es war – lächerlicherweise – immer noch das Erste, was ihr in den Sinn kam, als sie wieder aufwachte. So viel zum Thema »verplemperte Zeit«. Egal, wie lange sie über die Situation nachdachte, es änderte nichts an den Fakten.

Doch schon bald sollte sie abgelenkt werden.

Der Anruf von ihrem Kollegen DC Max Dimity kam um halb acht. Blake wollte sie beide drüben im Paradise Nature Reserve.

Eine Hundehalterin hatte eine Leiche entdeckt.

KAPITEL DREI

Im Frühling und Sommer wurde das Paradise Nature Reserve seinem Namen gerecht – ein abgeschiedenes, überwuchertes Refugium mit Fußwegen entlang der Außengrenze des dichten Grüns. Es lag vom Sheep's Green aus direkt jenseits eines Seitenarms des Flusses Cam, doch DI Garstin Blake konnte dort heute keine weidenden Tiere sehen. Das Gras war noch unter dem dicken Schnee vergraben.

Sue und Barry, die beiden Uniformierten, die losgeschickt worden waren, als der Anruf einging, hatten den Bereich schnell und gut gesichert. Die Eingänge zum Naturschutzgebiet waren mit Polizeiband abgesperrt – sowohl vom nahe gelegenen Lammas Land mit seinen uralten Weiden und dem Spielplatz aus (bei diesem Wetter zum Glück verlassen), als auch vom Ende der Owlstone Road, die in den noblen Stadtteil Newnham führte. Am Flussufer war ebenfalls Polizeiband gespannt, das sie an den efeuberankten Baumstämmen befestigt hatten. Jeder konnte das Naturschutzgebiet per Boot erreichen – oder per Stocherkahn, schließlich waren sie in Cambridge –, auch wenn Blake an einem Tag wie heute nicht mit vielen neugierigen Bootsausflüglern rechnete.

Er trug schon seinen weißen Overall, den ihm jemand von der Spurensicherung gegeben hatte, während er ihn kurz auf den aktuellen Stand brachte. Und nun sah er Agneta Larsson, die Rechtsmedizinerin. Sie kam vom Parkplatz Lammas Land zur Absperrung gelaufen, und ihr blonder Pony flog im böigen Wind auf.

Es war das erste Mal, dass sie sich wiedersahen, seit er ihr am Telefon erzählt hatte, dass Babette wieder schwanger war. Verdammt, es war nicht seine Schuld, trotzdem war es ihm peinlich, ja, schämte er sich sogar dafür. Als er kurz vor Weihnachten Agneta und deren Mann Frans zum Essen besuchte, war Babette bereits im dritten Monat gewesen, und er hatte keine Ahnung gehabt. An dem Abend hatte er Agneta gestanden, dass er kein zweites Kind wollte. Oder zumindest nicht mit Babette. Und als er zum allerersten Mal jemandem erzählte, wie es zu der Kluft zwischen seiner Frau und ihm gekommen war, hatte ihn die unglaubliche Wut geschockt, die Agneta seinetwillen empfand. Sie stand der, die erst selbst viereinhalb Jahre zuvor gefühlt hatte, als er herausfand, wie Babette ihn zu hintergehen geplant hatte, in nichts nach. Agneta war die Einzige, der er sich richtig anvertraut hatte.

Sie zog sich nun ihren Overall über und nickte ihm zu. »Blake, wo gehen wir hin?« Sie hatten sich durch die Arbeit kennengelernt, und sie nannte ihn immer noch bei seinem Nachnamen, so wie die meisten seiner Freunde. Die einzigen Menschen, die ihn gewohnheitsmäßig Garstin nannten, waren seine Mutter und Babette, was pure Ironie war. Zu beiden hatte er ein kompliziertes Verhältnis. Seine Schwester sprach ihn mit dem Spitznamen Gar an, was er gerade noch so ertrug – weil sie es war.

Sobald Agneta fertig war, ging er ihr voraus den Weg entlang, den die Spurensicherer ihm beschrieben hatten. Sie folgten dem vereisten, leicht erhöhten Pfad weg vom Fluss und stiegen dann von ihm hinunter ins schneebedeckte Dickicht. Es taute sehr langsam. Die Schneeschichten oben auf den Ästen glänzten unter einer dünnen Schmelzwasserschicht, doch der Wind machte es immer noch bitterkalt – und das hinreichend, dass Blakes Füße schon taub wurden und ihm die Kälte durch die Kleidung kroch.

Hinter einem Baum mit einem langen, tiefhängenden Ast, der sich im rechten Winkel zum Stamm senkte, lag die Leiche der Frau, die als Freya Cross identifiziert wurde. Sue hatte ihre Handtasche mit ihren Papieren in der Nähe gefunden. Anscheinend fehlte darin nichts: Ihr Handy, die Geldbörse, Kreditkarten und Schlüssel waren noch da. Laut ihrem Führerschein wohnte sie in Newnham, und Blake hatte bereits einige Informationen zu ihrem Beruf und den nächsten Angehörigen bekommen. Sie war sehr nahe an ihrem Zuhause gewesen, als sie angegriffen wurde, und vollständig bekleidet, mitsamt edlem grauem Wollmantel. Was an Haut sichtbar war, war bläulich weiß, und um ihren Körper herum lag der Schnee höher. Blake fröstelte. Wenn sie die Leiche mitnahmen, würde hier ein Abdruck bleiben.

Freya Cross hatte auch einen Schal getragen, der nun lose um ihren Hals lag. Doch Blake erkannte auch ohne Agnetas Hilfe, dass er irgendwann stramm gewesen war. Zu stramm. Da waren Abschürfungen an ihrem Hals, und ihre offenen Augen waren glasig und blutunterlaufen. Ihre Zunge stand ein wenig vor. Irgendein Schwein musste sie überrascht haben. Jemand, den sie hier treffen wollte? Oder jemand – ein Freund oder ein Fremder –, dem zufällig zu begegnen ihr zum Verhängnis geworden war?

»Wie ich von der Spurensicherung höre, ist es Freya Cross. Und ich sehe schon, dass sie nicht von Hand erwürgt wurde.«

Blake war so tief in Gedanken gewesen, dass er die Schritte hinter sich nicht gehört hatte. Wahrscheinlich hatte der Schnee sie ohnedies gedämpft. Er musste sich nicht umdrehen, um zu wissen, dass es Tara war. Ihre Stimme war zittrig, und als er sich umdrehte, waren ihre grünen Augen auf die Tote gerichtet.

»Was hast du gesagt?«

Tara berichtete von ihren gestrigen Befragungen. Als sie Luke Copes Gemälde von Freya Cross beschrieb, hielt Agneta eine Hand in Mundhöhe vor ihre Maske. »Mein Gott.«

Tara war sehr blass. »Wäre ich gestern hartnäckiger gewesen – zu ihr nach Hause gefahren, um nach ihr zu sehen –, vielleicht wäre sie dann noch am Leben. Aber ich bin einfach nach Haus gefahren. Und habe mir ein Glas Wein eingeschenkt, verdammt!«

Blake fluchte innerlich. Taras Enthüllung erschütterte ihn nicht minder. Normalerweise hätte er ihren Bericht gleich gestern Abend gelesen, aber da hatte er mal wieder eine »Diskussion« mit Babette gehabt, die bis in die Nacht ging.

»Seit wann wird dieser Künstler noch gleich vermisst?«, fragte er.

»Seit vorletztem Samstag.«

Blake sah zu Agneta. Sie war schon über die Tote gebeugt, untersuchte sie und berührte vorsichtig einen starren Arm.

Dann sah die Rechtsmedizinerin zu ihm auf. »Tja, sie ist steif. Bei dieser Kälte kann die Totenstarre länger als üblich dauern – bis zu drei Tage oder so. Aber in diesem Fall ist sie schlicht steifgefroren. Es lässt sich nicht sagen, ob sie nicht schon seit dem Samstag hier liegt, an dem der Künstler verschwunden ist.« Sie blickte zu Tara. »Du kannst beruhigt sein. Gestern Abend wäre es schon zu spät gewesen, nach ihr zu suchen, auch wenn ich bei dem Todeszeitpunkt vielleicht nie hundertprozentig sicher sein werde. Dieses Wetter ist keine Hilfe. Aber wir können zumindest sagen, dass sie nach dem ersten Schnee gestorben ist. Ihr Körper war warm genug, um die Flocken unter ihrem Oberkörper zu schmelzen, als sie stürzte, aber unter ihren Händen und Stiefeln ist alles gefroren geblieben.«

»Was ist mit der Methode, den Schal zu benutzen anstelle bloßer Hände? Würde die Luke Cope als Täter weniger wahrscheinlich machen?«

Agneta zuckte mit den Schultern. »Das würde ich nicht sagen. Was ihm in seiner kranken Fantasie reizvoll schien, muss in der Realität nicht praktisch sein. Ein Erwürgen von Hand erfordert viel Kraft, und es ist schwerer zu kontrollieren, wenn beide stehen, noch dazu auf rutschigem Grund. Wer das auch war, hat vermutlich beschlossen, dass der Schal die verlässlichere Option war, und sie deshalb gewählt.«

Blake nickte. »Der Mistkerl hat Glück gehabt. Bei besserem Wetter wäre sie wahrscheinlich gleich am Tag nach der Tat entdeckt worden – möglicherweise von einer fröhlichen Familie mit Kindern, die auf den Baumstümpfen herumklettern und nach Käfern suchen.« Er schloss für eine Sekunde die Augen und stellte sich die sechsjährige Kitty vor, die mit solch einem schaurigen Anblick konfrontiert wurde. »Jetzt hingegen dürfte die Spur so kalt sein wie das Wetter. Und falls Luke Cope der Täter ist, kann er inzwischen sonst wo sein.«

»Du bist dir nicht sicher, dass er es ist.« Tara schaute zu Blake.

Er schüttelte den Kopf. »Und du auch nicht.« Das sah er ihr an.

Sie überlegte. »Ihr Mann hat ihrem Chef erzählt, dass sie auf unbestimmte Zeit bei einer Freundin ist. Wenn seine Frau die ganze Zeit hier gelegen hat, kann er sie nicht kontaktiert und gefragt haben, wie es ihr geht. Was schon mal komisch ist.«

Dem stimmte Blake zu. »Und ihr Arbeitgeber war ausweichend, als du angerufen hast?«

»Ja. Er hat nicht so reagiert, wie ich erwartet hätte.«

Blake schaute wieder zu der Leiche. Er dachte an das gestockte Blut in den Adern, an das Leben, das so brutal beendet wurde.

»Ihr Mann ist anscheinend ein Professor Zach Cross. Ich

werde ihn mir genau ansehen, wenn ich ihm die Nachricht überbringe«, sagte er und wandte sich erneut zu Tara. »Die Familie wohnt gleich um die Ecke, also haben wir es nicht weit. Und danach sollten wir noch einmal mit Matthew Cope sprechen, um mehr über seinen Bruder zu erfahren.«

Tara nickte und drehte sich bereits weg von ihm. Es schien absichtlich zu geschehen.

Agneta blickte auf. »Am späten Nachmittag müsste ich mehr wissen. Ich rufe an, wenn ich einen Termin für die Obduktion habe.«

»Danke, Agneta.«

Sie bejahte stumm.

»Tara, könntest du zu Sue gehen und mit der Frau reden, die die Leiche gefunden hat?« Er nickte hinüber zu einer grauhaarigen Frau in einer Barbourjacke, einem braunen Rock und Gummistiefeln, die mit einem der PCs sprach. »Ich schaue mich hier mal ein wenig um, sammle mich, und dann können wir los.«

Sie drehte sich wieder zu ihm. »Sir.« Nur das eine Wort ... und sie lächelte. Es war allerdings kein echtes Lächeln. Sie war professionell.

Blake beobachtete, wie sie sich unter dem Absperrband durch duckte, bevor sie ihre Maske und die Kapuze abnahm. Selbst in dem Overall waren ihre Bewegungen kontrolliert. Blake fragte sich, ob es der durch Selbstverteidigungstraining angeeigneten Raumwahrnehmung geschuldet war. Sie war als Teenager gestalkt worden und hatte Maßnahmen ergriffen, um sich selbst zu schützen. Der Täter wurde nie identifiziert, und Blake nahm an, dass sie seither permanent auf der Hut war.

Hätte er gestern doch nur geahnt, dass Babette im Büro vorbeikommen wollte. *Dann hätte ich ...* Aber diesen Gedanken brach er sofort ab. Sich auf anderes als die Suche nach Freya Cross' Mörder zu konzentrieren, käme einem Verrat an der Toten gleich.

Blake nahm den Rundweg, der außen am Naturschutzgebiet entlangführte. Als er den Ausgang nach Newnham erreichte, wurde ihm klar, dass es zu Freya Cross' Zuhause sogar noch näher als gedacht war. Und das Haus des vermissten Luke Cope war auch nicht weit – wenngleich es in der entgegengesetzten Richtung lag. Sein Bruder Matthew glaubte eindeutig, dass sie eine Affäre hatten, und obwohl es nicht klang, als gäbe es dafür Beweise, legte es ein Gemälde der nackten Frau bei ihm zu Hause ziemlich nahe. Außerdem hatten sie sich gestritten, sofern Matthew Copes Bericht stimmte ... Vielleicht hatte er sie gebeten, ihn dort draußen in der Wildnis zu treffen, um ihre Differenzen zu klären. Und angesichts der Lage könnte es ein beliebter Treffpunkt für sie gewesen sein – auf halbem Weg zwischen beiden Adressen. Luke Cope könnte von der Trumpington Road aus schnell zu Fuß hergelangt sein, indem er am Vicar's Brook entlang über die Wiesen von Coe Fen und dann über die zwei Fußgängerbrücken mit den Stahlrahmen und den Holzplanken zum Naturschutzgebiet ging. Vielleicht war Freya Cross aus ihrer ruhigen, vornehmen Straße gekommen, bereit zur Versöhnung. Nur war Luke gar nicht im Frieden da gewesen ...

Was könnte ihn wütend genug gemacht haben, um jenes Bild zu malen? Und dann ...

vielleicht ... sich die Szene real zu machen?

Aber Blake stimmte Tara zu – Zach Cross war ebenfalls interessant. Könnte der Mann einen Doppelmord begangen haben? Die Umstände würden zu einem Verbrechen aus Leidenschaft passen, und es würde obendrein Luke Copes Verschwinden erklären.

Über den Pfad am Fluss wanderte Blake zurück zu der Stelle, an der Freya Cross lag.

»Wie geht es Babette?«, fragte Agneta und sah zu ihm auf, als er sich näherte. Sie hockte noch über Freya Cross' Leiche.

»Ihr geht es gut.« Sein Adrenalinpegel stieg in dem

Moment, in dem Agneta ihren Namen aussprach. Und er machte eine lange Pause. »Sie ist jetzt fast im siebten Monat.« Die Schwangerschaft verging schnell, hauptsächlich, weil er die ersten Monate nichts von ihr gewusst hatte. Er seufzte. »Ich hatte mich entschieden zu gehen«, sagte er schließlich. »Auf dem Nachhauseweg von euch, unmittelbar bevor sie mir erzählt hat, dass sie schwanger ist. Mir war klar geworden, dass es der einzige Weg ist. Aber sobald ich die Nachricht hörte, hat sich alles geändert.« Er sah Agneta an. »Notgedrungen. Kitty ist richtig glücklich. Du kannst dir vorstellen, wie begeistert eine Sechsjährige bei der Aussicht auf ein Baby im Haus ist.«

Kitty war Babettes und sein erstes Kind. Jedoch hatte er erfahren, dass sie gar nicht von ihm war, sondern von einem anderen – wem, das wusste er immer noch nicht. Trotzdem betete er sie an. Babette hatte ihm die Wahrheit über die Vaterschaft verraten, als Kitty anderthalb war. Da hatte seine Frau heimlich geplant, mit ihr ins Ausland zu gehen, damit die Kleine bei ihrem biologischen Vater sein konnte. Und sie war gegangen. Sie war mit Kitty nach Australien geflogen und hatte Blake allein in ihrem Cottage in Fen Ditton zurückgelassen, wo sich seine letzte Erinnerung an Kittys Gesicht in sein Gedächtnis einbrannte. Doch aus irgendwelchen Gründen hatte Babette vierzehn Tage später beschlossen, dass sie einen Fehler gemacht hatte. In den Jahren seither hatte Blake sich immer häufiger gefragt, warum. Doch ungeachtet der Wahrheit war Kitty der Hauptgrund, aus dem er einwilligte, ihrer Ehe noch eine Chance zu geben. Sie und der Anblick der schluchzenden Babette in ihrem Wohnzimmer, die solche Angst hatte. Zumindest hatte es zu der Zeit so gewirkt.

»Blake.« Agneta stand kurz auf und sah ihn an. »Wir sind alte Freunde. Du musst mir gar nichts erklären. Ich bin froh, dass es Kitty gut geht.« Doch ihre Miene war ernst. »Ich hoffe nur, dass mit dir auch alles okay ist, klar?«

Er nickte. »Danke, Agneta.«

Immer noch waren ihre blauen Augen auf ihn gerichtet, und er sah ihr an, dass noch eine Frage kommen würde.

»Glaubst du wirklich, dass sie versehentlich die Pille vergessen hatte?«

Blake erinnerte sich an Babettes schuldbewussten Gesichtsausdruck, als sie diese Ausrede vorbrachte. Er hatte gleich das Gefühl gehabt, sie hätte es mit Absicht gemacht – um ihre Beziehung zu zementieren? Und der Gedanke weckte blanke Verzweiflung in ihm. Da war er allerdings schon an dem Punkt gewesen, ihr die Schuld zu geben – und wütend wegen ihrer Verlogenheit, ihrer unerwünschten Neuigkeit und ihrem Versuch, ihn an eine Ehe zu ketten, die nicht mehr funktionierte. Noch dazu wurde er den Gedanken nicht los, dass das neue Baby ebenfalls nicht von ihm sein könnte. Aber hätte sie eine Affäre, wäre sie wohl vorsichtiger beim Verhüten gewesen, bedachte man, was das letzte Mal geschehen war. Ein DNA-Test blieb eine Option, hatte Babette erst entbunden, aber was wollte er tun, wenn die Antwort ergab, dass er wieder betrogen worden war? Weggehen und Kitty verlassen? Plus ein neues Baby? »Ich bin ehrlich nicht sicher. Und in gewisser Weise spielt es keine Rolle. Das Ergebnis ist dasselbe.«

Natürlich spielte es sehr wohl eine Rolle. Sein Verdacht und seine Wut waren nicht gesund für ihn, sie, das Baby oder Kitty. Und seine Haltung war der Grund, weshalb er seinen Kollegen nicht erzählt hatte, dass Babette und er ein Kind erwarteten. Irgendwie hatte er gehofft, einen Ausweg aus der Situation zu finden – den es nicht gab.

Agneta klopfte ihm auf den Arm. „Komm bald mal auf Fish & Chips vorbei. Frans und ich brauchen erwachsene Gesellschaft, und er ist richtig begeistert, dass du seine Kochkünste zu schätzen gewusst hast.«

Sie hatten ein kleines Baby, Elise. Agneta behauptete, dass sich ihre Gespräche auf »Sieh mal, Elise, eine Ente. Enten machen Quak«, beschränkten. Und bei der Arbeit kam sie nicht oft zum Reden, weil sie hauptsächlich mit Leichen zu tun hatte.

»Mach ich. Danke.«

In diesem Moment blickte er auf und sah, dass sein DC Max Dimity erschienen war. Er ging auf Tara zu, die ihr Gespräch mit der Hundehalterin beendete. Max sah ruhig wie immer aus, doch da war etwas in seinem Blick, das Blakes Aufmerksamkeit erregte. Tara schaute Max an, und als er etwas zu ihr sagte, veränderte sich ihr Gesichtsausdruck. Es war, als würde man Gewitterwolken an einem klaren Himmel aufziehen sehen. Blake ging hinüber zu ihnen, wobei er achtgab, die glitschigen Baumwurzeln auf dem Boden zu meiden.

»Was ist?«

Max runzelte die Stirn. »Verzeihung, Chef, ich habe keine Ahnung, wie, aber die Presse hat hiervon Wind bekommen. Shona Kennedy von *Not Now* ist an der Absperrung zum Lammas Land und fragt, ob ihr jemand was sagt.« Sein Blick passte zu Blakes Empfindung.

»Ich rede mit ihr«, sagte Tara. Doch ihre Miene verriet, was sie gern mit der Frau tun würde, statt ihr irgendetwas zu erzählen.

Tara war früher bei *Not Now* angestellt gewesen. Und sie und der Herausgeber Giles Troy hatten sich nicht als Freunde getrennt. Dann hatte Shona Kennedy – aus dem festen Reporterstab des Blatts – einen giftigen Artikel über Taras Handhabung des letzten Mordfalls geschrieben, an dem sie gearbeitet hatte. Dabei wurde ihr eifrig von Blakes mittlerweile suspendiertem DS und Taras Vorgesetztem Patrick Wilkins geholfen. Was Wilkins an die Presse durchsickern ließ, hatte den Ermittlungen erheblich geschadet und war ein massiver Missbrauch seiner Position gewesen. Blake hatte den aalglatten Idioten sowieso nie gemocht. Er traute niemandem, der so viel Gewicht auf sein Äußeres legte. Wie konnte man seine Arbeit ernst nehmen, wenn man jedes Mal, wenn man einen Spiegel oder eine Fensterscheibe passierte, einen Kamm zückte?

Meistens versuchte Blake zu ignorieren, dass Tara sich schon einige Feinde gemacht hatte. Er bewunderte sie für die Gründe, aus denen es geschehen war, auch wenn es hin und wieder die Arbeit störte. Tara war klug, kompromisslos, und obwohl sie höllisch geschickt sein konnte, wenn sie einem Verdächtigen Informationen entlocken wollte, war sie überaus direkt, wenn sie Takt für unnötig hielt.

Sie mit Shona über den gegenwärtigen Fall reden zu lassen, schien Blake eine schlechte Idee.

»Ich kümmere mich um sie.« Er sah Tara an.

»Du weißt, dass du mir vertrauen kannst.« Ihre Stimme klang angespannt.

Tara war einmal in eine Handgreiflichkeit mit einem anderen Journalisten geraten, die mit einem gebrochenen Finger und einem blauen Auge für ihn endete. Aber da hatte sie nur zugeschlagen, weil der Mann sie verfolgt hatte. Sie hatte ihn für den Stalker aus ihren Teenagerjahren gehalten. Mildernde Umstände.

Blake seufzte. »Um dich mache ich mir keine Sorgen. Aber egal, was du sagst, sie wird es verdrehen. Sie ist auf dem Kriegspfad, angeführt von Giles Troy. Max, würdest du mitkommen und zuhören? Du kannst bezeugen, was ich sage, falls sie bei mir eine komische Nummer probiert.«

Max nickte. »Mach ich gerne.«

Blake sah wieder Tara an. »Ich möchte nur die Flammen löschen, denen sie Sauerstoff gibt, sonst nichts.«

Er hatte es geschafft, ruhig zu bleiben, aber Shona Kennedy war eine ernste Bedrohung. Nicht nur hatte sie Tara in ihrem Artikel im Dezember vernichtet, was ihre Professionalität anging, sondern auch eine unangemessene Beziehung zwischen ihm und seiner DC angedeutet. Dabei hatten sich Taras Theorien zu dem Fall als vollkommen korrekt erwiesen. Für einen kurzen Moment musste Blake lächeln. *Not Now* hatte wie ein Haufen Idioten ausgesehen. Was befriedigend gewesen war, doch es bedeutete, dass Giles Troy noch eine Rechnung zu begleichen hatte. Und Blake vermutete, dass der Chefredakteur bereit war, vor nichts Halt zu machen, um seine frühere Mitarbeiterin zu vernichten. Die Konsequenzen scherten den Mann gewiss nicht.

KAPITEL VIER

Tara wollte sich ebenso am Tatort umsehen wie Blake es getan hatte, kam jedoch nur halb um das Gebiet herum, als sie sah, dass er zurückkehrte. Das »Gespräch« mit Shona Kennedy hatte ganze zwei Minuten gedauert. Und Max war nicht mehr bei ihm.

Nun war es an Blake, ihren Blick zu meiden, als er an ihr vorbeistapfte. »Wir gehen hinten herum«, sagte er und nickte zur Einmündung der Owlstone Road. »Ich habe Max zurück ins Büro geschickt, damit er mit Fleming redet und den Ermittlungsraum vorbereitet.«

Karen Fleming war ihr Detective Chief Inspector und ging jeden neuen Fall mit gnadenloser Effizienz an, im ziemlich gleichen Maße angetrieben von persönlichem Ehrgeiz und dem Streben nach Gerechtigkeit für die Opfer.

»Hoffentlich folgt die so gar nicht liebenswerte Shona Kennedy ihm«, fuhr Blake fort. »Falls nicht, halten Sue und Barry sie im Zaum. Da vorne sind reichlich Leute von uns. Ich möchte unbedingt sichergehen, dass Professor Cross nichts vom Tod seiner Frau erfährt, bevor wir bei ihm sind. Es wird nicht lange dauern, bis sich etwas herumspricht. Und Sue hat zu ihm recherchiert. Er ist an der Geschichtsfakultät, aber ihr wurde dort gesagt, dass er heute von zu Hause arbeitet.«

Tara hielt mit ihm Schritt und beobachtete seinen Gesichtsausdruck. »Du bist ja ziemlich schnell mit Shona fertig geworden.«

»Ich habe ihr gesagt, sie muss auf die Pressekonferenz warten, wie jeder andere auch.«

Seine Züge waren angespannt, und die Frage, wie Shonas Reaktion ausgefallen war, brachte Taras Puls zum Rasen. Vielleicht konnte sie später Max überreden, ihr mehr zu verraten. Blake würde es ihr auf keinen Fall erzählen, selbst wenn sie fragte – das käme für ihn einem »Öl ins Feuer gießen« gleich. Und sie war sowieso nicht in der Stimmung, ihm mehr Informationen zu entlocken.

»Übrigens Glückwunsch zu deiner Neuigkeit.« Die Worte kamen schnell heraus, aber sie glaubte, dass sie trotzdem gelassen klangen. »Ich habe gestern Abend kurz deine Frau gesehen, als du gegangen bist.«

Blake sah sie lange an, ohne etwas zu sagen.

»Wann ist es denn so weit?«

»Ende Mai.«

Sie waren auf dem Weg, der um das Innere des Naturschutzgebiets herum und weg vom Fluss führte. Der höher gelegene Pfad wand sich durch das Gewirr von eisbedecktem Laub aus dem letzten Herbst, das ein verfallendes Bett unter den Bäumen bildete. Die weißen Blütenblätter ließen Tara an Freya Cross denken, denn die Farbe war identisch mit der ihrer toten Haut. Die Tatsache, dass jemand ihre Zeit auf der Erde verkürzt hatte, während alles andere sich gerade verjüngte, bewirkte, dass Tara ein Schweregefühl in der Brust empfand. Sie blinzelte weg, was durchzubrechen drohte – die Wut, teils auf sich selbst, überdeckte jede Trauer. Ganz gleich wie lange Freya tot war, es änderte nichts an ihren Schuldgefühlen. Sie hätte gestern Abend nach ihr sehen müssen.

Einen Moment später duckten Blake und sie sich am Ausgang des Naturschutzgebiets unter dem Absperrband hindurch und nickten den Officers zu, die an der Owlstone Road postiert waren. Dann standen sie in der Straße, befreiten sich von ihren Atemmasken und den Overalls, die sie dem Spurensicherungsteam zurückgaben. Blake vor sich zu haben, in all seiner verlebten Herrlichkeit, half wenig. Tara wollte zu gern alles erzählen und abladen nach dem, was sie gerade gesehen hatten, doch ihre Reaktion auf ihn sorgte dafür, dass sie sich zurückhielt.

Als sie endlich aus ihrem Schutzanzug stieg, bemerkte sie flüchtig einen Mann mit einer Einkaufstasche über einem Arm, der sich von der Straßenecke aus zu dem Spektakel umschaute. Als sein Blick ihrem begegnete, drehte er sich eilig weg und ging weiter. *Glaub mir, das willst du nicht wissen ...*

Die immergrünen Hecken und Bäume zu beiden Seiten der engen Straße waren noch schneebedeckt, und auch das Dach der großen edwardianischen Villa aus rotem Backstein gegenüber war von einer weißen Puderschicht verhüllt. Blake bog nach links, und Tara folgte ihm.

»Nach welcher Straße suchen wir?«, fragte sie.

»St Mark's Street. Nummer acht.«

Die kannte Tara. Sie verlief zwischen einer Abzweigung der Owlstone Road und der Grantchester Street. Professor Cross hätte ohne Weiteres bei einem Spaziergang die Leiche seiner Frau finden können. Das Paradise Nature Reserve wäre von dort das naheliegendste Ziel gewesen.

Tara googelte und fand Zach Cross, während sie weitergingen. »Auf dem Fakultätsfoto sieht er ein bisschen älter aus als seine Frau«, sagte sie mit einem bedeutungsschwangeren Unterton. Es war die Art Altersunterschied, der für Gerede bei den Nachbarn sorgte. Viel bedurfte es dafür Taras Erfahrung zufolge ohnehin nie. Sie war froh, dass ihr eigenes Haus so isoliert lag, denn sie würde es hassen, immerfort Menschen im Nacken zu haben, die über ihr Verhalten urteilten.

Blake schaute auf ihr Display und zog eine Augenbraue hoch. »Ja, ich verstehe, was du meinst.« Er seufzte. »Vor Fällen, in die Wissenschaftler verwickelt sind, graut es mir jedes Mal. Über kurz oder lang werde ich jemanden befragen müssen, der meine Mutter kennt. Wenigstens ist er Professor für Geschichte, nicht Kunstgeschichte. Trotzdem könnten sich ihre Wege gekreuzt haben.«

»Deine Mutter ist Wissenschaftlerin?« Vor Überraschung bröckelte ihre Fassade ein bisschen.

Blake neigte den Kopf zur Seite und grinste verhalten. »Das hättest du sowieso irgendwann herausgefunden.«

»Ganz gleich, wie deine Mutter ist, sie wird meine in Sachen Schrägheit nicht schlagen können.« Er sollte ja nicht denken, dass sie Mitleid mit ihm hatte.

»Schauspielerin zu sein, ist nicht so schräg.«

»Nicht zwangsläufig.« Tara war das Ergebnis einer Teenagerliebe zwischen Lydia – der heute bekannten Schauspielerin – und Robin, der später Architekt geworden war. Beide hatten längst andere Partner geheiratet und Familien mit Wunschkindern. Wenn Tara sie besuchte, fühlte sie sich immer überflüssig.

Sie erreichten die St Mark's Street, und Tara musste sich darauf konzentrieren, was sie vorhatten. Schlechte Neuigkeiten überbrachte niemand gern, und zusätzlich mussten sie achtgeben, die Information richtig zu übermitteln – mitfühlend, aber vollkommen klar, verständnisvoll und zugleich unvoreingenommen. Und sie mussten bedenken, dass es vielleicht für Zach Cross keine Neuigkeit sein könnte. Vielleicht hatte er seine Frau und auch Luke Cross ermordet, falls die beiden eine Affäre gehabt hatten. Tara wusste, dass auch Blake dieser Gedanke gekommen war.

Und sie bemerkte, dass er sie ansah.

»Bereit?«, fragte er.

Sie nickte und verbarg ihre wahren Gefühle.

Blake betätigte den Messingklopfer unter dem Glas in der schimmernd roten Haustür.

Professor Cross' Gesicht zu beobachten, als er ihnen öffnete, war interessant. Als Erstes nahm Tara eine leichte Verwirrung wahr – vermutlich war er in etwas vertieft gewesen, und ihr Klopfen hatte ihn mitten in einem Gedankengang unterbrochen. Und dann war er beinahe sofort in Alarmbereitschaft. Unbehagen spiegelte sich in seinem Blick, was eine sehr schnelle Reaktion für jemanden war, der keinen Grund zu der Annahme hatte, dass etwas nicht stimmte. Tara blickte kurz zu Blake und fragte sich, ob es ihr Äußeres war, bei dem die Alarmglocken im Kopf des Professors schrillten. War es offensichtlich, dass sie Polizisten waren? Aber Blake trug einen langen dunklen Wollmantel, von dem Tara schätzte, dass er von seiner Schwester, der Modedesignerin, kam. Er zog ihre Entwürfe an, um ihr eine Freude zu machen, und auch der Anzug unter dem Mantel sah aus, als stammte er von ihr. Blake kombinierte den Look mit einer ansonsten eher verlebten Ausstrahlung. Sein Haar war ein bisschen zerzaust, und seine Krawatte saß schief. Nichts an ihm schrie »Detective«. Tara selbst steckte in Daunenjacke, langer Hose und Stiefeln, wegen der bitteren Kälte.

»Professor Cross?«, fragte Blake und zückte seinen Dienstausweis. »Dürften wir reinkommen und mit Ihnen sprechen?«

Der Professor trat zurück in die Diele. Es handelte sich um einen breiten Raum mit polierten Holzdielen und einem dunkelroten Teppich. An den Wänden hingen mehrere Gemälde. Die meisten waren altmodisch mit Goldrahmen, eines jedoch ein modernes abstraktes Werk. Tara fragte sich, ob Freya Cross es in der Galerie gekauft hatte, in der sie gearbeitet hatte – und ob sie irgendwelche Bilder von Luke Cope besaß.

Der Professor hatte bisher keinen Laut von sich gegeben.

Tara schloss die Tür hinter ihnen, was ihr in der Stille übertrieben laut vorkam.

»Ist noch jemand hier bei Ihnen im Haus?«, fragte Blake. Cross schüttelte den Kopf, bevor Blake hinzufügte: »Möchten Sie sich irgendwo setzen?«

Nun ging der Professor voraus in ein Wohnzimmer mit Erker und sank in einen Sessel, den er vollständig ausfüllte. Er war ein eindrucksvoller Mann – von ansprechender Statur und gut aussehend mit stahlgrauem Haar.

»Ist es in Ordnung, wenn wir uns hier hinsetzen?« Blake zeigte auf ein paar andere Sessel.

Zach Cross nickte.

»Wir müssen Ihnen leider mitteilen, dass Freya – Mrs Cross – heute Morgen im Paradise Nature Reserve tot aufgefunden wurde.«

Es trat eine lange Pause ein. Tara wusste, dass es sinnlos war, mehr zu sagen, ehe die Nachricht richtig durchgedrungen war. Bis dahin beobachtete sie die Reaktion des Professors.

»Heute Morgen?«

Sein Schock wirkte echt. Dann, nicht einmal eine Sekunde später, war an seinem Gesicht Schmerz abzulesen, gemischt mit Verwirrung, als versuchte er, den Sinn von etwas zu ergründen. Mehr als der Tatsache, dass seine Frau tot war?

»Ja, Sir«, antwortete Blake. »Leider haben wir noch nicht viele Informationen. Wir warten auf die Berichte unserer Spurensicherer und der Rechtsmedizin. Aber ich muss Ihnen mitteilen, dass wir ihren Tod als Mord behandeln.«

Mit halb offenem Mund starrte der Professor Blake an.

»Kann ich Ihnen ein Glas Wasser holen, Professor?«, fragte Tara einen Moment später.

Er brachte ein Nicken zustande, und Tara verließ das Zimmer. Der Professor bräuchte noch eine Minute, ehe Blake mehr fragen könnte. Und wahrscheinlich sehr viel länger, um richtig zu erfassen, was geschehen war. Andererseits müsste er, falls er seine Frau vor einer Woche umgebracht hatte, schon die ganze Zeit damit gerechnet haben, dass ihre Leiche entdeckt wurde. Tara stellte sich vor, wie er gespannt wartete, dass sie anklopften. Und dass sie heute Morgen endlich erschienen, könnte ausgereicht haben, um seine perplexe Miene zu erklären. Zudem hätte er seine gespielte Überraschung gründlich üben können.

Sie öffnete ein paar Schränke, bis sie ein Glas fand, und ging zu der blitzblanken Keramikspüle, um es mit Wasser zu füllen. Während sie wartete, dass das Wasser kalt wurde, schaute sie sich um. Die Möbel in der Küche sahen alt und wertvoll aus. Eine blanke Eichenanrichte mit Messinggriffen und eine edle Vase mit Trockenblumen stachen heraus. Auf einem niedrigen Mahagonischrank in einer Ecke stand eine moderne Designerlampe. Sie war aus Holz, wie viele Objekte hier, allerdings mit Edelstahlakzenten, und Tara vermutete, dass die Strahlerbirne darin eine LED war. War dies Freya Cross' Stil, der sich eingeschlichen hatte, genau wie das moderne Bild in der Diele? Das Haus fühlte sich nicht an, als stünde es für eine ausgewogene Kombination zweier unterschiedlicher Geschmäcker. Einen Moment lang versuchte Tara sich vorzustellen, ihr Cottage mit jemandem zu teilen, und wie sie damit umgehen könnte, wenn die Person den Räumen ihren Stempel aufdrückte. Einfach wäre es nicht, doch sie würde es entweder fair halten oder gar nicht erst jemanden bei sich einziehen lassen. Wohl eher Letzteres.

Als sie durch die Küche zurück in die Diele ging, bemerkte sie einen Wandkalender. Sie konnte hören, dass Blake angefangen hatte, Zach Cross zu befragen, blieb aber trotzdem stehen, um sich die Termine vom Professor und Freya in den letzten Wochen anzusehen. Es war leicht zu erkennen, welche Einträge von wem waren. Ein Teil war in groben Großbuchstaben geschrieben und bezog sich auf Vorlesungen, Fakultätssitzungen und dergleichen. Der andere war in sauberer

Kursivschrift, unter anderem ein Termin für eine Vernissage in der Galerie Anfang des vorigen Monats. Und es gab einen neueren Eintrag in Freyas Schrift: *Mit Jonny reden* stand da am Montag, dem 26. Februar. Ohne Uhrzeit, also eher wie ein Entschluss, kein Termin. Manchmal machte Tara solche Notizen in ihrem Kalender; es war eine Form, sich Entscheidungen zu merken, die sie getroffen hatte, um sie zunächst aus dem Kopf zu bekommen, bis es Zeit wurde, sie umzusetzen. Und für gewöhnlich handelte es sich um Dinge, die sie stressten …

Als sie wieder bei Blake und Zach Cross war, stellte Tara das Glas auf einen niedrigen Couchtisch, in dessen Platte dekorative Kacheln eingelassen waren. Der Professor nahm es gedankenverloren auf, hob es jedoch nicht an seine Lippen.

»Dann haben Sie Ihre Frau zuletzt am vorletzten Freitag gesehen«, sagte Blake, »als sie das Haus verließ. Das wäre der dreiundzwanzigste Februar gewesen. Wohin wollte sie?«

Professor Cross blickte nach unten zu dem Teppich. »Eine Freundin besuchen«, antwortete er schließlich. »Sophie Havers. Sie wohnt in London.«

Tara nahm an, dass sie in dem Fall zumindest eine kleine Reisetasche bei sich gehabt haben musste. Aber dann musste der Mörder die mitgenommen haben. Es war kein Gepäck am Tatort gefunden worden. Hingegen war die Handtasche mit der Geldbörse noch dort gewesen …

»Und können Sie versuchen, sich zu erinnern, um welche Uhrzeit sie das Haus verlassen hat?«

Der Mann zögerte. Sein Blick wirkte abwesend, und Tara sah, dass eine Träne über seine Wange rann. »Ja, das war nach dem Abendessen. Die Uhrzeit weiß ich nicht. Nicht spät.«

»Dann haben Sie zusammen gegessen?«, fragte Blake. Zach Cross nickte. »Was hatten Sie gegessen? Ich möchte mir nur ein Bild machen.«

»Hackbraten und Pommes frites, danach Schokoladenfondant. Wir waren entspannt, wie immer, wenn wir zu zweit waren. Wenn Oscar hier ist, mein Sohn, müssen wir vorsichtiger sein. Er hat Typ eins Diabetes.«

Der Professor hatte nicht gezögert. Ein Punkt für Blake.

»Haben Sie oft Gäste zum Essen?«, fragte ihr DI.

Zach Cross nickte wieder. »Ziemlich oft. Das bringt meine Arbeit mit sich. Ein Kollege oder ein Gastdozent beispielsweise, die zum Dinner kommen. Und, wie gesagt, mein Sohn Oscar – Freyas Stiefsohn – ist auch häufiger bei uns.«

Demnach hatte sein Job auch Freyas Lebensstil beeinflusst. Das könnte ein bisschen anstrengend gewesen sein.

Tara neigte sich vor. »Können Sie Oscar heute erreichen, Professor, um es ihm zu erzählen? Oder sollen wir ihn für Sie anrufen? Wir möchten dafür sorgen, dass nahe Angehörige es erfahren, bevor es öffentlich wird.«

Doch der Mann schüttelte den Kopf, und seine Stimme wurde fester. »Das verstehe ich, aber ich würde ihn lieber selbst informieren. Er ist Student, hier in der Stadt. Ich kann ihn auf seinem Mobiltelefon erreichen.«

»Wir werden wahrscheinlich auch mit ihm reden müssen«, sagte Blake, und prompt schien Zach Cross wieder verwirrt. »Was ist mit Mrs Cross' Eltern – und hatte sie Geschwister?«

Professor Cross schüttelte den Kopf. »Sie war ein Einzelkind, und ihre Eltern sind vor zwei Jahren bei einem Autounfall ums Leben gekommen.«

Dann war sie ganz allein gewesen. Abgesehen von engen Freunden, hatte es sehr wenige Menschen gegeben, denen sie sich hätte anvertrauen können, falls sie sich in Gefahr gewähnt hatte.

»Kommen wir noch einmal zurück zu dem Abend, an dem Ihre Frau das Haus verlassen hatte«, fuhr Blake fort. »Waren Sie den Rest des Abends hier?«

Nichts deutete darauf hin, dass dem Professor bewusst war, worauf die Frage abzielte. Er wurde nach einem Alibi für die

Zeit gefragt, in der seine Frau wahrscheinlich gestorben war. »Ja, war ich«, antwortete er. »Ich habe mich mit einem Glas Portwein im Wohnzimmer vor den Kamin gesetzt und ein Buch gelesen, zu dem ich um eine Rezension gebeten wurde. Und nachdem ich mir einige Notizen gemacht hatte, bin ich nach oben ins Bett gegangen.« Er schüttelte den Kopf, und erneut kamen ihm die Tränen. »Ich war bis nach Mitternacht auf. Hätte ich geahnt ...«

Tara reichte ihm eine Taschentuchpackung von einem Bücherregal nahe der Tür. Er nahm eines, wandte sich von ihnen ab und schnäuzte sich.

»Können Sie uns bitte die Kontaktdaten der Freundin Ihrer Frau geben, die sie in London besuchen wollte?«, fragte Blake, als sich der Mann wieder gefangen hatte.

Der Professor nickte langsam und stand auf. Er bewegte sich, als würde die Schwerkraft in dreifacher Stärke auf ihn einwirken. Tara erhob sich gleichfalls, um ihm mit ihrem Notizblock in der Hand in die Diele zu folgen.

»Hier.« Er hielt ein Adressbuch in die Höhe, das bei dem Buchstaben H aufgeschlagen war. Dort gab es nur einen Eintrag: eine Sophie Havers in Hampstead. Tara schrieb die Adresse und Telefonnummer ab.

Als sie wieder im Wohnzimmer waren, sagte Blake: »Hat Ihre Frau Ihnen erklärt, warum sie so spät noch zu ihrer Freundin fahren wollte?«

Abermals zögerte der Professor. »Ich habe sie nicht gefragt.«

»Wann haben Sie sie zurückerwartet?«

»Sie hatte gesagt, dass sie vielleicht zehn Tage oder so bleiben würde. Sie hatte sehr viel gearbeitet und brauchte eine Auszeit.«

Er klang zunehmend unsicher. Tara widerstand dem Impuls, zu Blake zu sehen. *Das können wir alles später besprechen ...* »Soweit ich weiß, hat Ihre Frau in einer Galerie gearbeitet«, sagte sie. »Hatte sie dort Urlaub genommen?« Sie wusste, was Jonny Trent ihr erzählt hatte, aber sie wollte hören, wie Professor Cross es erklärte.

»Es war ein bisschen kurzfristig«, antwortete er. »Ich hatte mit Jonny Trent gesprochen, dem die Galerie gehört, und es erklärt.«

Es passte zu dem, was Freyas Boss ihr erzählt hatte ... Tara dachte wieder an den Eintrag der Frau auf dem Küchenkalender. Sie hatte vorgehabt, letzten Montag etwas Wichtiges mit Jonny Trent zu bereden, drei Tage nachdem ihr Mann sie zuletzt gesehen hatte. Hatte jemand von ihren Plänen gewusst? Könnte die Person sie umgebracht haben, um jenes Gespräch zu verhindern? Es schien weit hergeholt. Vielleicht war Freya schlicht so gestresst gewesen, dass sie beschlossen hatte, lieber zu verschwinden, anstatt die Probleme anzugehen.

»Dann ging es Ihrer Frau nicht gut? Und sie war hinreichend gestresst, dass sie ihren Urlaub nicht im Voraus geplant hatte, sondern sich spontan dazu entschloss?« Blakes Ton war unverändert, doch Tara kannte ihn gut genug, um zu erahnen, was er dachte.

Der Mann runzelte die Stirn. »Etwas hat sie jedenfalls belastet. Ich hatte angeboten, sie zum Bahnhof zu fahren, aber sie hat gesagt, sie wolle lieber zu Fuß gehen.«

»Also hatte sie nicht viel zu tragen?« Tara wartete auf mehr Einzelheiten.

»Nur eine kleinere Reisetasche«, antwortete er.

Wie sie bereits gedacht hatte. Blieb die Frage, was aus der Tasche geworden war. An dem Abend war es sehr kalt gewesen, und der Weg durch das Naturschutzgebiet verkürzte den Gang zum Bahnhof um ungefähr eine halbe Stunde ... auch wenn der Entschluss, überhaupt zu Fuß zu gehen, ziemlich seltsam war.

Der Professor musste dasselbe überlegt haben. »Ich hätte nie gedacht ... Ich meine, dies ist eine ruhige Gegend. Hätte ich ...«

»Die einzige Person, die Schuld an dem trifft, was Ihrer

Frau passiert ist, ist ihr Mörder, Professor Cross. Und wir werden alles tun, was in unserer Macht steht, um diese Person zur Rechenschaft zu ziehen.«

Oberflächlich betrachtet wollte Blake dem Professor sagen, dass er sich nichts vorzuwerfen hätte. Aber er gab auch ein Versprechen – dass sie den Schuldigen fänden. Und das niemand ausgeschlossen würde, am allerwenigsten der Ehemann.

Blake hatte einen neutralen Ton gewahrt, doch der Professor schluckte. »Wie ist Freya gestorben?«

»Es sieht nach Strangulation aus, aber wir warten noch auf die Bestätigung. Wir haben sie zunächst anhand ihres Führerscheinfotos identifiziert, doch es müsste noch jemand ins Addenbrooke's kommen, um die Identität offiziell zu bestätigen. Es eilt aber nicht, und es müssen nicht zwingend Sie sein.«

Aber der Professor schüttelte den Kopf. »Ich möchte sie sehen.«

Blake nickte. »Das verstehe ich. Wir arrangieren es dann so bald wie möglich. Wäre es eventuell möglich, dass wir uns einmal kurz oben umschauen, nur um eine Vorstellung davon zu bekommen, wie Mrs Cross ihre Sachen zurückgelassen hat? Da könnte etwas sein, das uns einen Hinweis gibt.«

Tara hielt den Atem an und fragte sich, ob der Professor dagegen wäre und sie zwänge, mit einem Durchsuchungsbefehl wiederzukommen, aber nach einer kurzen Weile bejahte er stumm. Nachdem er über die Bitte nachgedacht hatte, schätzte Tara.

Sie stiegen die Treppe hinauf zu einer Galerie im ersten Stock. Tara wollte sich vor allem das Bad ansehen. Wie sie feststellte, war es direkt ans Schlafzimmer angeschlossen und klassisch gestaltet, mitsamt einer großen Klauenfußbadewanne auf einer Seite.

Es standen noch zwei gläserne Zahnputzbecher mit Zahnbürsten auf einem Regal über dem Waschbecken.

Sie bemerkte, dass der Professor ihrem Blick folgte. »Freya hatte ein Reiseset mit einer klappbaren Zahnbürste«, sagte er, ging zum Waschbecken und öffnete einen Schrank daneben. Eine Sekunde später seufzte er. »Das hat sie auf jeden Fall mitgenommen. Es ist nicht an seinem üblichen Platz.«

In diesem Augenblick wurden sie durch ein Klopfen an der Haustür unterbrochen. Tara ließ Blake bei dem Professor und lief nach unten. Durch das Erkerfenster konnte sie die DCs Kirsty Crowther und Evan Lewis sehen.

Kirsty nickte Tara zu, als die sie hereinließ. »Guten Morgen, DCI Fleming hat uns als Vertrauensbeamte zugeteilt.«

Zwei. Was Standard war, wenn ein Familienmitglied auch der Mörder sein könnte. Tara fragte sich, ob es Zach Cross auffiele. Sollte er sich zu sehr beobachtet fühlen, würde er dichtmachen.

Blake und der Professor erschienen, und Tara stellte alle vor.

»DC Crowther und DC Lewis begleiten Sie ins Addenbrooke's, wenn es so weit ist«, sage Blake. Er sah kurz zu den beiden. »Könnt ihr mit Professor Cross die engsten Kontakte von Mrs Cross durchgehen? Wir müssen herausfinden, wer uns bei den Ermittlungen helfen könnte. Und der Professor muss noch Mrs Cross' Stiefsohn informieren.«

Kirsty nickte, während Evan bereits leise mit dem Professor sprach.

»Ich werde noch mehr Informationen von Ihnen brauchen, Professor«, sagte Blake, »doch jetzt lasse ich Sie erst einmal zur Ruhe kommen. Ihr Verlust tut uns sehr leid.«

Tara drehte sich um und schüttelte dem Mann ebenfalls die Hand. Sein Händedruck war fest, und als er sie ansah, erkannte sie, dass er an ihren Augen abzulesen versuchte, was sie dachten. Bei allem Kummer war er misstrauisch; das war nicht zu verkennen.

Als sie das Haus verließen, wandten sie sich in Richtung

Zentrum von Newnham anstatt zurück zum Naturschutzgebiet. Es war ein weiter Weg zum Lammas-Land-Parkplatz, doch
sie wollten nicht noch einmal am Tatort vorbeikommen. Weil
die Gehwege noch vereist waren, ging es langsam voran.

Tara dachte an Zach Cross' Geschichte; *wenn etwas
erfunden klang* … Bisher hatte sie nicht zu Blake gesehen, teils,
weil sie darauf achten musste, wo sie hintrat, denn das Pflaster
war hier und da wie eine Schlittschuhbahn.

Nun hörte sie ihn seufzen. »Verrätst du mir, was du
denkst?«

Sie überlegte kurz, bevor sie antwortete: »Spannend wird,
was Freyas Freundin in Hampstead zu sagen hat.«

Eine Sekunde lang schaute sie zur Seite und begegnete
Blakes Blick. Er sah aus, als wollte er etwas sagen, das nicht mit
dem Fall zu tun hatte, schüttelte denn aber den Kopf.

»Stimmt. Ich bin mir nicht sicher, dass es Zach Cros war,
aber er verbirgt etwas. Wir brauchen mehr Hintergrundinformationen, damit wir gezielter fragen können. Danach gehen wir
wieder hin und erwischen ihn.«

Tara atmete tief ein, wobei die Luft so kalt war, dass sie es
in ihrem Brustkorb fühlte. Ihr war bewusst, dass sie sich
kindisch verhielt, aber Babette und Blake gestern Abend
zusammen zu sehen hatte bewirkt, dass sie sich in seiner Gegenwart komisch fühlte. Das musste sie ernsthaft abstellen. Sie
erzählte ihm, was sie auf Freya und Zach Cross' Küchenkalender gesehen hatte.

Blake rieb sich das stoppelige Kinn. »Interessant …« Er sah
sie wieder an. »Du hast nicht zufällig die Schränke durchwühlt,
oder?«

Tara antwortete mit einem vernichtenden Blick, obwohl sie
flüchtig dachte, dass sie es eventuell getan hätte, wäre mehr Zeit
gewesen.

»Das nehme ich mal als Nein«, fuhr Blake fort. »Gut, ich
werde mal Sophie Havers anrufen. Es ist sowieso besser, wenn

ich ihr die Neuigkeit mitteile, und dann warte ich mal ab, ob sie uns erhellen kann. Danach fahre ich zu Jonny Trents Galerie. Dem Kalendereintrag zufolge, den du gesehen hast, war irgendetwas bei der Arbeit. Es könnte zu seinem ausweichenden Benehmen passen, als du angerufen hast. Ich möchte sein Gesicht sehen, wenn ich ihm von Freyas Ermordung erzähle.«

Tara würde es auch gern sehen, aber offensichtlich hatte Blake andere Pläne für sie.

»Ich möchte, dass du noch einmal mit Matthew Cope sprichst«, sagte er. »Wenn er erfährt, dass Freya Cross tot ist, könnte er dichtmachen, je nachdem, wem er sich zur Loyalität verpflichtet fühlt. Du hast ihn schon teils geknackt«, hier sah er sie an, »da machst du am besten weiter.«

Sie nickte. Tatsächlich gefiel ihr die Herausforderung, und sie konnte Blakes Logik nachvollziehen. Wenn Matthew Cope bereit war, Luke zu schützen, selbst wenn er schuldig war, würde er sich wahrscheinlich wünschen, er hätte nicht solch einen Aufstand um dessen Verschwinden gemacht. Das Letzte, was er jetzt wollen würde, wäre die Aufmerksamkeit eines leitenden Ermittlers. In Tara sähe er eine unerfahrene Untergebene, die womöglich die Ermittlung vermasselte, und das würde Tara nutzen. Sie würde dafür sorgen, dass sie noch vor dem Ende ihrer nächsten Unterhaltung auf Vornamenniveau waren.

Wieder dachte sie an Freya Cross' Leiche. Wenn der Mann seinen Bruder abschirmte, würde Tara alles tun, um ihm dessen Versteck zu entlocken.

KAPITEL FÜNF

Als Tara von ihrem Wagen aus Matthew Cope anrief, erfuhr sie, dass er wieder zu sich nach Hause gefahren war, im Nordosten der Stadt, Richtung A14. Sie nahm sich nur eine Sekunde, um ihre tauben Hände am Heizgebläse zu wärmen, bevor sie sich auf den Weg quer durch die Stadt mit ihren engen Straßen voller Autoabgase machte.

Sie fuhr wie auf Autopilot, während sie in Gedanken bei Freya Cross war. Sie so zu sehen, mitten im Naturschutzgebiet, weckte bei Tara eine Dornröschen-Assoziation. Hatte der Tod der Frau das Märchen auf den Kopf gestellt? Ihr »Prinz« könnte verantwortlich dafür sein, dass sie nie wieder aufwachte. Stellte ein Liebhaber eine auf ein Podest, konnte er sie ebenso leicht wieder herunterstoßen, wurde sie den Erwartungen nicht gerecht, oder eben mit ihr in den Sonnenuntergang davonreiten. Kemp, der Expolizist, der Tara Selbstverteidigung gelehrt hatte, als sie gestalkt wurde, warf ihr bisweilen vor, übertrieben zynisch zu sein, verstand jedoch, warum. Sie war erst sechzehn gewesen, als das Stalking anfing, und obwohl es über anderthalb Jahre ging, wusste sie bis heute nicht, wer es gewesen war. Hin und wieder träumte sie noch von den Päckchen, die ihr geschickt wurden, voller Maden, Federn und einmal mit einem Schweineherz ...

Auf der Nordostseite der Innenstadt führte sie die Fahrt in eine Gegend, die ländlich anmutete – rechts von ihr lag eine Pferdekoppel. Aber letztlich gab es hier so gut wie alles. Schon bald kam Tara an einem Gewerbehof mit einem halb zerfetzen Banner am Metallzaun vorbei, dass dort Flächen zu vermieten seien. Danach folgten einige Neubauten aus cremefarbenem Stein, ähnlich den historischen Bauten in der Innenstadt. Allerdings reichten sie nicht annähernd an das heran, was die Touristen erwarteten, wenn sie die uralte Universitätsstadt besuchten. Tara fuhr weiter, passierte eine Reihe Fertighäuser und noch mehr Gewerbeeinheiten, einschließlich einer Autowerkstatt. Unter dem grauen Himmel sah alles düster aus, erst recht mit dem schmelzenden grauen Schneematsch drum herum.

Nach einer Weile verengte sich die Straße, und Taras Wagen rumpelte durch einige Schlaglöcher. Wie gut, dass es ein Dienstwagen war, denn sie bezweifelte, dass ihr alter Fiat es toll verkraftet hätte. Sie ließ die Gebäude hinter sich, und jetzt waren links und rechts nur noch struppige Felder mit sehr dichten Hecken zu sehen. Es schien beinahe verlassen, bis sie weiter vorn einen dunkelblauen Mercedes sah. Ihr wurde sofort klar, dass er schnell näher kam, und sie packte das Lenkrad fester, um ihren Wagen so weit wie möglich zur Seite zu lenken, bevor der Mercedes an ihr vorbeirauschte. Der Fahrer musste das Gaspedal durchgetreten haben.

Tara fluchte leise und blieb einen Moment sehen, um sich wieder zu beruhigen. Irgendein Bescheuerter ohne Manieren, der noch nicht begriffen hatte, dass er nicht der einzige Mensch war, der zählte.

Wenig später, als sie immer noch die Zähne zusammenbiss

vor Wut, erreichte sie einen Feldweg, der sie laut ihrem Navi zu Matthew Codes Haus führen würde. Sie bog um eine wuchernde Ilexhecke, deren stacheliges Laub nun dank des Tauwetters fast wieder vollständig zum Vorschein gekommen war, und sah ein großes, kastenartiges Haus – um einiges größer als das, in dem Luke Cope wohnte, und viktorianisch, tippte Tara, nicht edwardianisch. Zu dem Haus gehörte offensichtlich eine Menge Land, und Tara war sich nicht sicher, ob es ein Vorteil oder eher eine Belastung war. Ihr gefiel es, viel Fläche um ihr eigenes Cottage im Stourbridge Common zu haben, doch sie war auch froh, dass sie nicht für die Pflege zuständig war.

Sie fuhr die Einfahrt hinauf und musste gleich wieder rangieren, da sie feststellte, dass die Fahrerseite über einer riesigen Schmelzwasserlache in einer Spurrinne war. Der einzige andere Wagen, der hier stand, war ein BMW, der vermutlich Matthew Cope gehörte.

Als sie endlich ausstieg, blickte sie nach vorn und sah, dass der Bruder des Vermissten auf den Eingangsstufen stand und sie beobachtete. Er hatte die Hände vor sich verschränkt und wirkte angespannt.

»Was ist los?«, fragte er, kaum, dass Tara sich ihm näherte. »Ich habe in den Nachrichten gehört, dass im Paradise Nature Reserve eine Leiche gefunden wurde. Mehr haben sie nicht gesagt.« Seine Worte klangen abgehackt. »Ist es Luke?«

Sie schüttelte den Kopf. »Es ist die Leiche einer Frau.«

Er hob eine Hand an seinen Mund. »Freya Cross?«

»Offiziell ist noch nichts bestätigt, Mr Cope. Ich bin bloß hier, um Ihnen noch einige Fragen zu Ihrem Bruder und seinem Verschwinden zu stellen.«

Wortlos führte der Mann sie nach drinnen und durch einen dämmrigen Flur. Es roch ein wenig feucht und nach Zigaretten-rauch. Am Ende des Flurs war eine große Küche, die ein

Makler als »modernisierungsbedürftig« beschreiben würde. Allerdings hatte sie allein dank der Größe enormes Potenzial.

Matthew Cope bemerkte, dass Tara sich umschaute. »Dies ist mein Erbe«, sagte er, »das von dem Trust verwaltet wird, bis ich vierzig bin – dasselbe Arrangement wie bei Luke.«

Auch das machte Tara neugierig. Und sie dürfte mit ihren Fragen durchkommen, wenn sie wie höfliches Interesse klangen, denn sie war sich ziemlich sicher, dass Matthew Cope sie nach wie vor nicht als echte Ermittlerin sah. Was nervte, aber half. »Haben Ihre Eltern beide Häuser genutzt? Hier ist es ja beinahe wie auf dem Land.«

Cope nickte. »Es ist schön, abends aus der Stadt wegzukommen. Auch wenn hier draußen nicht alles nett ist, aber das nehme ich hin. Es geht nichts darüber, am Abend nach draußen zu gehen und die Fledermäuse zu beobachten, die über das Grundstück huschen.«

Tara nahm bei ihrem Cottage auch eine Menge in Kauf. Die Schönheit und die Stille der Wiesen machte die einsame Lage ebenso wett wie die gelegentlichen asozialen Szenen draußen im Park vor ihrem Haus.

»Als mein Vater meine Mutter geheiratet hat, war es seine zweite Ehe«, fuhr Matthew Cope fort. »Er wohnte da bereits in dem Haus in der Stadt. Nach der Scheidung von seiner ersten Frau ist sie mit der gemeinsamen Tochter Vicky aus Cambridge weg und nach Suffolk gezogen. Er hatte sie ausbezahlt, was ihr eine hübsche Summe zum Spielen bescherte, und meine Mutter zog ein.«

Aus seinem Mund klang es wie eine simple Finanztransaktion, bei der Emotionen keine Rolle gespielt hatten. Tara fragte sich, ob er sich mit seiner Halbschwester verstand oder sie die zweite Familie ihres Vaters hassen gelernt hatte. Da sie selbst eine Halbschwester mit immerhin vier Halbgeschwistern war, könnte sie Letzteres verstehen.

»Dies hier war das Elternhaus meiner Mutter«, sagte Matthew Cope. »Sie hing daran, und als meine Großeltern starben, haben meine Eltern entschieden, es als Geldanlage zu behalten.«

»Es ist auf jeden Fall eindrucksvoll.« Baufällig, ja, aber von einer verblassten Pracht und mit reichlich Platz. Falls Matthew viel arbeitete, dürfte es für ihn keine Priorität haben, hier zu renovieren. Tara ging es nicht anders; sie verbrachte so wenig Zeit zu Hause, dass sie bisher nur sehr wenig im Cottage gemacht hatte, obwohl es dringend nötig wäre.

»Müssen Sie bald wieder zurück zur Arbeit?«, fragte sie, denn nun dachte sie an seinen Beruf.

Er schüttelte den Kopf. »Ich habe mir den Tag freigenommen, als ich hörte, dass es eine neue Entwicklung gab. Ich konnte nicht aufhören zu denken, dass die Leiche Luke sein muss.« Für einen Moment schloss er die Augen. »Und jetzt, da ich weiß, er ist es nicht, kann ich nicht umhin, erleichtert zu sein. Gleichzeitig wird mir übel bei dem Gedanken, dass es Freya ist.«

»All diese Reaktionen sind sehr verständlich. Wie gesagt, es gibt noch keine offizielle Identifikation.«

Er nickte und holte angespannt Luft. »Aber ich nehme an, es wird sehr bald alles herauskommen?«

Tara versuchte nachzuvollziehen, woher diese Frage kam. Sorgte er sich, dass jeder seinen Bruder für schuldig halten würde, sobald der Mord an Freya Cross öffentlich bekannt wurde? Das mochte zutreffen, wenn die meisten Leute von ihrer Affäre gewusst hatten. Aber die hatten sie doch gewiss geheim gehalten, weil Freya verheiratet war.

Tara bejahte. »Ich denke, ja. Heute vermutlich noch.«

»Dieses Warten ist unerträglich. Kann ich Ihnen einen Kaffee anbieten?« Er stand an der Spüle, deren Armatur wie aus den Siebzigern aussah.

»Gerne, danke.« Das Haus war sogar noch kälter als Taras.
Natürlich war hier auch sehr viel mehr zu heizen. Und es war
nicht einmal sicher, dass es überhaupt an die Versorgungsnetze
angeschlossen war. Oder war Matthew Cope auf einen Öltank
angewiesen – und womöglich sogar eine Sickergrube für
Abwasser?

»Setzen Sie sich bitte.«

Tara zog sich einen Holzfurnierstuhl mit einem abwisch-
baren Polster unter dem passenden Tisch vor und nahm Platz.
»Also haben Ihr Bruder und Freya Cross sich durch Trents
Galerie kennengelernt?«

Matthew füllte den Wasserkocher. »Ja, stimmt. Die Kunst
meines Bruders verkauft sich nicht gut, aber er hat einige posi-
tive Kritiken bekommen. Jonny Trent, der Galeriebesitzer, hat
seine Bilder gern genommen; er hat reichlich Platz, hängt aber
selten Sachen um. Wahrscheinlich verdient Luke nicht mehr
als ein paar Hundert alle fünf oder sechs Monate. Trent's ist
nicht die richtige Plattform, um seine Karriere zu fördern. Seine
Arbeit ist zu eigenwillig.« Er stellte den Wasserkocher auf seine
Station und schaltete ihn ein.

Demnach hatte Luke keinen Grund, die Galerie häufiger
aufzusuchen – wenn er nicht laufend hinmusste, um die
Verkäufe im Blick zu behalten und neue Bilder abzuliefern.
Und dennoch begann er anscheinend eine Beziehung mit einer
verheirateten Frau, die dort arbeitete ... »Hatten sie sonst noch
Kontakt miteinander?«

»Anfangs nicht. Aber die Galerie veranstaltet hin und
wieder Vernissagen – Partys mit Drinks für potenzielle Käufer
–, und zu denen geht Luke gewöhnlich.« Tara sah, dass er die
Augen verdrehte, als er Becher auf den Tisch stellte. »Er mag
diesen Teil des Geschäfts. Und er sagt immer, dass er dort mal
mit jemandem ins Gespräch kommen könnte, der ihn groß
rausbringt.«

Sie konnte sich vorstellen, dass die richtigen Kontakte über eine Karriere entschieden, aber offensichtlich stimmte Matthew ihr nicht zu. *Zeit, mich einzuschmeicheln* ... »Das klingt ein bisschen sehr vage.«

»Ja, eben! Es stimmt, dass in der Kunstwelt viel von reinem Glück abzuhängen scheint, aber tatsächlich muss man sich sein Glück selbst schmieden. Und es gibt bessere Methoden, das zu tun, als auf Partys herumzustehen und Häppchen zu essen.«

Tara fragte sich, ob Luke jemals verärgert reagierte, weil Matthew Cope glaubte, er wisse alles besser. Sie täte es an seiner Stelle.

Matthew goss Milch in einen kleinen braunen Krug. »Die Arbeit meines Bruders steht den Sachen in den Londoner Spitzengalerien in nichts nach.«

Unwillkürlich erinnerte Tara sich an die seltsamen Gemälde, die sie in Luke Copes Haus gesehen hatte. Sie waren ohne Frage außergewöhnlich. Aber nichts, was sie sich an die Wände hängen wollte. Und dann war da seine Persönlichkeit, wie sie bei dem Porträt der Frau durchkam, die erwürgt wurde. Wenn er ein gewalttätiger Frauenhasser war, half das gewiss nicht, sich Freunde zu machen und Leute zu beeinflussen ...

Das Wasser kochte, und Tara beobachtete, wie Matthew gemahlenen Kaffee in eine Cafetiere löffelte, die er von einem Regal nahm, und dann das Wasser aufgoss. Er brachte die Cafetiere zum Küchentisch.

»Also war Ihnen bekannt, dass sich Mrs Cross und Ihr Bruder außerhalb der Arbeit trafen, wenn Sie den Verdacht hatten, dass sie mehr als befreundet waren?« Tara konnte sich ausmalen, wie sich bei feucht-fröhlichen Vernissagen eine Affäre anbahnte.

»Nicht direkt. Mein Bruder und ich hocken nicht dauernd aufeinander. Aber Luke hatte sie und Jonny Trent zu seiner Einweihungsparty eingeladen, und was ich da gesehen habe, wies für mich darauf hin, dass er und Freya eine Affäre haben könnten.«

»Einweihungsparty?« Für einen Moment war Tara verwirrt. Das Herrenhaus, in dem er wohnte, musste doch schon seit Jahren im Familienbesitz sein.

»Ah, ja, das sollte ich erklären. Bis vor vier Monaten hat Luke in einer Wohnung in der Histon Road gewohnt.«

Die Straße war eine der Hauptverkehrsadern von Cambridge, auf derselben Seite der Stadt wie das Haus, in dem sie jetzt waren, aber weiter stadteinwärts. Billig war es in Cambridge nirgends, aber die Histon Road war noch erschwinglicher als manche andere Gegend.

»Er hatte das Haus in der Trumpington Road vermietet. Es gibt immer Leute, die bereit sind, ein kleines Vermögen zu bezahlen, um solch ein Haus für einige Monate zu mieten – Risikokapitalanleger zum Beispiel, die für einige Zeit im Silicon Fen sind.«

Universitätsableger sorgten dafür, dass in der Region eine Menge Geld unterwegs war.

»Indem er vermietete und sich selbst nur eine viel günstigere Wohnung leistete, konnte er über die Runden kommen, während er versuchte, seine Künstlerkarriere anzukurbeln«, erklärte Matthew.

»Und was hatte sich geändert, dass er selbst wieder in das Haus ziehen konnte?« Tara neigte sich vor. Er sollte das Gefühl haben, sie würden sich gegenseitig das Herz ausschütten, nicht sie ihn befragen.

»Dasselbe hatte ich mich auch gefragt. Ich habe noch mal den Wert seiner Gemälde online recherchiert, ob er vielleicht einen großen Durchbruch hatte, aber nein. Am Ende bin ich eingeknickt und habe ihn angesprochen. Wie sich herausstellte, hatte er herausgefunden, dass eines der Schmuckstücke, die unsere Mutter ihm hinterlassen hatte, viel mehr wert war, als irgendeiner von uns gewusst hatte.«

Er sah Tara direkt an. »Sie und mein Vater haben mir auch einige nette Stücke vermacht. Und diese Dinge gehören uns beiden direkt, also dürfen wir sie verkaufen, wenn wir wollen.« Plötzlich lächelte er und straffte die Schultern. »Ich muss es nur nicht. Dank meiner Arbeit kann ich mir dieses Haus leisten.«

Wäre er ein Vogel, hätte er sich in diesem Moment das Gefieder geputzt. Es war nicht sympathisch, dennoch schaffte Tara es zu lächeln. »Wie nett, in solch einer Position zu sein – und dieser Tage nicht allzu weit verbreitet.«

»Wohl wahr.«

»Und Freya Cross und Jonny Trent waren auf der Party Ihres Bruders?«

Er nickte. »Freyas Mann war sogar auch dort. Er behielt seine Frau und meinen Bruder im Blick.« Matthew beugte sich über seinen Kaffee und vergrub kurz das Gesicht in den Händen. »Das ist mir aufgefallen. Und dass sie einige sogenannten ›Nettigkeiten‹ austauschten, aber ich bin mir sicher, dass Zach Cross einen Verdacht hatte.« Nun sah er Tara wieder an. »Vielleicht hatte Freya festgestellt, dass ihr Mann und sie weniger gemeinsam hatten, als sie geglaubt hatte. Sie war ja deutlich jünger als er. Vielleicht passten ihre Prioritäten nicht ganz zusammen.«

Tara sagte nichts dazu. Sie dachte an Kemp. Ihrer Erfahrung nach war ein Altersunterschied kein Hindernis, wenn der Funke zwischen zwei Menschen übersprang. Aber natürlich war es etwas anderes, wenn es um eine langfristige Beziehung ging. Nicht, dass Tara von denen schon viele gehabt hätte.

»Was haben Sie von Freya gehalten?«, fragte sie.

Matthew zuckte mit den Schultern. »Ich habe sie nie näher kennengelernt. Sie schien sich sehr für ihre Arbeit zu engagieren. Ich hatte den Eindruck, dass sie Kunst und die Menschen, die sie schufen, bewundert hat.«

»Und was ist mit dem Bild, das Ihr Bruder von Mrs Cross

gemalt hat?«, fragte sie leise. »Wie haben Sie sich gefühlt, als Sie es sahen?«

Es verging ein Moment, bevor er antwortete: »Ich war schockiert. Aber auch wenn ich mir Sorgen gemacht habe – vor allem, weil Luke gerade verschwunden war – mein Gott, ich habe nie ernsthaft gedacht, er würde seine Gefühle ausleben. Nein, nie. Die Nachricht, dass eine Leiche gefunden wurde, hat mir das wieder klargemacht. Ich dachte, seine Kunst wäre sein Sicherheitsventil; dass er seine Wut abgebaut hat, indem er das Bild malte. Und es war ja sein eigenes Wohlbefinden, um das ich mich sorgte, als ich die Polizei rief.«

Für eine Weile senkte sich Stille über die Küche. Durchs Fenster konnte Tara Krähen über das unordentliche Grundstück jagen sehen.

»Tut mir leid, dass ich Ihren Kollegen das Bild nicht gezeigt hatte, als ich das erste Mal mit ihnen gesprochen habe.« Abermals sah er sie an, was eher herausfordernd als entschuldigend wirkte.

Tara schüttelte den Kopf. »Selbst wenn Sie es uns gezeigt hätten, hätte es wahrscheinlich nichts geändert. Und wir haben keinen Beweis, dass Ihr Bruder etwas mit der gefundenen Leiche zu tun hat.« Obwohl es für ihn alles andere als gut aussah. Sie seufzte. »Also, was denken Sie, ist mit Ihrem Bruder geschehen?«

»Ich mache mir Sorgen, dass er sich etwas angetan hat.«

Möglich wäre es, eher als dass er sich versteckt, um den Folgen seines Handelns zu entgehen. Vorausgesetzt er war schuldig. »Wenn das stimmt, Mr Cope, fällt Ihnen ein, wohin er gegangen sein könnte? Irgendein Ort, der ihm die Zeit und den Raum gibt, die er braucht?«

»Sagen Sie Matthew, bitte.«

Bingo.

Bedächtig schüttelte er den Kopf, sodass ihm das dunkle

Haar vor ein Auge fiel. »Ich habe es versucht, aber mir fällt nichts ein.«

»Kein Ort, der für ihn besonders war, zum Beispiel – ein Ort aus der Kindheit vielleicht oder einer, zu dem er gern ging, wenn ihm alles zu viel wurde?«

Wieder schüttelte er den Kopf. »Früher sind wir durch die Straßen von Cambridge gelaufen, aber da war nirgends ein ruhiger Flecken, an dem er nicht riskieren würde, gestört zu werden.«

Cambridge hatte seine abgeschiedenen Ecken, und es hatte Tage gedauert, bis Freya Cross entdeckt wurde, falls sie sich bei dem Timing nicht irrten.

»Nur fürs Protokoll, Matthew, muss ich Sie fragen, wo Sie am Abend des dreiundzwanzigsten Februars und auch über das Wochenende waren. Wir bitten jeden, der Freya gekannt hat, um diese Information.« Tara wollte das Zeitfenster noch weit offen halten, bis Agneta ihnen mehr über den Todeszeitpunkt sagen konnte. Ihr fiel kein Grund ein, warum Matthew Freyas Tod gewollt haben könnte, aber es war zu früh für irgendwelche Annahmen. Und auch wenn sie sich jetzt lockerer unterhielten, hatte sie sich kein bisschen für Matthew erwärmt.

Er runzelte die Stirn, angelte das Handy aus seiner Tasche und beugte sich über den Tisch, um es anzusehen. »Den Tag natürlich bei der Arbeit, und danach bin ich nach Hause. Meine Kollegen und ich gehen freitags manchmal noch auf einen Drink, aber an dem nicht. Am nächsten Vormittag war ich bei Tesco zum Einkaufen, habe nachmittags einige Sachen erledigt, glaube ich – und dann bin ich in die Innenstadt gefahren, um Luke zu unserer Pubtour zu treffen, aber er ist nicht gekommen. Der Wirt vom Snug erinnert sich vielleicht an mich. Ich schätze, ich war da ungefähr eine halbe Stunde oder so, habe immer wieder auf meine Uhr und die Tür gesehen und meinen Bruder angerufen. Danach bin ich zu ihm nach Hause, habe geklopft, und als keiner aufgemacht hat, habe ich eine Nachricht dagelassen und bin zurück nach Hause.«

»Waren Sie mit dem Wagen da?«

Er nickte. »Ich hatte einen Parkplatz in der Panton Street ergattert.«

Es war eine Seitenstraße, gleich um die Ecke von der Bar.

Für einen Moment richtete sich sein Blick ins Nichts. »Von hier aus ist es ein bisschen weit mit dem Fahrrad.«

Und es wäre auch keine angenehme Heimfahrt. Nicht, wenn der rasende Mercedes, den sie auf der Hinfahrt erlebt hatte, auf der schmalen Straße her einer von vielen typischen Fahrern in dieser Gegend war.

»Den Sonntagmorgen war ich hier – nur kurz in Chesterton, um mir die Zeitung zu holen –, aber später an dem Tag bin ich noch mal zu Luke und mit meinem Schlüssel nach drinnen, um mich umzusehen, weil er sich nicht meldete.«

»Danke.« Folglich hatte er kein brauchbares Alibi. »Ich muss das alles noch als offizielle Aussage tippen, damit Sie es durchgehen und unterschreiben können. Und unter diesen Umständen könnte es sein, dass wir ein Team in das Haus Ihres Bruders schicken.« Tara beobachtete, wie er die Augen weiter aufriss. »Tut mir leid. Es ist erstmal nur eine Vorsichtsmaßnahme, aber bis heute Nachmittag haben wir einen Durchsuchungsbefehl. Wir müssen auch jeden anderen von dem Haus fernhalten.« Sie machte eine Pause. »Sie eingeschlossen, fürchte ich. Es geht nur darum, dass nichts verändert wird. Wenn Sie wollen, können Sie mir jetzt den Schlüssel zu dem Haus geben. Aber Sie dürfen auch gern auf den Durchsuchungsbefehl warten.«

Nach kurzem Zögern schüttelte Matthew den Kopf. »Den können Sie gleich haben. Ich will, dass mein Bruder gefunden wird.« Er ging zu einer Schublade und holte einen Yale-Schlüssel und einen für ein Einsteckschloss heraus.

»Danke.« Tara war froh – und ein bisschen überrascht –

dass er ihnen keine Schwierigkeiten machte, da es jetzt aussah, als könnte Luke einen Mord begangen haben.

Sie stand auf. »Hier ist meine Karte, falls Ihnen noch etwas einfällt. Und könnten Sie mir bitte Ihre Kontaktdaten bei der Arbeit geben, falls ich Sie dort erreichen muss?« Sollten sie etwas Konkretes zu Luke entdecken, könnte es gut die Art Nachricht sein, die sie seinem Bruder persönlich überbringen wollte.

Matthew Cope zog eine Visitenkarte aus der Brusttasche seines Jacketts und reichte sie ihr.

»Ich warte darauf, von Ihnen zu hören«, sagte er, wobei sich seine Züge verhärteten.

Als Tara wieder in ihren Wagen stieg, konnte sie irgendwo in der Nähe Hunde bellen hören. Und dann eine Männerstimme, die wütend fluchte. So, wie es sich hier anfühlte, war Tara sehr froh, dass sie in einem Auto saß und nicht auf einem Fahrrad oder zu Fuß war. Vielleicht war das noch ein Grund, weshalb Matthew Cope beschlossen hatte, mit dem Wagen zu fahren, als er seinen Bruder vorletzten Samstag treffen sollte.

In Taras Kopf entspannen sich Gedanken an eine Dreiecksgeschichte zwischen Freya, ihrem Mann und Luke Cope, als sie ihren Wagen in der Einfahrt wendete. Doch sie war nicht das Einzige, was ihr durch den Kopf ging. Sie war nicht ganz überzeugt von der Erklärung, warum Luke in die Familienvilla mitten in der Stadt zurückgezogen war. Das müsste ja ein irres Schmuckstück sein, wenn der Verkauf genug einbrachte, um seine laufenden Kosten zu decken, bedachte man, dass er so gut wie kein anderes Einkommen hatte. Andererseits könnte Luke Cope beschlossen haben, für den Moment zu leben. Vielleicht war er ein Typ, der mit ein paar tausend Pfund in der Tasche gleich auf den Putz haute. Sein Bruder hatte ja schon angedeutet, dass er nicht der Bodenständigste war.

Er könnte Matthew indes auch belogen haben, was die Quelle des zusätzlichen Geldes betraf. Was hatte er verborgen?

Die Reifen ihres Dienstwagens drehten für einen Moment in dem Matsch durch. Sie müsste hiernach durch die Autowaschanlage, sonst beschwerten sie sich später im Fuhrpark.

Als sie eben wieder auf die Straße einbiegen und zurück in die Stadt fahren wollte, hörte sie, dass eine Textnachricht einging.

Blake.

Unterwegs zu Jonny Trent in der Galerie. Freyas Freundin Sophie Havers hatte keine Ahnung, dass Freya sie besuchen wollte.

KAPITEL SECHS

Jonny Trents Kunstgalerie war draußen an der Babraham Road, nahe den Gog Magog Hills und dem Iron Age Ring in Wandlebury. Die Gegend mutete recht ländlich an, doch es war eine der Hauptstrecken zur A11, und Touristen, die den Ring besuchten, dürften hier auch für Laufkundschaft sorgen, schätzte Blake.

Auf der Fahrt ging er in Gedanken noch einmal das Telefonat mit Sophie Havers durch. Sie war geschockt gewesen zu hören, dass Freya Cross vermisst wurde, und Blake hatte gehört, dass sie ein Schluchzen unterdrückte, als er ihr erzählte, dass eine Leiche gefunden wurde. Die Auskunft, dass die formelle Identifizierung noch ausstand, war der letzte Tropfen gewesen, weil es bedeutete, dass keine echte Hoffnung blieb und nur noch die Formalitäten fehlten. Es hatte eine Weile gedauert, bis Sophie imstande war, seine Fragen zu beantworten. Er runzelte die Stirn. Auch wenn Freya keinen Besuch bei ihrer Freundin angekündigt hatte, sagte Sophie, dass es ihr das letzte Mal, als sie miteinander sprachen, nicht gut gegangen war. Sie hätte sogar gesagt, sie würde gern mal für eine Weile allem »entkommen«. Angeblich hatte sie es nicht näher ausführen wollen.

Sophie zufolge hatte Freya geklungen, als würde sie sich sehr beherrschen, weshalb sie den Eindruck hatte, dass Freya sich wegen irgendetwas ernste Sorgen gemacht hatte. Und wenn sie davon sprach, allem entkommen zu wollen, konnte Blake nur annehmen, dass es sich um ein Problem handelte, von dem sie nicht wusste, wie sie es bewältigen sollte. Könnte es eine Affäre mit Luke Cope gewesen sein? Vielleicht hatte er sie unter Druck gesetzt, mit ihm durchzubrennen. Oder gedroht, es ihrem Mann zu erzählen, um sie in Zugzwang zu bringen? Aber in dem Fall sollte man meinen, dass Freya auf Luke losging; nur war sie diejenige, die tot war. Vielleicht hatte sie Luke gesagt, dass es vorbei war ...

Oder es waren gar keine Beziehungsprobleme, vor denen Freya fliehen wollte. Sophie Havers hatte vermutet, dass es einige Spannungen zwischen dem Ehepaar gegeben hatte, sie jedoch glaubte, dass Freyas aktuelle Sorge mit ihrer Arbeit zu tun gehabt hatte. Was Blake umso neugieriger auf ihren Arbeitgeber machte, den Galeriebesitzer Jonny Trent. Vor allem nach dem Kalendereintrag, den Tara in Freyas Küche entdeckt hatte und dem zufolge Freya vorgehabt hatte, den Montag nach ihrem Verschwinden mit dem Mann zu reden.

Kurz bevor Blake in seinen Wagen stieg, hatte Tara ihm telefonisch eine neue Information durchgegeben. Luke Copes kürzlich erfolgter Geldsegen, der ihm den Rückzug ins Elternhaus erlaubte, war interessant.

Zum Eingang der Galerie ging es zwischen dicht gepflanzten Eiben hindurch, von denen tauender Schnee tropfte. Alles wirkte nass und schmutzig. Als Blake der geschwungenen Einfahrt folgte, kam es ihm vor, als würde er ein Bild in einem von Kittys Märchenbüchern betreten – seiner nicht-leiblichen Tochter. Er liebte es, ihr vorzulesen, und dennoch konnte er nicht umhin, in diesen Vater-Tochter-Momenten an den anderen Mann zu denken. Den Unbekannten, mit dem Babette geschlafen hatte – und an den Kitty für immer gebunden war, auch wenn sie es noch nicht wusste. Eines Tages musste sie es erfahren. Würde es ihre Gefühle für Blake ändern? Gewiss würde sie ihren leiblichen Vater kennenlernen wollen. Blake an ihrer Stelle würde es wollen.

Ein Kaninchen huschte in die Einfahrt, sodass Blake eine Vollbremsung einlegen und in die Gegenwart zurückkehren musste. Die Bäume zu beiden Seiten der Auffahrt standen immer noch dicht, doch über ihnen konnte er nun hohe Schornsteine sehen, die zu der Galerie gehören mussten. Die könnte ebenso gut ein verwunschenes Cottage inmitten eines Waldes sein.

Ein Stück weiter tauchte endlich das ganze Gebäude auf. Blake wusste nicht, was er erwartet hatte, aber das hier war es nicht. Es sah aus wie ein großes Privathaus. Und im Gegensatz zu anderen Galerien gab es keine großen Fenster, um Licht hereinzulassen und die Kunst zu präsentieren, die drinnen ausgestellt war. Blake fragte sich, ob Jonny Trent auch hier wohnte.

Der Vorplatz war mit Kies ausgestreut, und gegenwärtig standen dort nur drei andere Wagen, alle schick und blitzblank bis auf die unteren Teile, die von Schneematsch verschmutzt waren. Blake parkte, stieg aus und verriegelte den Wagen, bevor er auf dem Weg zur Tür neugierig in die Fenster linste. Der Eingang war breit und holzvertäfelt mit einem Oberlicht und einer großen, altmodisch wirkenden Klingel. Er drückte sie und hörte ein einfaches lautes Läuten von drinnen. Während er wartete, verdunkelte sich der Himmel merklich. Es würde gleich Regen geben, schätzte er.

Der Mann, der zur Tür kam, trug einen braunen Tweedanzug mit einem weißen, oben offenen Hemd. Er hatte welliges graues Haar, das ein wenig dunkler war als sein Vollbart, und ein gewinnendes Funkeln in den Augen.

»Mr Jonathon Trent?«

Auf die förmliche Anrede hin wurde sein Gesichtsausdruck

eine Nuance ernster, und sein stummes Bejahen kam eher widerwillig. Blakes Dienstausweis steigerte den Effekt, doch innerhalb einer Sekunde hatte sich der Galeriebesitzer wieder unter Kontrolle, und das Funkeln in den Augen kehrte zurück. Er war eindeutig jemand, der standardmäßig »charmant« auftrat. Eine Fassade, um seinen eigentlichen Charakter zu verbergen, schätzte Blake. Natürlich sollte er vorschnelle Urteile vermeiden – doch er war sich sicher, dass er richtiglag.

»Was kann ich für Sie tun, Inspector?«, fragte Jonny Trent. »Im Moment ist ein Kunde bei uns. Wenn Sie vielleicht mit in mein Büro kommen wollen? Dort können wir uns unterhalten.«

Blake folgte ihm einen eichenholzvertäfelten Flur entlang. Durch eine offene Tür konnte er in einen Raum sehen, der einst ein Wohnzimmer gewesen sein musste. Dort befanden sich noch ein paar bequeme Sessel und einige Beistelltische. Ansonsten diente er dem Kunstverkauf. Die Wände, an denen die Arbeiten hingen, waren gleichfalls holzvertäfelt, genau wie der Flur. Und es gab Aufsteller mit Drucken. Eine Frau in einem dunkelblauen Kostüm und hohen Schuhen stand neben einem alten Mann mit einem Gehstock, der sich eines der Gemälde anschaute und seine golden gerahmte Brille richtete, um besser sehen zu können. Blake beneidete die Frau nicht. Die Vorstellung, den ganzen Tag um alle Besucher einen Tanz aufzuführen, um einen Verkauf zu erzielen, fand er deprimierend.

Jonny Trent ging weiter den Flur hinunter, an dessen Wänden sich ebenfalls Kunst reihte, und führte Blake in einen Raum rechts.

»Mein Büro. Hier habe ich die Holzvertäfelung abnehmen lassen. Sie ist ein wunderbar stimmungsvoller Hintergrund, um Kunstwerke zu zeigen, aber sie macht unsere Räume auch recht dunkel, und ich sehe gerne, was ich tue, wenn ich über dem Papierkram sitze.« Er blickte Blake an.

Die Neuigkeit von der Frauenleiche, die im Paradise

Nature Reserve gefunden wurde, war bereits zu einigen der Online-Medienseiten durchgesickert, aber Blake nahm an, dass Trent sie nicht gesehen hatte. Er war zu sehr mit seinen Kunden beschäftigt und sah insgesamt nicht wie jemand aus, der viel Zeit mit dem Surfen im Internet verbrachte. Sein Schreibtisch war voller Kontenbücher, die nahelegten, dass er einen Großteil seiner Arbeit ohne Computer erledigte.

Dennoch hatte er erschrocken gewirkt, als er Blakes Ausweis sah. Bedeutete das etwas? Wusste er ohnehin, dass seine Angestellte ermordet worden war? Oder lag es schlicht daran, dass die Polizei selten gute Neuigkeiten brachte?

»Also«, sagte Trent und bedeutete Blake, auf einem gepolsterten Stuhl Platz zu nehmen. Immer noch lächelte er. »Was kann ich für Sie tun?« Er setzte sich hinter seinen Schreibtisch mit der lederbespannten Arbeitsplatte.

»Ich bin hier, um mich nach Ihrer Managerin Freya Cross zu erkundigen.«

Trent runzelte die Stirn. »Hat es mit dem Anruf Ihrer Kollegin gestern zu tun? Ich habe keinen persönlichen Besuch erwartet.« Blake war sicher, dass er höfliche Überraschung ausdrücken wollte, doch die kaufte er dem Mann nicht ab. Nur warum spielte er ihm etwas vor? Wusste er Näheres über den Tod der Frau? Oder rechnete er mit anderen Schwierigkeiten?

Anstatt zu antworten, wählte Blake eine andere Taktik. »Aber Sie müssen doch wissen, warum ich hier bin.« Wahrscheinlich würde es Trent nicht dazu bringen, sich zu verplappern, doch einen Versuch war es wert.

Der kultivierte Mann neigte den Kopf zur Seite. »Bedaure, das weiß ich nicht, Inspector.« Doch wieder hatte Blake den Eindruck, dass er bluffte. Da war Unbehagen in seinen Augen zu erkennen.

»Wie es scheint, hat Mrs Cross vor über einer Woche ihr Haus verlassen, angeblich um eine Freundin zu besuchen, bei der sie nie angekommen ist.«

Die Furchen auf Jonny Trents Stirn vertieften sich. »Oh, mein Gott, wirklich?« Er lehnte sich zurück und hielt die Hände mit den Handflächen nach oben in die Höhe. »Das ist sehr Besorgnis erregend. Tatsächlich habe ich ihr die ganze Woche Textnachrichten geschickt und sie anzurufen versucht, aber sie hat nicht geantwortet.«

Blake dachte an Freya Cross' Mobiltelefon, das nur einen Schritt von ihrer Leiche entfernt in ihrer Handtasche gefunden wurde; er stellte sich vor, wie es da draußen in dem Naturschutzgebiet geklingelt hatte, bis der Akku leer war. Wäre das Wetter nicht so schlecht gewesen, hätte ein Spaziergänger es hören können und vielleicht nachgesehen.

»Wie ich gehört habe, hatte Professor Cross Ihnen gesagt, dass seine Frau kurzfristig eine Auszeit brauchte?«

Jonny Trent nickte. »Ja, hat er.«

»Und trotzdem haben Sie versucht, sie zu kontaktieren. Warum?«

Ein Anflug von Verärgerung zeigte sich im Gesicht des Mannes und verschwand sogleich wieder. »Ich war natürlich besorgt um sie. Es war untypisch für sie, mich ohne jede Vorwarnung im Stich zu lassen. Und Zach war ziemlich ausweichend, was den Grund für ihr Fortbleiben anging.«

»Wie genau hat er es Ihnen erklärt?«

»Er hat gesagt, sie litte unter Stress und häufiger Migräne und müsste dringend Urlaub nehmen.«

»Und wann hat er Sie angerufen, um Ihnen das zu sagen?«

»Das war gestern vor einer Woche. Allerdings hat nicht er mich angerufen, sondern ich ihn. Als Freya schon seit zwei Stunden hätte hier sein müssen.«

Interessant. »Wie hat er sich angehört, als Sie ihn gefragt haben, wo Freya war?«

Jonny Trent zuckte mit den Schultern. »Als wäre er mit den Gedanken gerade woanders und müsste sich erst auf das besinnen, was ich sagte, falls Sie verstehen. Aber so sind Wissenschaftler eben. Ständig in anderen Sphären unterwegs. Sobald er sich konzentrierte, hat er sich entschuldigt und gesagt, er hätte mich schon anrufen wollen, wäre aber in einer Vorlesung gewesen.«

Blake notierte sich, seinen Stundenplan zu überprüfen. Hatte der Mann eine Ausrede erfunden? Falls er seine Frau ermordet hatte, hätte er allen Grund, ihrem Arbeitgeber irgendwelche Ausflüchte zu präsentieren, um Zeit zu schinden. Aber er könnte auch zu verblüfft gewesen sein, um klar zu denken.

»Dann hat er mir direkt gesagt, dass sie eine Freundin besuchen gefahren ist und warum«, beendete Trent seine Erzählung.

»Sie müssen verärgert gewesen sein, dass Sie gar nicht informiert wurden.«

Wieder zuckte Trent mit den Schultern. »Ich lebe hier. Das obere Stockwerk ist zu einer Wohnung ausgebaut. Also bin ich es gewohnt, selbst einzuspringen. Und ich konnte Monique bitten – Freyas Assistentin, die Sie eben gesehen haben – einige zusätzliche Stunden zu übernehmen. Ich war eher überrascht als verärgert.« Das Lächeln kehrte zurück. Der Mann versuchte, Blake für sich einzunehmen, und etwas an ihm verursachte Blake eine Gänsehaut.

»Dann war ihr nicht anzumerken gewesen, dass sie gestresst war?«, fragte Blake.

»Ganz und gar nicht. Wir haben gut zusammengearbeitet, und das Geschäft läuft glänzend.«

»Hat es *nie* Spannungen gegeben? Waren Sie sich immer einig, wie das Geschäft zu führen sei?« *Das wäre äußerst ungewöhnlich …*

»Oh!« Trent lachte. »Das war ausschließlich Freyas Domäne, Inspector. Dafür hatte ich sie eingestellt. Sie ist der Kopf des Unternehmens. Ich bin nur da, um mit Kunden zu plaudern und der Galerie ein bisschen Farbe zu verleihen.«

Blake konnte sich vorstellen, dass er die Seite des Geschäfts genoss. Was die Behauptung anging, dass zwischen ihm und Freya nichts als eitel Sonnenschein gewesen sei, nahm er die mal mit Vorbehalt. Es könnte hilfreich sein, mit der Assistentin Monique zu reden. Aber nicht, wenn Jonny Trent in der Nähe war.

»Aber jetzt machen Sie mir Angst«, fuhr Trent fort. »Warum der offizielle Besuch und all die Fragen?«

Blake beobachtete ihn aufmerksam. »Ich muss Ihnen leider mitteilen, dass eine Frauenleiche im Paradise Nature Reserve im Bereich Newnham in Cambridge gefunden wurde, gleich um die Ecke von Mrs Cross' Zuhause. Bisher gibt es noch keine offizielle Identifizierung.«

Jonny Trent legte die linke Hand vor seinen Mund. »Gütiger Himmel, wie furchtbar!« Er stand auf, kehrte Blake den Rücken zu und trat ans Fenster. »Ich brauche einen Moment.«

Einen Moment, in dem Blake seine Reaktion nicht sehen konnte ...

Es vergingen ungefähr dreißig Sekunden, bevor er sich wieder vom Fenster abwandte – nicht lange, aber lange genug, um zu verbergen, was er wirklich empfand. Oder um sich seinen mangelnden Schock nicht anmerken zu lassen, weil es keine Neuigkeit für ihn war.

»Mr Trent, soweit wir wissen, hatte Freya vor, am letzten Montag mit Ihnen zu sprechen. Sie hatte es in ihrem Kalender vermerkt. Fällt Ihnen ein, warum?«

Immer noch behielt er den Mann aufmerksam im Blick und wollte schwören, dass sich dessen ohnedies schon rötlichen Wangen ein wenig mehr röteten.

»Wie seltsam, solch einen Eintrag zu machen«, antwortete er nach einer kurzen Pause. »Sie konnte jederzeit mit mir reden. Ich bin für meine Mitarbeiter immer erreichbar.«

Blake war sich nicht ganz sicher, ob er ihm die ›Bester Chef der Welt‹-Nummer glaubte, die Trent ihm hier vorgaukelte, auch wenn er es nicht minder eigenartig fand. Vielleicht hatte Freya versucht, das, was sie meinte ansprechen zu müssen, zu verdrängen, wie Tara vermutet hatte. Nur was könnte so unangenehm sein?

»Wie ich höre, haben Sie auch Kunstwerke von Luke Cope«, sagte Blake.

Auf einmal wurde Trents Blick sehr scharf, und alles, was an Trauer noch da war, wich aus seinen Zügen. »Das stimmt.«

»Hat Freya Cross ihn gut gekannt?«

Der Brustkorb des Mannes hob und senkte sich. »Ziemlich gut, glaube ich. Ich hatte den Eindruck, dass sie sich manchmal auch außerhalb der Arbeit trafen. Wir waren zum Beispiel alle bei Lukes Einweihungsparty. Ich war mir nicht ganz sicher ...«

»Mr Trent?« Blake konnte nicht entscheiden, ob er um des Effekts willen eine Pause einlegte.

»Ich war mir nicht ganz sicher, wie weit ihre Freundschaft ging. Aber es war nicht zu übersehen, dass Freyas Mann ein wenig, sagen wir, beunruhigt wegen der Art war, wie sie miteinander umgingen.«

»Und wie war die?«

Trent zuckte mit den Schultern. »Luke hatte ein bisschen zu viel getrunken. Er stand sehr nahe bei Freya, und sie hat ihn nicht so schnell weggeschoben, wie man meinen sollte. Danach hatte Zach sie aufgefordert, mit ihm nach Hause zu gehen. Und das recht energisch.«

»Verstehe. Haben Sie Luke in letzter Zeit gesehen?«

Der Mann zog erst die Augenbrauen hoch, dann runzelte er die Stirn. »Nein. Sein Bruder hat aber erst vor etwas über einer Woche hier angerufen und mich dasselbe gefragt. Warum wollen Sie das wissen?«

Er sah unsicher aus. Blake grinste innerlich und beschloss, die Frage nicht zu beantworten. Je nervöser Trent wurde, desto besser. »Wann haben Sie ihn zuletzt gesehen?«

Trent öffnete den Mund wieder, blickte zu Blake und überlegte es sich offenbar anders. Einen Moment später hatte er einen ledergebundenen Kalender auf seinem Schreibtisch. Er schlug ihn auf und blätterte zurück. »Er ist zuletzt vor drei Wochen oder so hier gewesen«, sagte er und zeigte Blake den Eintrag. »Wir hatten eines seiner Bilder verkauft, und er brachte Ersatz, um den Platz zu übernehmen.«

»Dann verkaufen sich seine Arbeiten gut?« Was nicht den Informationen der Polizei entsprach, doch Blake wollte sehen, wie Trent die Wahrheit verdrehte.

»Nicht besonders gut, um ehrlich zu sein. Davor hatte er seit Oktober nichts mehr verkauft.«

»Aber Sie haben die Arbeiten weiter ausgestellt. Warum das?«

Jonny Trent blickte ihn direkt an. »Er ist ein guter Künstler. Vieles, was verkauft wird, ist beliebt, weil es hübsch und harmlos ist oder nicht originär. Diese Werke bringen mir viel Geld ein, und das bedeutet, dass ich in der Lage bin, Künstler auszustellen, deren Werk tatsächlich etwas aussagt. Es ist ein unglaubliches Privileg.«

Wie überaus rühmlich. »Und Sie haben in der letzten Woche nicht versucht, Luke zu erreichen?«

»Nein.« Jonny Trent benetzte sich die Lippen. »Warum fragen Sie?«

»Er ist verschwunden. Sein Bruder Matthew hat ihn vor etwas über einer Woche vermisst gemeldet. Haben Sie eine Ahnung, wo er sein könnte, außer bei sich zu Hause?«

Der Galeriebesitzer sah ihn verständnislos an. »Nein, gar keine«, antwortete er. »Er hatte in einer Wohnung in der Histon Road gewohnt, bevor er in das Haus an der Trumpington Road gezogen ist, aber die war gemietet, und der Vermieter hat da sicher schon neue Leute drinnen. Ich kann Ihnen die Adresse geben, wenn Sie wollen?«

Blake nickte. Er notierte sich auch die Kontaktdaten von Freyas Assistentin Monique. Er wollte sie sprechen, wenn sie nicht mit Galeriekunden beschäftigt war. Eine entspannte Unterhaltung, die schwebte ihm vor ...

Als er die breite Straße zurück in die Stadt fuhr, vorbei an flachen Feldern und Hofläden, kreisten seine Gedanken um Luke Cope und Zach Cross. Mögliche Motive für den Mord an Freya Cross schien es zuhauf zu geben, auch wenn sie derzeit noch alle auf reiner Spekulation basierten. Er musste mit mehr Leuten reden. Wenn Luke und Freya eine Affäre gehabt hatten, müsste jemand Genaueres wissen. Und Luke Cope musste irgendwohin geflohen sein – es sei denn, Zach Cross hatte beide umgebracht.

Dann war da noch Jonny Trent. Wie passte er in alles hinein? Er hatte keinerlei Hemmungen gehabt, Zach Cross reinzureiten – indem er ihn als eifersüchtigen Ehemann hinstellte –, und ebenso unbekümmert anzudeuten, dass Freya etwas mit Luke Cope gehabt hatte, was ihn automatisch verdächtig machte. Trotzdem förderte er die Arbeit des Mannes.

Und obendrein war Blake sicher, dass Jonny Trent etwas verschwiegen hatte.

KAPITEL SIEBEN

Patrick Wilkins – *Detective Sergeant* Patrick Wilkins, verdammt, auch wenn er gegenwärtig suspendiert war – stand gegenüber dem Polizeirevier Parkside am Rand von Parker's Piece. Die große Grünfläche hinter ihm war heute praktisch leer. Nur hin und wieder eilte jemand durch die Anlage, weg von der Innenstadt und den Kopf gesenkt gegen den Regen und Wind. Wilkins hatte einen Schirm dabei: einen anständigen von Aspinal of London. Er machte es sich zur Regel, so viel wie möglich für Kleidung und Accessoires auszugeben, selbst wenn es hieß, eine Weile auf Dinge zu sparen. Die äußere Erscheinung war wichtig. Es war nur einleuchtend, dass man sich selbst gerecht wurde, wenn man morgens das Haus verließ.

Der Schirm bedeutete, dass er nicht in die Wache rennen musste, um dem Regen zu entkommen, und auch sonst gab es keinen Grund zur Eile.

Seine dritte Disziplinarsitzung stand an. *Die dritte!* Er erinnerte sich an DCI Flemings Gesicht bei der zweiten. Der Ausdruck war anfangs herablassend und strikt sachlich gewesen, am Ende jedoch nur noch mühsam beherrscht. Natürlich hatte sie den Schein gewahrt, aber sie war eindeutig wütend gewesen. Dabei hatte er nur sein Handeln verteidigt. Ihr gefielen seine Klagen über Tara Thorpe nicht, doch als er auf seinen DI losging, waren die echten Risse in der Fassade aufgetaucht. Karen Fleming hielt eine Menge von Blake, das wusste Wilkins. Allerdings war es nicht nur das. Was DCI Fleming überhaupt nicht leiden konnte, war, wenn jemand sie als Führungskraft kritisierte. Noch dazu vor dem Chief Superintendent ... Fleming war einigermaßen in Ordnung, wenn es um Ermittlungen ging. Man konnte vernünftig mit ihr streiten, wenn es zum Beispiel um eine Spur ging, die man verfolgen wollte, und sie überzeugen, wenn die Idee gut war. Aber ihren Führungsstil oder die Auswahl ihrer Mitarbeiter und Fairplay anzusprechen, ging gar nicht. In der Hinsicht war sie erbärmlich blind. Einen Moment lang versuchte Wilkins sich vorzustellen, wie es wäre, wieder in ihrem Team zu arbeiten.

Das konnte er nicht.

Doch seine Aussichten waren nicht rosig. Was sollte er tun, wenn er den Dienst quittierte, ohne regelmäßiges Einkommen und glänzende Referenzen? Er blickte zu dem Schirm über seinem Kopf. Keine Einkäufe mehr bei Aspinal of London, so viel stand fest. Und dabei war nichts hiervon seine Schuld.

Aber er hatte Kontakte, die ihm helfen könnten, sollte er beschließen zu kündigen; andere Leute, die gleichfalls die Nase voll von Tara Thorpe hatten.

Er schaute auf seine Uhr. Es wurde Zeit, hineinzugehen und sich wieder vor den Ausschuss zu setzen. Sollte er einfach kehrtmachen und gehen?

Nein, noch hatte er seine Version der Geschichte nicht zu Ende erzählt. Und er würde sie weiterhin gegenüber jedem wiederholen, der ihm zuhörte.

KAPITEL ACHT

Tara war mit Max Dimity auf dem Weg zurück nach Newnham.

Die Nachricht, dass es sich bei der gefundenen Leiche im Paradise Nature Reserve um Freya Cross handelte, sickerte allmählich durch. Ihr Stiefsohn war informiert, und die offizielle Identifizierung hatte stattgefunden. In diesem Augenblick gaben Blake und DCI Fleming eine Presseerklärung ab.

Tara hate vorhin kurz auf die Website von *Not Now* gesehen, ob Shona Kennedy dem Reporterrudel voraus war. Es wäre nicht das erste Mal, dass sie einem ihrer Polizeikontakte Informationen entlocken konnte, bevor alle anderen sie bekamen. Doch bisher hatten sie nur, dass die Polizei einem »ernsten Vorfall« im Naturschutzgebiet nachging. Nun sah Tara wieder auf ihr Display und beobachtete, wie das Banner »Eilmeldung« über die Website lief.

Leiche im Paradise Nature Reserve Ehefrau eines hiesigen Professors.

Tara warf das Handy in ihre Tasche. Vor fünf Jahren, als sie bei *Not Now* arbeitete, hätte sie unbedingt dafür gesorgt, dass Freya als »hiesige Galeriemanagerin« beschrieben wurde, nicht bloß als die Ehefrau von jemandem.

»Was ist?«, fragte Max, der am Steuer saß.

Tara holte tief Luft. »Nichts Wichtiges, verglichen mit dem Fall – ich ärgere mich nur über meine einstigen Kollegen bei *Not Now*.«

»Ah, mehr musst du nicht sagen.« Max lächelte ihr flüchtig zu, blinkte und bog in die Straße der Cross' ab.

Nur wenige Leute bei der Polizei gaben sich freiwillig mit *Not Now* ab. Eine Ausnahme war Taras nun suspendierter Vorgesetzter, DS Patrick Wilkins. Es hatte sich herausgestellt, dass er sich besonders viel mit der Reporterin Shona Kennedy abgegeben hatte, sowohl im Schlafzimmer als auch außerhalb. Und neben dem Bettgeflüster mit ihr hatte er Information direkt an den Herausgeber von *Not Now* weitergegeben, Giles Troy.

Das Wetter draußen passte zu Taras Laune. Obwohl die Temperaturen leicht über den Gefrierpunkt gestiegen waren, hatte sich der Himmel den Tag über immer weiter bezogen und es kurz nach ihrem Aufbruch bei der Wache zu regnen begonnen. Inzwischen hatte Max die Scheibenwischer auf höchster Stufe, und trotzdem rannen die Sturzbäche schneller über die Windschutzscheibe, als sie weggeschoben werden konnten.

Tara warf Max einen Seitenblick zu. »Wie ging es mit Shona heute Morgen? Du und Blake habt sie ziemlich schnell verscheucht.« Sie fragte sich immer noch, was gesagt worden war.

Max zuckte mit den Schultern. »Giftig wie eh und je.«

Anscheinend wollte er nicht ins Detail gehen – aber sie wollte es unbedingt wissen. Es war wie Kratzen an Wundschorf: Man wusste, dass es wahrscheinlich wehtun würde, konnte jedoch nicht widerstehen.«Blake sah wütend aus, als er zurückgekommen ist.«

»Nur genervt von ihrer Störung, tippe ich.« Max sprach wie immer ruhig. »Das und die Tatsache, dass er dank ihr seinen Overall aus- und wiederanziehen durfte. Du weißt ja, wie er er solche Umstände hasst, wenn es Wichtiges zu tun gibt.« Er hielt vor einer kleinen Parklücke zwischen zwei Wagen am Straßenrand, einem Jaguar und einem BMW. Von Cambridges viktorianischen Häusern verfügten die wenigsten über Garagen.

Blakes Ungeduld klang echt, dennoch wettete Tara, dass da noch mehr war. »Hat Shona irgendetwas über mich gesagt?«

Max verzog das Gesicht, bevor er sich umschaute, um den Winkel einzuschätzen, in dem er in die Parklücke setzen musste. »Warum interessiert dich, was sie sagt? Mich nicht.«

Das war ein Ja. »Aber rein aus Neugier ...«

»Ernsthaft?« Er zog eine Augenbraue hoch, und sein Blick war mitfühlend. »Du kennst sie doch. Sie hat das Erste gesagt, was ihr einfiel, um zu provozieren.«

»Und das war ...?«

Er seufzte. »Das es rührend von DI Blake sei, dich so zu beschützen. Sie hat angedeutet, dass er dich außer Sichtweite hielt und sich selbst die Presse vornahm, weil er galant ist.«

Und Tara mochte, garantiert. Max sprach es nicht aus, aber Shona hatte es vermutlich gesagt. Kein Wunder, dass Blake so wortkarg gewesen war. Shona hatte in dem letzten Schundartikel im Dezember anzudeuten versucht, dass etwas zwischen ihnen lief. Die mangelnden Fakten waren ihr genauso egal gewesen wie die Gefühle von Blakes Frau und Tochter. Es wäre umso schlimmer, sollte sie diese Unterstellungen jetzt erneuern, da Babette so eindeutig schwanger war. Vielleicht hoffte Shona, die Leser würden anfangen, Tara auf der Straße zu beschimpfen, wenn sie genug Gerüchte verbreitete. *Nett ...*

Zu gern würde sie Max versichern, dass nie etwas zwischen ihr und ihrem Chef gewesen war, aber das ließ sie lieber, damit es nicht aussah, als würde sie allzu vehement leugnen. Und natürlich war Max dabei gewesen, als Blake sie in den Armen gehalten hatte, nachdem sie im letzten Jahr knapp dem Tod entkommen war. Vielleicht war es eine normale Reaktion für einen Teamleiter gewesen, indes könnte Max auch bemerkt haben, wie sie sich an Blake geklammert hatte. In der Hitze des Gefechts hatte sie instinktiv reagiert. Falls er es mitbekommen hatte, dürfte Max eine ziemlich klare Vorstellung von ihren Emotionen habe, einfühlsam wie er war. Seine Aufmerksamkeit war einer der vielen Gründe, warum Tara ihn mochte, und zugleich konnte sie bisweilen ein zweischneidiges Schwert sein ...

Als wolle er ihre Gedanken bestätigen, lächelte er ihr kurz zu. »Mach dir nichts draus. Wir alle wissen, wie Shona und Giles sind.«

Sie sah in seine freundlichen braunen Augen; da war keine Spur von Verurteilung. Eine Sekunde lang kitzelte ihre Nase, was ein sicheres Warnzeichen war, dass Gefühle in ihr aufwallten. Sie war so lange eine Einzelgängerin gewesen, und mit Max zusammenzuarbeiten machte ihr bewusst, dass man nicht jeden auf Abstand halten musste. Flüchtig fragte sie sich, was passieren könnte, hätte sie Max unter anderen Umständen kennengelernt. Umständen, in denen Blake nicht existierte ... Sie verstanden sich glänzend, und Tara konnte nicht abstreiten, dass Max objektiv gut aussah.

»Danke.« Es wurde Zeit, das Thema zu wechseln. »Verdammt, ich kann nicht glauben, dass du in diese Lücke gekommen bist!«

Er grinste. »Man ist nicht jahrelang in Cambridges Innenstadt in diesem Job, ohne zu lernen, wie man teuflisch gut einparkt.«

Sie sollten hier von Tür zu Tür gehen, um die Nachbarn zu befragen. Mitten an einem Dienstagnachmittag trafen sie vielleicht nicht viele Leute zu Hause an, aber Tara war halbwegs optimistisch. Es war eine teure Gegend, und unter den Bewohnern waren gewiss auch mehrere Ruheständler oder Menschen in gehobener Stellung, die von zu Hause arbeiteten, wenn ihnen danach war.

Feststand, dass sie nass würden. Das Regenwasser, dass die Straße hinunter und in die Gullys rauschte, wurde noch durch den schmelzenden Schnee verstärkt. Die grauen Schieferdächer glänzten vom Regen, der in die Dachrinnen floss.

Max parkte den Wagen noch ein wenig gerader ein, dann stieg er mit Tara zusammen aus. Sie klappte ihren Kragen hoch und fröstelte, während sie sich mit ihrem Schirm abmühte.

Sie begannen mit der Villa neben dem Cross-Haus, wo niemand öffnete. Aber zwei Türen weiter hatten sie Glück.

Als sie ihre Dienstausweise zeigten, nickte die grauhaarige Frau, die ihnen aufgemacht hatte. »Sie sind wegen Freya Cross hier, nehme ich an? Es kam gerade im Lokalteil der BBC-Nachrichtenseite. Kommen Sie lieber rein.«

Max blickte zu Tara, und sie folgte der Frau durch die hübsche, rot lackierte Tür und in einen Korridor mit Bücherregalen auf beiden Seiten.

»Ich bin Cindy Musgrove«, stellte sie sich auf halbem Weg durch den langen Flur vor, der direkt durch zum hinteren Teil des Hauses führte. »Emeritierte Englischprofessorin. Zu Zach Cross habe ich beruflich wenig Kontakt gehabt – unterschiedliche Fachbereiche und an verschiedenen Colleges –, aber Sie wissen ja, wie es mit Nachbarn ist. Mit der Zeit baut man doch eine Beziehung auf.«

Irgendwie sah sie nicht wie eine Cindy aus. Sie war in Jeans und einem weiten blauen Jeanshemd. Ihr graues Haar war kurz geschnitten, und sie trug große Ohrgehänge mit bunten Perlen. An ihren Fingern steckten mehrere silberne Ringe.

»Gehen wir in die Küche«, sagte sie. »Kaffee?«

Tara und Max verneinten beide dankend. Tara wollte nicht

riskieren, an der zweiten oder dritten Tür nach dieser als Erstes nach dem Klo fragen zu müssen.

»Wie kann ich Ihnen helfen?«, fragte Cindy Musgrove.

»Wollen Sie wissen, wann ich Freya zuletzt gesehen habe?«

Tara fand, sie sollte die Kontrolle über das Gespräch übernehmen, auch wenn es ein guter Ansatz war. »Das wäre hilfreich.«

Cindy Musgrove runzelte die Stirn. »Ungefähr vor anderthalb Wochen habe ich sie sehr kurz auf der Straße gesehen. Tut mir leid, das genaue Datum weiß ich nicht mehr. Sie stieg in ihr Auto und wollte vermutlich zur Arbeit. Aber das letzte Mal, dass ich sie richtig getroffen und mit ihr gesprochen habe, war am zehnten Februar, einem Samstag, bei einem Umtrunk in der Owlstone Road. Da wurde ein Hochzeitstag gefeiert, und das Paar, Moira und Tony, hatten viele Gäste aus der Gegend eingeladen. Zu Wein, Sherry, Snacks – solche Sachen. Am frühen Abend.«

»Hat sie glücklich gewirkt, als Sie sie gesehen haben?«, fragte Tara. Zwar würde man sich bei solch einen Anlass nicht viel anmerken lassen, doch Cindy Musgrove schien intelligent, und sollte etwas zu bemerken gewesen sein, wäre es ihr wahrscheinlich nicht entgangen.

Wieder runzelte die emeritierte Professorin vor Konzentration die Stirn. »Sie war sehr zugewandt. Ich erinnere mich, dass sie durch den Raum ging und sich mit den meisten Gästen dort unterhalten hat. Sie war ja das Gesicht der Galerie, für die sie gearbeitet hat, und gewohnt, Kontakte zu knüpfen, denke ich. Ich habe selbst eine Weile mit ihr gesprochen.«

»Wissen Sie noch, worüber Sie geredet haben?«

»Ja, ich habe mich nach ihrer Arbeit erkundigt. Sie hat gesagt, dass die Galerie gut läuft, es aber nicht näher ausgeführt. Im Nachhinein kam das sogar recht schnell, als wollte sie das Thema meiden. Und dann haben wir über die Pläne für den

Bereich Mill Lane und Silver Street geredet. Jeder sorgt sich, welche Auswirkungen es auf Coe Fen haben wird. Solche ländlichen Gegenden mitten in der Stadt sind rar, und die zusätzlichen Besucher werden den Charakter des Viertels verändern. Heutzutage gibt es sowieso schon so wenige Orte, an denen man Ruhe und Frieden findet.« Dann stockte sie. »Ich kann noch gar nicht fassen, dass Freya tot ist. Und an solch einem schönen, friedvollen Ort ermordet.« Sie holte tief Luft und richtete sich plötzlich auf. »Aber das hilft Ihnen gewiss nicht.«

»Was Sie uns über den Umtrunk erzählt haben, ist eine sehr brauchbare Information«, widersprach Max.

Ihre Erzählung passte zu dem, was Blake auf der Wache gesagt hatte, dass Freya Cross Probleme bei der Arbeit gehabt haben könnte. »Ist Ihnen sonst noch etwas aufgefallen?«, fragte sie.

Cindy Musgrove nagte an ihrer Unterlippe. Sie sah aus, als würde sie mit sich kämpfen. Schließlich antwortete sie: »Sicher ist es nicht relevant, aber mir war aufgefallen, dass sie und Zach auf der Party nichts miteinander zu tun hatten. Bis sie gemeinsam gegangen sind. Aber ich dachte noch, bis dahin hätte ein Fremder nicht erkannt, dass sie verheiratet sind.«

»War das untypisch?«, fragte Tara.

Die Professorin neigte den Kopf zur Seite und überlegte. »Na ja, zu Anfang waren sie jedenfalls sehr aufeinander konzentriert. Ich könnte mir denken, dass es nach und nach in einer Ehe abnimmt, aber sie sind ja erst seit ein paar Jahren zusammen, und es war deutlich genug, dass ich es bemerkt habe.«

»Wie lange haben Sie die beiden gekannt?«, fragte Max.

»Zach kenne ich schon seit Jahren – ich habe schon hier gewohnt, als er mit seiner ersten Frau und dem Sohn Oscar hergezogen ist. Oscar war da noch ein kleiner Junge, sechs oder sieben Jahren vielleicht. Er müsste inzwischen zwanzig oder einundzwanzig sein, denn er steht kurz vor dem ersten College-abschluss.«

»Dann müssen Sie auch mitbekommen haben, wie die Ehe in die Brüche ging«, folgerte Tara. »Könnten Sie uns dazu etwas sagen?«

Einen Moment lang zögerte die Frau.

»Es tut wahrscheinlich nichts zur Sache, aber wir hätten gerne so viel Kontext wie möglich zu Mrs Cross' Leben.«

Cindy nickte. »Ich glaube, Zach hatte schon etwas mit Freya angefangen, bevor es mit Eliza vorbei war – seiner ersten Frau.« Sie schüttelte den Kopf. »Und später dann war die Hochzeit, die von Freya und Zach, meine ich. Eliza war nicht da, verständlicherweise, aber Oscar, und zwar sehr ungern, so wie er aussah. Solch eine mürrische Miene war mir bis dahin noch nicht untergekommen. Er war gerade mit der Schule fertig, wie ich mich erinnere, also muss sich das ganze Drama abgespielt haben, als er für die Prüfungen gelernt hat. Ich hörte, wie jemand, der die beiden nicht sehr gut kannte, gefragt hat, ob Oscar Freyas Bruder sei. Sie trennten ja nur acht oder neun Jahre. Oscar war wütend, das konnte ich sehen. Und obwohl Freya an dem Tag strahlte, hatte ich das Gefühl ...« Auf einmal schien ihr bewusst zu werden, dass sie ziemlich freizügig über ihre Nachbarn sprach.

»Professor Musgrove?«

Sie seufzte. »Ich hatte mich damals gefragt, wie lange es wohl halten würde, denn ich hatte den Eindruck, dass die Aussichten nicht gut waren, weil sie ja kaum ein Leben gehabt hatte und er schon so gesetzt war. Und Oscar sah richtig zornig aus, und ... ach, ich bin bloß zynisch. Ich mag sie beide – *mochte* in Freyas Fall. Ja, ich mochte sie beide sehr. Zachs erste Frau war natürlich die Betrogene, aber, bei Gott, sie war schwierig. Sie hatte sich einige Feinde hier gemacht – physisch wunderschön, jedoch mit der Persönlichkeit einer Viper. Und wie gesagt, Zach und Freya sahen am Tag ihrer Hochzeit wie das perfekte Paar aus.«

Allerdings konnten zwei Jahre in einer Beziehung lang sein.

Nachdem sie das Haus der Professorin verlassen hatten, sagte Max: »Es wird spannend zu hören, was Oscar Cross zu erzählen hat.«

»Oh ja.« Tara fragte sich, wie viele Menschen ein mögliches Motiv gehabt hatten, seine Stiefmutter umzubringen.

Bei den meisten anderen Türen öffnete niemand oder konnten die Bewohner ihnen nichts sagen, was sie nicht bereits wussten. Doch eine Stunde später gab es einen Lichtblick. Diana Johnson hatte die Nachricht von Freya noch nicht gehört. Und anders als Cindy Musgrove, die zwar traurig, aber sachlich gewesen war, wurde Ms Johnson blass und begann zu zittern. Tara und Max folgten ihr nach drinnen, wo Max ihr einen Tee machte.

»Ich habe sie vor gar nicht langer Zeit draußen auf der Straße gesehen«, erzählte die Frau. »Ich war mit Henry, meinem Dackel, zu seiner letzten Runde vor dem Schlafengehen draußen. Es war eiskalt, deshalb bin ich nicht weit gegangen. Aber da sah ich Freya auf der anderen Straßenseite. Ich rief ›Hallo!‹ oder ›Guten Abend‹ oder so, und sie hat kaum geantwortet, was ungewöhnlich für sie war. Tatsächlich habe ich mich gefragt, ob sie traurig war. Sie hatte den Kopf gesenkt, fast als wollte sie nicht, dass ich ihr Gesicht sah.«

»Wissen Sie noch, wann das war?«, fragte Tara.

Die Frau hielt eine Hand an ihren Kopf. »Nein, weiß ich nicht mehr. Vor einer Woche vielleicht? Warten Sie kurz.« Sie runzelte die Stirn. »Wann hatte es angefangen zu schneien?«

»Vorletzten Donnerstag, glaube ich«, antwortete Max.

Ms Johnson nickte. »Dann muss es der Freitag gewesen sein. Ich erinnere mich, wie rutschig der Gehweg war. Am Tag vorher, nach dem ersten Schnee, war es nicht so schlimm gewesen. Da hatte ich meine Stiefel angezogen und bin um den Block gestapft. Aber an dem Freitag war der Schnee festgetreten und gefroren. Ich bin deswegen sogar noch früher als geplant umgekehrt.« Sie nickte bedächtig. »Natürlich, ja, das stimmt. Denn an dem Samstag habe ich den Wagen genommen und Henry nach Fen Ditton gefahren, damit er eine richtige Runde über die Wiesen bekommt. Auf denen war das Gehen viel leichter.«

Tara machte sich eine Notiz. »Also haben Sie Freya Cross zuletzt am Freitag gesehen, dem dreiundzwanzigsten Februar. Das hilft uns sehr, Ms Johnson. Und Sie sind sich jetzt sicher, dass das Datum stimmt?« Falls es richtig war, könnte sie die letzte Person gewesen sein, die Mrs Cross lebend gesehen hatte. Abgesehen von ihrem Mörder, verstand sich.

»Ja, jetzt bin ich mir sicher, nachdem die zeitlichen Abläufe wieder klar sind.« Sie war immer noch sehr blass, sprach aber mit fester Stimme.

Tara nickte. »Vielen Dank. Und ist Ihnen sonst an dem Abend noch etwas an Mrs Cross aufgefallen? Zum Beispiel, wie sie gekleidet war? Oder was sie bei sich hatte?«

Ms Johnson dachte nach. »Sie war so angezogen, wie man es erwarten würde – dem Wetter entsprechend, meine ich.« Eine Sekunde lang blickte sie ins Nichts. »Sie ging unter einer der Straßenlaternen hindurch. Ja, stimmt, sie hielt ihren Mantel oben fest zu, als hätte sie ihn vielleicht nicht ganz zugeknöpft, und, wie ich schon sagte, sie hatte den Kopf gesenkt.«

»Dann hat sie den Mantel mit beiden Händen zugehalten?«, fragte Tara. Wenn sie ihren Mantel nicht zugeknöpft hatte, legte es nahe, dass sie das Haus in Eile verlassen hatte. »In dem Fall müsste sie, wenn sie etwas bei sich hatte, es über der Schulter getragen haben.«

Zu ihrer Überraschung nickte Ms Johnson eifrig. »Ja, natürlich, das stimmt. Sie hatte eine Art kleine Reisetasche dabei. Zu der Zeit habe ich mir nicht viel dabei gedacht, auch wenn es mir ein bisschen komisch vorgekommen ist, dass sie so spät abends zu Fuß mit Gepäck unterwegs ist. Das hatte ich fast wieder vergessen – weil es mich ja auch nichts anging. Jetzt fällt es mir wieder ein.« Sie schniefte. »Ich kann nicht glauben, dass sie tot ist. Hätte ich sie doch nur gefragt, was los war, aber ich wollte ja nicht neugierig wirken.«

Als sie wieder im Wagen saßen, sah Tara ihren Kollegen an.

»Damit hatte ich nicht gerechnet. Professor Cross *hatte* gesagt, dass sie eine kleine Reisetasche mitgenommen hatte, und ich habe ihm nicht geglaubt. Warum nimmt der Mörder die mit und nicht ihre Handtasche? Und warum hat die Freundin, die sie angeblich besuchen wollte, nichts von ihren Plänen gewusst?« Sie überlegte angestrengt. »Vielleicht wollte sie wirklich weg, aber nicht mit der Freundin, und Zach Cross hat ihr abgenommen, was sie ihm erzählt hat? Möglich wäre, dass sie stattdessen mit Luke Cope fortgehen wollte – und er sie ermordet hat. Oder Zach Cross hat ihre Geschichte durchschaut, ist ihr gefolgt und hat sie und Luke Cope umgebracht? Wie auch immer, warum zur Hölle sollten Luke und Freya ein Treffen in dem Naturschutzgebiet vereinbaren? Wenn man irgendwohin verschwinden will, ist das nicht gerade ein logischer Startpunkt.«

Max rieb sich das Kinn. »Stimmt. Es ist eher ein Ort, um irgendetwas heimlich zu tun.« Er ließ den Motor an.

Tara runzelte die Stirn. Er hatte recht. Es war die Art Stelle, an der ein kleiner Dealer seine schnellen Geschäfte abwickelte oder Teenager sich zu ihren ersten Versuchen in Sachen Sex verabredeten. Was sagte ihnen das?

Sie schnallte sich an und blickte auf ihre Uhr. »Blake müsste inzwischen in der Rechtsmedizin fertig sein. Und wir müssen sowieso direkt zurück.« Für halb sechs war eine Fallbe-

sprechung angesetzt. »Ich bin gespannt, was uns Freya Cross'
Mobiltelefon verrät – wenn überhaupt etwas.« Sie hoffte auf
einige hübsche, erhellende Textnachrichten. Aber wären da
welche drauf, hätte der Mörder es garantiert mitgenommen.
Was wohl bedeutete, dass ihr Täter nichts dagegen hatte, wenn
sie alle Informationen von dem Telefon bekamen. Was an sich
schon ein Hinweis sein könnte.

KAPITEL NEUN

DS Patrick Wilkins' Haut juckte, als er den Konferenzraum verließ und einen Korridor entlangging, in dem es nach Teppichreiniger roch. Jede seiner Disziplinaranhörungen war schlimmer gewesen als die vorherige. Keiner hatte Lust, ihm zuzuhören. Was ihn nicht wundern sollte, denn die waren allesamt Idioten. Heute war es besonders ärgerlich, weil er sah, dass DCI Flemings Gedanken immer wieder abschweiften. Er hatte die Eilmeldung von dem Leichenfund im Paradise Nature Reserve auf seinem Handy gesehen, bevor er die Wache betrat. Wahrscheinlich wollte Fleming schnellstens zurück und von ihrem Team hören, wie weit sie waren. Wilkins hatte einfach keine Priorität. Und deshalb erkannten sie und die anderen im Ausschuss auch nicht, was direkt vor ihrer Nase war. Er schüttelte den Kopf.

Das Gute an dem Fall in Newnham war, dass die meisten seiner engsten Kollegen nicht hier waren. So riskierte er nicht, von Angesicht zu Angesicht mit ...

Er hatte sich zu früh gefreut. DC Megan Maloney tauchte auf einmal ein Stück weiter vorn auf. Unterwegs zum Kaffeeautomaten oder mal wieder auf andere Art Zeit vergeudend. Sie sah ihn und wurde rot. Keiner wusste, was er zu ihm sagen sollte; sie schämten sich für das, was er getan hatte. Adrenalin pulsierte in seinen Adern. Wie konnten die so blind sein?

»Hallo, Megan«, sagte er und verbarg hinter einem Lächeln, was er wirklich dachte.

»Hallo, Sir.« Sehr formell, aber er war erfreut, dass sie ihn immer noch als Vorgesetzten anerkannte. Und vielleicht konnte die Begegnung doch noch nützlich sein. Plötzlich kam ihm der Gedanke, dass das, was er in den Disziplinaranhörungen gesagt hatte, vielleicht nie bei den anderen Mitarbeitern ankam.

Durch den Korridor rechts von ihnen konnte er sehen, dass keine anderen Officers bei dem Kaffeeautomaten anstanden. »Falls du gerade einen Kaffee brauchst, darf ich dir Gesellschaft leisten, ehe ich verschwinde?«

Sie nickte und wandte sich in die Richtung. »Natürlich.«

Nachdem sie sich ihren Kaffee gezogen hatte, drehte sie sich zu ihm. »Was möchtest du?«

„Auch schwarzen Kaffee, danke.« Vielleicht war Maloney empfänglicher als Fleming. Sie musste ja auch damit klarkommen, dass Tara Thorpe in ihr Team gekommen war – und dürfte ebenfalls gemerkt haben, wie herrisch die Frau war. Und wie sehr sie ihren Kopf durchsetzen konnte. Sie hielt sich für fähiger als die anderen, und Fleming und Blake schienen den Mist zu glauben. Wenn Maloney halbwegs bei Verstand war – worüber man streiten könnte –, empfand sie genau solchen Hass wie er.

»Wie läuft es im Team?«, fragte er und nahm seinen Becher von der DC entgegen.

»Viel zu tun.«

Vager ging es kaum. Und ihr Tonfall war immer noch unterkühlt. Noch dazu vermied sie es, ihn direkt anzusehen. Es trat eine unangenehme Stille ein.

»Hör zu, Megan, ich weiß, dass vor Weihnachten alle

wütend auf mich waren, und das verstehe ich auch. Ich bin zu weit gegangen.«

Ihre Reaktion enttäuschte und überraschte ihn, denn ihr Gesichtsausdruck sagte, dass sie es für untertrieben hielt.

»Wenn ich wiederkomme« – *na ja, falls, aber Maloney sollte lieber denken, dass es eine Frage des Wenn war* – »wenn ich wiederkommen, wäre es mir lieber, dass meine Kollegen«, er vermied das Wort Untergebene, obwohl er es dachte, »verstehen, warum ich so gehandelt hatte. Auf die Weise können sie es zumindest begreifen, selbst wenn sie denken, ich hätte einen Fehler gemacht.«

Im Grunde fehlte ihm die Geduld, sich immer wieder zu verteidigen. Er fand, dass es seine Zeit und Mühe nicht wert war. Doch er schuldete es sich – und den Leuten unter seinem Kommando, also wirklich! – die Sache klarzustellen. Und sollte es für DI Blake und Tara Thorpe bedeuten, dass sie künftig keinen so leichten Stand mehr hatten, war es nur gut.

Maloney antwortete nicht, aber sie schaute ihm in die Augen und wartete, dass er fortfuhr. Ihre Entscheidung, ihn nicht zu ermuntern oder in irgendeiner Form Mitgefühl mit ihm zu äußern, bewirkte, dass ihm in seiner Jacke zu warm wurde. Wie frech! Sie mochte ihn eben »Sir« genannt haben, trotzdem hatte sich das Kräfteverhältnis zwischen ihnen verschoben. Hielt sie sich seit seinem Niedergang für gleichgestellt mit ihm? Vielleicht sogar für besser als er? Jetzt war sein Schwitzen blanker Wut geschuldet. Wenn er diese Gelegenheit nutzen wollte, sollte er es lieber sehr deutlich tun.

»Mich hat damals frustriert, wie gewisse Elemente des Teams gearbeitet haben«, sagte er schließlich. »Tja, du bist vielleicht zufrieden damit, wie es läuft, seit Tara Thorpe zu uns gekommen ist.« Er holte tief Luft, um seinen Zorn einzudämmen, und hielt eine Hand in die Höhe, als sie ihn unterbrechen wollte. »Falls ja, ist das in Ordnung. Aber eine Sache: Ich würde vorschlagen, dass du DI Blake und DC Thorpe sehr genau im Auge behältst – wie sie miteinander sind, meine ich, ihre Körpersprache, diese bevorzugte Behandlung, die Thorpe bekommt, komische Entscheidungen, die DI Blake unter ihrem Einfluss trifft. Es ist nämlich so, dass ich die beiden mal zusammen gesehen habe, und ihre Gefühle ... Sagen wir, ihre Gefühle sind für das Team im Ganzen nicht unbedingt gesund.«

Er ließ aus, dass er sich auf einen Vorfall vor beinahe fünf Jahren bezog, als Blake von seiner Frau getrennt gewesen war ... und Tara Thorpe zu der Zeit von einem anderen Officer wiederbelebt wurde, nachdem sie fast ertrunken war. Die Angst im Gesicht seines Chefs würde er nie vergessen. Er hatte sofort gewusst, dass dessen Gefühle für Tara Thorpe außergewöhnlich waren. Beide hatten damals im selben Mordfall ermittelt – sie als Journalistin, er als Detective – und Tara hatte einiges von dem, was sie herausfand, mit Blake und der Polizei geteilt. Ihre gemütlichen Plaudereien mussten Wirkung gezeigt haben.

Blake mochte beschlossen haben, seiner Ehe noch eine Chance zu geben, aber Wilkins hegte nicht den geringsten Zweifel, dass seine Gefühle für Tara Thorpe blieben. Und so bekam es Wilkins mit seinen eigenen Problemen bei der Arbeit zu tun, als sie ins Team kam und anfing, sein Urteilsvermögen infrage zu stellen.

Er sah Megan Maloney wieder an. »Wenn dir nichts Unpassendes auffällt, vergiss dieses Gespräch einfach«, sagte er. »Aber sei lieber vorgewarnt. Ich möchte nicht, dass ihr Verhältnis beeinflusst, wie du und Max behandelt werdet.«

Er trank den letzten bitteren Rest seine Kaffees. »Jedenfalls, wir sehen uns bald.« Mit diesen Worten drehte er sich um und ging zum Ausgang. Er hatte keinerlei Beweis für eine »Beziehung« zwischen Blake und Thorpe, wie DCI Fleming ihn auch wütend erinnert hatte, wobei sie kurz zum Detective Chief Superintendent gesehen hatte. Aber es war gut, bei Megan

Maloney einige Zweifel zu säen. Um ihretwillen, nein, um Max' und ihretwillen. Er war ihr Chef, und sie mussten wissen, dass er sich für sie stark machte. Mit seinen eigenen Gefühlen hatte es nichts zu tun.

Als die Tür der Wache hinter ihm zufiel, klappte er seinen Regenschirm mit einer solch schnellen, wütenden Bewegung auf, dass er eine Taube verschreckte, die ein Stück weiter auf dem Gehweg gehockt hatte. Sie flatterte lautstark davon. *Blöder Vogel.* Die ganze Welt war voller Idioten.

KAPITEL ZEHN

Blake stürmte ein wenig verspätet in den Besprechungsraum. Er kam direkt aus dem Addenbrooke's, von Freya Cross' Obduktion. Daran würde er sich nie gewöhnen – und würde sich Sorgen machen, sollte er es jemals tun. Er versuchte, das Bild der blassen Toten aus seinem Kopf zu verdrängen. *Als ginge das!*

In dem Raum sah er Tara und Max vorn nahe den Schautafeln, die mit DCI Fleming sprachen. Letztere blickte hinüber zu ihm, als er näher kam. Seine Chefin sah aus, als ginge ihr mehr als der Mord durch den Kopf. Zweifellos würde sie es früher oder später verraten. Hinter ihnen konnte Blake Fotos von Freya Cross lebend und tot sehen, aber auch eines von einer Gestalt, die sehr an Byron erinnerte. Er trat näher an die Tafel.

»Ist das Luke Cope?«

Tara bejahte stumm.

Der Mann sah ganz nach leidenschaftlichem Künstler aus – voller, sinnlicher Mund und ein etwas irres Funkeln in den Augen. Er wäre zumindest leicht zu erkennen, sollten sie ihn finden.

»Fangen wir an«, sagte DCI Fleming, worauf sofort Ruhe eintrat. Sie hatte sich vor zwei Wochen eine neue Frisur zugelegt, an die Blake sich partout nicht gewöhnen konnte. Die pechschwarze Farbe war noch da, aber die stachelige Gelfrisur war weg. Jetzt war alles zu einem glatten Kurzhaarschnitt frisiert.

Er setzte sich auf einen Stuhl neben Kirsty Crowther und blickte hinüber zu Tara, wobei er sich fragte, was sie Fleming berichtet hatte. Unweigerlich nahm er ihr rotblondes Haar, ihre klaren Züge und den herausfordernden Blick wahr. Und prompt war er in Gedanken wieder ihr gegenüber in einem Pub, flirtete mit ihr, obwohl er bereits entschlossen war, mit einer Frau weiterzuleben, die ihn betrogen hatte, um seine Ehe zu retten. Was zum Teufel hatte er sich dabei gedacht?

»Was gibt es Neues von Agneta?«, riss Fleming ihn jäh aus seinen Gedanken.

»Die Witterung der letzten Woche macht es schwer, den Todeszeitpunkt genau festzulegen, aber Freya Cross' Mageninhalt weist darauf hin, dass ihre letzte Mahlzeit die mit ihrem Ehemann am Freitag, dem dreiundzwanzigsten Februar war. Also denke ich, wir können davon ausgehen, dass sie in der Nacht im Paradise Nature Reserve gestorben ist. Es gibt keine Hinweise auf Geschlechtsverkehr, bevor sie ermordet wurde, und ihr Tod war Ersticken durch Strangulation. Es waren Fasern ihres Schals in ihrer Haut.«

Fleming nickte.

»Womit wir nicht gerechnet haben, war, dass sie auch einen Schlag auf den Kopf bekommen hatte. Die Wunde war seitlich am Schädel, und dort hatte sich der Schnee angehäuft, weshalb wir es am Tatort nicht gesehen hatten. Es könnte sein, dass der Mörder sie bewusstlos schlagen wollte, bevor er es beendete. Um weniger Gegenwehr zu haben, wenn er den Schal um ihren Hals schlang.«

»Was die Frage aufwirft, warum der- oder diejenige sie nicht gleich totgeschlagen hat«, sagte Fleming.

Immerfort praktisch denkend, seine DCI. »Dem Mörder könnte ein bisschen schlecht geworden sein.« Blake kam es bizarr vor, dass Mörder ihre Methoden danach wählten, wie magenverträglich sie waren, aber anscheinend war es hier so. »Oder das, was die Person für den ersten Schlag benutzt hatte, eignete sich nicht für den Zweck. Laut Agneta könnte es etwas wie ein Stein gewesen sein. Fand der Mord unter Wut statt, im Affekt, könnte der Täter einmal zugeschlagen und dann erkannt haben, dass er nicht groß genug war, um schnell den Schädel zu zertrümmern.«

»Zurück zu Luke Cope«, sagte Fleming. »Wie weit sind wir?«

»Der Durchsuchungsbefehl für sein Haus ist da. Die Spurensicherung überprüft alles auf weniger offensichtliche Anzeichen, die vielleicht übersehen wurden. Falls der Täter oder die Täterin sowohl Luke als auch Freya umgebracht hat, könnte er Luke bei ihm zu Hause ermordet haben. Sie suchen nach Blutspuren. Und wir haben sein Autokennzeichen in alle üblichen Systeme eingegeben. Das letzte Mal wurde sein Wagen gesehen, als er eine Kamera auf der Umgehungsstraße passierte, an dem Abend vor Freyas Ermordung.«

»Abgesehen von Luke, wen verdächtigen wir des Mordes an Mrs Cross?«

»Offensichtlich ihren Ehemann, Zach.« Blake stellte sich den großen, mächtigen Mann vor, der in seinem wundervoll ordentlichen Zuhause in Cambridge saß. »Seine Erklärung, dass seine Frau vorhatte, mal kurz wegzukommen, war bestenfalls vage, und er sah aus, als würde er improvisieren. Und die Frau, zu der Freya laut ihm wolle, hatte sie nicht erwartet. Dann sagt Freyas Arbeitgeber, Jonny Trent von der Galerie Trent's, dass er bei Freya zu Hause angerufen hat, als sie nicht zur Arbeit gekommen war. Er hat mit Professor Cross gesprochen, der ihm die gleiche Geschichte wie uns erzählt hat – dass sie sich kurzfristig eine Auszeit nehmen musste, weil sie in letzter Zeit so unter Druck gestanden hatte. Wenn Zach Cross das wirklich geglaubt hat, würde er wohl annehmen, dass Freya selbst Jonny Trent sagt, sie würde nicht zur Arbeit kommen, aber alles an seiner Geschichte wirkt dünn. Andererseits würde er, hätte er seine Frau umgebracht, doch eher von sich aus Trent anrufen, um ihr Fehlen zu erklären, oder nicht?«

Fleming nickte und wandte sich an Tara. »Ich glaube, Sie und Max haben noch mehr Informationen?«

Tara erzählte von ihren Gesprächen mit einer Professorin in Cross' Straße, Cindy Musgrove, und wie distanziert Freya und ihr Mann bei der kürzlichen Party gewirkt hatten. »Und eine andere Nachbarin, Diana Johnson, sagte, dass sie Freya am Freitag, dem dreiundzwanzigsten Februar, gesehen hat, wie sie zum Paradise Nature Reserve ging, mit einer kleinen Reisetasche.«

Womit alles anders wurde. Blake hätte schwören können, dass der Professor gelogen hatte, was die Sachen betraf, die sie bei sich gehabt hatte.

Tara sah zu Blake und hielt für einen Moment seinen Blick, ehe sie sprach. »Ich frage mich, warum der Mörder diese kleine Reisetasche vom Tatort entfernt, aber die Handtasche neben der Leiche lässt.«

Blake nickte. »Eine sehr interessante Frage.«

»Die erste Nachbarin, Cindy Musgrove«, fuhr Tara fort, »erwähnte, wie wütend Oscar Cross war, Freyas Stiefsohn, weil sein Vater wieder heiratete. Anscheinend ist er nur acht oder neun Jahre jünger als Freya.«

»Er gehört auf die Liste der Personen, mit denen wir reden müssen«, sagte Blake und sah Megan Maloney an. »Megan, wir sollten einen Termin mit ihm machen. Und kannst du bitte ihn, Luke und den Professor überprüfen, ob sie schon mal mit dem Gesetz in Konflikt geraten sind?«

Sie nickte. »Vielleicht sehen wir uns auch einen von Luke Copes Kontakten näher an, ob die Person irgendwie in die Geschichte verstrickt ist.«

Wie Blake wusste, war sie die Liste der Bekannten des Vermissten durchgegangen, die sein Bruder Matthew ihnen gegeben hatte. Nun sah er Megan Maloney fragend an. »Aha?«

»Eine Dr. Imogen Field«, erklärte seine DC. »Sie ist angeblich eine Ex von Luke. Sie waren drei Jahre zusammen, und das Timing bedeutet, dass Freya Cross sie abgelöst haben könnte. Sie sagt, dass sie Luke nicht gesehen und auch keine Ahnung hat, wo wir ihn finden könnten.«

»Gut zu wissen, danke, Megan.« Blake wandte sich wieder an alle.

Doch ehe er etwas sagen konnte, schaltete sich Fleming ein: »Oberste Priorität hat ohne Frage, Luke Cope zu finden.«

Ach, wirklich? »Dem stimme ich zu, Ma'am«, sagte er und versuchte, seine verspannten Schultermuskeln zu lockern. »Bisher ist unklar, ob er unser Mörder ist oder jemand ihn und Freya getötet hat. Zach Cross hat ein Motiv, beide auszuschalten, aber bei seinem Sohn bin ich mir nicht sicher. Es sei denn, Oscar hat das Paar überrascht. Wenn er Freya ohnehin schon beschuldigt hat, seine Familie zerstört zu haben, und dann herausfindet, dass sie seinem Vater untreu ist, könnte es gereicht haben, um einen Kontrollverlust auszulösen.« Was indes nicht wahrscheinlich war. Beide zu ermorden, nacheinander, und anschließend Luke Copes Leiche zu bewegen, wäre kein Klacks gewesen.

Was Dr. Imogen Field anging ... die hörte sich interessant an.

Kirsty Crowther, die Vertrauensbeamtin, hob die Hand, und Fleming nickte ihr zu. »Oscar Cross hat seinen Vater zur Identifizierung von Freyas Leiche begleitet«, berichtete sie. »Trotz der furchtbaren Umstände zeigte er nicht besonders viel Mitgefühl gegenüber seinem trauernden Dad. Aber Professor

Cross' Schock und Kummer schienen echt, soweit ich es beurteilen konnte.«

»Ich habe auch Jonny Trent im Blick, den Galeriebesitzer«, sagte Blake.

»Aus welchem Grund?« Fleming sah ihn unter ihrem neuen, nicht zu ihrem Typ passenden Pony hervor an.

»Er hat nicht nur Freya Cross beschäftigt, sondern auch Luke Copes Kunst ausgestellt, also gibt es da eine Verbindung.« Er gab ihnen einige zusätzliche Informationen. »Und als ich meinen Dienstausweis zweigte, sah Trent im ersten Moment erschrocken aus – auch wenn das eine normale Reaktion für ihn sein könnte. Natürlich ist niemand entspannt, wenn ein Detective zu Besuch kommt. Aber während des Gesprächs hatte ich den Eindruck, dass er mir Honig um den Bart schmieren wollte. Und er hat behauptet, dass es überhaupt keine Spannungen in der Galerie gab, während Freya Cross' Londoner Freundin sagt, dass sie glaubte, Freya hätte Stress bei der Arbeit.«

»Die Nachbarin, Cindy Musgrove, hat ebenfalls gesagt, bei ihrer letzten Unterhaltung mit Freya schien sie nicht über ihren Job reden zu wollen«, ergänzte Tara. »Und nicht zu vergessen, dass Freya vorhatte, an dem Montag mit Jonny Trent zu reden, wozu es nicht mehr kam, weil sie vorher ermordet wurde.«

Blake nickte. »Trent gibt vor, nicht zu wissen, was sie belastet hat.«

»Und hinzukommt, dass er eindeutig ausweichend war, als ich ihn angerufen hatte und Freya sprechen wollte, bevor ihre Leiche gefunden wurde«, fügte Tara hinzu.

»Interessant«, sagte Fleming.

»Nur alles andere als ein handfester Beweis.« Blake wusste, was seine Chefin dachte, und er wollte es lieber laut aussprechen, als um den heißen Brei herum zu reden. «Aber Trents Reaktion auf die Nachricht von dem Leichenfund war ebenfalls seltsam. Er wandte sich ab und trat ans Fenster. Es war eindeutig, dass ich sein Gesicht nicht sehen sollte. Und als ich erwähnte, dass Luke Cope auch vermisst wird, wurde er blass. Mit dem Mann stimmt etwas nicht. Ich bin mir bloß noch nicht sicher, was es ist.«

Fleming nickte. »Was haben wir von Freya Cross' Telefon?« Blake schaute auf die Liste, die ihm das Technikteam gegeben hatte. »Jonny Trent hat ihr mehrere Textnachrichten geschickt, seit sie verschwunden ist.« Ihm fiel wieder ein, dass Trent behauptet hatte, er hätte sie erreichen wollen, weil er sich Sorgen gemacht hatte. »Die Nachrichten werden graduell ungeduldiger. Die erste lautet: ›Wir können das klären, ruf mich an. Alles wird gut.‹ Was impliziert, dass es Spannungen bei der Arbeit gab. Und es geht ungefähr so weiter. Die letzte Nachricht ist, ›Wo zur Hölle bist du? Ruf mich an‹.«

Fleming sah zu ihm. »Er könnte sie immer noch umgebracht und danach die Textnachrichten geschickt haben, um seine Behauptungen plausibler zu machen.«

»Könnte er«, bejahte Blake. »Obwohl man in dem Fall annehmen würde, er hätte sie passend zu dem Bild des ›besorgten Chefs‹ gemacht, das er mir vermitteln wollte. Aber möglich wäre es. Er könnte sogar mit der Unterhaltung gerechnet haben, die wir gerade führen.«

»Sonst noch etwas?«, fragte Fleming.

Blake nickte. »Zwei sehr interessante Fakten. Einer ist, dass Zach Cross in der ganzen Zeit, in der er angeblich glaubte, dass seine Frau bei ihrer Freundin sei, sie weder angerufen noch ihr Textnachrichten geschrieben hat. Er hatte selbst gesagt, dass sie gestresst war. Man sollte meinen, dann würde er zumindest versuchen, sich nach ihr zu erkundigen.«

»Und das andere?«

»Es gibt eine Textnachricht von Luke Copes Nummer früher an dem Abend, an dem Freya Cross starb. Sie lautet: ›Bitte, Freya, triff mich. Übliche Stelle. Neun Uhr heute Abend. Gib mir eine Chance, und wir können neu anfangen‹.«

»Was für einen Wagen fährt Luke Cope?«, fragte Tara.

Megan Maloney antwortete: »Einen dunkelroten Volvo.«

Fleming zog die Augenbrauen hoch. »Warum fragen Sie?«

Blake beobachtete, dass Tara die Stirn runzelte. »Als ich vorhin Matthew Cope zu Hause besucht habe, kam mir ein dunkelblauer Mercedes mit sehr hoher Geschwindigkeit aus seiner Richtung entgegen – ich nahm an, von irgendwo weiter vorn. Mir ist es eben erst wieder eingefallen, und ich habe bei Google Maps nachgesehen. Hinter Matthew Copes Haus gibt es nur noch Felder, und die Straße endet dort. Wenn der Fahrer also bei Matthew gewesen war, frage ich mich, was er dort wollte. Und je länger ich darüber nachdenke, desto sicherer bin ich, dass er auf keinen Fall gesehen werden wollte.«

KAPITEL ELF

Jonny Trent beobachtete, wie Freya Cross' Assistentin Monique über die Einfahrt der Galerie zu ihrem Mini Cooper stöckelte. Wie konnte sie sich solch ein schickes Auto leisten? Er musste ihr zu viel zahlen. Jetzt kramte sie in ihrer Handtasche, fand anscheinend die Autoschlüssel nicht. Mit den Kunden war sie gut, vor allem mit den männlichen, aber nicht unbedingt helle. Was selbstverständlich in vielerlei Hinsicht ein Segen war. Er hatte ihr nichts von Freyas Tod gesagt. Schließlich – rechtfertigte er sich – hatte der Detective Inspector gesagt, dass noch auf eine offizielle Identifizierung der Leiche gewartet würde. Und falls Monique ein paar Stunden oder so flennen müsste, war es ihm lieber, sie tat es in ihrer Freizeit ... Sie würde so oder so bald alles aus den Nachrichten erfahren.

Beeil dich. Schneller, Mädchen!

Endlich tauchte sie ihre Hand tief in ein Innenfach der Tasche und fand, wonach sie suchte. Noch bevor sie den Motor angelassen hatte, holte Jonny bereits seine eigenen Autoschlüssel und schloss die Galerie ab. Eine Sekunde lang blieb er stehen und blickte hinauf zu einem von Luke Copes Gemälden; sie waren alle sehr dramatisch und sehr schwer zu verkaufen. Dies stellte eine Kirche irgendwo draußen in den Fens dar: düster und stimmungsvoll. Der Himmel über der Kirche war dunkel von Gewitterwolken, und hinter einem der Fenster hatte Luke einen blutroten Streifen gemalt. Jonny hatte immer das Gefühl gehabt, den Mann trennte nur eine Haaresbreite davon, gewalttätig zu werden. Das Problem war, dass er der Geschichte partout seinen dramatischen Stempel aufdrücken wollte. *Wollen wir das anfangs nicht alle?* Doch die meisten Menschen erreichten an irgendeinem Punkt in dem Spiel eine Art Akzeptanz. Jonny hatte es. Luke hingegen wartete noch, dass es passierte, und dass der Effekt ausblieb, schien eine verzweifelte Wut in ihm zu wecken. Natürlich war er begabt, und das war die Ironie daran.

Jonny schüttelte den Kopf. *Was hast du getan, Luke? Und wen reißt du mit dir in den Abgrund?* Wäre doch nur dieser nervige Bruder nicht, der ihn bei der Polizei vermisst gemeldet hatte!

Durchs Fenster sah Jonny, dass Monique inzwischen außer Sicht war. Er aktivierte die Alarmanlage, verließ das Haus und ging seinen Range Rover aufschließen. Innerhalb von fünf Minuten war er auf der Umgehungsstraße in Richtig A10. Wie lange würde es im lachhaften Berufsverkehr von Cambridge dauern, bis er an seinem Ziel war? Er zitterte nun, dass seine Hände am Lenkrad bebten. Aber er musste hin. Den ganzen Tag schon hatte er Luke Textnachrichten geschrieben und ihn angerufen. Seit dieser schäbig-elegante Polizist bei ihm gewesen war. Und er hatte keine Antwort erhalten.

KAPITEL ZWÖLF

Blake wollte nach Hause gehen, da rief Fleming ihn in ihr Büro. Fast hatte er es geahnt, denn er hatte ihren Blick nicht vergessen, als er den Besprechungsraum betrat.

Sie nickte zu dem Stuhl vor ihrem Schreibtisch. Sie hatten bereits geplant, was morgen zu tun war, also konnte es nicht darum gehen. Tara sollte gleich morgens mit Megan und Max zu Luke Copes Haus fahren und nach möglichen Hinweisen suchen, wohin der verschwundene Künstler wollte. In der Zwischenzeit würde Blake mit Monique sprechen – der Assistentin von Freya Cross –, falls die beiden irgendwelche Geheimnisse ausgetauscht hatten. Und er wollte noch einmal mit Zach Cross reden und herausfinden, was er unter ein wenig sanftem Druck sagte. Folglich war ihm ein Rätsel, was Fleming mit ihm noch bereden wollte.

»Ma'am?«

»Megans Beförderung zum DS ist offiziell.« Sie lächelte ihn an. Sie beide hatten die Beförderung befürwortet, ganz besonders Fleming. Sie und Megan waren auf einer Wellenlänge. Blake vermisste nach wie vor seine vorherige DS, Emma, die Megan ersetzen sollte. Emma hatte eine entspannte Zuversicht ausgestrahlt, an der es Megan mangelte. Dennoch war Maloney effizient und setzte die richtigen Prioritäten – und sie trennten Welten von Patrick Wilkins.

»Das freut mich selbstverständlich für sie«, sagte Fleming und sah ihn an. »Ich dachte, ich teile es Patrick mit. Aus Höflichkeit, damit er im Bild ist, wenn er wieder auf seinen Posten zurückkehrt.«

Auf Blakes verwunderten Ausdruck hin grinste sie unschuldig. »Es wird ihm natürlich nicht gefallen. Wenn er wieder zurückkommt, werde ich sehr sorgfältig auswählen, an welchen Fällen er arbeiten und auf welche Informationen er zugreifen darf. Megan wird weit mehr Freiheiten genießen als er. Die und Respekt.«

»Hoffen Sie, die Nachricht von ihrer Beförderung könnte ihn davon abschrecken, wieder zur Arbeit zu kommen?«

Fleming riss die Augen weit auf. »Was für ein ungewöhnlicher Gedanke, Blake!«

Er erlaubte sich ein Lächeln.

»Apropos, falls Patrick nicht wiederkommt, haben wir noch eine freie DS-Stelle«, ergänzte seine Chefin.

»Max«, sagte Blake. Der DC hatte seine Karriere stagnieren lassen, nachdem seine Frau bei einem Autounfall ums Leben gekommen war. Sie war noch sehr jung gewesen. Blake hatte den Eindruck, dass Max sich an den ihm vertrauten Posten klammerte, weil er wusste, dass er emotional nicht mehr verkraften könnte. Doch im letzten Jahr war er langsam wieder aus seinem Schneckenhaus gekommen. Und er hatte die notwendigen Prüfungen absolviert.

»Richtig, Max.« Fleming neigte sich vor und stützte die Ellbogen auf den Schreibtisch. Ihr neuerdings glattes Haar schimmerte dunkel im Deckenlicht. »Sie hatten ihn heute mit Tara zur Befragung der Nachbarn geschickt.«

Es klang wie ein Vorwurf.

»Tara ist hervorragend bei Befragungen und Observationen.

Sie ergänzt Max. Sie wissen ja, wie er ist; er saugt alles in sich auf, ohne dass es die Befragten überhaupt registrieren. Und gemeinsam kommen die beiden auf einige bemerkenswerte Ideen.«

Fleming nickte. »Ja, das ist alles schön und gut. Mir ist bewusst, dass Taras Stärke ist, misstrauischen Menschen Informationen zu entlocken. Aber ich habe das Gefühl, dass es besser wäre, wenn sie und Max getrennt arbeiten.« Sie neigte den Kopf zur Seite. »Wir müssen immer noch seine Kernkompetenzen einschätzen. Zum gegenwärtigen Zeitpunkt braucht er jemanden, der ihn ins Rampenlicht schubst. Er ist ein guter Polizist, Blake.«

Das brauchte Fleming ihm nicht zu sagen. Blake war derjenige gewesen, der sich für Max eingesetzt hatte, als er durch die Hölle ging. Er öffnete den Mund, doch Fleming hob eine Hand.

»Ich weiß, dass ich anfangs hart zu ihm war, kurz nachdem seine Frau gestorben war. Ehrlich, er tat mir leid, aber er war unzuverlässig und hat das Team gefährdet. Was nicht heißt, dass ich jemals an seinen Fähigkeiten gezweifelt hätte. Ich wollte nur, dass er sich länger freinahm, wenn er dem Job nicht gewachsen war. Jetzt in er in Topform.

Aber ich wette, dass es Tara war, die heute die Führung übernommen hat, als sie gemeinsam unterwegs waren. Sie ist eine riesige Bereicherung für das Team, aber sie scheut sich nicht, sich in den Vordergrund zu spielen. Max muss die Chance haben, sich zu entwickeln. Parallel braucht Megan in ihrer neuen Rolle Praxis in der Mitarbeiterführung. Ich möchte, dass Sie fürs Erste die beiden zusammenarbeiten lassen und Megan die Aufgabe übertragen, Max den Schubs zu geben, den er braucht. Sie können Tara mitnehmen. Sie hat Matthew Cope inzwischen schon zweimal befragt, und sie hatte mit dem Galeriebesitzer telefoniert. Außerdem hat sie eine Menge Hintergrundinformationen, die Sie nutzen können. Nicht zu vergessen, dass Sie beide von der Persönlichkeit her gut zusammenpassen – Sie können einschreiten, wenn Tara zu weit geht, und sie daran erinnern, dass sie ein Teamplayer sein muss.«

Daran hatte Fleming ihn schon früher erinnern müssen, und das Blitzen in ihren Augen sagte ihm, dass sie glaubte, Tara würde es ihm nicht leichtmachen.

Blake überlegt, wie er ihr Argument widerlegen könnte, erkannte jedoch binnen einer halben Sekunde, dass sie recht hatte. Beispielsweise wäre es gut gewesen, hätte Tara sich in der Galerie umgeschaut, während er mit Jonny Trent sprach. Sie hätte Monique abfangen können, sobald der Kunde gegangen war, während er die Frau nicht allein erwischen konnte. Als das Gespräch mit Jonny Trent vorbei war, war der erste potenzielle Käufer fort und ein neuer da. *Verdammt.* Ihm war sogar selbst der Gedanke gekommen, Tara mitzunehmen, aber den hatte er gleich verworfen. Und tief im Innern wusste er auch, warum. Zu viel Zeit tagein, tagaus mit Tara war ein Problem. Wenn sie zusammen waren, sprühten die Funken.

Er blickte zu Fleming auf. Hatte sie die Wahrheit erraten? Oder hielt sie ihn lediglich für einen Kontrollfreak, der lieber allein loszog? Morgens hatte sie noch eine Disziplinaranhörung mit Patrick Wilkins gehabt, der die Gerüchte über Blake und Tara verbreitet hatte. Es könnte sein, dass sie dadurch auf die Idee gekommen war, Blakes Gefühle für Tara könnten sich auf seine Führung des Teams auswirken.

»Sie könnten morgen Max mit Megan losschicken, Luke Copes Haus zu durchsuchen und seine Nachbarn zu befragen. Guter Plan?«

Blake nickte. »Ma'am.«

»In Ordnung«, sagte Fleming und strich sich den Pony zur Seite. »Dann gehen Sie jetzt lieber.«

Er würde rausgehen und mit Tara reden; noch einmal über die Pläne für morgen nachdenken und sie von der Hausdurchsuchung abziehen. Vor seiner Situation konnte er nicht davonlaufen, und sie waren beide durchaus imstande, sich professionell zu verhalten. Außerdem wollte er mit ihr über den Wagen sprechen, den sie gesehen hatte, als er sehr schnell von Matthew Copes Haus weggefahren war.

Doch als Blake das Büro seiner Chefin verließ, war seine DC bereits weg.

KAPITEL DREIZEHN

Tara hatte einige Zeit im Dunkeln in ihrem Wagen vor der Parkside-Wache gesessen und über den Mercedes nachgedacht, der ihr morgens auf ihrem Weg zu Matthew Cope entgegengekommen war.

Nur weil Luke einen dunkelroten Volvo fuhr, war nicht ausgeschlossen, dass er es gewesen sein könnte. Falls er Freya Cross umgebracht hatte, würde er kaum seinen eigenen Wagen nehmen, wenn er unterwegs sein musste.

Luke könnte mit dem Wagen draußen auf dem Weg gestanden haben, damit niemand ein unbekanntes Fahrzeug mit seinem Bruder assoziierte. Vielleicht hatte er jemanden gebraucht, der ihm half zu verschwinden. Falls ja, hatte er schon mit Matthew gesprochen, bevor sie auftauchte? Oder hatte er die Idee ihretwegen aufgeben müssen? Matthew Cope war angespannt gewesen, als er sie begrüßte, aber unter den gegebenen Umständen war verständlich, dass er ein Nervenbündel war. Das besagte zunächst einmal gar nichts.

Falls der Mercedes-Fahrer *nicht* Luke gewesen war, könnte es jemand anders gewesen sein, der in den Fall verwickelt war?

Jemand mit eigenen Motiven, den Künstler vor der Polizei zu finden?

So oder so wäre es gut, noch einmal mit Matthew Cope zu reden. Er musste beunruhigt sein – eventuell kurz vor dem Zusammenbruch. Wenn er Luke schützte, könnte sie ihm vielleicht Informationen entlocken: Ihn überzeugen, dass es im Interesse seines Bruders war, sich zu stellen. Und ihm seine eigene Rolle deutlich machen. Sie könnte dafür sorgen, dass er ins Schwitzen geriet, sollte er mithelfen, den Mistkerl zu verstecken, der Freya Cross ermordet hatte.

Wieder dachte sie an die Textnachricht von Luke an Freya am Abend vor ihrem Tod. *Bitte, Freya, triff mich. Übliche Stelle. Neun Uhr heute Abend. Gib mir eine Chance, und wir können neu anfangen.* Die hatte sie sich aufgeschrieben. Die Nachricht passte zu der Behauptung, dass sie eine Affäre gehabt hatten. Sie hatten sich gestritten, und Luke hatte die schaurige Szene von seinen Händen an ihrem Hals gemalt. Was war dann geschehen?

Es bestand immer noch die Möglichkeit, dass jemand anders von Freyas und Lukes geplantem Treffen Wind bekommen und beide getötet hatte. Zach Cross könnte die Textnachricht auf dem Handy seiner Frau gesehen haben.

Doch wenn Luke schuldig war, könnte es ein eiskalter Bluff gewesen sein, um Freya den Abend aus dem Haus zu locken. Oder er könnte gemeint haben, was er schrieb, als er die Nachricht verfasste. Eventuell hatten sie in dem Naturschutzgebiet wieder gestritten, und da hatte er sie getötet.

Freya war mit einem Gegenstand niedergeschlagen worden, bevor sie erdrosselt wurde. Es könnte für eine Tat im Affekt sprechen. Allerdings gab es in dem Gebiet nicht viele größere Steine. Wollte man einen als Waffe benutzen, müsste man schon ziemlich suchen, um einen passenden zu finden.

Wie war es Freya gegangen, als sie Lukes Textnachricht bekam? Hatte sie sich darauf gefreut, sich mit ihrem Liebhaber zu versöhnen? Oder war sie nervös und voller Zweifel gewesen, als sie am Freitag, dem dreiundzwanzigsten Februar, hinaus in den Abend ging? Tara stellte sie sich vor, wie sie stumm in der eisigen Luft wartete, nach Luke horchte, ihn mit wachsender Vorfreude kommen sah, um dann verwirrt und ängstlich zurückzuweichen, als er die Hand hob und ihr den Stein an den Kopf knallte, mit dem er sie bewusstlos schlug?

Tara steckte den Schlüssel ins Zündschloss und ließ den Motor an. Sie wollte heute Abend noch mit Matthew Cope sprechen, bevor sie nach Hause fuhr. Falls er etwas verbarg, war entscheidend, schnell bei ihm zu sein. Wäre Blake da, würde er wahrscheinlich beschließen, dass er an ihrer Stelle hinfuhr. Als sie auf dem Parkplatz wendete, war ihr bewusst, dass sie ihm – offiziell – die Chance geben müsste. Aber ihre Pläne waren das Ergebnis ihrer eigenen Ermittlungsarbeit. Sie hatte den Mercedes bemerkt, der auf einer Straße ins Nichts gewesen war. Und außerdem blieb keine Zeit. Sie schätzte, dass Blake noch eine Weile beschäftigt wäre. DCI Fleming hatte diesen Gesichtsausdruck gehabt – der bedeutete, dass sie eine längere Unterhaltung mit ihrem Lieblingsmitarbeiter im Sinn hatte.

Tara hatte keine Bedenken, allein zu fahren. Dank Paul Kemp, dem Expolizisten, der ihr Selbstverteidigung beigebracht hatte, konnte sie gut auf sich aufpassen. Als sie im Dunkeln auf die Straße einbog, lächelte sie. Kurz vor Weihnachten war Kemp unerwartet zu Besuch gekommen – und hatte sie nachts im Stourbridge Common überrascht. Er hatte sie zum Spaß von hinten angegriffen (um ihr Können zu testen, wie er sagte), und sie hatte ihn zu Boden geschickt, bevor sie erkannte, dass er es war. Solch eine Nummer würde er sich so bald nicht wieder leisten.

Der Weg zu Matthew Copes Haus war bei Dunkelheit eine ganz andere Sache als tagsüber. Die Gegend hatte sie schon

morgens in Habachtstellung versetzt. Jetzt machten sie noch
zusätzliche Gegebenheiten besonders wachsam. Neben einem
verfallen wirkenden Gebäude links von ihr brannte ein großes
Feuer. Es regnete in Strömen, doch das Feuer war zu gewaltig,
als dass der Regen es löschen konnte. Waren Menschen in dem
Gebäude? Da mussten welche sein, denn sie hatte vormittags
Hunde dort bellen gehört und einen wütenden Ruf. Sie dros-
selte die Geschwindigkeit wegen der vielen Schlaglöcher – ihr
Fiat war nicht mehr der Jüngste –, obwohl sie instinktiv lieber
Gas gegeben hätte.

Als sie um eine Biegung kam, flog etwas aus einer Hecke
und traf hinten auf ihr Auto. *Verflucht!* Jemand hatte einen
Stein geworfen. Fühlten sich die Menschen hier so entrechtet,
dass sie jeden Fremden in ihrem Revier attackierten? Matthew
Copes Haus mochte groß sein und viel Land drumherum
haben, doch Tara hätte sich die Gegend nicht ausgesucht. Was
er natürlich auch nicht hatte. Luke hatte mit dem Haus, das er
erbte, definitiv den besseren Deal erwischt.

Sie war erleichtert, dass Matthew noch ein Stück weiter
draußen wohnte; in diesem Fall fühlte es sich wie ein Plus-
punkt an, den bewohnten Bereich zu verlassen. Schließlich bog
sie in die Einfahrt ein. Das Haus war dunkel, und der BMW,
den sie vormittags gesehen hatte, war fort.

Sie stieg aus dem Wagen und schloss die Tür so leise wie
möglich. Bei dem Regen und ohne Mondlicht war es schwierig,
hier viel zu sehen. Tara klappte ihren Kragen hoch und blickte
sich um, ob sich in den dunklen Sträuchern und Büschen etwas
rührte. Alles schien ruhig, dennoch wartete sie, bis sich ihre
Augen besser an das spärliche Licht angepasst hatten, und
schaute sich erneut um.

Sie ging auf die Haustür zu, um sicherheitshalber anzuklop-
fen, auch wenn der fehlende Wagen bereits erahnen ließ, dass
sie umsonst hergekommen war. Es war kein Lebenszeichen
auszumachen, als sie durch eines der Fenster spähte.

Wo war Matthew Cope hin? Seine Verfassung morgens hatte mitnichten darauf hingedeutet, dass er abends ausgehen würde. Was, wenn er irgendwohin verschwunden war, um Luke zu helfen?

Tara griff nach dem Handy in ihrer Tasche, doch bevor sie es hervorholen konnte, hörte sie ein Geräusch. Ein Wagen kam den Weg herauf. Sie konnte den Motor ebenso hören wie die Reifen auf dem sandigen Grund. Sie war noch beim Haus, aber ihr Wagen stand gut sichtbar in der Einfahrt. Kam Matthew Cope nach Hause? Sie blickte auf ihre Uhr. Es war zu früh, falls er den Abend etwas vorhatte. Angespannt stand sie da. Selbst wenn es Matthew sein sollte, war nicht ausgeschlossen, dass er einen Mörder auf dem Beifahrersitz hatte. Wie weit würde er gehen, um seinen Bruder zu schützen? Sie standen sich offensichtlich sehr nahe. Matthew hatte die Polizei förmlich angefleht, Lukes Verschwinden ernst zu nehmen. Die Weltfremdheit seines Bruders hatte ihn geärgert, aber er glaubte auch zu wissen, was das Beste für Luke war. Vielleicht war er es gewohnt, die Verantwortung zu übernehmen ...

Das Motorengeräusch wurde lauter. Sie könnte sich in ihrem Wagen einschließen und sich fluchtbereit machen. Aber wenn das kommende Fahrzeug sie sah und die Ausfahrt versperrte, wäre sie angreifbarer als versteckt irgendwo hier draußen. Zumindest könnte sie so notfalls durch eine Hecke auf eines der benachbarten Felder fliehen. *Rein theoretisch ...* Die Ilexhecke gefiel ihr nicht. Doch zum Glück trug sie einen dicken Wintermantel.

Jetzt konnte sie die Scheinwerfer vorn an der Einfahrt sehen. Sie schwangen herum, strahlten das Haus an und blendeten Tara.

Sie stand vollkommen regungslos seitlich am Haus. Hier war sie halb versteckt, konnte aber noch um die Ecke zu dem Wagen sehen und wer ausstieg. Nur ließ der Fahrer die Lichter an. So erkannte Tara zwar, dass eine Gestalt auf der Fahrerseite ausstieg, aber nicht, ob es Matthew Cope war. Die Person schien ihr ein bisschen kleiner und breitschultriger. Sie bewegte sich hinter den Wagen und auf Taras zu, sah zu den Fenstern hinein und zog am Türgriff. Tara hatte nicht verriegelt ...

Dann zog die Gestalt ein Handy hervor, um die Taschenlampe zu benutzen. Und jetzt leuchtete sie damit das Haus an.

Tara wich zurück und hielt den Atem an, als die Gestalt auf das Gebäude zukam.

Verdammte Taschenlampe! Leuchtete die ihr nicht in die Augen, könnte sie sehen, wer sie hielt. Adrenalin rauschte durch ihren Körper. Sie war bereit, sollte die Gestalt auf einen Kampf aus sein. Immerhin schien sie allein.

Sie wappnete sich schon zum Sprung, als das Licht auf einmal erlosch. »Mäuschen, sag mal piep!«

Aha.

Tara trat vor. »Guten Abend, Chef. Was führt dich her?«

Sie konnte knapp erkennen, dass Blakes Augen funkelten. Diesen Blick kannte sie. Als er antwortete, klang seine Stimme ruhig, was sie jedoch nicht täuschte. »Dasselbe wie du, vermute ich. Nach deinen Beobachtungen vorhin dachte ich, es lohnt sich mal nachzusehen, ob Matthew Cope auch brav im Bett liegt. Ich wollte vorschlagen, dass wir zusammen herkommen, vor allem, weil es deine Ermittlung gewesen ist. Aber bis Fleming mich endlich gehen ließ, warst du schon weg.«

Tara war froh, dass er ihre Arbeit anerkannte, aber da war eindeutig eine scharfe Note.

»Was zum Teufel hast du dir dabei gedacht, allein herzufahren? Schlimmer noch, ohne jemanden auf dem Revier wissen zu lassen, was du vorhast?«

In der kalten, verregneten Stille nahmen sich seine Worte besonders harsch aus, und sie waren umso ärgerlicher, weil er recht hatte. Sich zu rechtfertigen, war keine Option. Also schwieg sie. Sie konnte sich nicht dazu bringen, ihm zu widersprechen oder es zu erklären.

Er seufzte, und Tara sah seinen Atem in der kalten Abend-
luft. »Du bist keine Journalistin mehr, Tara. Polizeidienst
bedeutet, im Team zu arbeiten. Wenn du dich und einen Fall in
Gefahr bringst, wirkt es sich auf alle aus.«

Ihr war bewusst, dass dies die Stelle war, an der sie sich
entschuldigen sollte. Und dass ihre Wut einer Vielzahl komplizierter Gründe geschuldet war, die größtenteils nichts damit zu
tun hatten, dass sie allein zu einem Mann gefahren war, der
einen Mörder verstecken könnte.

Schließlich sah sie, wie Blake die Schultern hängen ließ.
»Was hattest du vor, ehe ich gekommen bin?«, fragte er nun
leiser.

»Matthew Cope auf seinem Handy anrufen. Falls die
Chance besteht, dass er seinem Bruder hilft, könnte er das jetzt
gerade tun.« *Während wir hier stehen und du mich wie ein
Schulkind behandelst. Und ich mich wie eines benehme …*

»Einverstanden.« Er nickte zu dem Handy, das sie nun aus
ihrer Hosentasche zog. »Dann mach das.«

Tara wählte. Es klingelte mehrmals, bevor Matthew Cope
sich meldet. *Was treibst du gerade?*

»Matthew Cope«, sagte die körperlose Stimme.

»Hier ist Tara, Matthew. Tara Thorpe«, sagte sie, was ihr
einen fragenden Blick von Blake eintrug. Er sollte sich freuen.
Niemand öffnete sich, wenn man ihm dauernd mit seinem
Dienstgrad kam.

Es entstand eine kleine Pause. »Haben Sie Neuigkeiten
über Luke?«

Im Hintergrund waren diverse Geräusche zu hören: Gläser-
klimpern, Lachen, Stimmen und Popmusik. Sofern er seinen
Bruder nicht in einen Pub ausgeführt hatte, schätzte Tara, dass
ihre und Blakes Befürchtungen unbegründet waren. Und seine
Stimme war immer noch angespannt vor Sorge.

»Noch nicht, leider«, antwortete sie. »Vielleicht entdecken
wir morgen im Haus Ihres Bruders eine Spur. Unsere Kollegen

von der Spurensicherung haben schon einen ersten Blick drauf geworfen.«

»Haben sie ...?« Er brach die Frage ab.

»Sobald es etwas Konkretes gibt, sagen wir Ihnen Bescheid. Matthew, wir sind hier bei Ihnen zu Hause, aber als ich gesehen habe, dass Sie nicht da sind, wollte ich lieber anrufen.« Sie behielt einen fragenden Ton bei.

»Ich habe zu Hause gesessen und bin nur immer unruhiger geworden. Ich dachte, ich werde verrückt von all den Bildern, die mir durch den Kopf gehen. Deshalb wollte ich etwas Konstruktives machen.« Im Gegensatz zu *euch*, schien sein Ton zu sagen. Der Hintergrundlärm nahm ab. Vermutlich war er nach draußen gegangen. »Ich bin in einem Pub, dem Flag and Diamond. Mein Bruder hatte erwähnt, dass er einige Male hier gewesen ist. Ich wollte mit den Stammgästen reden – ob sie irgendetwas wissen.«

»Seien Sie vorsichtig, Matthew. Wir wissen nach wie vor nicht, mit wem wir es zu tun haben.« Sie hörte sein verärgertes Seufzen – weil eine junge Frau sich herausnahm, ihm einen Rat zu geben? »Ich verstehe, dass Sie aus dem Haus wollten. Es muss eine schreckliche Belastung für Sie sein.« Sie machte eine kleine Pause und wünschte, sie könnte sein Gesicht sehen. »Konnten Sie etwas Hilfreiches erfahren?«

»Nein, nichts. Ich glaube, die mögen hier keine Außenseiter. Sie geben nicht einmal zu, Luke zu kennen.«

Tara fragte sich, was für ein Laden Flag and Diamond sein mochte, dass dort alle so zugeknöpft waren. Andererseits konnte sie sich auch vorstellen, dass Matthew Cope nicht sehr subtil vorging. Er war zu reizbar, um die erforderliche Geduld und List aufzubringen.

»Sagen Sie uns bitte sofort Bescheid, wenn Ihnen jemand etwas Brauchbares erzählt. Egal wie spät es sein mag. Sie haben ja meine Nummer.«

»Ich würde doch keine Informationen für mich behalten!«

Tara reagierte nicht. Er sollte lieber wissen, dass sie nichts, was er sagte, blind glaubte.

Nach einer kurzen Weile sprach Matthew Cope wieder. »Wollen Sie, dass ich jetzt nach Hause komme und mit Ihnen rede?«

Tara wollte ihn natürlich immer noch nach dem blauen Mercedes fragen, der morgens von seinem Haus weggerast war, und das lieber persönlich als am Telefon. Doch nach kurzer Überlegung verwarf sie die Idee eines Treffens heute Abend. »Nein, schon gut. Aber ich bin gleich morgen früh beim Haus Ihres Bruders. Könnten Sie auf Ihrem Weg zur Arbeit dort vorbeikommen? Dann können wir uns unterhalten.« Von seiner Visitenkarte wusste sie, dass sein Büro auf der Südseite der Innenstadt war. Also lag das Haus seines Bruders auf seinem Weg, selbst wenn es bedeutete, dass er im Berufsverkehr einen kleinen Umweg machen musste.

»Na schön«, sagte er, und sie konnte hören, dass er die Stirn runzelte. »Ich bin um Viertel nach acht da.«

»Prima.« Sie legte auf und berichtete Blake alles.

»Und was denkst du?«, fragte er.

»Dass er die Wahrheit erzählt, wo er ist, auch wenn mir mein Gefühl sagt, dass ich hinfahren und nachsehen soll, ob er nicht mit seinem Bruder dort ist. Es besteht eine vage Chance, dass wir ihn ertappen können, nur erkennt er mich, wenn ich in den Pub gerauscht komme.«

»Der Name sagt mir was. Nordwestlich von hier, oder, am Stadtrand?«

Tara nickte. »Ich glaube, ja. Da bin ich mal vorbeigefahren.«

Blake sah sie an. »Ganz in der Nähe von Max' Wohnung.«

»Das ist eine Idee.« Max wäre froh, der Spur zu folgen. Tara schätzte, dass Max in den letzten Monaten wieder ganz dem Ermittlervirus erlag. Er wollte nicht mehr allein deshalb rund um die Uhr arbeiten, weil er das leere Haus und die Erinnerungen an seine Frau nicht aushielt; jetzt brauchte er seinen Schuss.

»Ich schicke ihm Matthew Copes Foto von der Firmen-Website«, sagte Blake und widmete sich seinem Handy. Einen Moment später rief er Max an.

Tara konnte die Reaktion des DC hören, weil sie nahe vor Blake stand.

Sie schaute auf seine breiten Schultern, den im Regen gesenkten Kopf und das dunkle Haar, das der Wind durchpeitschte. Und sie wünschte, sie könnte die automatische Reaktion abschalten, die sie immer hatte, wenn sie ihn sah. *So viel zu widersprüchlichen Gefühlen ...*

Sie erinnerte sich an sein allzu vertrautes Verhalten ihr gegenüber, als seine Frau frisch schwanger war. Das sollte reichen, um sie zur Vernunft zu bringen.

KAPITEL VIERZEHN

Zwanzig Minuten später hatte Tara ihren Wagen in der Stanley Road geparkt, von der aus es entlang viktorianischer Reihenhäuser hinunter zur Riverside ging. Es war um die Ecke von ihrem Zuhause. Zu ihrem Haus gab es keine direkte Zufahrt – es sei denn in einem Notfall, der rechtfertigte, das breite Gatter zum Stourbridge Common zu öffnen. Ihr winziges viktorianisches Cottage lag auf einem Flecken Niemandsland, umgeben von Wiesen, nahe dem Fluss Cam und der Green Dragon Bridge, die zum Dorf Chesterton führte. Nicht, dass es dieser Tage noch ein Dorf war. Es war längst von Cambridge geschluckt worden.

Die Lage ihres Hauses bedeutete, dass man entweder zu Fuß ging oder mit dem Fahrrad durch die Fußgängerpforte und über den Weiderost fuhr. Im Frühling und Sommer grasten hier Red-Poll-Rinder, rotbraune, hornlose und überaus freundliche Tiere.

Tara erreichte die Riverside und wandte sich nach rechts, vorbei an der kurzen Häuserreihe dem Fluss gegenüber, bevor sie die quietschende Pforte öffnete. Es regnete immer noch, und der Park wirkte unter dem dicht bewölkten Himmel noch

dunkler als sonst. Hier und da gab es Laternen auf dem Haupt-
weg, doch deren Licht wurde ebenfalls vom dichten Regen
gedämpft.

Als sie durch die Dunkelheit ging, wanderten Taras
Gedanken von Megan Maloneys Beförderung zur DS – die
Neuigkeit hatte Blake ihr mitgeteilt, bevor sie sich trennten –
zurück zum Fall. Sie fröstelte. Was Freya Cross widerfahren
war, erinnerte sie an die Gefahren, abends in einsamen
Gegenden unterwegs zu sein. Es war noch nicht spät, erst acht
Uhr, aber dank des Wetters war Stourbridge Common verlassen. Unwillkürlich blickte sie sich über die Schulter um und zu
den Bäumen, die an die Wiese grenzten, wobei sie auf irgendwelche Bewegungen achtete. Anscheinend war sie wirklich
allein, trotzdem ging sie ein wenig schneller. Ihr gefiel es, vollkommen isoliert zu leben, ihren eigenen Raum zu haben und
andere auf Abstand zu halten. Aber vor fast fünf Jahren war ihr
ein Mörder auf den Fersen gewesen. Einer, der sie genau beobachtet hatte und auch noch eines seiner Opfer hier umbrachte.
Es hatte sie nicht ausreichend verschreckt, dass sie wegzog, und
sie würde sich jetzt auch nicht von solchen Bedenken verscheu-
chen lassen. Sie konnte auf sich aufpassen. Dennoch war sie
immer auf der Hut. Dem Himmel sei Dank für Kemp. Er hatte
ihr alles gegeben, was sie brauchte, um die Kontrolle über ihr
Leben zurückzubekommen.

Nach einem letzten Blick über ihre Schulter ging sie an der
niedrigen Mauer vorbei, die alles war, was ihren winzigen
Vorgarten vom Park trennte, schloss die Haustür auf und verriegelte gleich wieder hinter sich.

Sie hob den Poststapel auf, der den Tag über gekommen
war. Rechnung. Rechnung. Spendenbitte von einer Wohltätig-
keitsorganisation. Sie blätterte alles noch im Mantel grob durch
und kam zu einem Brief, auf dem ihre Adresse nicht gedruckt
war. Ihr wurde flau, als sie die klassischen Zeichen erkannte:
Ihre Anschrift in Tinte in einer Handschrift, die ihr vertraut

war. Der Absender war Robin, ihr Vater, wenn auch nur dem Namen nach. Warum schrieb er ihr?

Im Haus war es kalt, wie immer. Die Heizung müsste um sechs angesprungen sein, aber der alte Boiler hatte Mühe, die Temperaturen zu schaffen, auf die ihr Thermostat eingestellt war. Tara behielt ihren Mantel an und ging in die Küche, wo sie die Post auf den Tisch warf, ehe sie die Treppe hinaufstieg, um sich ein paar zusätzliche Pullover zu holen. Sie wechselte so schnell wie möglich vom Mantel in einige zusätzliche Wollschichten, kehrte zurück nach unten und legte eine Flasche Rotwein in die mit warmem Wasser gefüllte Abwaschschüssel.

Erst danach setzte sie sich hin und öffnete ihre Post. Robins Umschlag enthielt eine Einladung.

Um sie noch eine Weile länger zu ignorieren, holte Tara einen Rest Nudelauflauf aus dem Kühlschrank. In den hatte sie genug Chili getan, dass ihr gestern Abend davon warm geworden war, und sie konnte es kaum erwarten, sich über die zweite Hälfte herzumachen. Doch während das Essen in der Mikrowelle wärmte, schlich sich der Gedanke an die Silberhochzeitsfeier von Robin und dessen Frau zurück in ihren Kopf. Was könnte lächerlicher sein, als sie dazu einzuladen? Als Kind hatte sie zufällig einen Streit mitangehört und erfahren, dass Robin damals von ihrer Mutter Lydia verlangt hatte, die Schwangerschaft abzubrechen. Wäre es nach ihm gegangen, gäbe es Tara heute gar nicht. *Aber, hey, da du doch existierst, seien wir mal inklusiv und laden dich zu einer Familienfeier ein.* Und zu allem Überfluss war es bei dem Streit, den sie damals mitgehört hatte, um Lydias Klagen gegangen, wie schwierig es war, ein kleines Kind zu versorgen. (Dabei hatte sie die Arbeit größtenteils ihrer Cousine Bea überlassen.) Und da hatte Robin sie daran erinnert, dass sie selbst schuld wäre. Hätte sie auf ihn gehört und abgetrieben, wäre sie immer noch jung und frei.

Das hatte Tara nie vergessen. Und sie war niemand, der leicht verzieh.

Sie brachte das aufgewärmte Essen und ein großes Glas Rotwein zum Tisch. Robins Einladung enthielt auch eine Notiz hinten auf der Karte: *Wir hoffen, auch deine Mutter, Benedict, Harry und Bea auf der Party zu sehen.*

Ihr Stiefvater und der Halbbruder sollten also auch kommen? Ganz zu schweigen von Robins und Melissas Kindern – noch mehr Halbgeschwistern. Bea wäre die Rettung, *falls* Tara beschloss hinzugehen.

Es war klar, wie es zu dieser Einladung kam. Ihre Mutter hatte im letzten Jahr eine Party zu ihrem und Benedicts zwanzigsten Hochzeitstag gegeben. Natürlich war es sehr glamourös gewesen: voller Filmstars und sonstiger Berühmtheiten. Taras Mutter hielt nichts davon, der Vergangenheit nachzuhängen. Sie lud einfach alle ihre Freunde und Bekannten ein, ohne groß nachzudenken; sogar ihre Jugendliebe und seine Familie. (*Je mehr, desto besser*, dürfte sie sich gesagt haben. *Das wird ein Riesenspaß.*) Doch auf Robin – und erst recht auf seine empfindliche, schnell beleidigte Frau Melissa – könnte es gewirkt haben, als wollte Lydia ihnen ihren Erfolg und Reichtum unter die Nase reiben. Robins Architekturbüro lief gut, doch in puncto Glamour spielte er schlicht nicht in derselben Liga.

Also könnte Melissa hinter dieser Feier stecken. Vielleicht war sie wild entschlossen zu beweisen, dass sie mit Lydia mithalten konnte.

In diesem Moment klingelte Taras Handy. Sie zog es aus ihrer Hosentasche und nahm das Gespräch an. Kemp.

»Was für eine nette Überraschung.«

Prompt wurde am anderen Ende geseufzt. »Du sagst das, als würdest du glauben, dass ich etwas im Schilde führe.«

»Tust du nicht?«

Nach einer kurzen Pause antwortete er: »Ich wollte nur hören, wie es dir geht ... sonst nichts.«

»Und du hast nicht zufällig etwas in den Nachrichten gesehen, was dich auf die Idee gebracht hat, mich anzurufen?« Der brutale Mord an der Frau eines Cambridge-Professors war die Art Meldung, die es schon mal in die landesweiten Medien schaffte. Und wieder einmal fand Tara es frustrierend, dass Freyas Ehemann und dessen Institution sie interessant machten, nicht ihre eigene Karriere. Eine Universitätsverbindung verlieh dem Ganzen einen geheimnisvollen Nimbus, den Journalisten liebten.

»Könnte sein, dass mir etwas aufgefallen ist.« Sie hörte, dass Kemp etwas trank. Zweifellos Bier. Wahrscheinlich hatte er es sich geholt, bevor er anrief, wie andere Popcorn kauften, bevor sie in den Kinosaal gingen. Als Expolizist hörte er sich gerne Tratsch an, auch wenn er den Dienst seinerzeit nicht im Frieden quittiert hatte. Offiziell hatte er nichts mehr mit seinen früheren Kollegen zu tun. »Dann bist du an dem Fall?«

»Ja.«

»Und?«

»Darüber darf ich nicht mit dir reden. Jedenfalls nicht mehr als das, was schon öffentlich bekannt ist.«

»Reichlich Verdächtige?«

»Ja, danke.«

Er stöhnte. »Das nenne ich boshaft. Bedeutet dir unsere Vergangenheit gar nichts?«

Er hatte sie vor dem Wahnsinn bewahrt, als sie ein Teenager war. Niemand sonst hatte erkannt, welchen Schaden der Stalker bei ihr anrichtete. Und viel später war ihre Beziehung einen Schritt weitergegangen. Jetzt waren sie gute Freunde, die einst mehr gewesen waren. Kemp würde jedoch niemals auch nur andeuten, dass sie ihm irgendetwas schuldete.

Er klang so komisch finster, dass sie lachte. »Unsere Vergangenheit bedeutet mir eine Menge, aber mein Vorgesetzter ist gerade suspendiert, weil er Informationen weitergegeben hat, und ich werde mich hüten, denselben Fehler zu machen.«

Sie hörte, wie er leise lachte. »Der gute alte DS Wilkins. Was gibt es zu ihm Neues?«

Kemp hatte die Beweise geliefert, die ihrem Vorgesetzten ein Disziplinarverfahren einbrachten. Kurz vor Weihnachten war Kemp in der Pension abgestiegen, die Bea betrieb, und da er zwischen zwei Aufträgen war, hatte er ein wenig unbezahlt zu dem Mann ermittelt, der Tara das Leben schwermachte. Nach wenigen Tagen hatte er Fotos von Wilkins, der mit Shona Kennedy von *Not Now* knutschte und sich nett mit dem Herausgeber Giles Troy in einem Pub unterhielt. Doch es waren die Tonaufnahmen, die er von ihrem Gespräch machen konnte, die Wilkins' Schicksal besiegelten.

»Ich habe nichts gehört, aber dank dir sind die Anschuldigungen angenehm ernst.«

»Es dürfte enorm spaßig werden, solltest du jemals wieder mit ihm in einem Team landen.«

»Ja, danke, daran habe ich auch schon gedacht.« Und die Bilder, die dieser Gedanke in ihrem Kopf heraufbeschwor, waren nicht schön. Wilkins und sie hatten schon auf Kriegsfuß miteinander gestanden, bevor Kemp ihn in Schwierigkeiten brachte. Nach dem hier könnte sie es nicht mal mehr ertragen, auch nur mit ihrem DS zu reden.

»Übrigens komme ich das Wochenende«, sagte Kemp. »Ich wohne bei Bea. Sie hat eines ihrer Zimmer frei, und ich helfe ihr, es zu renovieren.«

Vor Weihnachten hatte er Bea bereits bei der Modernisierung eines anderen Zimmers unter die Arme gegriffen. Eine Sekunde lang spürte Tara einen eigenartigen Stich, den sie auf keinen Fall als Eifersucht bezeichnen würde. Das wäre verrückt – und würde sie in ein abscheuliches Licht rücken. Nur war Kemp einmal *ihr* besonderer Freund gewesen und immer noch einer der Menschen, die ihr am nächsten standen. Was bis heute galt, während sein Verhältnis zu Bea beinahe genauso stark wurde.

Natürlich freute es sie. Bea hatte ein furchtbares Jahr hinter sich, denn sie hatte ihren Mann verloren, kämpfte mit der Trauer und musste die Pension allein weiterführen. Wenn es jemanden gab, der jede Unterstützung brauchte und verdiente, war sie es. Es war nur ein kleines bisschen seltsam, dass Bea und Kemp Besuche planten, und sie erst nachträglich davon erfuhr.

Du bist so albern. Wie ein Kleinkind, das unbedingt beachtet werden will. Sie musste sich zusammenreißen, auf eigenen Füßen stehen. Kemp und Blake sahen nach vorn, sie nicht. Tara trank einen Schluck Wein.

»Du bist so still«, sagte Kemp. »Geht es dir nicht gut?«

»Entschuldige.« Sie suchte nach einer Inspiration, und Megan Maloneys Beförderung fiel ihr ein. Die Frau trennten Welten von Wilkins, und ihre Ernennung zur DS war keine Überraschung, trotzdem war Tara nicht wohl mit dieser Veränderung. Megan und sie waren nie auf einer Wellenlänge gewesen – was letztlich keine Rolle spielte. Sie erzählte es Kemp.

»Und du bist dir sicher, dass du nicht nur neidisch bist?«, fragte er auch noch.

»Ziemlich sicher.«

Er lachte, und Tara biss die Zähne zusammen. Wieder versuchte sie, das Thema zu wechseln. Ihr Blick fiel auf die Einladung von ihrem Vater. »Und die Post von heute hat mir die Laune versaut.« Was stimmte, auch wenn es nach dem Horror am Morgen beschämend war, das zuzugeben. Die Party war solch eine Banalität. Doch sie weihte Kemp in die Einzelheiten ein.

»Ich rufe ihn an und sage ab«, schloss Tara. »Sie wollen mich sowieso nicht dabeihaben.« Sogar in ihren eigenen Ohren klang sie jammernd.

»Wenn dem so ist, solltest du definitiv hingehen«, erwiderte Kemp. »Wo bleibt dein Kampfgeist? Mach es ihnen nicht leicht. Geh hin, und lass dich von ihnen bewirten.«

»Das Essen und Trinken reichen nicht, um den Rest auszugleichen.«

»Tja, dann musst du dich eben richtig ins Zeug legen. Fang damit an, dass du riesige Portionen von dem teuersten Zeug nimmst. Und dann redest du mit ihren verstockten Freunden und erklärst denen genau, wer du bist. Dazu lächelst du. Bring sie richtig auf die Palme. Das würde ich machen.«

Sie lachte schnaubend. »Ja, das glaube ich dir! Früher waren deine Tipps sehr gut für mich. Bei diesem bin ich allerdings weniger sicher.« Sie müsste darüber nachdenken.

Zwei Minuten später beendete sie das Gespräch und beschloss, nicht mehr an Robin und Melissa zu denken. Oder an ihre Mutter. Wenn sie ihre Gedanken belagerten, egal auf welche Art, gewannen sie, und Kemp hatte recht: Sie sollte sich von ihnen nicht kleinkriegen lassen. Stattdessen konzentrierte sie sich auf Luke Cope.

Wo war er? Irgendwo in der Nähe und beobachtete, wie die Polizei nach dem Fund von Freyas Leiche umherirrte? Oder längst weg? Im Ausland vielleicht? Oder war er auch tot?

Aber selbst wenn er, wie Freya, einen gewaltsamen Tod gefunden haben sollte, hatte er sich immer noch ausgemalt, Freya umzubringen, wie das Bild bewies. Falls er ein Opfer war, dann kein unschuldiges.

Sie öffnete ihren Laptop und googelte ihn. Es gab viele Treffer, einschließlich diverser Websites, auf deinen seine Kunst angeboten wurde. Auf zweien waren seine Bilder verbilligt zu haben, bei einer als Teil eines Vorweihnachtsangebots. Der Website-Betreiber hatte sie offenbar seitdem nichtmehr aktualisiert. Die Rezensionen zu Lukes Gemälden waren am interessantesten. Eine längere in einer Online-Kunstzeitschrift feierte ihn als den nächsten großen Namen und prophezeite, dass er noch vor Jahresende so allgemein bekannt wäre wie Damien Hirst. Tara blickte zum Datum. Der Artikel war vor acht Jahren erschienen. Luke musste es leid gewesen sein, auf seinen Erfolg zu warten.

Dabei gab es immer noch Menschen, die bereit waren, sich für seine Arbeit einzusetzen. Sein Bruder glaubte, sie ließe sich gut verkaufen, wenn sie richtig vermarktet wurde, und Jonny Trent stellte sie in seiner Galerie aus. Zwei, die nicht überbordend sentimental wirkten – also zählte ihr Urteil wohl. Doch keiner von ihnen hatte Luke Cope geholfen, seine Träume wahrzumachen. Man sollte meinen, dass Trent, der ein Geschäft zu führen hatte, das Projekt inzwischen als unrentabel aufgegeben hätte.

Je mehr Tara darüber nachdachte, umso merkwürdiger kam es ihr vor.

KAPITEL FÜNFZEHN

Jonny Trent hatte es endlich auf die andere Seite von Cambridge geschafft. Jetzt fuhr er nach Nordosten, hinaus in die Fens. Es goss in Strömen, und der Regen flutete die Windschutzscheibe genauso schnell neu, wie die Scheibenwischer sie klar bekamen. Inzwischen war der Himmel vollständig dunkel. So war es immer, wenn man nach Osten fuhr, erst recht bei solchem Wetter. Das Licht schwand besonders schnell. Doch für sein Vorhaben mochte Dunkelheit nicht das Schlechteste sein.

Als er in die Straße einbog, fühlte er den Wind seitlich gegen den Wagen drücken. Das Marschland war flach, düster und ungeschützt. Jonny vermisste die Hügellandschaft der Cotswolds, die er als Kind genossen hatte. Es wurde Zeit, dass er hier im Osten alles abwickelte und wegzog, zurück zu seinen Wurzeln. Darüber dachte er ohnedies schon eine Weile nach. Jetzt wünschte er, er hätte es bereits getan. Die Nachrichten von Freyas Tod und dem verdammten Luke, der verschwunden war, gaben ihm das Gefühl, als würde sich unter seinen Füßen ein Abgrund auftun und er nichts hiervon kontrollieren könnte.

Endlich sah er sie vorn, die Mühle. Die Flügel hatten vor

Jahren aufgehört, sich zu drehen, und von einem waren Teile rausgebrochen; anscheinend war er in einem Sturm beschädigt worden. Im Dunkeln ragte das Gebäude bedrohlich vor ihm auf. Er fuhr in die Einfahrt, die hinter die Mühle führte, und wenig später sah er Lukes Volvo, der außer Sichtweite von der Straße auf dem Kies parkte. Er stand in einem merkwürdigen Winkel, aber um ordentliches Einparken scherte Luke sich nie. Es musste nichts heißen. Jonny ging nicht zu dem Wagen, sondern direkt zur Tür der Mühle und klopfte an.

Es war schwierig, auf dem dicken Holz ein anständiges Geräusch mit der Faust zu erzeugen. Über dem heulenden Wind hörte er selbst kaum sein Klopfen. Regen rann ihm über das Haar und hinten in den Jackenkragen, sodass er fröstelnd fluchte.

»Luke!«, brüllte er, aber der Wind riss seine Stimme sofort weg. Und falls der Künstler drinnen war und Jonny hörte, wäre er geneigt, ihm zu öffnen? Jonny war unsicher. »Luke?«, rief er wieder, bevor er zurückschritt und hinauf zu den dunklen Fenstern blickte.

Vielleicht war er weg, falls ihn jemand anders im Wagen mitgenommen hatte. Aber konnte er klar denken? Das war die Frage. Sollte er in einem anderen Fahrzeug geflohen sein und jemand dies hier finden ... Jonny müsste hineinkommen, selbst nachsehen, um verdammt sicher zu sein. Er musste mit Luke reden, aber dies hier war noch wichtiger. Er rüttelte an der Tür, bevor er sich nach einer Stelle umschaute, an der Luke einen Schlüssel versteckt haben könnte, fand jedoch nichts. Es gab auch keine niedrigen Fenster, die ohne Leiter zu erreichen wären. Einbrechen war ebenfalls keine Option. Er könnte mit der entsprechenden Ausrüstung wiederkehren, nur lohnte es das Risiko? Kam ganz darauf an. Wenn Luke noch alles im Griff hatte, könnte es okay sein. Aber wenn nicht ... wenn nicht, könnte Jonnys ganze Welt in sich zusammenstürzen.

KAPITEL SECHZEHN

Kitty war im Pyjama, als Blake nach Hause kam. Sie lief die Treppe herunter, während er Babette nach ihrem Tag fragte und sich bückte, um die Kleine zu umarmen. Sie fühlte sich warm an, weil sie schon im Bett gewesen war, und ihr Haar strich über seine Wange, als er sie an sich drückte. Sie duftete nach Shampoo – dieselbe Babymarke, die sie stets für sie gekauft hatten. Doch in den letzten Monaten war ihm auf einmal bewusst geworden, wie groß sie wurde. Das zweite Schuljahr mit einer neuen Lehrerin hatte für einen Schub gesorgt.

»Was hast du heute gemacht, Daddy?«, fragte sie hellwach. Blake erkannte, dass seine Ankunft sie wieder fit gemacht hatte, nachdem sie schon schläfrig gewesen war. Er warf Babette über Kittys Schulter einen entschuldigenden Blick zu, aber sie schüttelte den Kopf.

»Arbeit, Arbeit, Arbeit, Kitty«, antwortete Blake. »Ich wollte schon viel früher zu Hause sein.«

»Aber was hast wirklich *gemacht*?« Sie zog das letzte Wort in die Länge, um es zu betonen.

Er hob sie auf die Arme, um sie richtig halten zu können,

ohne sich den Rücken zu ruinieren. Babette beobachtete ihn. Sie wusste von dem Mord an Freya Cross. »Na ja, Leuten viele Fragen gestellt. Und ich bin bei Agneta gewesen, um auch mit ihr zu reden.« Kitty mochte Agneta und war fasziniert von Agnetas und Frans' Baby Elise.

»Warum musstest du die so viel fragen?«

»Weil man als Detective die Wahrheit herausbekommen muss, was passiert ist, damit man anderen helfen kann, die in Schwierigkeiten geraten.«

»Und die Bösen aufhalten?«, fragte Kitty. Sie wiederholte, was er ihr erzählt hatte.

»Ganz genau.« Wann immer er daran dachte, Fragen zu stellen, um die Wahrheit herauszufinden, kam ihm Kittys leiblicher Vater in den Sinn – und die Tatsache, dass er dessen Identität bis heute nicht kannte. Es fraß innerlich an ihm. Er verdrängte die Frage nun und blickte in die dunkelbraunen Augen seiner Tochter. Augen, von denen er einmal geglaubt hatte, Kitty hätte sie von ihm geerbt.

»Okay«, sagte Kitty, die plötzlich zufrieden schien. Vielleicht war sie doch wieder müde.

»Soll ich mit raufkommen und dich ins Bett bringen?«, fragte Blake.

Sie nickte. »Liest du mir was vor?«

Blake wusste, dass es spät für sie war, besonders da sie morgen in die Schule musste. »Ja, ein Gedicht, solange du die Augen zumachst.«

»›Der Eul und die Miezekatz‹?«

Er nickte. Das Nonsensgedicht konnte er im Schlaf aufsagen. Rückwärts. Es war schon Kittys Lieblingsgedicht, seit sie drei war.

Zehn Minuten später zog er Kittys Zimmertür fast zu. Sie hatte es gern, wenn die Tür einen Spalt offen blieb, sodass Licht aus dem Flur nach drinnen fiel.

Unten hatte Babette eine Auflaufform aus dem Ofen genommen und füllte eine große Portion Coq au Vin auf.

»Ich mach schon«, sagte er. Teils hatte er ein schlechtes Gewissen, weil er so viel weg war, doch vor allem wollte er ihr nicht zu Dank verpflichtet sein. In ihrer Schuld zu stehen – egal um was für Kleinigkeiten es ging –, gab ihm das Gefühl, noch ohnmächtiger als ohnehin schon zu sein. Er vermutete, dass er um seine moralische Überlegenheit fürchtete, was nicht gerade für ihn sprach. Doch er wollte sein Recht auf Verbitterung schützen. Sie war seine Versicherung, falls er eines Tages entschied, das Handtuch zu werfen. Dann müsste er seine vielen Gründe erklären, sie zu verlassen.

Tatsächlich würde es nicht geschehen. Ihm war die Vorstellung verhasst, von Kitty getrennt zu sein. Und dass sie das Kind eines anderen war, machte ihn erst recht machtlos. Wenn er Babette verließ und sie wieder mit ihrem einstigen Geliebten zusammenkam, welchen Platz hätte Blake dann noch in Kittys Zukunft?

Und jetzt erwartete Babette ein Baby, das wirklich seines war – soweit er wusste. Wieder dachte er an ihre Behauptung sie hätte die Pille vergessen. Anstatt es zuzugeben, als sie herausfand, dass sie schwanger war, hatte sie angefangen, von einem zweiten Kind zu sprechen, um Blake an die Idee zu gewöhnen, als stünde er nicht schon vor vollendeten Tatsachen. Babettes Einstellung zur Wahrheit war bestenfalls schwankend. Was sie getan hatte, konnte Blake nicht direkt als Lügen bezeichnen, aber manchmal schien es noch schlimmer. Und versuchte er, sie zur Rede zu stellen, lösten sich die Fakten auf wie ein Morgennebel. Er holte tief Luft. Sein Vater hatte seine Mutter verlassen, als er ein Baby war. Und nun war sein Bild des Mannes gefärbt von dem, was seine Mutter ihm von klein auf an erzählt hatte. Alles, was sein Dad sagte, nahm er durch den Filter wahr, den sie über alles gelegt hatte. Blake wollte nicht, dass das mit Kitty geschah – oder dem neuen Baby. Trotzdem fühlte er sich gefangen. In einem anderen Leben ... Flüchtig sah er Taras Gesicht vor sich. Er schloss die Augen und verscheuchte das Bild.

Babette ließ ihn allein, als er aß, was gut war. Sie kannte ihn hinreichend, um zu verstehen, dass er nach einem Tag voller entsetzlicher Bilder fünfzehn Minuten Ruhe brauchte. Er hatte sich eine Flasche Leffe aus dem Kühlschrank geholt, und während er aß und trank, waren seine Gedanken bei dem Tatort und der Autopsie. Wie schaffte Agneta das tagein, tagaus? Er fragte sich auch, was Max im Flag and Diamond herausfand. Nicht viel, schätzte er, sonst hätte sein DC sich gemeldet. Dennoch war er froh, dass er ihn hingeschickt hatte. Es passte zu Flemings Wunsch, ihn mehr allein machen zu lassen und seine Eigenständigkeit zu fördern.

Nach fünf Minuten fühlte Blake sich nicht mehr hohl vor Hunger. Es könnte Zeit sein, sich anderen Dingen zuzuwenden, die ihn belasteten. Nachdem er seinen Teller in den Geschirrspüler geräumt hatte, nahm er das restliche Bier mit zum Sofa und setzte sich neben Babette.

»Wie fühlst du dich?«, fragte er.

Sie sah ihn lächelnd an. »Gut.« Dann nahm sie seine Hand und legte sie auf ihren Bauch, der inzwischen ziemlich gerundet war. »Das Kleine ist heute den ganzen Tag sehr aktiv. Und die Bewegungen fühlen sich kräftig an.«

Sie hatte recht. Er spürte eine Wellenbewegung an seiner Handfläche, und auf einmal überkam ihn ein Schwall von Zuneigung für einen Menschen, den er erst noch kennenlernen musste. Aber als er Babette ansah, tat sich das übliche Hindernis auf. Wie sollte er einen emotionalen Bezug zu *ihr* bekommen und nicht nur zu dem Ungeborenen?

»Du findest es immer noch schwer, oder?«, fragte sie. »Es ist

Jahre her, Garstin.« In ihren Augen erkannte er eine Wut, auf die sie kein Anrecht hatte, und sein Herz schlug schneller.

»Ja.« Erwartete sie ernsthaft von ihm, über etwas wie das, was sie getan hatte, hinwegzukommen? »Ich denke ...« Was dachte er eigentlich? Was könnte dies hier lösen? Er fing noch einmal an: »Ich denke, es hilft nicht, dass du mir nie mehr über Kittys richtigen Vater erzählt hast. Ich kann das Thema nicht ruhen lassen, weil ich mich immer frage, wer er ist. Und selbst wenn du mir nie die ganze Wahrheit erzählst, wirst du sie ihr eines Tages sagen müssen.«

Babette senkte den Blick. »Meinst du? Ich überlege, ob es nicht besser für sie ist, nichts zu wissen. Weniger beunruhigend. Ich möchte sie nicht verunsichern.«

Er ballte die Fäuste so fest, dass seine Fingernägel in die Handflächen schnitten. Hielt sie es wirklich für so einfach? »Sie hat ein Recht darauf, ihre Herkunft zu kennen, Babs.« Er holte tief Luft. »Auch ihre genetische Abstammung. Und was ist, wenn ihr Vater sie später sucht? Was glaubst du, wie sie sich fühlt, wenn es aus heiterem Himmel auf sie einstürzt?« Er bemühte sich, die Stimme nicht zu erheben, merkte jedoch, wie sich Wut in ihm aufbaute.

»Machen wir uns später darüber Gedanken, Garstin. Sie ist noch zu klein, um es zu verstehen. Wir können darüber reden, wenn sie älter ist.«

Niemals heute angehen, was man auf morgen verschieben kann ... Er versuchte, ruhig zu atmen. Wenn Babette irgendwann Kitty erzählte, wer ihr Vater war – und darauf würde er letztlich bestehen –, wäre Blake der Einzige, der das Geheimnis nicht kannte. Was undenkbar war. »Ich möchte, dass du mir seinen Namen sagst, Babs. Und ich will hören, was wirklich passiert war, als du mich verlassen und Kitty mit nach Australien genommen hast.«

Natürlich hatte sie ihm schon die groben Fakten verraten: Dass ihr schnell klar geworden war, welchen Fehler sie gemacht hatte, und Kittys biologischer Vater nicht so wichtig war wie die Beziehung, die sie und Kitty zu Blake hatten. Doch Blake war sich zunehmend sicherer, dass es nicht die ganze Wahrheit war. Und jedes Mal, wenn sie die Ereignisse wieder beschrieb, bestand die Möglichkeit, dass sie etwas mehr fallen ließ oder sich widersprach, was ein Hinweis auf das sein könnte, was sie nicht sagte.

Er setzte seine Ermittlertaktik bei seiner Frau ein. Als sie sich vor achteinhalb Jahren an einem sonnigen Abend bei einer Flasche Sekt und einem Picknick draußen in Ditton Meadows am Fluss verlobten, hätte er niemals gedacht, dass er einmal in diese Lage kommen könnte.

»Herrgott, Garstin! Ich habe dir erzählt, was in Australien war. Vom Moment unserer Ankunft an hat er Kitty linksliegen gelassen. Es war innerhalb von Tagen klar, dass nicht die Gene zählen. Er hat sie nicht so geliebt wie du – und sein Recht als ihr Vater war der einzige Grund, warum ich am Ende mit ihm gegangen war. Geliebt habe ich immer nur dich. Ich habe einen schrecklichen Fehler gemacht, hatte eine sehr kurze Affäre. Für die will ich nicht den Rest meines Lebens bezahlen. Ich kann vollkommen verstehen, warum du wütend warst und es noch wehtut. Aber was soll ich denn noch sagen?«

»Du kannst mir seinen Namen verraten.«

»Er war bloß ein Kerl, Garstin. Was spielt es für eine Rolle, wie er heißt? Und er ist sowieso nach Australien ausgewandert.«

Blake sah sie stumm an und wartete, dass sie begriff, wie ernst er es meinte – endlich. Er hatte bisher nicht gedrängt, doch plötzlich wurde ihm klar, dass er es wissen musste.

»Okay, na gut. Wenn es dich glücklich macht, sein Name ist Matt Smith.«

»Matt Smith? Wie der *Doctor Who*-Darsteller?«

Sie zog eine Augenbraue hoch. »Genau, aber der ist nicht.«

Was du nicht sagst.

Später an dem Abend, als Blake sich im Bad das Gesicht wusch, dachte er darüber nach, was Babette gesagt hatte. Würde wirklich jemand arrangieren, mit einer oder einem Geliebten nach Australien auszuwandern, die er nur flüchtig kannte – selbst, wenn ein Kind bei der Affäre herausgekommen war? Und dann nach nur ein paar Wochen in der neuen Beziehung den weiten Weg aus den Gründen wieder zurückgekommen, die Babette ihm genannt hatte?

Und wenn dieser »Matt Smith« solch einen Druck auf Babette ausgeübt hatte, dass er mit seinem leiblichen Kind zusammenleben wollte, warum ließ er sie seitdem komplett in Ruhe und versuchte kein einziges Mal, Kontakt zu Kitty zu bekommen?

Es ergab keinen Sinn.

Und was den Namen anging ... Nun, der Mann könnte wirklich so heißen. Aber es war praktisch, dass Matt Smith solch eine häufige Kombination war, dass Blake ihn unmöglich aufspüren könnte. Würde er ihn googeln, bekäme er seitenweise Links zu dem Schauspieler ...

KAPITEL SIEBZEHN

Tara hatte vereinbart, sich am Mittwochmorgen mit Blake, Max und Megan bei Luke Copes Haus zu treffen. Blake hatte sich umentschieden, was die Arbeitseinteilung betraf. Und Megans Beförderung zur DS schien bereits einiges zu verändern. Was Tara sich hätte denken können.

Nun war der Plan, dass Max und Megan die Nachbarn von Luke befragten, bevor sie für den Tag zur Arbeit aufbrachen. Tara und Blake würden mit Matthew Cope sprechen, wenn er wie geplant vorbeikam. Danach würden sie beide losfahren, um mit Monique, Freya Cross' Assistentin in der Galerie, zu reden. Unterdessen würden Max und Megan bei der Hausdurchsuchung bleiben. Natürlich war es genau das, was Tara wollte, doch war ihr auch bewusst, dass sie von Max getrennt wurde. Fleming und Blake mussten glauben, dass er besser mit Megan arbeiten konnte ...

Tara schaute durch die Windschutzscheibe hinauf zum Himmel, als sie wieder in der ruhigen, vornehmen Straße anhielt, in der ihr Vermisster wohnte. Wie viel war in den zwei Tagen seit ihrem ersten Besuch hier passiert.

Es regnete immer noch; sie glaubte nicht, dass es in der

Nacht irgendwann aufgehört hatte. Jedes Mal, wenn sie kurz wach wurde, hatte sie gehört, wie die Tropfen an ihre Cottagefenster trommelten. Bleigraue Wolken hingen am Himmel, und es herrschte ein böiger Wind, der ihr kaltes Wasser ins Gesicht klatschte, als sie aus dem Wagen stieg und zu dem prächtigen Eingang der Villa ging. Sie huschte die Stufen hinauf zur schwarz lackierten Tür mit dem Messingklopfer. Hier war ein eisernes kleines Vordach über dem Oberlicht, das sie sehr zu schätzen wusste, als sie wartete, dass jemand ihr öffnete. Sie hatte Blake die Schlüssel gegeben, die Matthew ihr den Tag vorher anvertraut hatte.

Es war Megan, die ihr die Tür aufmachte, und ihre dunklen Locken tropften noch. »Komm rein«, sagte sie und trat zurück. »Der DI und Max sind auch eben gekommen. Max hat ein Update.«

»Das ist gut. Glückwunsch übrigens zur Beförderung.« Momentan schien sie jedem zu gratulieren: Megan zu ihrer Beförderung, Blake zu seinem Baby.

Die neue DS blickte sich sehr kurz zu Tara um. »Danke.«

Tara folgte ihr in die Küche, wo Max eine Thermoskanne mit Kaffee aufdrehte und kleine Plastikbecher befüllte, die er mitgebracht hatte.

Er sah sie fragend an, als sie hereinkam. »Ja, gerne.«

Blake trank bereits aus seinem Becher. Ihnen allen war bekannt, dass er jeden Morgen mehrere Becher brauchte, bis sich seine mürrischen Züge glätteten. Aber Max war der, der es bedacht hatte. Er war einmalig, dachte Tara. Und sie hatte geglaubt, dass sie gut zusammenarbeiteten.

Max gab ihr einen Becher, und während sie ihm dankte, ging Megan zu ihrem Kaffee, der auf der Arbeitsplatte stand.

»Also, was war gestern Abend im Flag and Diamond?«, fragte Blake.

Max drehte den Deckel der Thermoskanne wieder zu. »Matthew Cope ist dort gewesen. Er hat mit ein paar jungen

Typen gesprochen. Einer hatte die Arme voller Tattoos, der andere diese Ringdinger zum Dehnen der Ohrläppchen.«

»Gott, bei denen wird mir immer schlecht«, sagte Megan erschaudernd.

Das glaubte Tara ihr aufs Wort, denn Megan kleidete sich sehr konventionell.

»Es ist ein ziemlich rauer Pub«, sagte Max. »Die Typen, die er sich ausgesucht hatte, passten da gut rein.«

Blake stellte seinen leeren Becher hin. »Wie war die Dynamik? Waren die Stammgäste feindselig? Wirkte Cope eingeschüchtert?«

Max runzelte die Stirn. »Würde ich nicht sagen, nein, weder noch. Aber sowohl Cope als auch die beiden Typen schienen erst aneinander vorbei zu reden, falls ihr versteht. Ich konnte leider nicht nahe genug heran, um zu hören, was gesagt wurde. Cope war ungefähr zwanzig Minuten da, dann hat er dem Wirt gewunken und ist gegangen. Die beiden Typen sind noch auf ein Pint geblieben und danach auch weg.«

»Wie hast du es geschafft, nicht aufzufallen?«, fragte Megan.

Max zuckte mit den Schultern. »Ich kenne den Ruf des Ladens und hatte mich entsprechend angezogen. Es ist die Art Lokal, in dem die Stammgäste wahrscheinlich schon von Baby an lernen, Polizisten zehn Meilen gegen den Wind zu riechen, aber bei mir hat keiner zweimal hingesehen.«

»Gut gemacht«, sagte Blake. »Was halten wir davon, dass Luke Cope Stammgast in solch einem Pub ist? Ein Künstler aus reichem Haus, der gern zu Vernissagen in Cambridge geht ...«

»Und der seinen Bruder im Snug getroffen hat.« An dieses Detail erinnerte Tara sich. Die Trendbar in der Innenstadt dürfte etwas gänzlich anderes sein als jener Pub.

»Könnte Matthew Cope gelogen haben, dass es Lukes Stammkneipe ist?«, fragte Megan.

Blake zuckte mit den Schultern. »Mir fallen noch andere

Gründe ein, weshalb er in den Laden wollte, wenn er seinem Bruder zu helfen versucht. Und mich würde interessieren, ob sie da noch andere Geschäfte machen, außer Getränke zu verkaufen. Falls Matthew Cope beispielsweise einen falschen Pass besorgen wollte ...«

»Da könnte es die richtige Adresse sein«, stimmte Max zu. »Es würde auch zu der Art Unterhaltung passen, die sie zu führen schienen, genauso wie ein Versuch, Informationen über den Aufenthaltsort seines Bruders zu bekommen. Soll ich später noch mal hingehen und versuchen, mehr herauszubekommen?«

Blake nickte. »Hört sich nach einem guten Plan an. Es wäre lohnend, auch einige der Leute zu überprüfen. Aber sei vorsichtig, und sag mir Bescheid, was du findest.« Er wandte sich an seinen neuen DS. »Fand sich in den Datenbanken gestern irgendetwas Brauchbares?«

Sie schüttelte den Kopf. »Es sieht nicht so aus, als hätten sich unsere Wege und die von Luke Cope, Professor Cross oder seinem Sohn Oscar schon einmal gekreuzt.«

»Ah, gut, trotzdem danke.« Blake schaute auf seine Uhr. »Matthew Cope sollte in fünf Minuten hier sein. Tara – wir reden mit ihm, wenn er kommt. Du kannst anfangen, da ihr ja schon bei Vornamen seid.« Sein Tonfall war ironisch. Tara glaubte, aus dem Augenwinkel einen Blick von Megan zu bemerken, der jedoch wieder fort war, ehe sie ihn deuten konnte.

»Megan, du und Max geht lieber gleich zu den Nachbarn. Und haltet die Köpfe unten, falls ihr Matthew Cope kommen seht – ich möchte nicht, dass er Max erkennt. Folgt eurer Nase, aber findet vor allem Lukes Gewohnheiten heraus: Ob er kontaktfreudig war, wie oft er ausging und ob jemand weiß, wohin.«

Sie bejahten und gingen durch die Hintertür hinaus. Minuten später klopfte es an der Tür.

Matthew Cope sah blass und angespannt aus, aber da war noch etwas anderes, fand Tara. Hochmut? Immerhin kam er hier in sein Elternhaus und hatte wahrscheinlich das Gefühl, er sollte das Sagen haben. Tatsächlich hatte er es ganz und gar nicht, und das müsste ihm klar sein. Aber er war kein Mann, der solch eine Situation einfach fand. Zu wissen, dass die Spurensicherung überall hier gewesen war und in den Sachen seines Bruders gewühlt hatte, empfand er ohne Frage als eine Verletzung der Privatsphäre. Doch sorgte er sich auch, was sie entdecken könnten und wohin es sie führte? Die Dinge entzogen sich seiner Kontrolle. Vielleicht sah er deshalb so gereizt aus.

Blake sah Tara an und ließ ihr freie Hand.

»Danke fürs Kommen«, sagte sie. »Suchen wir uns einen ruhigen Platz. Wo wäre es Ihnen am liebsten?« Es sollte dem Mann ein gewisses Gefühl von Einfluss geben.

»Gehen wir ins Arbeitszimmer«, antwortete er ohne zu zögern und schritt voraus durch einen kurzen Flur rechts vom Eingang. Dort öffnete er eine Tür links zu einem Zimmer mit Blick in den Garten auf der Hausseite. Er bedeutete ihnen, Platz zu nehmen – auf zwei Stühlen vor einem großen Schreibtisch mit lederbespannter Platte. Eindeutig war er froh, das Kommando zu übernehmen. Jetzt bestand der Trick darin, ihn weiterhin glauben zu lassen, dass er bestimmte, während sie ihm geschickt die Einzelheiten entlockten, die sie brauchten.

»Schade, dass wir Sie gestern Abend nicht angetroffen haben«, sagte sie. »Ich kann allerdings gut verstehen, dass Sie mal rauswollten, damit die Zeit schneller vergeht. Es ist furchtbar, vergeblich auf Neuigkeiten zu warten.« Sie neigte sich vor und senkte für einen Moment den Blick. »Ehrlich gesagt gehe ich nicht so gern allein in einen Pub.« Eine lohnenswerte Lüge. Und sie würde es vorerst dabei belassen. Er sollte möglichst nicht skeptisch werden, sofern sie es irgend vermeiden konnte.

Stattdessen sah sie einfach wieder auf und wartete, dass er die Stille füllte.

»Das finde ich eigentlich nicht problematisch«, sagte Matthew nach einer kleinen Pause. »Aber Flag and Diamond wäre sonst nicht meine Wahl. Es half, dass ich eine klare Absicht hatte.«

Tara nickte. »Ja, verständlich. Wie ist es gelaufen, nachdem wir telefoniert hatten? Konnten Sie Informationen bekommen?«

Es klang, als hätte er sich eine Weile lang mit den Männern unterhalten, mit denen Max ihn gesehen hatte. Und das wäre nicht der Fall gewesen, hätten sie ihn sofort abgewiesen, wie er behauptete.

Matthew blickte ihr in die Augen und lächelte kurz. »Da waren ein paar junge Typen, die schon einige Drinks gehabt hatten. Sie konnten mir nicht helfen, aber sie schienen mich irgendwie kurios zu finden, weshalb sie mit mir geredet haben. Ich bin gegangen, sobald klar war, dass ich die sonst den ganzen Abend am Hals hätte. Das machte es schwierig, andere anzusprechen.«

Falls er versucht hatte, nützliche Kontakte für Luke zu knüpfen, hatte er seine Story jedenfalls gut zurechtgelegt. Aber natürlich war er auch vorbereitet gewesen.

»Wie ungünstig.« Sie schnitt eine mitfühlende Grimasse. »Worüber wollten die denn mit Ihnen reden?«

»Sie wollten wissen, wo ich sonst hingehe und was mich in den Flag and Diamond verschlagen hat.«

Alles gut und schön, aber solch eine Unterhaltung hätte keine zwanzig Minuten gedauert. »Haben sie Sie mehr nach Ihrem Bruder gefragt, als Sie ihn erwähnten?«

Cope nickte. »Aber sie konnten mir keine Informationen geben.« Er beugte sich vor. »Ich will ihn immer noch dringend finden. Hätte ich eine Spur, würde ich Ihnen helfen, der zu folgen.«

Sie kam keinen Schritt weiter. Es war an der Zeit, die Taktik zu ändern. »Matthew, wer hatte Sie besucht, bevor ich gestern zu Ihrem Haus gekommen bin?« Sanft in die direkte Befragung zu wechseln, könnte etwas bringen. Und ihre Annahme, dass er Besuch gehabt hatte, war durchaus begründet. Woher hätte der dunkelblaue Mercedes sonst kommen sollen?

Matthew Cope runzelte die Stirn. »Ich ...«, begann er und verstummte. »Welcher Besuch?«

»Der in dem Mercedes.«

Immer noch war seine Stirn gerunzelt. »Wie kommen Sie darauf, dass er bei mir gewesen war? Haben Sie ihn aus meiner Einfahrt kommen sehen?«

Sie konnte nicht mehr bluffen. »Nein, er kam sehr schnell aus Ihrer Richtung – und hinter Ihrem Haus ist nichts mehr, weswegen ich angenommen habe, dass er von Ihnen gekommen ist.«

»Ach so.« Er entspannte die Schultern. »Ich fürchte, meine Wohngegend hat ihre Nachteile, Tara. Ich liebe dieses Gefühl von weitem Raum, und hinter mir gibt es eigentlich nur Land, bis man zur A14 kommt. Aber diese Abgelegenheit heißt auch, dass sich da manche Leute gern ein bisschen austoben und die Straße als Rennstrecke nutzen.«

Was sie sich vorstellen konnte, aber ... »Mich überraschte nur, dass jugendliche Raser solch einen Wagen fahren.« Wobei er auch gestohlen gewesen sein könnte; sie hatte das Kennzeichen nicht gesehen und konnte es nicht überprüfen.

Matthew zuckte mit den Schultern. »Ich habe gehört, dass Drogendealer gerne mal edle Autos fahren. Könnte es das sein? Die Gegend hat ja einen gewissen Ruf.«

»Könnte sein.« Sie sah Blakes Blick. Wahrscheinlich dachte er dasselbe wie sie – dass man von Drogendealern nicht erwartete, über Landstraßen zu rasen, um sich einen Kick zu verschaffen. Die waren eher eiskalte Geschäftsleute und ganz auf ihre Bilanz fixiert.

»Wie dem auch sei, Matthew«, sagte Tara, »es wäre bloß möglich, dass sie aus einem bestimmten Grund unweit Ihres Hauses waren. Falls Sie also einen dunkelblauen Mercedes in der Nähe Ihres Grundstücks sehen – oder vor Ihrer Arbeitsstelle – lassen Sie es uns bitte wissen.«

Wieder wirkte er angespannt. »Wenn Sie meinen, dass es wichtig ist, klar.«

»Danke. Und vielen Dank für Ihre Zeit. Jetzt lassen wir Sie lieber in Ihr Büro fahren.«

Als sie ihn zur Tür brachte, blinzelte Matthew Cope ein paarmal. »Ich weiß nicht, wie ich mich konzentrieren soll. Was ich gesagt habe, dass ich Luke finden will, war ernst gemeint. Was er auch getan haben mag, lässt sich nicht mehr ändern. Ich will nur wissen, was mit ihm passiert ist. Und diese Unsicherheit ist entsetzlich.«

Nachdem sie die Tür hinter ihm geschlossen hatten, sah Blake Tara an. »Was denkst du?«

»Mich wundert, dass er über zwanzig Minuten gebraucht hat, um seine Fragen zu stellen und sich aus der Unterhaltung mit den Typen zu ziehen, mit denen Max ihn gesehen hat. Ich denke, wir sollten uns für alles offenhalten, was sein weiteres Vorgehen betrifft. Und mich beunruhigt dieser Mercedes immer noch. Wenn es nicht Luke in einem Mietwagen oder ein Kontakt von Matthew war, der zu ihm gekommen ist, um Luke zu helfen, könnte es jemand gewesen sein, der nach ihm sucht – so wie wir?«

Matthew Copes Haus wäre ein logischer Ausgangspunkt.

KAPITEL ACHTZEHN

Max und Megan gingen zwischen zwei Befragungen die Straße mit den vornehmen viergeschossigen Stadthäusern entlang. Die Gegend war völlig anders als die, in der Max wohnte. Doch er war dort glücklich gewesen, als sie jung verheiratet waren. Susie und er hatten nichts gebraucht außer einander. Eine Sekunde lang wanderten seine Gedanken zurück zu dem Klopfen an der Tür ebenjenes Hauses, als man ihm mitteilte, dass seine Frau tot war. Wie konnte das Leben so grausam sein? Sie war erst fünfundzwanzig. Im ersten Jahr hatte die Erinnerung jedes Mal Tränen verursacht, ausnahmslos. Jetzt, fünf Jahre später, hatte er seine Reaktionen im Griff, auch wenn es sich immer noch wie ein brutaler Stich in den Bauch anfühlte. Alle neigten zu der Annahme, dass er den Verlust inzwischen längst verwunden hatte ...

Er fühlte, dass Megan ihn ansah, und für einen Moment dachte er, seine Gefühle wären ihm anzusehen gewesen, doch sie wandte den Blick gleich wieder ab. Zwei Sekunden später schaute sie wieder zu ihm, öffnete halb den Mund, schloss ihn aber sogleich und sah abermals weg. Plötzlich ging ihm auf, dass sie es sein könnte, der etwas auf dem Herzen lag.

»Alles in Ordnung, Chefin?«

Sie wurde rot, weil er sie seit der Neuigkeit gestern so anredete. Doch ihre Verlegenheit – zusammen mit der Freude – war genauso schnell verschwunden, wie sie aufgetaucht war. Sie schluckte. »Ja.« Dann schüttelte sie den Kopf.

»Ein geteiltes Problem ist eines, das man auf jemand anderen ablädt, damit man sich besser fühlt. Also nur zu.«

Sie lachte kurz, für seinen Geschmack zu kurz. »Ich bin gestern im Büro auf Wilkins getroffen. Du weißt schon, als er aus einer seiner Disziplinaranhörungen gekommen ist.«

»Ah, verstehe. Du hast mein vollstes Mitgefühl.« Kein Wunder, dass sie so bedient aussah. Ein Zusammentreffen mit Wilkins war niemandes Vorstellung von Spaß. Das musste gewesen sein, als Tara und er außer Haus waren. Und im Nachhinein war er froh darüber.

Megan nickte. »War auch wenig erfreulich. Aber auch wenn wir alle wissen, dass er ein Arsch ist« – Max fragte sich, was jetzt kam – »hat er was gesagt, das mir seitdem keine Ruhe lässt.« Sie sah ihn an. »Sicher sollte es mich nicht so beschäftigen, aber, na ja, tut es eben.«

»Wie außergewöhnlich, dass er irgendetwas sagt, das echtes Nachdenken lohnt.« Trotzdem fühlte auch Max sich komisch dabei, etwas zu sagen, das er vor zwei Tagen noch bedenkenlos geäußert hätte. Und so wie Megan zögerte, schien sie von derselben neuen Zurückhaltung geplagt. Ihre Beförderung veränderte ihre Beziehung. Neugierig war er trotzdem. »Was kann er denn bloß gesagt haben?«

Megan erzählte ihm, dass ihr der in Ungnade gefallene DS geraten hatte, ein Auge auf Blake und Tara zu haben, wie sie sich miteinander verhielten. Es war klar, dass er mehr oder minder klar angedeutet hatte, sie hätten eine Affäre. Max spürte, wie er wütend wurde, als Megan sagte, Wilkins hätte es so formuliert, als wäre er nur um Megans und Max' Wohl besorgt; als fürchte er, dass Tara bevorzugt behandelt würde und man sie beide im Regen stehen ließ.

Max holte tief Luft. Wilkins' aufrührerische Bemerkung sollte nach den Gerüchten, die er kurz vor Weihnachten streute, niemanden überraschen, aber dass er sein Gift versprühte, um einen Keil ins Team zu treiben, war neu.

»Eines kann ich dir versichern«, sagte er zu Megan. »Mir ist Blake als Teamleiter jederzeit lieber als Patrick Wilkins. Wilkins sind alle anderen komplett egal, ganz gleich was er behauptet.« Er sah Megan an und grinste im Regen. »Und er hat mich hinter meinem Rücken ›Max Dim‹ genannt, wie Dumpfbacke. Er glaubt, ich weiß das nicht. Schon witzig, denn einige Jungs in der Schule haben meinen Namen genauso abgekürzt, also ist er nicht ganz so originell, wie er denkt.« Megan sah immer noch besorgt aus. »Er ist derjenige, der uns alle im Team schikaniert hat. Weißt du das nicht mehr, Megan?«

Ein wenig zögerlich nickte sie. »Doch, weiß ich. Und er ist komisch mit Frauen. Scheint sie nie als gleichgestellt zu sehen. Aber das heißt ja nicht, dass er in allem unrecht hat.«

»In diesem Punkt schon, dessen bin ich mir sicher.«

Sie sah ihn an. »Dann hast du nie den Verdacht gehabt, dass da irgendetwas zwischen dem Chef und Tara ist?«

Während sie seine Reaktion beobachtete, versuchte Max, nicht daran zu denken, wie sein DI seine Kollegin in den Armen gehalten hatte, nachdem sie vor Weihnachten dem brennenden Haus entkommen war. Es war eine vollkommen natürliche Reaktion. Max hegte nicht den geringsten Zweifel, dass sein Chef genauso von Gefühlen überwältigt gewesen wäre, wäre Max es gewesen, der knapp mit dem Leben davongekommen war. Andererseits wusste er auch, was er in den Augen des DI gesehen hatte.

»Du bist zu nett, Max«, sagte Megan und nickte. »Du gehst beruflich mit so viel üblen Typen um, aber in deinen Kollegen siehst du immer noch nur das Beste.«

Innerlich fluchte Max. Wilkins gifttriefende Worte zeigten Wirkung.

»Ich glaube nicht, dass sie eine Affäre haben.« Das stimmte. Sowas hätte er doch sicher bemerkt, oder? Und der DI war einer von den Guten. Noch dazu würde sich Tara nicht darauf einlassen. »Und was alles andere angeht, ist entscheidend: Würden Blake oder Tara jemals ihr Urteilsvermögen von ihren Gefühlen oder der Art, wie sie miteinander umgehen, beeinflussen lassen? Ohne Zweifel, nein.«

Blake hatte zu ihm gestanden, als es schlimmer kaum hätte kommen können, hatte ihn gegen DCI Fleming verteidigt. Und er mochte Tara.

Doch er konnte sehen, dass Megan seine Worte nicht überzeugt hatten.

Es könnte Ärger drohen.

KAPITEL NEUNZEHN

Tara stand in Luke Copes Schlafzimmer. Blake und ihr blieb noch ein wenig Zeit, bevor sie Monique in der Galerie treffen sollten, also schauten sie sich hier noch einmal um. Max und Megan befragten noch die Nachbarn.

Die Decken auf Lukes breitem Doppelbett waren zurückgeschlagen, knittrig und zerknautscht. Es war unheimlich, den verlassenen Raum im grauen Morgenlicht zu betrachten, während der Regen gegen das Fenster peitschte. Die Unordnung an seinem Schlafplatz passte zu der in seinem Atelier. Hier war überall Kleidung verstreut, über einem Sessel und nahe dem Kleiderschrank, und auf dem Nachttisch stapelten sich Bücher. Tara blickte zu dem obersten Taschenbuch, bei dem es sich um einen Band über Kunst handelte. Sie sah sich die anderen an und stellte fest, dass sie alle Kunstbücher waren. Illustrierte, namhafte Bände. Luke Cope war eindeutig mit Leidenschaft bei seinem Thema. Hier waren auch Bücher über Kunsttherapie. Malen, um die Seele zu heilen.

Tara versuchte sich vorzustellen, Ausgaben von Blackstones Polizeihandbüchern auf ihrem Nachttisch zu haben, was ihr nicht gelang. Sie war ja mit Verve dabei, aber zur Schlafenszeit war Abschalten angesagt.

Seitlich in dem Zimmer stand eine Chaiselongue. *Sehr schick.* Aber die Samtpolster waren gleichfalls mit allen möglichen Sachen bedeckt, einschließlich einer kleinen Reisetasche, einer Jeans (halb auf links gedreht) und ein paar Zeitungen, die mehrere Wochen alt waren.

Für einen Moment stutzte sie wegen der Tasche. Gab es da einen Zusammenhang mit der Tasche, die Freya angeblich an dem Abend ihres Verschwindens bei sich gehabt hatte? Doch als Tara sie anschaute, konnte sie sehen, dass sie nur eine Boxershorts und eine Visitenkarte in einer durchsichtigen Innentasche mit Lukes Namen enthielt, zusammen mit einer Adresse in der Histon Road. Das musste die Wohnung sein, die er gemietet hatte, bevor er zurück ins Elternhaus gezogen war. Tara entsann sich, dass Matthew sie erwähnt hatte.

Sie hörte Blakes schwere Schritte hinter sich, unter denen die alten Bodendielen knarzten. »Etwas Interessantes?«

Sie erklärte es, während sie sich zu ihm umdrehte, und er nickte.

»Ich lasse Max und Megan hier noch mal genauer nachsehen«, sagte er. »Aber jetzt möchte ich, dass du mir das Atelier zeigst.«

Sie führte ihn nach unten, wo sie schneller wurde.

»Wo war das Bild von Freya Cross, als Matthew Cross es dir gezeigt hat?«, fragte Blake.

Tara ging zu dem Stapel kleiner Gemälde, in dem das von der Toten gewesen war. »Hier.«

Die Spurensicherung hatte das Bild selbst gestern bereits als Beweis mitgenommen, doch Blake rief das Foto auf seinem Handy auf. Und er wurde so still, dass Tara derselbe kalte Schauer über den Rücken lief wie zwei Tage zuvor. Die Vernunft sagte ihr, dass Luke Cope seine leidenschaftliche Wut auf Freya Cross in seine Arbeit umgeleitet hatte. Matthew hatte gesagt, dass Luke in seiner Kunst ein Ventil für seine Gefühle fand. Und dennoch hatte das Bild auch etwas sehr Kalkuliertes.

»Er hat die Komposition geplant«, sprach Blake aus, was Tara dachte. »Blondes Haar auf einem scharlachroten Kissen.« Er sah Tara an. »Hier hält jemand Kunst für wichtiger als alles andere. Sein Verlangen, etwas angenehm für sein Auge zu machen, übertrumpft alle anderen Werte.« Er verstummte und schüttelte den Kopf.

Tara nickte. »Ich frage mich, was deine Mutter sagen würde.«

Nachdenklich steckte er sein Handy wieder ein. »Ich könnte sie als Beraterin hinzuholen.«

In diesem Moment klopfte es an der Tür. Tara öffnete sie und fand sich Max und Megan gegenüber, die sichtlich fröstelten. Max Hosenbeine waren unten durchnässt. Megan mied ihren Blick, wie Tara auffiel; das bildete sie sich nicht ein. Die beiden folgten ihr ins Atelier zu Blake.

»Habt ihr etwas?«, fragte der DI.

Max bejahte. »Und es war den Marsch durch den Regen wert. Wir haben mit einem alten Herrn nebenan gesprochen, der sehr hilfsbereit war. Er ist viel zu Hause und sieht meistens, wer hier kommt und geht, soweit ich es verstanden habe. Anscheinend hatte Luke Cope allgemein nicht viel mit den Nachbarn zu tun, aber dieser Mann – Montague Cavendish – erinnert sich an ihn und Matthew als Kinder, und er hat ihre Eltern ziemlich gut gekannt.«

Blake horchte auf.

»Er sagt, die alten Copes hatten sehr eigene Vorstellungen, was die Erziehung der Jungen anging. Jedem ein Haus in Treuhandverwaltung zu vermachen, sollte sicherstellen, dass sie ihren eigenen Weg im Leben fanden, anstatt sich nur auf ihr Erbe zu verlassen. Und zu Lukes gegenwärtigem Lebensstil sagte er, dass er manchmal den ganzen Tag weg war, in jüngster Zeit sogar auch gelegentlich über Nacht. Gewöhnlich nimmt er dann eine Tasche mit und oft auch seine Malsachen.«

Dass er hin und wieder über Nacht fort war, passte zu dem, was Matthew Tara erzählt hatte, als sie ihn das erste Mal befragte. Doch die Nachricht, dass er seine Malsachen mitnahm, machte sie stutzig. Es implizierte Vorausplanung und die Absicht, etwas zu tun, während er weg war. Das hatte sie aus den Worten seines Bruders nicht geschlossen – da hatte sich sein gelegentliches Abtauchen eher willkürlich und spontan angehört.

»Sofern er keine engen Freunde hat, von denen sein Bruder nichts weiß«, sagte Megan, »gibt es vielleicht einen Zufluchtsort, zu dem er allein verschwindet.«

Blake nickte. »Danke, euch beiden. Das gibt uns auf jeden Fall zu denken. Gut, sehen wir uns jetzt hier im Haus um, angefangen mit diesem Raum. Anscheinend finden wir hier sein Innerstes, also am ehesten eine Spur.«

Tara ging mit Max auf die Seite, an der das Gemälde von Freya Cross gestanden hatte, und Blake und Megan begannen gegenüber.

Max und sie nahmen sich jeder einen Stapel Bilder, um sie durchzusehen. Taras Sammlung lehnte an der Wand gleich links neben einem alten Kamin. Als sie die Kunstwerke durchging, dachte sie immer wieder an Matthews Beteuerung, dass sein Bruder begabt war und eigentlich in den besten Galerien Londons ausgestellt sein sollte. Tara verstand nicht viel von Kunst, aber diese Bilder waren beängstigend. Natürlich war das von Freya erschreckend gewesen, aber sie alle, sogar die vom Meer oder einer mondhellen Nacht, lösten ein mulmiges Gefühl aus. Sie weckten eine emotionale Reaktion in ihr, und die war nicht angenehm.

Einen Moment pausierte sie, um sich ein Ölgemälde von einer alten Mühle anzuschauen. Luke hatte sie bei Nacht und im Mondschein eingefangen. Die Landschaft drum herum erinnerte Tara an die Fens. Hinter dem imposanten Gebäude waren die Silhouetten von Schilfgras zu erkennen. Beinahe konnte man den Wind spüren, der in der Nacht wahrscheinlich in den langen Halmen geraschelt hatte. Plötzlich bemerkte Tara, dass Max neben ihr stand.

»Die sind unheimlich, oder?«, fragte er. »Ich bin mir nicht sicher, ob ich eines von denen an meiner Wand haben möchte.«

Vielleicht war das Luke Copes Problem. Um kommerziell einigermaßen erfolgreich zu sein und viele mittelpreisige Gemälde zu verkaufen, musste man eventuell etwas malen, mit dem sich gut leben ließ. Möglich wäre, dass Luke Copes Bilder mehr wie die Sachen waren, die Modedesigner auf die Laufstege schickten: Otto Normalverbraucher würde eher nichts davon so annehmen, aber es konnte eine ganze Generation beeinflussen, wenn die richtigen Leute es entdeckten. Und an dem Punkt kämen die großen Käufer auf den Plan und investierten Unsummen.

Megans Stimme riss Tara aus ihren Gedanken. »Das ist komisch ...«

Sie stand in der Ecke gegenüber von ihnen, und Tara schaute hin. Megan starrte eine große Leinwand auf einem dicken Holzrahmen an, die in einem Stapel auf dem Boden stand, genau wie die, die Max und sie durchgingen. Während sie alle hinsahen, tippte Megan das Bild gegen die Wand und betrachtete dann die Rückseite.

»Was ist?«, fragte Blake, der nun neben ihr war. Max und Tara gingen zu ihnen.

Megan runzelte die Stirn. »Da ist etwas hinter dieser Leinwand eingeklemmt. Sie schaute sich um, entdeckte ein Palettenmesser auf einer Fensterbank und nahm es auf. Das schob sie zwischen die Rahmenrückseite und das dort eingeklemmte Brett.

Das Messer war ein wenig zu biegsam hierfür, doch mit einiger Anstrengung konnte Megan das Brett lösen. Und danach noch eines darunter. Zwei Gemälde, beide absichtlich so gut versteckt, dass sogar die Spurensicherung sie übersehen hatte.

»Oh mein Gott.« Megan trat einen Schritt zurück, sodass die Bilder an die Wand kippten.

Blake richtete sie auf, damit sie alle sie sehen konnten.

Tara trat näher heran, um sie zu fotografieren. Eines zeigte eine junge Frau, die in einer Galgenschlinge hing. Den Raum erkannte Tara nicht, und durch ein Fenster hinter der Frau war nur ein dunkel bewölkter Himmel zu sehen. Auf dem Bild war sie noch nicht tot, sondern hatte die Hände an ihrem Hals und versuchte verzweifelt, die Schlinge zu lockern. Ungezügelte Panik spiegelte sich auf ihrem Gesicht.

Das andere Bild stellte einen Mann mittleren Alters dar, dessen Körper am Fuß einer Treppe lag. Diesmal erkannte Tara den Ort; es war das Haus, in dem sie standen.

KAPITEL ZWANZIG

»Wir müssen noch einmal mit Matthew Cope sprechen«, sagte Blake, der nach vorn auf die Straße sah. »Ihn fragen, wer zur Hölle die Menschen auf den Bildern sind und ob sie wirklich tot sind.«

Das Heizgebläse lief, konnte jedoch nichts gegen die eisige Kälte ausrichten, die Tara der schockierende Anblick beschert hatte. Jetzt gerade sah sie das zweite Bild im Geiste vor sich. »Matthew Cope hat erzählt, dass sein Vater bei einem Treppensturz ums Leben kam«, sagte sie.

Blake schaute kurz zu ihr. »Mein Gott.«

Einen Moment lang herrschte Stille, und sie vermutete, dass sie beide sich fragten, wie alt Matthew und Luke gewesen waren, als es geschah – und ob Luke in der Nähe gewesen war. Falls er ein Kind war und den Sturz bezeugt oder hinterher die Leiche gesehen hatte, konnte Tara sich vorstellen, dass er das Bild malen wollte, um es aus seinem Kopf zu bekommen. Hin und wieder sah sie etwas Furchtbares in den Nachrichten und blickte weiter hin, selbst wenn sich die Berichte wiederholten, nur um mit der Information fertig zu werden.

»Luke kann nicht mit den beiden Todesfällen zu tun

haben, oder?«, fragte Blake. »Der Mann unten an der Treppe ist eine Sache, aber das Erhängen? Sollte es auch nur die kleinste Verbindung zwischen ihm und einem ungeklärten Mord geben, wüssten wir es sicher. Selbst wenn sein Name nie in den offiziellen Akten aufgetaucht ist, wäre es im Büro erwähnt worden.«

Sie hatten es Max und Megan überlassen, sich weiter im Haus umzusehen und nach Hinweisen zu suchen, wohin Luke verschwunden sein könnte. Tara wusste, dass Max gute Arbeit leisten würde – dafür sorgte schon seine ruhige Entschlossenheit. Auch Megan war gründlich, musste Tara zugeben, dennoch wünschte sie sich, sie könnte an zwei Orten gleichzeitig sein. Den Schlüssel zu Luke Copes Aufenthaltsort zu finden, war ein verlockender Preis.

Nun näherten sie sich Jonny Trents Galerie. Tara betrachtete die unebenen Hecken, Bäume und Sträucher, die an der Seite vorbeirauschten. Rechts, hinter Blakes Händen am Lenkrad, konnte sie flache Felder sehen. Es war mitten am Vormittag, aber unter den dunklen Wolken und mit dem strömenden Regen war alles beinahe farblos.

Blake hatte mit Freyas Assistentin Monique verabredet, sie in ihrer Pause zu sprechen.

»Doch wie sie am Telefon sagte, kann sie nicht immer zwischendurch Pause machen«, sagte Blake. »Sie musste mich einen Moment lang wegschalten, als ich sie nach einer Zeit fragte, und es dauerte gute zwei Minuten, bis sie wieder am Apparat war. Ich bin mir nicht so sicher, dass Trent ein toller Chef ist.«

»Garantiert nicht. Und ich vermutete, dass es weiter geht als generelle Boshaftigkeit, wenn Freya ihren Arbeitsproblemen ›entkommen‹ wollte. Obwohl sie auch mehrere Gründe gehabt haben könnte.«

Blake nickte. Er bog in die Einfahrt mit den zu hohen Eiben, die düster und unheilvoll anmuteten. Es half auch nicht, dass sie Tara an so ziemlich jeden Friedhof erinnerten, auf dem sie jemals gewesen war.

»Egal was stimmt«, holte Blake sie zurück in die Gegenwart, »ich traue unserem Jonny nicht. Als ich gestern mit ihm gesprochen habe, hatte ich die ganze Zeit den Eindruck, dass er mir etwas vorspielt. Er verbirgt etwas, so viel ist sicher. Wenn wir dort sind, möchte ich, dass du dir Monique vornimmst, während ich noch mal mit ihm rede.«

Dieser Plan war Tara neu. Ihr gefiel die Vorstellung bei Freyas Assistentin nach Belieben vorgehen zu dürfen – und wahrscheinlich würde die Frau sich so eher öffnen –, sie fragte sich jedoch unweigerlich, ob sie kaltgestellt wurde. »Wie willst du es bei Trent angehen?«

Er grinste kurz. »Keine Taktik. Ich werde nur Smalltalk betreiben. Und falls er gerade einen Kunden hat, halte ich mich im Hintergrund und beobachte. Er wird sich dann die ganze Zeit fragen, worauf ich es abgesehen habe. Und das macht ihn hoffentlich nervös genug, um einen Fehler zu begehen.« Er hielt vor dem imposanten Gebäude. »Aber vor allem will ich ihn beschäftigen, solange du mit Monique sprichst. Ich hoffe, sie kann uns irgendetwas wirklich Brauchbares geben. Sie und Freya müssen viel miteinander geredet haben, um ihre Arbeit zu koordinieren. Ich hoffe bei Gott, dass sie sich über mehr als Verkäufe und Steuern unterhalten haben.« Er sah zu Tara. »Und ich schätze, Monique wird nichts sagen, wenn sie glaubt, dass Jonny Trent an der Tür lauscht – was er garantiert täte, wenn ich nicht auf ihn aufpasse.«

Fünf Minuten später saß Tara in dem Verwaltungsbüro der Galerie, und die Tür hinter ihr war geschlossen. Bei ihrer Ankunft waren keine Kunden da gewesen, und so hatte sie Gelegenheit gehabt, sich die Bilder vorn im Raum anzuschauen, als sie hindurchging. Ihr musste nicht gesagt werden, welche

Arbeiten von Luke Cope waren, denn mittlerweile erkannte sie seinen Stil. Seine große, gerahmte Leinwand hing schräg gegenüber dem Eingang und zeigte eine öde Marschlandszenerie mit tiefhängenden Wolken und schwarzem Torfboden. Der Künstler hatte hinab auf endlose, winterkahle Felder geblickt, und das einzig Auffällige waren ein Abwassergraben und eine Kirche mit einem markanten Turm in der Ferne. Es sah vage vertraut aus – wahrscheinlich aus Taras Kindertagen. Das Haus, das ihre Mutter von ihren Eltern geerbt hatte, stand draußen in den Fens.

Auf dem Flur war ihr Jonny Trent vorgestellt worden, und sie hatte bemerkt, wie er nervös in Monique Courvilles und ihre Richtung schaute. Es hatte ihm sichtlich widerstrebt, sich von Blake in den großen Ausstellungsraum vorn führen zu lassen.

Monique war eine elegante Frau mit glattem, kastanienbraunem Haar, das ihr bis über die Schultern reichte. Sie trug kniehohe, schokobraune Stiefel und ein marineblaues Kostüm mit einer weißen Bluse, die oben weit genug offen war, um den Blick auf eine schlichte Goldkette freizugeben.

»Danke, dass Sie mit mir sprechen, Monique«, sagte Tara. »Wir versuchen, mit jedem zu reden, der Freya gekannt hat, um eine Vorstellung davon zu bekommen, wie ihr Leben in der letzten Zeit vor ihrem Tod war.«

Die Frau nickte. »Ich habe den Detective, mit dem Sie hergekommen sind, gestern schon gesehen. Da hat er mit Jonny gesprochen, aber ich hatte keine Ahnung, wer er war.«

Tara nickte. »DI Blake konnte zu dem Zeitpunkt noch nicht viel sagen. Er musste warten, bis Freyas nächste Angehörige informiert waren.«

Vorübergehend veränderte sich Moniques Miene. »Natürlich«, sagte sie. »Ich war sauer, weil Jonny mir nicht erzählt hat, was passiert war, aber es wird wohl deswegen gewesen sein.«

Verdammt, am Ende des Tages hätte der Mann wahrlich

etwas sagen können. Bis dahin war es schon überall in den Nachrichten. Und so wie Blake den Galeriebesitzer beschrieben hatte, fand Tara es schwer zu glauben, dass er nicht nach Updates gesehen hatte. Doch es war interessant, dass Monique sofort bereit war, das rücksichtslose Verhalten ihres Chefs zu entschuldigen. Das sollte Tara im Kopf behalten, wenn sie sich ihre Aussage anhörte. Zunächst allerdings musste sie dafür sorgen, dass die Frau sich entspannte. *Erstmal leichte Fragen ...*

»Also wie war es hier?«, fragte sie mit Blick zu den beiden Schreibtischen im Raum. »Wie ich es verstanden habe, hat Mr Trent Sie gebeten, zusätzliche Stunden zu arbeiten, um für Freya mit zu übernehmen, als sie letzte Woche nicht wie erwartet zur Arbeit erschienen ist?«

Monique Courville nickte. »Normalerweise bin ich nur vormittags hier. Aber ich arbeite Vollzeit, seit Freya ... seit wir ...« Ihre Augen glänzten, und sie beendete den Satz nicht.

»Es war sicher nicht einfach, alles stehen und liegen zu lassen, um Mr Trent auszuhelfen«, sagte Tara. »Das war ziemlich viel verlangt.«

Aber Monique schüttelte den Kopf und hob beide Hände, um für einen Moment ihre Augen zu bedecken. »Um ehrlich zu sein, war ich sehr froh über das zusätzliche Geld, bei den Mieten hier in Cambridge. Und ich zahle noch mein Auto ab.« Sie blickte wieder auf. »Ich fühle mich schrecklich, das zu gestehen, wo ich jetzt den wahren Grund kenne, weshalb sie nicht zur Arbeit gekommen ist.«

Demnach brauchte Monique das Einkommen. Sie hatte den Teilzeitjob nicht nur, um sich ein wenig Extrataschengeld zu verdienen. Folglich wäre sie umso weniger geneigt, für Unfrieden zu sorgen.

»Das ist eine vollkommen normale Reaktion«, sagte Tara. »Deswegen müssen Sie sich keine Vorwürfe machen. Hatte Mr

Trent Ihnen erzählt, warum er glaubte, dass Freya nicht gekommen war?«

Monique nickte und erzählte von der Version ihres Chefs – dass Trent bei Freya zu Hause angerufen hatte, als sie nicht gekommen war, und Professor Cross ihm eine Geschichte von stressbedingtem Urlaub auftischte.

»Und Sie haben in der Woche nicht versucht, sie zu erreichen?«, fragte Tara.

Nun sah Monique noch unglücklicher aus und schüttelte den Kopf. »Ich habe mir Sorgen gemacht, wie Sie sich ja denken können, aber ich habe nur die Nummer von Freyas Arbeitshandy. Und es schien mir unpassend, sie zu belästigen, wenn sie krankgemeldet ist.«

»Das verstehe ich. Ich hätte dasselbe gedacht.«

Monique sah sie dankbar an.

»Und wie wurde die Arbeit hier aufgeteilt?« Tara hoffte, wenn sie Monique dazu brachte, über Allgemeines zu reden, könnte sie eine Ungereimtheit entdecken. Und dann, wenn die Unterhaltung richtig im Fluss war, würde sie mehr Fragen über Freyas Verhältnis zu Luke Cope und Jonny Trent stellen.

»Freya war die Stütze des Ganzen«, antwortete Monique. »Sie war Vollzeit hier, und sie und ich waren für die beiden Hauptgalerien vorn zuständig, in denen unsere wertvollsten Werke hängen. Wir verkaufen die Gemälde auf Kommission und bekommen Nachschub von den Künstlern, die sich gut verkaufen.«

Wieder einmal dachte Tara daran, dass Luke nicht in diese Kategorie passte. Aber zu ihm käme sie später …

»Sie sprechen von zwei Hauptgalerien. Gibt es noch mehr?«

Monique bejahte. »Na ja, eine noch. Die hintere. Sie ist in einem Anbau des Hauses und Jonnys Herzensprojekt.« Sie lächelte. »Er lässt uns in den Haupträumen alles frei entscheiden, ist aber immer noch sehr präsent, eben ein echter Kunstfreund. Hinten hat er die weniger wertvollen Werke, denen er eine Chance geben will. Dabei verlässt er sich auf sein Gefühl. Er sucht die Stücke bei kleinen Verkäufen, über Händler oder hin und wieder auch direkt beim Künstler aus und kauft sie. Dann versucht er, sie mit Gewinn zu verkaufen. Er ist jedes Mal begeistert, wenn er recht hatte und Profit macht, und ab und zu zahlt es sich richtig aus.«

Tara konnte sich denken, dass es ihm einen mächtigen Kick gab; schließlich war es eine Form von Glücksspiel. »Kann ich mir vorstellen.«

Wieder nickte Monique. »Er ist immer bester Laune, wenn das passiert. Manchmal lädt er dann hinterher zur Feier auf ein Glas Sherry in sein Büro ein.«

Wie großzügig!. »Und was ist mit dem Finanzmanagement und den rechtlichen Angelegenheiten?«

»Oh, um die kümmern Freya und ich uns. Das läuft natürlich alles digital. Alles wird hier in die Computer eingegeben.« Sie zeigte zu den beiden Rechnern im Raum. »Aber Jonnys Buchführung«, sie senkte die Stimme, »stammt noch aus Noahs Zeiten, um ehrlich zu sein.«

Tara sah sie fragend an.

»Er benutzt ein altmodisches Kassenbuch, in das er seine Verkäufe einträgt.« Sie lächelte nachsichtig. »Freya und ich haben ihn zu überreden versucht, dass er einen Computer benutzt, aber davon wollte er nichts hören. Und ich denke sogar, dass seine Kunden es charmant finden.« Sie seufzte. »Er sagt dauernd, dass früher alles besser war. Und bedenkt man, was Freya passiert ist, stimmt es vielleicht. Man sollte meinen, dass es abends in Newnham sicher ist. Aber heutzutage, mit Drogendealern und so …«

Tara erzählte ihr nicht, dass sie altmodische Lust oder Eifersucht als Motiv für den Mord an ihrer Kollegin vermuteten. »Ich habe gehört, dass die Galerie auch Luke Copes Arbeiten anbietet.«

Monique wurde eine Nuance blasser. »Jonny hat gesagt, dass er vermisst wird.«

»Ja, das stimmt«, bestätigte Tara. »Hat Mr Trent jemals Sachen von ihm in der hinteren Galerie ausgestellt?«

Die Frau runzelte die Stirn. »Nein.«

»Hat Sie das gewundert?« Es wunderte Tara jedenfalls, bedachte man, dass die meisten weniger wertvollen Sachen in Jonny Trents »Herzensprojekt« gehandelt wurden. Aber vielleicht war Luke Cope nicht bereit, seine Arbeiten gleich zu einem niedrigen Preis anzubieten.

Monique zuckte mit den Schultern. »Ich erinnere mich, dass Freya überrascht war. Sie hatte das erste Treffen zwischen Luke und Jonny vermittelt, weil sie wusste, dass Luke eine Galerie suchte. Ich glaube, sie hatten sich alle bei irgendeinem Event in einer anderen Galerie in der Stadt kennengelernt. An dem Vormittag, als Luke zu seinem Gespräch mit Jonny herkam, war Freya ganz schön angespannt. Ich weiß noch, dass sie dachte, Jonny würde Luke wahrscheinlich ablehnen. Aber sie müssen sich verstanden haben. Ihr Meeting ging rund eine Stunde, und am Ende beschloss Jonny, dass Lukes Gemälde in die Hauptsammlungen passen.«

Interessant war, dass Freya sich bereits damals wegen Lukes Erfolg – oder Misserfolg – sorgte. Hatte sie ihn da schon gemocht? »Wissen Sie noch, wie lange das her ist?«, fragte sie.

»Ungefähr anderthalb Jahre, glaube ich.«

»Verstehe. Und hatten Sie Luke an dem Tag kennengelernt?«

Monique nickte. »Als er wieder ging, ja. Er war natürlich froh, wie man sich denken kann. Und als er und Jonny sich zum Abschied die Hand schüttelten, sah Jonny genauso begeistert aus.«

Es klang, als hätten sie innerhalb kurzer Zeit einen Draht zueinander gefunden. Und obwohl Freya offiziell für die vorderen Galerien zuständig war, entschied eindeutig Jonny Trent, wessen Arbeiten hier ausgestellt wurden.

»Wie ich es mitbekommen habe, standen sich Freya und Luke auch sehr nahe«, sagte Tara.

Monique sah sie ein wenig prüfend an. »Den Eindruck hatte ich auch«, antwortete sie schließlich. »Aber Freya hat mir nichts erzählt. Wir sind gut miteinander ausgekommen, aber es war ein reines Arbeitsverhältnis.«

Tara nickte. »Monique, wir wissen, dass Freya hier in der Galerie Probleme gehabt hat.« Nun, zumindest dachte Sophie Havers das. *Was genügte.* »Sie verletzen niemandes Vertrauen, wenn Sie mir mehr darüber erzählen.«

Freyas Assistentin leugnete nicht, antwortete aber auch nicht.

»Sie hatte vorgehabt am Montag letzter Woche ein ernstes Gespräch mit Mr Trent zu führen«, fuhr Tara fort. »Also nehme ich an, dass es zwischen den beiden Unstimmigkeiten gab.«

Doch jetzt schüttelte Monique Courville den Kopf. »Sie war in letzter Zeit vielleicht ein bisschen kurz angebunden, aber alles in allem ist er ziemlich für sich geblieben und hat uns auch in Ruhe gelassen. Falls es ein Problem gegeben hat, glaube ich nicht, dass es an Jonny lag.«

»Ach nein?«

»Nein.« Die Frau wurde rot und senkte kurz den Blick zu der Schreibtischplatte. »Ich denke, es hatte mit Luke zu tun. Als er das letzte Mal hier war – das muss circa drei Wochen her sein –, habe ich sie streiten gehört.«

»Wo waren sie?«

»In der hinteren Galerie.«

»Und war Jonny dort bei ihnen?«

Sie überlegte. »Ich glaube nicht, aber er kann auch nicht weit weg gewesen sein.«

Mit dem Ohr an der Tür?

»Monique, das könnte wichtig sein.« Tara neigte sich vor. »Um Freyas willen, konnten Sie irgendetwas von dem hören, was gesagt wurde?«

Wieder runzelte sie die Stirn und schloss einen Moment lang die Augen. »Viel habe ich nicht gehört. Ich war hier drinnen. Ich glaube, sie hat gesagt, ›Wie konntest du?‹ oder etwas Ähnliches.«

»Wie war sie sonst? War es normal für sie, wütend zu werden?«

Monique wirkte schockiert, als sei der Gedanke allein lachhaft. »Überhaupt nicht! Sie war ein echter Profi.« Es trat eine lange Pause ein, ehe sie plötzlich die Augen weit aufriss und sagte: »Nein, warten Sie, jetzt erinnere ich mich wieder, was sie zu Luke gesagt hat. ›Wie konntest du so blöd sein?‹ Das war es.«

Viel mehr bekam Tara nicht aus Monique Courville heraus. Ihr Verhältnis zu Freya Cross war eindeutig rein professionell gewesen. Aber die Einblicke in die Abläufe der Galerie waren interessant. Was hatte Luke Cope getan, das Freya für so idiotisch hielt?

Nach ihrer Unterhaltung bat sie Monique, sie zur hinteren Galerie zu bringen. Es war ein angenehmer Raum – gemütlich mit dunkelroten Wänden. Hier hingen mehrere Kunstwerke an den Wänden, alle vom warmen Licht einzelner Bilderleuchten angestrahlt. Die meisten jedoch waren ungerahmte Leinwände in Aufstellern, die potenzielle Kunden durchblättern konnten. Nicht auf Anhieb sehen zu können, was angeboten wurde, sorgte für eine besondere Spannung. Man wusste nicht, ob man irgendwo in der Sammlung womöglich einen Schatz entdeckte. Sie sah sich die Sachen eben an, von denen sie eine selbst recht hübsch fand, einschließlich einer Federzeichnung von Great St Mary's, der Universitätskirche, als Blake neben ihr erschien.

»Wir müssen gehen.« Dabei warf er ihr einen vielsagenden Blick zu.

Nachdem sie sich von Monique (die den Tränen nahe schien) und Jonny (der besorgt aussah) verabschiedet hatten, stiegen sie beide in den Wagen, und Blake steckte den Zündschlüssel ins Schloss.

»Planänderung?«, fragte Tara.

»Zurück zu Professor Cross.« Er wendete den Wagen in der Einfahrt. »Ich hatte ein paar Constables losgeschickt, mit der Befragung von Tür zu Tür weiterzumachen und die Nachbarn zu befragen, die nicht zu Hause gewesen sind, als du gestern mit Max unterwegs warst.« An der Ausfahrt blinkte er nach rechts und wartete auf eine Lücke im Verkehr, der Fontänen aus den tiefen Pfützen am Straßenrand in die Luft jagte. »Wie sich herausstellt, hat jemand direkt nebenan einen lautstarken Streit zwischen ihm und Freya gehört, bevor sie das letzte Mal abends das Haus verließ. Ein paar Tage später ist die Person dem Professor auf der Straße begegnet und hat nach Freya gefragt. Anscheinend machte sie sich Sorgen. Und als der Professor sagte, sie wäre eine Freundin besuchen gefahren, dachte die Person, dass sie ihn verlassen hätte.«

Er bog auf die Straße ein und trat aufs Gaspedal.

»Die Person wünscht sich jetzt, sie hätte uns angerufen, statt ihn anzusprechen …«

KAPITEL EINUNDZWANZIG

Hatte Professor Cross letztes Mal, als sie ihn verließen, schon misstrauisch gewirkt, war es nichts verglichen mit seinem Gesichtsausdruck jetzt, dachte Blake. Das Trauma, vom Fund seiner toten Frau zu erfahren – ob er verantwortlich war oder nicht –, sollte sich ein wenig gelegt haben. Vielleicht wurde ihm nun seine Position in der Ermittlung bewusst.

Und Blake plante, es möglichst gut zu nutzen. Noch bevor Tara sich hingesetzt hatte und sobald der Professor in denselben Sessel sank wie beim letzten Besuch, legte Blake los.

»Wir haben eine Zeugenaussage, laut der Sie und Ihre Frau einen Streit hatten, bevor Mrs Cross das Haus am dreiundzwanzigsten Februar verließ. Einen solch lauten Streit, dass er auf der Straße zu hören war.«

Fast sofort wurde der Professor rot. Ohnehin hatte Blake keine Zweifel an der Zeugenaussage.

»Warum haben Sie uns das gestern nicht erzählt? Es ist eine relevante Information.« Aber natürlich musste man kein Genie sein, um es sich denken zu können; es sah nicht gut aus, ganz gleich, ob er schuldig war oder nicht. Während Zach Cross sich noch eine Antwort überlegte, hakte Blake nach: »Warum hatten

Sie Ihre Frau angeschrien?« Er wollte Cross hinreichend verunsichern, dass der nicht mehr überzeugend lügen konnte.

Der Professor rückte in seinem Sessel nach vorn und faltete die Hände so fest, dass die Fingerknöchel weiß wurden. Dann sank er plötzlich nach hinten zurück und vergrub das Gesicht in den Händen.

»Es haben bereits mehrere Zeugen ausgesagt, dass es Probleme in Ihrer Ehe gab.« Der Mann trauerte, aber er könnte auch ein Mörder sein. Blake durfte ihn nicht vom Haken lassen. »Und es gibt Gerüchte, dass Freya eine Affäre hatte. Waren Sie deshalb so wütend?«

Schließlich senkte der Professor die Arme und nickte. »Ich hatte keinen Beweis«, sagte er. Seine Augen waren jetzt weit offen und sein Kinn erschlafft. »Ich hätte mich irren können.«

War es Schuldbewusstsein, weil er seine Frau wegen eines bloßen Verdachts ermordet hatte? Oder Entsetzen, weil Freya nach einer von ihm provozierten Auseinandersetzung in den Tod gegangen war?

»Was hatte den Streit an dem Abend ausgelöst?«

»Sie wollte einen Spaziergang machen. Das Wetter war scheußlich, und es schien eine komische Zeit, an die frische Luft zu wollen. Ich schlug vor mitzukommen, aber sie hat gesagt, sie wolle allein sein, ›um nachzudenken‹.« Er nahm ein Taschentuch hervor und schnäuzte sich, ehe er fortfuhr: »Aber ich hatte den Verdacht, dass sie jemanden treffen wollte, und das habe ich ihr gesagt.«

»Und Sie haben geglaubt, dass es Luke Cope war? Haben Sie Ihre Frau damit konfrontiert?«

Der Professor stockte einen Moment, wirkte wieder angespannt, nickte aber nach einer Weile.

»Wie kamen Sie darauf, dass die beiden eine Affäre hätten?«

»Man musste Freya ja nur über ihn reden hören, um zu erkennen, dass er sie in seinen Bann gezogen hatte!« Er klang wütend und war deutlich lauter geworden. Nun wurde Blake klar, wie die Nachbarn ihn am Abend des Streits hören konnten. Der Mann holte tief Luft, und Blake sah, wie sich sein breiter Brustkorb hob und senkte. »Sie müssen verstehen, Inspector, dass Freya für ihre Arbeit gelebt hat. Die Kunst war ihr Leben. Und dann war da dieser Mann, den sie als problembeladenes, unentdecktes Genie sah. Jedes Mal, wenn sie von ihm sprach, war deutlich zu erkennen, dass sie gefesselt von ihm war. Und als ich die beiden zusammen gesehen habe, schien es so offensichtlich.«

»Waren Sie auf der Einweihungsparty von Luke Cope misstrauisch geworden?«

Er nickte. »Da waren mindestens fünfzig Leute in diesem improvisierten Atelier, doch wenn man die beiden beobachtet hat, schien es, als wären sie die einzigen Menschen in dem Raum, sie mieden alle anderen und führten ihren eigenen kleinen Tanz auf.«

Eine Sekunde lang dachte Blake an Tara. Es klang, als wäre da eine starke Anziehung zwischen Luke und Freya gewesen. Solche Beziehungen konnten zu Problemen führen. Unwillkürlich kamen ihm Romeo und Julia in den Sinn. *Solch wilde Freude nimmt ein wildes Ende* ... Was war geschehen, das Luke wütend genug gemacht hatte, um sie tot zu malen? Und die Fantasie real zu machen? Zach Cross hatte gesagt, dass Freya den Künstler für problembeladen gehalten hatte. Und Freya hatte Luke gefragt, wie er so blöd gewesen sein konnte, als *sie* sich gestritten hatten. Das hatte Tara ihm auf der Fahrt her erzählt.

»Wie hat Ihre Frau reagiert, als Sie sie mit Ihrem Verdacht konfrontierten?«

»Sie ist wütend geworden, hat aber nicht direkt auf meinen Vorwurf geantwortet. Sie hat gesagt ...« Er verstummte abrupt und begann wieder neu. »Sie hat gesagt, sie fühle sich eingeengt.«

Blake fragte sich, wie genau sie es formuliert hatte. Er schätzte, der Stolz des Professors ließ nicht zu, ihre exakten Worte zu wiederholen. *Gefangen? Wie ein Haustier an einer Leine?* Zach sollte lieber deutlicher sein, anstatt Blakes Fantasie mit ihm durchgehen zu lassen. »Und dann?«

»Sie hat mir befohlen, ihr ja nicht nahezukommen. Zu dem Zeitpunkt hat sie geweint. Und sie ist gegangen, wie sie geplant hatte.«

»Warum haben Sie uns belogen, dass sie Übernachtungssachen mitgenommen hatte?«

»Ich bin bis halb eins in der Nacht aufgeblieben und habe gewartet, dass Freya zurückkommt. Zuerst dachte ich, sie ließ sich Zeit, um mir eine Lektion zu erteilen. Aber nach und nach wurde mir klar, wenn sie sich wirklich mit Luke getroffen hat, könnte sie beschlossen haben, mit ihm wegzugehen. Wenn ich ihr so oder so nicht traute, was könnte sie davon haben, brav nach Hause zu kommen und die treue Ehefrau zu spielen? Also bin ich zu Bett gegangen, konnte aber nicht schlafen. Und gleich am nächsten Morgen fingen Leute an zu fragen, wo sie war.«

»Jonny Trent von der Galerie?«

Cross nickte. »Obwohl ich zu dem Schluss gekommen war, dass Freya mich verlassen hatte, habe ich noch gehofft, dass sie einsieht, wie albern sie ist, und zurückkommt, nachdem sie ein bisschen nachgedacht hat. Und natürlich habe ich damit gerechnet, dass sie zur Arbeit geht. Luke Cope wohnt auch hier in Cambridge, also sprach nichts dagegen, dass sie alles andere wie gewohnt weitermacht. Trents Anruf, dass sie nicht in der Galerie erschienen ist, war ein Schock, doch ich hatte bereits entschieden, was ich jedem sagen würde, der fragte. Mir war die Vorstellung unerträglich, welchen Tratsch es geben würde, sollte ich zugeben, dass wir uns gestritten hatten. Deshalb habe ich jedem die gleiche Ausrede präsentiert: Dass sie sich eine Auszeit genommen hat.«

»Ihre Freunde und Kollegen zu belügen ist eine Sache«, sagte Blake. »Aber die Unwahrheit als offizielle Aussage gegenüber der Polizei zu wiederholen, ist etwas vollkommen anderes.« Ihm war bewusst, dass ihm seine Wut anzumerken war, und das sollte ruhig so sein.

»Ich habe meine Frau nicht ermordet, Inspector«, entgegnete Zach Cross. »Und deshalb habe ich keine Bedenken gehabt, den Grund zu verschleiern, aus dem sie an dem Abend das Haus verlassen hatte. Ich nahm an, dass Luke Copes Name eher früher als später fallen würde. Es war unnötig, unsere schmutzige Wäsche in der Öffentlichkeit zu waschen, um Sie auf ihn zu bringen.«

Doch Blake war immer noch fassungslos. »Ich hätte gedacht, Ihr Zorn auf den Mann, den Sie als Mörder Ihrer Frau verdächtigen, würde all das übertrumpfen.«

»Nichts, was ich tun könnte, würde sie zurückbringen. Und ich muss immer noch in dieser Straße leben und im klaustrophobischen Umfeld meiner Universitätsfakultät arbeiten. Würde ich den Streit eingestehen, gäbe man mir für immer die Schuld daran, dass Freya sich in Gefahr begeben hatte – im günstigsten Fall. Im schlimmsten Fall würde man mich verdächtigen, sie umgebracht zu haben. Mit diesem Schandmal möchte ich in meiner Position nicht leben.«

Doch Blake blieb unsicher. Der Professor hätte auch dann allen Grund zu lügen, hätte er seine Frau umgebracht.

»Soweit Sie wissen, hatte Ihre Frau an dem Tag keine kleine Reisetasche mitgenommen«, fuhr Blake fort. »Sind Sie sicher, dass nichts fehlt? Würde Ihnen auffallen, wenn Pyjamas oder Make-up verschwunden sind? Irgendetwas?«

»Ich führe nicht Buch über Freyas Sachen«, spie der Professor förmlich aus und seufzte gleich. »Ich habe nicht gesehen, dass sie solche Dinge gepackt hat, und ich bin ziemlich sicher, dass nichts fehlt.«

»Dennoch haben wir eine Zeugin, die sagt, dass sie außer

ihrer Handtasche auch eine kleine Reisetasche bei sich hatte, als sie das Haus verließ.«

»Gütiger Himmel«, sagte der Professor, »in was für einer Straße ich wohne! Lauter Spione. Ja, sie hatte eine Tasche dabei.«

»Wissen Sie noch, ob sie die nach Ihrem Streit geholt hatte?«

Die Frage kam eindeutig unerwartet, und der Professor runzelte zunächst die Stirn. »Nein«, antwortete er schließlich. »Die muss sie schon unten gehabt haben. Sie griff sie sich, kurz bevor sie ging, zusammen mit ihrer Handtasche, und dann ist sie weg.«

Fünf Minuten später saßen Blake und Tara wieder im Wagen auf dem Weg zurück zu Max und Megan. Blake hatte vorgeschlagen, zur Stärkung Sandwiches für sie alle zu besorgen. Er freute sich nicht darauf, in das leere Haus des Künstlers zurückzukehren, denn er empfand die düstere Atmosphäre dort beklemmend. Das Wetter machte es auch nicht besser. Es regnete immer noch, und an den Straßenrändern stand das Wasser hoch in den Rinnsteinen.

»Also, wir wissen, dass Freya Cross eine Textnachricht von Luke bekommen hatte, der sie bat, ihn an dem Abend zu treffen, an dem sie ihr Zuhause verließ«, sagte Tara. »Der Professor hat recht; sie wollte nicht nur Zeit für sich. Und zu dem, was sie vorhatte, brachte sie etwas mit – nur wahrscheinlich keine Übernachtungssachen.«

Blake nickte, während er die Geschwindigkeit der Scheibenwischer erhöhte. »Stimmt. Und jemand – wir nehmen an, ihr Mörder – hat die Tasche mitgenommen. Sie könnte etwas Wertvolles enthalten haben oder etwas, von dem der Mörder nicht will, dass es gefunden wird.« Er fluchte. »Eines begreife ich hier nicht. Ich komme nicht drauf, wie alles zusammenhängt.«

»Zach Cross könnte Freya gefolgt sein, wenn er eifersüchtig war und sie verdächtigte, Luke zu treffen. Es wäre völlig normal.«

»Richtig, wäre es.«

»Er könnte sie entdeckt haben, Freya mit dem Stein bewusstlos geschlagen, von dem Agneta denkt, dass er benutzt wurde, und dann Luke getötet, bevor er seine Frau erdrosselte. Groß und stark genug wäre er, um Lukes Leiche ohne erhebliche Schwierigkeiten zu bewegen.«

Blake nickte. »Er könnte seinen Wagen zur Seite nach Lammas Land gefahren und von dort Lukes Leiche geholt haben, um sie irgendwo zu deponieren, in der Hoffnung, dass wir glauben, Luke hätte Freya umgebracht und wäre geflohen.« Er seufzte. »Wie groß ist die Chance, dass Fleming uns das Okay für eine Durchsuchung seines Wagens gibt, wenn wir nur reine Mutmaßungen haben?«

Tara sah zu ihm. »Nicht sehr groß.«

Sie war ein klein wenig optimistischer als er, das war klar. Eine Weile fuhren sie schweigend weiter, dann hörte Blake einen leisen Fluch von Tara.

»Was?«

»Eilmeldung auf der Website von *Not Now. Künstler aus Cambridge und angeblicher Geliebter des Mordopfers Freya Cross wird von der Polizei gesucht.*«

Blake fluchte blumiger als sie. Er hatte gedacht, mit Patrick Wilkins' Suspendierung hätten sie dem Durchsickern von Informationen ein Ende gemacht. Offenbar nicht. Wenn er herausfand, wer diesmal polizeiinterne Infos weitergegeben hatte, wäre er selbst versucht, gegen das Gesetz zu verstoßen.

Er hatte vorgehabt, eine Pressemitteilung und eine Bitte um Informationen über den Aufenthaltsort des Mannes herauszugeben, nachdem er mit Fleming gesprochen hatte. Aber er wollte die Nachricht sorgsam formulieren, nicht so willkürlich. Ein unbestätigtes Gerücht von seiner Beziehung zu Freya Cross zu veröffentlichen, könnte alle möglichen Probleme nach sich ziehen.

»Bitte Max, sie anzurufen«, sagte er. »Ich möchte, dass er sie unter Druck setzt, ihre Quelle zu nennen.«

Es folgte eine Pause, in der Tara vermutlich überlegte, zu widersprechen und zu sagen, sie sollte sich ihren alten Arbeitgeber vornehmen. Doch sie schien sich dagegen zu entscheiden. »Okay, ich rufe ihn an.«

Während sie mit Max sprach, fragte Blake sich, wer *Not Now* kontaktiert haben könnte. Natürlich musste es keiner von ihnen sein. Wenn Luke Cope unschuldig war, könnte der Tipp anonym von dem Täter gekommen sein, um von sich selbst abzulenken.

Tara unterbrach seine Gedanken, als sie ihr Telefonat beendet hatte.

»Max ruft die verfluchte Shona Kennedy an und fragt sie«, sagte sie. »Und er hatte noch ein Update. Da war ein Gemälde von einer Windmühle, das wir beide in Lukes Atelier gesehen hatten. Es sah wie eine Marschlandschaft aus.«

»Und?«

»Er und Megan haben noch drei andere Bilder von anscheinend derselben Mühle gefunden.«

Er sah kurz zu Tara.

»Max fragt sich, ob es eine Gegend ist, die Luke Cope regelmäßig besucht. Sie fragen um Rat, aber wie es sich anhört, können sie nicht sagen, wo genau das ist. Der Hintergrund gibt nicht viel her. Sie suchen weiter.«

»Gut«, sagte Blake. Er hielt vor einem Sandwich-Laden in der Hills Road. »Einen besonderen Wunsch?«

»Etwas Großes.«

Er stellte fest, dass er grinste. »Ist notiert.«

Als er sich eben abgeschnallt und die Fahrertür geöffnet hatte, hörte er noch einen lauten Fluch von Tara.

»Was ist?«

»Luke Copes Bild in der Galerie. Hattest du das gesehen?«

Er nickte. »Die Marschlandschaft, die ein bisschen postapokalyptisch aussah?«

»Genau die. Mir fällt gerade wieder ein, dass man bei dem Winkel eine Art Kanal unten sehen konnte. Der Maler hat die Szenerie von oben betrachtet.«

Es dauerte einen Moment, dann fiel der Groschen bei Blake. Wo war der Mann gewesen, als er das gemalt hatte? »In den Fens gibt es nicht viele hohe Aussichtspunkte ...«

»Sehr wenige«, stimmte Tara ihm zu. »Und die, die es gibt, sind von Menschen gebaut. Ich frage mich, ob Luke Cope hoch oben in der Windmühle gesessen haben könnte, als er diese Szene gemalt hat.«

KAPITEL ZWEIUNDZWANZIG

»Was erinnerst du noch von dem Bild in der Galerie?«, fragte Blake.

Tara versuchte, sich das Bild ins Gedächtnis zu rufen. »Könnte ich es mir doch nur noch mal ansehen.«

»Ich will nicht, dass Jonny Trent von unserem Verdacht Wind bekommt. Dem Mann traue ich nicht.«

»Ich auch nicht. Vermutlich hat er heute Morgen beobachtet und abgewartet. Moment!« Sie rief die Website der Galerie auf. »Er mag altmodisch sein, aber wie es sich anhört, war Freya auf der Höhe der Zeit – und Monique auch. Mit ein bisschen Glück …« Sie fand eine Auswahl von Bildern, die gegenwärtig zum Verkauf angeboten wurden. »Ja, hier ist Lukes Bild.« Wieder bemerkte sie die Kirche – eine kleine schwarze Silhouette vor dem dunklen Himmel mit einem sehr großen Turm …

Blake beugte sich rüber, bis sein Kopf nur Zentimeter von ihrem entfernt war. »Kennst du das?«, fragte er und sah sie an.

»Ja, ich überlege nur, woher.« Sie dachte an ihre Kindheit draußen auf dem Land. An den Bus zur Grundschule im nahen Dorf, die sommerlichen Radtouren zu abgelegenen Stellen, an denen sie ihr eigenes Ding machen konnte, ohne dass sie jemand schikanierte, und dann später ...

»Warte mal. Ich bin in Cambridge auf der weiterführenden Schule gewesen. Die Hälfte der Zeit hatte ich sowieso bei Bea gelebt, deshalb lag es nahe. Aber wenn ich vom Haus meiner Mutter mit dem Bus zurückgefahren bin ...« Sie rief Google Maps auf ihrem Handy auf, markierte die Adresse ihrer Mutter und ging die Dörfer durch, an denen sie früher vorbeigekommen war. Im Geiste sah sie die Strecke vor sich, und plötzlich hatte sie es. »Der Turm von St Peter and St Paul, etwas außerhalb von Whitwell.«

»Von wo müsste Luke Cope es demnach gesehen haben?«, fragte Blake ungeduldig.

Sie runzelte die Stirn. »Ich bin mir nicht sicher. Ich müsste die Kirche von Norden kommend von hinten gesehen haben, aber das war draußen am Rand einer modernen Siedlung, und ich schätze, dass man sie auch aus anderen Richtungen sieht. Wenn ich doch nur wüsste, was das für ein Kanal ist ... aber da sind so viele Flüsse und Gräben in den Fens.«

Blake gab die Adresse der Kirche bereits ins Navi ein. »Fahren wir gleich hin«, sagte er. »Wir schauen uns um und sehen, ob wir die Mühle finden. Ich will nicht riskieren, zum Haus zu fahren und Max und Megan zu holen. Dass wir dort ein- und ausgehen, könnte *Not Now* darauf gebracht haben, dass wir uns für Luke Cope interessieren. Wenn sie das Haus weiter im Blick behalten, würde ich Shona Kennedy zutrauen, dass sie uns von dort folgt und unsere Ermittlung torpediert.« Wieder sah er Tara an. »Wenn wir die Mühle finden, können wir Max und Megan anrufen und nachkommen lassen. Das mit den Sandwiches tut mir leid. Es gibt allerdings einige Notfallrationen im Handschuhfach. Du kannst essen, während ich fahre. Falls Luke Cope sich da draußen versteckt, müssen wir auf der Hut sein.«

Es war schon deutlich nach der Zeit, an der die meisten

Menschen Mittagspause machten, und Tara war durchgefroren und hungrig. Allerdings war sie etwas erstaunt, vier Müsli- und Nussschokoriegel zu finden, als sie ins Handschuhfach sah. Blake hatte nicht die Figur von jemandem, der viel naschte. Vielleicht waren die für Babette – immerhin aß sie für zwei ...

»Danke.« Sie nahm sich einen Riegel. »Es ist wahrscheinlich sinnvoll, einen Vorrat zu haben.« Doch als Blake hastig wendete, hielt sie beim Auswickeln inne, weil sie kurz ein gespanntes Kribbeln im Bauch spürte.

Bis sie die Fens erreichten, hatte sich der Himmel noch weiter verdunkelt. Tara spähte mit angehaltenem Atem nach Wegweisern in Richtung Whitwell. Als sie schließlich zu der Abbiegung kamen, pulsierte das Adrenalin in ihren Adern. *Verrückt.* Sie wusste nicht einmal, ob Luke Cope noch dort war, geschweige denn, ob er schuldig war. Doch dann dachte sie an die Bilder, die sie in seinem Atelier gesehen hatte. Ganz gleich, was seine Geschichte war, er sollte mit Vorsicht behandelt werden.

Blake war vollkommen auf die Straße konzentriert und fuhr sehr schnell. Keiner von ihnen sprach.

Dann bog Blake zum Dorf ab, fuhr durch ruhige, nasse Nebenstraße, vorbei an reetgedeckten Cottages, bis sie die Church Lane erreichten. Als sie auf den mit Kies ausgestreuten Parkplatz bogen, ragte der Kirchturm schiefergrau vor dem noch dunkleren Himmel hoch über ihnen auf.

Tara war vor ihrem DI aus dem Wagen und ging den leicht ansteigenden Weg zur Kirchentür hinauf, um eine bessere Sicht auf die Umgebung zu bekommen. Von hier blickte sie in die Richtung, in die sie früher zur Schule gefahren war. Keine Mühle. Sie sah zu Blake, schüttelte den Kopf und ging um die Kirche herum, wobei sie ihren Blick nach außen auf die Umgebung richtete.

Sie hätte sich keine Sorgen machen müssen, dass sie die Mühle übersehen könnte. Als sie um die Ecke kam und von der Kirche aus nach Süden schaute, fiel sie ihr sofort ins Auge. Noch war sie klein in der Ferne, dennoch empfand Tara eine innere Unruhe bei dem Anblick. Die Umrisse hoben sich scharf vom stürmischen Himmel dahinter ab, und die Löcher in den Flügeln erinnerten an Zahnlücken.

Blake war neben ihr, während sie mit ihrem Handy zu erkennen versuchte, wo die Mühle auf der Karte vermerkt war. War sie nicht.

»Schon gut«, sagte er. »Es ist ungefähr eine Meile von hier. Ich peile es an.«

Sie schaute kurz zu ihm. »Anpeilen? Warst du mal Pfadfinder oder so?«

Blake grinste verhalten. »Nein, aber ich habe meine Fähigkeiten. Du überwältigst den Feind, indem du ihm die Finger brichst, während ich, na ja, ich weise auf Dinge hin. Mit meinem Verstand und deinen Muskeln sind wir ein Knallerteam.«

»Haha.« Es war unfair von ihm, den Vorfall mit dem gebrochenen Finger aufzubringen. Hätte sie nicht geglaubt, dass ihr der Journalist, den sie verletzt hatte, etwas tun wollte, hätte sie ihn niemals so effizient angegriffen.

Blake sah sie für einen Moment an, wobei Regenwasser von seinem unordentlichen Pony tropfte. »Es ist nur teils ein Scherz. Ich finde es wirklich praktisch, dass du notfalls über solch exzellente Fähigkeiten verfügst.«

Er meinte es fraglos ernst, wie sie an seinem Gesichtsausdruck erkannte. Und sie hoffte, sie könnte so gut wie nötig sein, sollte es dazu kommen. Ihr Adrenalin reichte allemal aus, um ihr die nötige Verve zu geben. Das und die Schokolade …

Sie versuchte, nicht zu reagieren, als der Blick seiner dunklen Augen ihrem begegnete. Und war froh, als er den

Standort auf seinem Handy herausfand und zurück zum Wagen ging. Tara steckte ihr Handy wieder ein.

»Soll ich jetzt fahren, damit du was essen kannst?«, fragte sie, wobei sie auf Abstand zu ihm blieb. Ihr wäre nur lieb, wenn auch Blake Kalorien zu verbrennen hätte.

»Danke, das nehme ich gerne an. Und ich rufe auch Max und Megan an, damit sie herkommen.«

Tara sah indes nicht ein, dass sie beide warteten, bis die anderen da waren, ehe sie weiter ermittelten. Sie hatte das Gefühl, dass die Mühle, die immer noch recht weit weg war, sie anzog. Und sie wollte die Wahrheit wissen, egal um welchen Preis. Den Menschen finden, der Freya umgebracht hatte.

Blakes Gefühl für Entfernung und Richtung erwies sich als verlässlich. Binnen Minuten schickte er sie auf die richtige Straße, und die Mühle lag vor ihnen. Je näher sie ihr kamen, desto imposanter wirkte sie.

»Was hältst du von einer unauffälligen Erkundungstour, bevor die anderen hier sind?«

Sie nickte und fand eine Stelle, an der sie sicher parken konnten, ohne in einem Graben zu landen. Von hier aus könnten sie sich zu Fuß der Mühle nähern, auch wenn unvermeidbar war, dass Luke Cope sie sehen könnte, sollte er zufällig aus einem der Fenster schauen. Die gingen in alle Richtungen, und hier gab es keine Deckung. Tara stieg leise aus dem Wagen und verriegelte ihn, sobald Blake es ihr gleichgetan hatte. Nicht, dass hier irgendwer das Auto klauen würde, denn diese Gegend war vollkommen verlassen. Whitwell war das nächste Dorf. Links von ihnen war ein Abwassergraben, in dem das Wasser sehr hoch stand und der Regen ein Muster in die Oberfläche tupfte. Schnell war Taras Haar durchnässt, und sie strich es sich aus dem Gesicht. Blake beugte die Schultern in seinem dunklen Wollmantel vor.

Tara fragte sich, was sie erwartete. Dies hier könnte ein

sinnloses Unterfangen sein, aber ihr Gefühl sagte ihr, dass es das nicht war. Und sie war extrem angespannt.

Ein wenig später überquerten sie die Straße zur Mühle. Der Wind peitschte ihnen ins Gesicht; hier war alles so flach, dass ihn nichts abbremste. Ein großer Teil um die Mühle war von Kies bedeckt. Und darauf stand – man konnte eigentlich nicht von »Parken« sprechen – ein dunkelroter Volvo. Luke Copes Wagen. Tara merkte, wie ihr Puls beschleunigte. Sie überprüfte das Nummernschild, was eine reine Formalität war, um sich zu erden, indem sie das Prozedere einhielt.

Fragend sah sie zu Blake. Der Wagen sah aus, als wäre er achtlos abgestellt worden, gedankenlos verlassen. Wie es ein Mann täte, der gerade eine Frau ermordet hatte und untertauchen wollte? Oder jemand, der ein zweites Fahrzeug hatte, das auf ihn wartete, und sich nur um seinen Fluchtwagen sorgte? Vielleicht hatte der Volvo ausgedient.

Der Tag war so düster, wie es nur ging. Drinnen müsste man also Licht einschalten, wollte man irgendetwas tun. Doch Tara hatte sich den Bau den ganzen Weg hinauf angesehen und keines entdeckt. »Ob er hergekommen ist, um sich zu sortieren, und dann geflohen?«, flüsterte sie.

Blake runzelte die Stirn. »Möglich wäre es, doch wir sollten uns auf keinen Fall darauf verlassen.«

Was Tara auch nicht vorhatte. Gemeinsam gingen sie am Rand des Vorplatzes entlang und blickten zu den leeren Fenstern hinauf. Selbst die untersten waren deutlich über Augenhöhe, sodass sich unmöglich erkennen ließ, wer drinnen sein mochte.

Schließlich hob Blake die Faust und klopfte an die Tür. Danach trat er zurück und rief nach oben zu den Fenstern.

»Luke Cope? Polizei! Wir möchten mit Ihnen reden.«

Tara schaute weiter zu den oberen Stockwerken. Dort rührte sich nichts. Und auch wenn der Künstler hier war, hörte er sie vielleicht nicht. Die Mühle war in keinem guten Zustand, und Tara konnte sich vorstellen, dass es drinnen laut war, wenn der Wind die uralten Flügel zum Knarzen brachte und an den Fenstern rüttelte.

Blake hämmerte wieder an die Tür, doch nun bemerkte Tara ein Schild vorn am Eingang des Vorplatzes. Sie hatte es bisher nicht gesehen, weil sie ganz auf das Gebäude konzentriert gewesen war.

»Was ist das?«, fragte Blake.

Noch konnte sie es nicht erkennen, aber als sie näher heranging ... »Kontaktdaten der Agentur, die das hier vermietet«, rief sie einen Moment später. Sie musste sehr laut sein, damit Blake sie bei dem Wetter verstand.

Dann war er bei ihr und tippte die Telefonnummer in sein Handy ein. Einen Moment später versuchte Tara zu hören, was er sagte. Er hielt eine Hand vor seinen Mund und das Mikrofon.

»Detective Inspector Blake von der Cambridgeshire Constabulary. Ich versuche, einen Luke Cope im Zusammenhang mit einer Ermittlung zu erreichen. Ist es richtig, dass er«, er machte kurz eine Pause, um zu dem Schild zu sehen, »die Great Whitwell Mill gemietet hat?«

Es folgte eine Pause.

»Verstehe. Wann ist er eingezogen?«

Wieder lauschte er.

»Wir sind jetzt vor der Mühle, aber es öffnet niemand. Ich sorge mich um sein Wohl. Gibt es einen Ersatzschlüssel? Aha. Ja, ja, verstehe.« Er sah zu Tara und verdrehte die Augen.

Sie konnte nachvollziehen, warum. Sie könnten irgendjemand sein, doch die Person am anderen Ende war eindeutig gern bereit, sie einfach in die Mühle marschieren zu lassen. Und auch wenn sie ehrlich waren, bräuchten sie normalerweise einen Durchsuchungsbeschluss. Einzig ihre Absicht, Luke wegen des Mords an Freya zu verhaften, gab ihnen freie Hand.

Blake ging zurück zur Mühle und seitlich daran vorbei, dicht gefolgt von Tara.

»Der dritte von links?« Er schritt auf einen der Pfosten zu, die die Einfahrt begrenzten. Die weiße Farbe war teils abgeblättert. »Unten auf der Rückseite? Okay.« Er bückte sich und griff hinter dem Pfosten in einen immergrünen Busch. Einen Moment später hatte er ein kleines rotgrünes Plastikröhrchen in der Hand und schüttelte es stirnrunzelnd. »Das ist leer.«

Wieder kam eine Pause. »Ja, bitte, das wäre hilfreich.« Er steckte das Röhrchen wieder zurück in den Busch, klemmte das Handy zwischen Schulter und Ohr ein und nahm seinen Notizblock hervor, um sich etwas aufzuschreiben.

Dann beendete er das Gespräch und sah Tara an. »Der Mann, mit dem ich gesprochen habe, sagt, dass hier ein Ersatzschlüssel war, als er die Mühle vor drei Monaten an Cope vermietet hat. Anscheinend sperren sich die Mieter dauernd aus, was bei der Lage ungünstig ist, deshalb diese Vorkehrung. Vielleicht hat Luke Cope vergessen, den Schlüssel wieder zurückzulegen, oder ...«

»Oder er wollte sichergehen, dass niemand sonst hineinkann, ohne die Tür aufzubrechen?«

»Es wäre denkbar. Aber dann macht ihm eine Mrs Bolt im nächsten Dorf einen Strich durch die Rechnung. Sie hat Notschlüssel für die Mühle und ein paar andere ›charakteristische Objekte‹ in der Gegend, die diese Agentur vermietet.«

Tara betrachtete die Mühle. Charakter besaß sie allemal; beinahe so wie ihr Cottage im Stourbridge Common. Was für einen, war eine andere Frage. Doch sie konnte nachvollziehen, wie dies hier Luke Cope zu seinen wilden Bildkompositionen inspiriert hatte.

»Wollen wir Mrs Bolt besuchen?«, fragte sie, als sie wieder zur Straße ging.

»Fahr du. Zwei Meilen geradeaus, das weiße Reetdachcottage rechts. Anscheinend ist es von hier aus das erste Haus.« Er blickte hinauf zur Mühle. »Die Agentur ruft sie an und sagt Bescheid, dass jemand kommt. Ich bleibe sicherheitshalber hier.«

Sie sahen einander an. Tara hatte keine Ahnung, wie gut es um Blakes Selbstverteidigungskünste bestellt war. »Okay.«

Als sie die Straße entlangraste, versuchte sie sich einzureden, dass es ihre Furcht war, etwas zu verpassen, keine Angst um Blake, die sie das Tempolimit überschreiten ließ.

KAPITEL DREIUNDZWANZIG

Blake sah weiter zu den Mühlenfenstern und blinzelte den Regen aus seinen Augen. Alles war still. An den Geräuschen des Wagens hinter ihm hatte er erkannt, dass Tara sich beeilen würde, trotzdem zogen sich die Minuten schleppend hin. Er war um das Gebäude herum gegangen. Einen Hinterausgang gab es nicht. Falls Luke Cope sie kommen gesehen hatte, könnte er nicht unbemerkt entkommen sein. Wie mochte er sich auf sie vorbereiten, wenn er drinnen war?

Als Tara mit dem Schlüssel zurückkehrte, parkte sie wieder draußen, was sinnvoll war. Sie wollte keine Spuren vernichten, die sich eventuell auf dem Grundstück befanden. Da waren Vertiefungen im Kies vor der Mühle, die ein Hinweis auf einen anderen Wagen sein könnten, der hier gewesen war. *Ein Fluchtfahrzeug für Luke Cope?*

Er schaute zu Tara, als sie mit den Schlüsseln in der Hand zu ihm kam.

»Das ging schnell.«

»Ich dachte, die Zeit ist entscheidend.« Eine Mischung aus Nervosität und Vorfreude flackerte in ihren grünen Augen auf.

Sie wandte sich zur Mühlentür, steckte den Schlüssel ein und schloss auf.

Blake zog Handschuhe aus seiner Tasche, und Tara tat es ihm gleich.

Dann standen sie im Erdgeschoss der Mühle. Die zentrale Achse aus solidem Eisen war noch da und ragte durch die Decke über ihnen. Sie konnten sehen, dass Luke Cope sich hier aufgehalten hatte; an den rauverputzten Wänden lehnten Leinwände. Sonst war alles kahl. Es war seltsam, sich vorzustellen, dass dies hier einst der Hauptkontrollraum des Müllers gewesen war, in dem er alles lenkte, die Feinheit des Mehls und die Getreidemenge justierte, die in die Mühlsteine ging. Jetzt war es ruhig und unheimlich in dem dämmrigen Licht, das durch ein kleines Fenster hoch oben im Raum hereinfiel.

Nach oben führte eine steile Holztreppe – beinahe schon eine Leiter. Wer immer dies hier vermietete, hatte nicht viel getan, um es wohnlicher zu gestalten. Vermutlich gab der Makler es als »altmodischen Charme« aus.

Blake und Tara rührten sich nicht und lauschten. Außer dem Knarren von den Verbindungen des Inneren mit den windgepeitschten Flügeln draußen, war nichts zu hören. Und es war eiskalt.

»Die Heizung muss aus sein«, flüsterte Tara.

Blake wunderte, dass überhaupt eine Heizung vorhanden war, bedachte man den sonstigen Zustand des Gebäudes, doch es gab tatsächlich einen uralten Heizkörper hier unten.

»Wenn man aus einem Mietobjekt flieht, macht man sich dann die Mühe, vorher alle Heizungen abzudrehen?«

Blake schüttelte den Kopf. „Vielleicht war sie hier überhaupt nie an. Es könnte sein, dass er bloß hergekommen war, um einen Mietwagen zu holen, den er zu dieser Mühle bestellt hatte.« Er schritt auf die sehr steile Treppe zu und blickte sich um. »Bereit?«

Natürlich war sie es. Sie war direkt hinter ihm.

Vorsichtig reckte er den Kopf über den Boden des nächsten Stockwerks. Im Halbdunkel erkannte er, dass einer der Mühlsteine noch da war. Und die Hinweise auf eine Umwidmung zur Ferienunterkunft waren minimal. Es gab ein Tagesbett, auf dem ein paar Decken lagen, eine smaragdgrün, die andere dunkelviolett. Sie sahen nicht aus, als könnten sie viel gegen die Kälte hier ausrichten, selbst wenn die Heizung lief. Er stieg die restlichen Stufen hinauf und richtete sich in dem verlassenen Raum auf. Neben dem Tagesbett und dem Mühlstein gab es hier ein Sammelsurium an Künstler-Skizzenblöcken, und auf dem Boden lagen mehrere Stifte verstreut.

Wieder einmal führte eine hölzerne Treppe zum nächsten Stockwerk, die lieber eine Leiter sein wollte. Diesmal war Tara schneller als Blake und stieg sie vorsichtig hinauf.

Und dann stolperte sie plötzlich. Blake war so dicht hinter ihr, dass es für einen Moment seine physische Präsenz war, die sie vor einem Sturz bewahrte.

Dieses Geräusch. Was zur Hölle hatte das verursacht?

Und in diesem Moment flog etwas großes Schwarzes direkt auf sie zu. Tara und er zuckten zusammen und wichen von der Leiter zurück, um nicht getroffen zu werden. Tara wurde zurück gegen ihn geworfen, als die Krähe in den Raum unter ihnen flatterte.

Tara fluchte. Wäre Luke in der Mühle, würde er spätestens jetzt wissen, dass sie drinnen waren. Doch in dem Fall hätte er es inzwischen wohl so oder so erraten. Hier war es unmöglich, sich zu bewegen, ohne dass die Dielenbretter oder Stufen knarzten.

Auf einmal wurde Blake bewusst, dass er Tara immer noch fester als nötig hielt. Und eine Sekunde lehnte sie sich an ihn, sodass er ihren Herzschlag fühlen konnte. Der nichts gegen das war, was sein Herz tat. Die Krähe hatte es ausgelöst, aber ...

Dann wich sie energisch von ihm zurück und ging näher zur steilen Treppe.

Von dort blickte sie sich nur kurz zu ihm um. »Ich vergesse es manchmal, nur einen Moment lang«, sagte sie hörbar angespannt. »Als wären wir beide wieder an dem Seabrook-Fall und du Single. Du hast aber noch mehr Grund als ich, es nicht zu vergessen. Immerhin dauert es nicht mehr lange, bis dein zweites Kind geboren wird.«

Bei ihren Worten stockte ihm der Atem. Er hatte geglaubt, dass er seine Gefühle für sie stets gut verborgen hatte, weshalb es ein Schock war, dass Tara sie so direkt ansprach. *Und offensichtlich auch etwas empfunden hatte ...* Vor allem schmerzte es, als würde jemand Essig in eine offene Wunde reiben. Er dachte an den alten Spruch, *meine Frau versteht mich nicht.* Doch tatsächlich war er es, der Babette nicht verstand. Blake seufzte. Wie auch immer, Tara hatte recht. Wenn er zu der Frau halten wollte, von der er wusste, dass sie ihn belog, musste er seine Gefühle für Tara begraben. Sehr tief begraben. Er kämpfte gegen den Drang, es ihr zu erklären. Das könnte sie wieder näher zusammenbringen, würde die Dinge jedoch noch komplizierter machen.

»Wie zum Teufel ist der Vogel hier reingekommen?«, fragte Tara und schaute zum Stockwerk über ihnen. Ihre Stimme klang immer noch angespannt.

Und jetzt, da sie ihn wieder in die Gegenwart zurücklenkte, wunderte Blake sich ebenfalls über den Luftzug in der alten Mühle. In solch einem Gebäude rechnete man damit, dass es im Wind knarzte und aus allen Ecken zog, aber solch eine Böe von oben war erheblich mehr, als man erwarten würde.

Tara blickte wieder zu ihm. »Da oben muss ein Fenster offen sein.«

Er nickte. »Entweder das oder ein großes Loch im Dach.«

Sie stiegen in den zweiten Stock, wo sie an einer rudimentären Küche vorbeikamen, die ausreichend wäre, wollte man sich auf das Zubereiten von Bohnen auf Toast beschränken. Es gab eine Art Schrank, von dem Blake annahm, dass er aus einer alten Getreidetruhe gefertigt war. Und zu seinen Füßen war eine Luke, durch die vermutlich einst das Korn nach oben gereicht wurde. Nun waren sie beinahe am höchsten Punkt der Mühle. Es konnte nur noch ein weiteres Stockwerk über diesem hier geben, bis sie das Dach erreichten.

Tara war wieder an der Treppe, was Blake nicht überraschte. Sicher war es ihr noch unangenehm, dass sie sich wegen der Krähe so sehr erschrocken hatte. Blake beobachtete sie von hinten. Ihr rotes Haar war noch feucht, als sie den Kopf über die nächste Bodenkante reckte.

Und erstarrte.

Blake hörte sie nach Luft ringen, und es vergingen volle zwei Sekunden, ehe sie zu ihm nach unten schaute.

»Er ist hier«, sagte sie. Blake sah, dass sie angestrengt schluckte. Und diesen Blick kannte er. »Er ist tot.«

Tara rief Max und Megan an, um sie auf den aktuellen Stand zu bringen. Sie waren mittlerweile sehr nahe. Danach verständigte sie Agneta Larsson und rief auf dem Revier an, um die Rechtsmedizinerin und die Spurensicherung anzufordern.

Während sie sprach, betrachtete sie die Szene vor sich. Ihr war gelungen, die Übelkeit zu unterdrücken, die sie bei dem ersten Blick in den Raum überkam, doch es blieb ein Kampf. Luke Cope saß zusammengesunken in einem Sessel, eine Spritze im Arm und eine Abschnürbinde ein Stück darüber. Einer seiner Augäpfel war zerhackt, und Tara dachte an die Krähe … Sie beneidete Agneta so oder so nicht um ihren Job, aber die Arbeit an Luke Copes Leiche dürfte eine Herausforderung für deren Magen werden.

Ein Fenster zum Vorplatz der Mühle stand weit offen. Das hatten sie von unten nicht sehen können, weil sie dafür zu nahe am Gebäude gewesen waren. Tara fragte sich, ob das der Grund für die Kälte hier drinnen war, nicht die ausgeschaltete

Heizung. Doch als sie den altmodischen Heizkörper berührte, war er eiskalt. Die Heizung war eindeutig aus.

Außer dem Sessel mit Luke Copes Leiche und einem zweiten beherbergte dieser Raum noch eine Staffelei mit einem halbfertigen Ölgemälde. An den Wänden lehnten noch wenige andere Bilder, dann gab es ein Waschbecken auf einem geschwungenen hohen Sockel und einige noch offene Farbbehälter auf einem Tisch neben der Staffelei. Die Kunstwerke waren allesamt Landschaftsbilder: Aussichten von der Mühle in alle Richtungen.

Durch eines der Fenster konnte Tara die Szene sehen, die in Jonny Trents Galerie hing.

Matthew Copes Sorge um die Sicherheit seines Bruders war begründet gewesen. Nun müsste Tara ihm die Nachricht überbringen.

Diese Szenerie vor ihr rundete die Geschichte sauber ab. Luke hatte Freya Cross umgebracht, war anschließend hergefahren, hatte seinen Wagen unten abgestellt und war auf den Kappboden der alten Mühle gegangen, um sich das Leben zu nehmen. Doch es gab zu viele Ungereimtheiten für Tara, um dem äußeren Schein zu vertrauen. Wenn Luke einzig hergekommen war, um Selbstmord zu begehen, hätte er sicher nicht die Heizung eingeschaltet, aber warum sollte er das Fenster öffnen? Es war immer noch bitterkalt und nass, doch an dem Abend, als Freya getötet wurde, hatte es auch noch geschneit. Wenn er etwas tun wollte, wofür er eine ruhige Hand brauchte, warum sollte er riskieren, dass seine Finger binnen Minuten taub wurden?

Am liebsten würde sie gern all das durchgehen, doch als Erstes mussten sie die Fakten klären. Wenn Luke seit mehr als einer Woche tot war, hatten sie bereits den Vorteil eingebüßt, frische Beweise zu finden. Sie müssten mit dem arbeiten, was sie hatten. Aber die Mühle oder Lukes Volvo sollten der Spurensicherung irgendetwas verraten können.

Und außerdem war es sinnvoll, jede eingehendere Diskussion zu lassen, bis sie wieder in einer größeren Gruppe waren. Tara wurde heiß bei dem Gedanken, wie offen sie über ihre Gefühle geredet hatte, als sie auf der Treppe gegen Blake gefallen war. Noch nie zuvor hatte sie die in Worte gefasst.

Schließlich zogen sich der DI und sie zurück, um keine weiteren Spuren zu vernichten. Keiner von ihnen sagte etwas. An der Tür unten trafen sie auf Max und Megan. Tara war in Gedanken noch bei dem, was sie eben gesehen hatte, und ihr Magen verkrampfte sich bei den mentalen Schnappschüssen von Luke Copes ausgepicktem Auge, die sich nun für immer in ihr Gedächtnis eingebrannt hatten.

Und dennoch lenkte sie der Blick ab, mit dem Megan sie beide ansah. Was ging ihr durch den Kopf?

»Ihr seid ohne uns rein«, sagte sie überflüssigerweise.

Tara sah, wie Max ihr einen strengen Blick zuwarf, als Blake antwortete: »Sind wir, doch wie sich herausstellt, war es nicht dringend.« Da war ein sehr kurzes Schulterzucken. Wahrscheinlich durchlebte er in Gedanken ebenfalls die Szene auf dem Kappboden. »Luke Cope läuft nirgends hin.«

KAPITEL VIERUNDZWANZIG

Tara fuhr zurück in Richtung der grauen Straßen von Cambridge, vorbei an matschigen, torfschwarzen Feldern und durch eine Landschaft, die noch morastiger war als sonst. Sie nahm den Weg am Stadtrand entlang zu der Firma, in der Matthew Cope arbeitete. Laut der Visitenkarte, die er ihr gegeben hatte, war er für »Neugeschäfte« zuständig. Also ein Fachmann für Verkauf und Werbung, schätzte sie, der das Denken potenzieller Kunden beeinflussen konnte. Es passte zu der Art, wie er über die Vermarktung der Werke seines Bruders sprach.

Sie bog in eine weite Auffahrt zu einem großen alten Herrenhaus, das in ein Bürogebäude umgewandelt worden war. Die Firma spezialisierte sich auf medizinisches Gerät, und soweit Tara es verstand, saßen hier die Software-, Verkaufs-, Marketing-, Design- und Verwaltungsabteilung. Die helle Steinfassade des Gebäudes war beeindruckend. Elegante Säulen stützten ein hohes Vordach über dem Haupteingang.

Taras Bauch verkrampfte sich, als sie aus dem Wagen stieg und nach oben blickte. Am besten brachte sie es zügig hinter sich. Sie hatte auch noch weitere Fragen an Matthew Cope, und weil schon so viel Zeit verstrichen war, war nun Eile geboten.

Sie drückte auf die Klingel und wurde in einen geräumigen, modernen Empfangsbereich gelassen, in dem ein breiter Tresen mit Glasfront stand. Dort würde Tara sehr ungern sitzen, denn er bot überhaupt keine Privatsphäre. Das Einzige, was von der Empfangsdame nicht zu sehen war, war der Teil hinter ihrem Computerbildschirm. Tara zeigte ihren Dienstausweis. »Ich möchte mit Matthew Cope sprechen bitte. Und möglichst irgendwo, wo wir ungestört sind.«

Die Frau nickte und sah sie mit einem Blick voller Fragen und Mutmaßungen an. *Verständlich, trotzdem nicht hübsch ...*

Während die Frau eine Nummer auf ihrem Telefon wählte, wurde Tara bewusst, dass jemand neben ihr stand.

»Verzeihung.« Es war ein Mann mittleren Alters mit sonnengebräunter Haut und in einem perfekt geschnittenen, anthrazitfarbenen Anzug. Wie es aussah, hatte er einen Teil des Winters in der Sonne verbracht. *Schön für ihn.* »Habe ich Sie eben nach Matthew fragen gehört, Detective ...?«

Er musste ihren Ausweis gesehen haben. »Detective Constable Thorpe«, sagte Tara und schüttelte die Hand, die er ihr reichte.

»Ich bin Edward Armstrong, der CEO hier.« Er zeigte zu dem Empfangsbereich. »Es geht um Luke, nehme ich an.« Bei ihrem Blick hob er sofort die Hand. »Verstehe, Sie dürfen nichts sagen ... natürlich nicht. Aber die Copes sind alte Freunde der Familie. Mein Vater war mit ihrem Vater auf dem Internat. Luke und Matthew stammen aus der zweiten Ehe ihres Vaters, deshalb sind sie einige Jahre jünger als ich.«

Im Geiste fügte Tara alles zusammen. Und jetzt arbeitete Matthew für Edward. Demnach kam hier ein altes Netzwerk ins Spiel? »Wie lange ist Matthew schon bei Ihnen?«

»Oh, er ist schon recht bald nach seinem Uniabschluss hergekommen. Er hat ein wenig gebraucht, um sich zu überlegen, was er machen wollte, und ich habe ihm hier eine Stelle angeboten.«

»Aha, und er ist für Neugeschäfte zuständig, richtig?« Tara war entschlossen, die Unterhaltung auf neutralem Terrain zu halten.

Edward Armstrong lächelte freundlich, doch in seinen Augen war etwas Emotionales. »Das ist seine Rolle. Er ist im Neugeschäfteteam.« Er straffte die Schultern. »Ein hervorragender Verkäufer. Müsste ich den Leuten in Valencia Orangen verkaufen, ich würde ihn schicken. Eigentlich sollte er sein eigenes Geschäft führen. Und Luke ist ein erstklassiger Künstler.« Es hatte etwas Väterliches, wie er über die beiden Männer sprach, obwohl sie derselben Generation angehörten. Vielleicht lag es am Altersunterschied.

Armstrong seufzte. »Luke ist kein einfacher Mensch, Detective, trotz seines großen Talents. Mir ist erst kürzlich aufgefallen, dass Matthew versucht hat, einen besseren Draht zu seinem Bruder zu bekommen, aber Luke wollte niemandes Hilfe, am wenigsten die von Matthew. Dennoch stehen sie sich neuerdings wieder etwas näher, dank Matthews Bemühungen. Matthew hat sich mir bis zu einem gewissen Grad anvertraut. Es wäre furchtbar, sollte Luke irgendwie auf die schiefe Bahn geraten sein.«

»Detective Constable«, unterbrach die Empfangsdame sie. »Ich habe Matthew Cope gebeten, Sie im Peterson-Raum zu treffen. Wenn Sie mit mir kommen wollen ...«

»Ich zeige Constable Thorpe den Weg, Fiona«, sagte Edward Armstrong und führte Tara durch eine gläserne Flügeltür.

Matthew Cope saß bereit an einem blitzblanken Tisch, als Mr Armstrong ihr die Tür zu dem Konferenzraum öffnete. Er wirkte blass und angespannt, als er aufsah. Es gab eine kleine Verzögerung, bevor der CEO sie allein ließ, und Tara war unsicher, ob er unbedingt wissen wollte, was passiert war, oder sich nur um seinen Angestellten sorgte.

Schließlich zog er sich zurück, und sie waren allein.

»Matthew«, sagte Tara, die rasch zu ihm ging und sich neben ihn setzte. »Es tut mir sehr leid.« Natürlich begriff er in dem Moment, in dem sie es sagte – das sah sie ihm an –, aber sie war verpflichtet, es auszusprechen. »DI Blake und ich haben heute am frühen Nachmittag die Leiche Ihres Bruders gefunden. Wir sind uns noch nicht sicher, wie er gestorben ist. Dafür müssen wir den Bericht der Rechtsmedizin abwarten. Doch es gibt Anzeichen, dass es eine Überdosis gewesen sein könnte.«

Matthew Copes Stimme klang beherrscht. »Ich hatte so ein Gefühl, dass er etwas Furchtbares getan hat.« Er sah Tara an. »Wir haben uns ja so gut gekannt. Nicht, weil wir uns als Erwachsene besonders nahe waren, aber weil wir unsere gesamte Kindheit zusammen verbracht haben. Wir konnten oft das Verhalten des anderen vorhersagen.«

Sie nickte.

»Wo haben Sie ihn gefunden?«, fragte Matthew immer noch in einem hölzernen Tonfall. Es war, als hätte der Schock seine Züge versteift. »Ich kann nicht glauben, dass keiner früher über seine Leiche gestolpert ist.«

»Er war nicht im Freien«, sagte Tara. Doch sofort dachte sie an das offene Fenster und die Krähe, die von den Fens hereingeflogen war.

»Was versuchen Sie mir zu sagen?« Matthew sah sie weiterhin an.

»Anscheinend hatte er etwas nördlich von Cambridge, draußen in den Fens gemietet.«

Lukes Bruder schüttelte den Kopf. »Warum sollte er das tun, auch noch heimlich? Warum wollte er mir das nicht erzählen?«

»Vielleicht brauchte er einen Zufluchtsort, an dem er vollkommen allein sein konnte«, sagte Tara. Das könnte Tara sogar verstehen, auch wenn ihr Luke Copes Verhalten sonst eher fremd war.

Matthew senkte den Blick zum Tisch. »Kann sein.«

»Und Sie haben nie Hinweise darauf bemerkt, dass er regelmäßig woanders übernachtete? Vielleicht Schlüssel, die Sie nicht zuordnen konnten?«

»Mir ist nichts aufgefallen – und hätte ich Schlüssel gesehen, hätte ich eher gedacht, dass es irgendwelche Ersatzschlüssel waren, und nicht weiter auf sie geachtet.«

»Was geschieht jetzt mit Lukes Haus, Matthew? Wir werden sowieso mit seinen Anwälten reden müssen, weil wir das Haus weiter betreten müssen, aber es wäre gut zu wissen.«

Matthew blinzelte. »Ja, sicher, das stimmt. Wenn Luke stirbt, ehe er in den Vollbesitz des Hauses kommt, geht es an Vicky – also Vicky Cope, die Tochter meines Vaters aua erster Ehe. Sie ist ungefähr sieben Jahre älter als wir.«

Tara erinnerte sich, dass er sie an dem Tag erwähnt hatte, als sie ihn zu Hause besuchte und er den familiären Hintergrund schilderte.

Matthew schaute wieder zu ihr. »Mein Vater und seine erste Frau waren nicht sehr lange zusammen. Er hatte ziemlich schnell von Vickys Mutter zu meiner gewechselt. Vicky hatte als kleines Kind in dem Haus bei der Trumpington Road gewohnt. Ich schätze, sie hat es vermisst, als ihre Mutter mit ihr nach Suffolk ging. Es ist komisch, sich vorzustellen, dass sie nach all den Jahren wieder dorthin zurückzieht.«

»Hat ihr Vater sonst noch für sie gesorgt?«

Matthew nickte. »Oh ja, sie hat sein Geschäft geerbt. Vicky wird das Haus verkaufen können, wenn sie will, und das Geld wieder in den Familienbetrieb stecken. Ich denke, sie haben geglaubt, dass sie ihr Erbe vernünftig nutzen würde – und sie hatte ja den alten Bezug zu dem Haus. Aber natürlich haben meine Eltern nie eine Situation wie diese vorausgeahnt.«

»Nein, selbstverständlich nicht. Kennen Sie Vicky gut?«

»Nicht besonders.« Nun blickte er nur kurz zu ihr. »Ihre Mutter hatte erlaubt, dass wir miteinander bekanntgemacht wurden, aber ich bin mir sicher, dass sie meinem Vater seine Untreue nie vergeben hat. Vielleicht wollte er sein Gewissen beruhigen, indem er die Klausel in sein Testament aufgenommen hat, dass das Haus in Cambridge direkt an Vicky geht, sollte Luke vor ihr sterben.«

Tara würde die Frau gern kennenlernen; sie hoffte, dass sie Vicky befragen dürfte. »Wohnt sie noch in der Gegend?« Nach Suffolk war es nicht sehr weit.

Matthew bejahte. »Mein Vater hat eine Kanzlei für Patentrecht geführt; sie lebt von den Innovationen der Firmen, die mit der Universität verbunden sind, deshalb ist sie im Stadtzentrum. Vicky ist dauernd in Cambridge.«

Eine potenziell nachtragende Schwester, die aus ihrem Zuhause gedrängt wurde und vor Ort war. Gut ... Sie wechselte das Thema. »Matthew, ich muss Sie leider noch mehr über einige andere Bilder fragen, die wir im Haus Ihres Bruders gefunden haben. Sind Sie dem jetzt gewachsen?«

Er nickte kurz. »Natürlich. Ich werde keine Ruhe finden, bis ich verstehe, wie all das passieren konnte.«

Tara holte ihr Handy hervor. »Sie hatten uns auf das Gemälde Ihres Bruders von Freya Cross aufmerksam gemacht. War Ihnen bewusst, dass er noch andere Szenen von toten Menschen oder solchen im Sterben gemacht hatte?«

Matthew riss die Augen weiter auf. »Haben Sie Fotos?«, fragte er und blickte zu ihrem Telefon. »Zeigen Sie mir die. Ich möchte es lieber wissen.«

Sie scrollte zwischen den beiden Bildern, die Megan Maloney in Luke Copes Atelier entdeckt hatte.

Matthew wurde vollkommen still, und es verging eine kleine Weile, ehe er sagte: »Ich glaube ...« Er stockte und schloss die Augen. »Ich glaube, der Tote unten an der Treppe soll mein Vater sein.« Nun sah er Tara an. »Luke war nicht zu Hause, als mein Vater gestürzt ist. Es ist ausgeschlossen, dass er damit zu tun hatte.« Die Worte kamen sehr schnell. »Das zweite Bild ist von Dr. Imogen Field.«

Der Name rief eine Erinnerung wach. Luke Copes Ex; die Frau, die er anscheinend für Freya Cross verlassen hatte, bedachte man das Timing.

Matthew beobachtete sie. »Wissen Sie schon von ihr?«

Sie nickte. Ihm entging nichts.

»Imogen ist noch sehr lebendig. Ich habe sie erst vor zwei Wochen bei einer Versammlung in der Stadt gesehen.«

Da war Freya Cross auch noch am Leben gewesen. Aber Megan hatte erst unlängst mit Dr. Field gesprochen, als sie Lukes Kontakte durchging. Tara lief ein Schauer über den Rücken; welche Rolle könnte sie in den jüngsten Ereignissen gespielt haben? Eine Frau, die nach Luke Copes Fantasie tot gemalt wurde und von Freya Cross als Geliebte des Künstlers abgelöst wurde.

KAPITEL FÜNFUNDZWANZIG

Shona Kennedy hatte zugestimmt, sich mit Patrick Wilkins auf einen Drink im Grain and Hop Store zu treffen. Das Lokal mit Blick auf Parker's Piece, der großen Grünanlage vor der Polizeiwache Parkside, hatte er akzeptieren müssen. Allerdings konnte er seine Verärgerung nicht unterdrücken, als sie immer wieder über seine Schulter zu seiner Arbeitsstelle sah.

»Freut mich, dass dir die Aussicht so gefällt«, sagte er schließlich, als ihm klar wurde, dass sie sich immer noch auf das Kommen und Gehen seiner einstigen Kollegen konzentrierte statt auf seinen Bericht von der letzten Disziplinaranhörung. »Passiert da tatsächlich irgendetwas?« Er und Shona schliefen seit über einem Jahr miteinander, doch er begann sich zu fragen, ob ihre Beziehung halten würde, da er jetzt nicht mehr in der Position war, ihr interne Informationen zuzuspielen. *War die Frau wirklich so seicht?*

»Nicht viel«, antwortete Shona seufzend.

Er hatte sie mit seinen Worten wieder auf sich aufmerksam machen wollen, doch diese subtile Herangehensweise hatte offensichtlich nicht funktioniert.

»Ich sorge mich nur, dass ich etwas verpasst habe«, sagte

seine Freundin, nahm ihr Glas gekühlten Sauvignon Blanc auf und trank einen Schluck, den Blick immer noch auf die Wache gerichtet. »Nachdem wir den Tipp bekommen hatten, dass die Polizei wegen Freya Cross' Ermordung hinter Luke Cope her ist, war ich mir sicher, dass die Dinge in Schwung kommen.«

»Wer hat dir die Information gegeben? Einer von uns?« Hatte sie bereits jemand anderen auf der Wache überreden können, ihr die Geheimnisse zu verraten, die er ihr früher zuge-tragen hatte?

Jetzt sah Shona ihn an. »Soweit ich weiß, nicht. Deine Leute haben mir nicht geglaubt, als ich es ihnen erzählt habe, aber es war echt ein anonymer Tipp. Ich war neugierig, also habe ich die Anrufernummer geprüft, und es stellt sich heraus, dass jemand von einer Telefonzelle nahe St Mary's in der Innenstadt angerufen hatte. Ich habe keine Ahnung, wer das gewesen sein kann.« Plötzlich lachte sie. »Giles sagt, dass ich vielleicht einen heimlichen Verehrer habe, der mir helfen will.«

Patrick beschloss, ihr Ego nicht zu füttern, indem er darauf einging.

»Jedenfalls«, fuhr Shona fort, »sobald ich das hörte, bin ich gleich zu dem traumhaften Stadthaus, das Luke Cope gehört, und die Information stimmte eindeutig. Ich habe selbst gese-hen, wie DI Blake in das Haus gegangen ist. Aber nach einer Weile ist er wieder weg und der Rest seines Teams auch. Keiner schien es besonders eilig zu haben, aber jetzt, ich weiß nicht ...«

»War Tara Thorpe bei Blake?«

»Was?« Shona runzelte die Stirn.

»Als er das Haus von diesem Luke Cope verlassen hat, war Tara bei Blake?« Shona mochte ihrer beider frühere Kollegin beinahe genauso wenig wie er. Patrick musste ihre Gedanken nur noch in die richtige Bahn lenken. Gegenwärtig interessierte ihn vor allem, seine alte Feindin zur Strecke zu bringen, und nicht, wer irgendeine Hausfrau aus Newnham umgebracht hatte. *Dämliche Künstler. Ein labiler Haufen, alle wie sie da waren.* Dieser Luke war wahrscheinlich der Täter.

»Oh.« Shona nickte und strich sich mit einer manikürten Hand das glatte, goldbraune Haar hinters Ohr. »Ja. Ich würde sagen, die tritt schon bald in deine Fußstapfen, Patrick.«

Er schüttelte den Kopf. »Sie hat noch nicht genug Erfahrung, um sich für eine Beförderung zu bewerben. Dim Dimity und Mecker-Maloney haben schon erheblich mehr Dienstjahre auf dem Buckel.«

»Ich bin mir nicht sicher, ob sie das aufhält. Dein DI behandelt sie schon wie eine Gleichgestellte. Wie lange dauert es noch, bis du wieder zur Arbeit gehst und sie daran erinnerst, wer der Boss ist?«

Bei der Frage bildete sich ein Knoten in seinem Bauch. Sie mochte auf seiner Seite sein, aber sie wusste auch sehr gut, wie sie Salz in seine Wunde streute. Er glaubte durchaus, dass Blake es vorzog, Tara an seiner Seite zu haben und Wilkins lieber weit weg. Und er wollte es dem Mann nicht leichtmachen, aber dennoch ...

»Ich überlege, den Dienst zu quittieren, Shona.« Es wäre ein echter Test, wie es um die Zuneigung seiner Freundin stand. Blieb sie nur noch in der Beziehung, weil sie hoffte, dass er sie bald wieder mit Insider-Informationen versorgen könnte?

Shona neigte den Kopf zur Seite. »Wirklich?« Sie neigte sich näher zu ihm und legte eine Hand an seine Wange. »Aufgeben passt gar nicht zu dir, Patrick. Lass dich nicht von den Mistkerlen unterkriegen, schon vergessen?«

»Bist du traurig, weil du deine Quelle verlierst?« Er suchte nach einem Anzeichen von Egoismus in ihren Augen. Sie würde eine Weile brauchen, einen neuen Informanten zu finden. Hoffte er zumindest. Aber glaubte sie allen Ernstes, dass er, Patrick, immer noch eine brauchbare Option war? Dass man ihn wieder in eine Position ließe, die ihm Zugriff auf die wirklich wichtigen Informationen erlaubte? Der erbärmliche

Posten, dem sie ihn gnädig anbieten würden, wäre weit weg von kritischem Fallmaterial und Insiderwissen.

Es dauerte nur einen Moment, bis Shonas honigsüßes Lächeln kam. »Natürlich nicht. Aber du bist so ein toller Detective! Es wäre schreckliche Verschwendung, würdest du aufhören.«

»Ich habe meinen Stolz. Wenn ich wieder zurückgehe, dann zu meinen Bedingungen, und das wird nicht passieren.«

Shona prostete ihm mit ihrem Wein zu. »Ich bewundere deinen Kampfgeist.« Dann senkte sie die Stimme, bis sie rauchig klang. »Aber, Schatz, wie willst du es diesem Goldmädchen Tara heimzahlen, wenn du hier draußen festsitzt?«

Patrick lächelte träge. »Tatsächlich habe ich da schon eine Strategie.«

»Super!« Shona lachte und neigte den Kopf noch näher zu ihm. Jetzt hatte er ihre volle Aufmerksamkeit. *Gut.* »Du faszinierst mich! Erzähl mal, was du vorhast. Hat es mit Giles und *Not Now* zu tun?«

Sie hatte vor ein paar Tagen gesehen, wie er aus einer Besprechung mit ihrem Herausgeber gekommen war, und forschte seither nach.

Patrick genoss es, sich seitlich an die Nase zu tippen. »Meine Lippen sind versiegelt«, antwortete er.

Shona kicherte. »Ach, wirklich? Das werden wir ja später sehen, nicht? Zu dir?«

Patrick erhob sein Glas. »Zu mir.«

Vielleicht hatte ihre Beziehung das Haltbarkeitsdatum doch noch nicht überschritten, trotzdem würde er ihr nicht erzählen, was er mit Giles geplant hatte. Jedenfalls nicht, bevor der richtige Zeitpunkt gekommen war.

KAPITEL SECHSUNDZWANZIG

Blake beobachtete, wie Agneta Larsson ihre Handschuhe abstreifte und auf ihn zukam, weg von Luke Cope, dessen toter Körper mitten im Leichenraum des Addenbrooke's auf dem Tisch lag.

»Danke, dass du ihn so schnell angesehen hast.«

Sie lächelte, und ihr silberblondes Haar fiel ihr in die Stirn.

»Kein Problem, Blake. Frans ist schon mit Elise zu Hause, also ist alles geregelt.«

Frans' Arbeit als freiberuflicher Webdesigner machte ihn flexibel genug, dass er einspringen konnte, wenn Agneta bei der Arbeit aufgehalten wurde.

»Diese Leiche hat Priorität vor den anderen auf meiner Liste«, sagte die Rechtsmedizinerin, »weil sie mit dem Freya-Cross-Fall zusammenhängt. Und ich kenne dich.« Sie sah Blake an. »Du denkst, das ist mehr als ein Mord und Suizid, oder?«

Er und Agneta waren vor langer Zeit mal zusammen gewesen, bevor er Babette heiratete und sie Frans kennenlernte. Sie hatten sich freundschaftlich getrennt.

»Richtig. Irgendein Hinweis, dass mein Gefühl mich nicht trügt?«

Agneta zuckte mit den Schultern. »Das musst du entscheiden, aber hier werfen mehrere Dinge Fragen auf.«

»Und die wären?«

»Soll ich mit dem Todeszeitpunkt anfangen?«

»Lass mich raten: Der ist schwer genau einzuschätzen?«

Sie verdrehte die Augen. »Es ist nicht gesagt, dass er nicht ungefähr zur selben Zeit gestorben ist wie Freya Cross, also könnte er sie umgebracht haben, dann zur Mühle gefahren sein und Selbstmord begangen haben.«

»Aber?«

Wieder zuckte sie mit den Schultern. »Na ja, das offene Fenster und die ausgeschaltete Heizung im Gebäude bedeuten, dass er genauso kalt wie Freya Cross gewesen wäre, bis das Tauwetter einsetzte, und selbst danach dank der Temperaturen noch gut gekühlt war.«

Blake hatte geahnt, dass diese Faktoren alles vage machten. Und er hatte von Anfang an bezweifelt, dass Luke Cope das Fenster geöffnet hätte, bevor er sich die tödliche Dosis spritzte. Warum sollte er?

»Da ist noch mehr, was dich interessieren wird«, fuhr Agneta fort, verschränkte die Arme vor der Brust und lehnte sich an den Arbeitstisch, auf dem ihr Computer stand. »Zum einen der Mageninhalt. Er hatte einige Zeit vor seinem Tod Fish and Chips gegessen, als Letztes aber gesalzene Nüsse. Cashewkerne, um genau zu sein.«

»Wenn du sagst als Letztes, was meinst du? Denkst du, die Nüsse hat er in der Mühle gegessen?«

Sie schüttelte den Kopf. »Sei gnädig mit mir, Blake! So präzise kann ich nicht sein. Aber es wird interessant zu hören, was vor Ort gefunden wird. Ob da zum Beispiel leere Cashewtüten sind.«

Blake hatte nichts derart Offensichtliches bemerkt, aber die Spurensicherung könnte mehr finden. Nüsse waren mit losem Salz bedeckt, das beim Essen krümelte.

»Jedenfalls kann ich sagen, dass er irgendwann abends ausgiebig gegessen hatte.«

Was immer noch passen würde, wenn er all das zu sich genommen hatte, bevor er zu dem Treffen mit Freya ging. Weniger gut hingegen, wenn es unmittelbar vor seinem vermeintlichen Suizid war.

»Die Analyse der Glaskörperflüssigkeit, die ich seinem unversehrten Auge entnommen wurde, zeigt eine hohe Konzentration von Alkohol und Heroin. Angesichts der Verteilung der Droge in seinem Körper würde ich sagen, dass der Tod sehr schnell eintrat.«

»Was zu der Tatsache passen würde, dass die Spritze noch in seinem Arm steckte.«

Agneta erschauderte. »Ja, und das bringt mich zum nächsten Punkt. Die Droge wurde fachmännisch verabreicht, trotzdem konnte ich keine anderen Einstichstellen an ihm entdecken. Falls er sie vorher schon konsumiert hat, müsste er sie geraucht haben, oder er hat sehr selten und vor langer Zeit gespritzt.« Sie stemmte sich von dem Tisch ab und streckte sich. »Man kann Heroin auf unterschiedliche Art injizieren: in die Vene, in den Muskel oder in das Fettgewebe direkt unter der Haut. In diesem Fall war es intravenös, was am schnellsten wirkt.«

»Was ist mit dem Alkohol, den ihr gefunden habt? Wie betrunken muss er gewesen sein?«

Agneta sah ihn an. »Sehr, sehr betrunken, Blake. Ich wäre ehrlich erstaunt, sollte er noch klar genug gewesen sein, sich selbst die Droge zu spritzen, geschweige denn zielsicher genug.« Ihr Blick wurde prüfend. »Du bist ein bisschen blass. Willst du einen Kaffee? Ich könnte sowieso einen vertragen, bevor ich nach Hause fahre. Elise hat mich heute Morgen um drei geweckt.«

So ginge es ihm auch bald …

Fünf Minuten später saß er mit Agneta in dem Costa-Bistro vorn im Addenbrooke's.

»Also, wie geht es dir?« Die Rechtsmedizinerin betrachtete Blake aufmerksam. Sie fragte sich, wie Blake mit dem unerwarteten Familienzuwachs fertig wurde. Sie kannte als Einzige die ganze Geschichte von Babettes Untreue vor Jahren und deren Täuschung vor Kurzem. Blakes Frau hatte ihre Schwangerschaft bis nach dem dritten Monat vor ihm verheimlicht.

Er verzog das Gesicht. »Ich habe versucht, von Babette mehr über Kittys Vater zu erfahren.«

Agneta stieß einen leisen Pfiff aus. »Mit Erfolg?«

Blake schüttelte den Kopf. »Nein. Ihre Geschichte war dieselbe wie immer – dass er nur eine kurze Affäre war und ihr nichts bedeutet. Die einzige neue Information war sein Name: Matt Smith, angeblich.« Er zog eine Augenbraue hoch.

»Im Ernst? Also schwer aufzuspüren. Ich meine, nicht dass du ihn aufspüren wolltest.« Auf einmal schien sie besorgt.

»Keine Angst, Agneta.« Blake brachte ein Lachen zustande, wenn auch ein sehr kleines. »Ich habe nicht vor, ihn zu suchen und mich an ihm zu rächen. Außerdem behauptet Babette, dass er noch in Australien ist.«

»Behauptet?«

Er zuckte mit den Schultern. »Ich glaube nicht, dass sie es mir erzählen würde, wenn er wieder nach England zurückgekehrt ist. Vorausgesetzt, dass er überhaupt Engländer ist.«

»Aber ernsthaft, was würdest du tun, solltest du ihn finden?«

Das war eine gute Frage. Tatsächlich hatte Blake ihn trotz der offensichtlichen Probleme gegoogelt und versucht, an all den Links zu dem *Doctor Who*-Darsteller vorbeizukommen. Unmittelbar bevor Babette ihn verließ – Kitty war noch ein Kleinkind –, hatte sie Blake erzählt, dass ihre Tochter das Resultat eines One-Night-Stands mit jemandem sei, den sie

»über die Arbeit« kennengelernt hatte. Dieser zusätzliche Hinweis hatte nicht geholfen. Falls er ein Kollege war, hatte Blake ihn nicht gefunden. Und war Babette überhaupt ehrlich gewesen, was die Identität des Mannes betraf? Er seufzte. »Nicht das, was du denkst. Aber ich würde wissen wollen, wie er und Babette sich begegnet sind und ob es wirklich nur ein One-Night-Stand war. Vor allem muss ich wissen, was für ein Typ er ist. Babette sagt, sie hätte beschlossen, ihn zu verlassen und zurück zu mir zu kommen, als ihr klar wurde, dass er Kitty nicht die nötige Aufmerksamkeit schenkte.« Einen Moment lang schloss er die Augen. »Dennoch hat Kitty eines Tages ein Recht zu erfahren, wer ihr leiblicher Vater ist. Ich könnte nicht damit leben, wenn ich ihr die Wahrheit verschweige. Deshalb muss ich mir sicher sein, dass er Kitty nicht schadet oder verletzt.«

Agneta neigte den Kopf zur Seite. »Das verstehe ich. Nichts ist wichtiger als das Wohl des eigenen Kinds. Wenn ich überlege, wie ich für Elise empfinde ...«

Blake war enorm dankbar, dass Agneta sein nach wie vor starkes Band zu Kitty verstand, obwohl er nicht der leibliche Vater war. Für sie war Kitty sein Kind, schlicht und einfach, und genauso empfand er auch. Er hatte geglaubt, dass sie von ihm war, bis sie anderthalb war, und seine Liebe zu ihr war riesig. Nichts könnte das ändern.

»Ist sonst noch etwas?«, fragte Agneta.

Er zuckte mit den Schultern. »Ich habe immer noch das Gefühl, dass Babette mir nicht verrät, was wirklich passiert ist. Angeblich hatte der Typ – Matt Smith – ihr eingeredet, sie müsse mich verlassen, weil er Kittys richtiger Vater sei und für sie da sein wolle. Sie sagt, sie ist zurückgekommen, weil er innerhalb von Tagen das Interesse verlor. Aber wer trifft solch eine tiefgreifende, gewaltige Entscheidung wie Babette, um zurück nach Hause zu eilen, ohne auch nur zu versuchen, etwas zu ändern?«

Agnetas Wut war ihr deutlich anzusehen. Ihre kühlen blauen Augen konnten durchaus lodernden Zorn signalisieren. »Ich hasse Babette dafür, dass sie dir das antut. Und das über so viele Jahre. Was ihr Motiv angeht, traue ich ihr mittlerweile alles zu.«

KAPITEL SIEBENUNDZWANZIG

Blake hatte Kittys Schlafenszeit verpasst. Aber zumindest hatte er sie noch angerufen, bevor er vom Addenbrooke's losgefahren war. Er hatte mit ihr gesprochen, ehe er zurück zur Wache fuhr, um Papierkram zu erledigen, und festgestellt, dass er »Rotkäppchen« aus Roald Dahls *Es war einmal ...* immer noch auswendig konnte. Er fragte sich, welche Information nicht in sein Gedächtnis durchdrang, weil der Platz dort schon von diesem Kleinod besetzt war ... doch Kittys Lachen war es wert.

Babette wusste, dass er spät käme, also dachte er, dass es keine Rolle spielte, noch ein wenig mehr Zeit anzuhängen. Er wollte seine Mutter ausfragen. Für Smalltalk war sie nicht zu haben, doch wenn es einen guten Grund gab, redete sie gern mit anderen. Als er ihr erklärte, was er wissen musste, sagte sie sofort zu, dass er sie besuchen dürfe.

Wie in den meisten Straßen im Zentrum von Cambridge, gab es auch in der Alpha Road sehr wenige Garagen, und das Parken kostete ein Vermögen. Am Ende fand Blake eine Lücke um die Ecke und musste zu Fuß zurückgehen. Es hatte endlich aufgehört zu regnen, dafür senkte sich nun dichter Nebel über die Stadt. Blake wickelte seinen dunklen Wollmantel fest um sich, als er die leicht abfallende Straße hinuntereilte, die in Cambridge als Hügel durchging. Seine Mutter wohnte in einem Endreihenhaus mit einem Erkerfenster vorn, nahe der Hauptstraße. Von vorn sollte man meinen, dass sie nicht zu Hause war, denn alles schien dunkel, obgleich die Vorhänge nicht geschlossen waren. Aber das war typisch. Sie hatte sie vergessen, weil sie ganz auf das Forschungsprojekt fixiert war, für das sie kürzlich die Finanzierungszusage erhalten hatte. Dabei ging es um die Darstellung der Frauenrolle in der Gesellschaft in der Kunst der letzten hundert Jahre. Es schloss mit ein, wie männliche Künstler Frauen gesehen und benutzt hatten. Blake hatte stets das Gefühl, dass die Haltung seiner Mutter ihm als Mann gegenüber von ihrer Arbeit beeinflusst war. Tauchte er zufällig auf, nachdem sie gerade einen besonders frustrierenden Auswuchs des Patriarchats studiert hatte, erstreckte sich ihr Zorn auf ihn. Sie schien zu vergessen, dass sie diejenige gewesen war, die ihn allein großgezogen hatte, und er viele seiner Grundprinzipien von ihr hatte. Trotzdem fand er, dass seine Arbeit nützlicher war als ihre. Es war nicht ungewöhnlich, dass auch er es mit Misogynie zu tun bekam – unmittelbar und eindeutig, ohne dass er Monate mit der Analyse von Subtexten verbringen musste.

Er schlug den Messingklopfer fest an die Tür, denn auch wenn sie ihn rein theoretisch erwartete, müsste er sie noch aus ihren Gedanken reißen.

Seine Mutter, Professor Antonia Blake, erschien. Ihr dunkelgraues Haar war an den Seiten kurz geschnitten; nur oben ließ sie die Locken ein wenig länger. Sie trug ein dunkelblaues Trägerkleid über einem scharlachroten Top und kniehohe Stiefel. Zwar beteuerte sie immer, Mode sei nicht ihr Ding, dennoch sah Blake, woher seine Designerschwester ihr Gespür für Stil hatte.

»Komm rein«, sagte sie und ging durch den Flur auf ein Licht hinten zu. Es kam aus der Küche, die sie durch einen

Anbau erweitern ließ, sodass ein großer Raum entstanden war, in dem sie beinahe alles machte, einschließlich arbeiten. Sie lebte allein, daher musste sie sich nicht in einem Arbeitszimmer abschotten, um Ruhe zu haben. Die Küchenwände waren dunkelrot gestrichen, und die verschiedenen kleinen Lampen schufen eine gemütliche Atmosphäre. Es erinnerte Blake an altmodische Pariser Bars.

»Whisky?«

Er seufzte. »Leider nicht, ich muss noch fahren. Ich nehme mir eine Cola, wenn ich darf.« Sie hatte meist einen größeren Vorrat, weil sie die Kaffee vorzog, wenn sie einen Wachmacher brauchte.

Sie nickte, und er holte sich eine Flasche aus dem Kühlschrank. Das Glas sparte er sich.

»Worum geht es?« Sie setzte sich an den alten Holztisch, an dem sie normalerweise auch aß. Neben ihrem Ellbogen stand ein Glas mit einem Fingerbreit bernsteinfarbener Flüssigkeit.

Blake zog sich einen Stuhl vor. »Hast du die Nachrichten über die Frau gesehen, die tot im Paradise Nature Reserve gefunden wurde?«

»Ja. Freya Cross. Ich war ihr schon bei der einen oder anderen Vernissage begegnet.«

»Kennst du Zach Cross, den Ehemann? Er ist Geschichtsprofessor.«

Sie runzelte die Stirn. »Der Name kommt mir bekannt vor, aber mehr auch nicht. Das wolltest du mich doch hoffentlich nicht fragen, oder?«

Sie würde meinen, dass er es auch am Telefon hätte erledigen können, anstatt ihren Abend zu unterbrechen. »Nein, ich möchte mit dir über die Galerie reden, in der Freya Cross gearbeitet hat: Trent's, draußen an der Babraham Road. Es ist ein komischer Laden, und bei dem Besitzer, Jonny Trent, laufen mir Schauer über den Rücken. Ich kann es nicht begründen, aber ich glaube, du würdest mir zustimmen, solltest du ihm begegnen.«

»Bin ich schon, und ich kann bestätigen, dass meine Reaktion ganz ähnlich war. Ich bin mal aus Neugier in der Galerie gewesen, als ich dort vorbeikam. Ein dunkler Laden. Ganz auf Atmosphäre ausgelegt. Eine Freundin von mir hat eine Galerie in Chelsea, und sie sagt, es ist erstaunlich, wie bereitwillig sich Menschen von ihrem Geld trennen, wenn man das richtige Ambiente bietet. Man muss dafür sorgen, dass sich der Ort besonders anfühlt und sich so die Kunden ebenfalls für etwas Besonderes halten. Unglaublich, wofür Menschen Zeit und Mühe aufwenden. Aber bei ihr funktioniert es. Ehrlich gesagt habe ich sie nie sehr gemocht.«

Seine Mutter verwendete den Begriff »Freundin« von je her ziemlich locker.

Blake fand die Taktik, von der sie sprach, so verrückt wie faszinierend. Doch wenn Menschen eitel genug waren, um sich so zu sehr hohen Ausgaben verleiten zu lassen, war wohl nichts dabei. Und jeder wusste, dass Präsentation alles war. Warum sonst sollten Restaurants heutzutage extra berechnen, dass sie Essen auf grob gearbeiteten Brettern anstelle von Tellern servierten? Blake war etwas mit Rand lieber, sodass er anständige Portionen essen konnte, ohne dass Teile davon auf dem Tisch landeten.

»Was hat deine Meinung über Jonny Trent beeinflusst?«

»Tatsächlich war es sein Verhalten gegenüber Freya Cross.«

Ihr Ton ließ Blake erahnen, was sie meinte. »Meinst du, er hat sie sexuell belästigt?«

Seine Mutter nickte. »Darauf lief es hinaus, aber er war gerade subtil genug, dass sie sich schlecht beschweren konnte, schätze ich. Keine Hand auf dem Hintern oder so, aber er war immer zu nahe an ihr, und ich habe seine lüsternen Blicke gesehen, wenn sie ihm den Rücken zukehrte.«

»Denkst du, ihr war es bewusst?«

Seine Mutter sah ihn erst fragend, dann streng an. »Wenn jemand einen so begafft, wie ich es gesehen hatte, dreht man sich früher oder später um und ertappt denjenigen. Und einmal, als sie einige Broschüren auf einem Seitentisch ordnete, musste sie sich an ihm vorbeidrängen, weil er so dicht bei ihr stand.«

Könnte es das Problem bei der Arbeit sein, das Freya ansprechen wollte? Es hätte sie in eine furchtbare Position gebracht, falls seine Mutter recht hatte, und sie konnte Trent nichts Konkretes vorwerfen. Blake verstand, warum sie nicht gegangen war. Sie hatte ihre Arbeit eindeutig geliebt – und warum sollte sie ihren Job verlieren, wenn sie nichts falsch gemacht hatte? Jonny Trent sollte bezahlen müssen.

»Was die Kunst angeht«, fuhr seine Mutter fort, »habe ich dort manches Interessantes gesehen. Ich könnte mir vorstellen, dass Freya vor lauter Leidenschaft für ihre Arbeit entschieden hatte, sich mit ihrem schrecklichen Chef abzufinden. Ich frage mich, ob sie ihn jemals zur Rede gestellt hatte.«

Ja, dasselbe fragte Blake sich.

»War die andere Mitarbeiterin dort, als du in der Galerie warst? Eine Monique Courville?«

Antonia Blake überlegte. »Da war noch eine andere Frau – ich erinnere mich, dass ich halb beobachtete, ob sie genauso behandelt wurde. Aber es schien, als hätte Jonny Trent es nur auf Freya abgesehen.«

Blake rief die Website der Galerie auf seinem Handy auf und dort das Foto von Monique. Er zeigte es seiner Mutter, und sie nickte.

»Ja, das war sie.«

Ihm fiel ein, dass Tara über Moniques Nachsicht mit ihrem Chef gesprochen hatte – allerdings nahm sie an, dass die Angestellte vor allem keinen Ärger wollte. Freya Cross' Assistentin war eindeutig auf das Gehalt angewiesen.

»Ich interessiere mich noch aus einem anderen Grund für die Galerie.«

Antonia zog eine Augenbraue hoch.

»Einer der Künstler, die sie dort ausstellen, Luke Cope, scheint eine verstörende Beziehung zu Freya gehabt zu haben.« Es fühlte sich seltsam an, nicht zu erwähnen, dass sie die Leiche des Mannes gefunden hatten. Seine Mutter würde es nicht weitererzählen, das wusste er. Aber es wäre ihr auch egal, wenn er ihr nicht die ganze Geschichte erzählte. Und er wartete lieber, bis ihre Entdeckung öffentlich gemacht wurde. Also beließ er es dabei und zeigte ihr auf dem Handy das Foto von Lukes Gemälde.

Sie schaute die tote Freya auf dem Display an und gleich danach beinahe erschöpft und resigniert zu Blake auf, erholte sich aber direkt wieder. »Wenn das öffentlich wird, nehme ich das Schwein mit in meine Forschung auf.«

»Ich fürchte, es gibt noch ein anderes Beispiel.« Blake scrollte zu dem Porträt von Imogen Field. »In diesem Fall ist das Modell nicht wirklich tot, Gott sei Dank. Und es gibt auch eines von einem Mann.« Er verriet ihr nicht, wer der Mann unten an der Treppe war, denn er wollte ihre unvoreingenommene Reaktion sehen.

Eine Zeit lang blieb seine Mutter stumm. »Die Gemälde von den Frauen verwirren mich«, sagte sie schließlich. »Sie sind so exakt komponiert und ausgeführt ... und dennoch spricht das Dargestellte von glühendem Zorn.« Wieder sah sie Blake an. »Die Aufnahmen sind gut. Ich kann erkennen, wie kontrolliert die Pinselstriche sind. Diese Arbeiten wurden nicht in Eile gefertigt.«

»Und was ist deine Schlussfolgerung? Sie wurden nicht in der Hitze des Moments gemalt?«

Sie zuckte mit den Schultern. »Ich glaube nicht. Vielleicht

erlebt Luke Cope Emotionen nicht auf dieselbe Weise wie der Rest von uns. Und das Bild von dem Mann ist wieder anders, denn da ist eine emotionale Distanz zwischen dem Betrachter und dem Toten.«

Blake nickte. Das müsste er später überdenken. »Ich wollte dich um einen Gefallen bitten.« Er trank einen Schluck von seiner Cola, sie von ihrem Whisky.

»Dann mal raus damit«, forderte sie ihn auf.

»Ich habe mich gefragt, ob du noch einmal zu Trent's gehen könntest. Dich als Expertin umschauen und mir Bescheid geben, wenn dir etwas komisch vorkommt.«

»Und ich nehme an, du willst, dass ich das lieber früher als später mache.«

Er sah sie an. »Morgen zum Beispiel?«

Sie verzog das Gesicht, doch er erkannte, dass sie neugierig war. »Na gut«, antwortete sie schließlich in einem Ton, als hätte Blake sie gerade im Schach geschlagen. »Morgens halte ich eine Vorlesung, aber später kann ich hinfahren. Letztes Mal hatte ich nicht verraten, was ich bin. Genau genommen habe ich gar nicht viel gesagt außer ›Guten Morgen‹, also bezweifle ich, dass sie sich an mich erinnern.«

»Großartig. Es gibt zwei Ausstellungsräume vorn, aber auch einen hinten, der anscheinend Trents Projekt ist.«

»Und suche ich etwas Bestimmtes?«

Er verneinte stumm. »Nur irgendetwas, das dich stutzig macht.«

Sie neigte nachdenklich den Kopf und betrachtete ihn mit ihren vogelähnlichen Augen. »Alles klar. Ich achte darauf, alle Ausstellungsräume zu sehen. Wenn dieser Jonny Trent komische Sachen macht, helfe ich sehr gern, ihn zu überführen. Der Mann ist ekelhaft.«

KAPITEL ACHTUNDZWANZIG

Tara war am Supermarkteingang gewesen, als Bea sie anrief, um sie zum Abendessen einzuladen. Und das Essen, das sie nun an Beas Tisch genoss, war so gut, dass ihr fast die Tränen kamen. Wildpastete, Parmentier-Kartoffeln, perfekt zubereitete grüne Bohnen und ein wärmender Pinot Noir. Das einzige kleine Haar in der Suppe war die Anwesenheit ihrer Mutter. Tara konnte nicht umhin zu vermuten, dass sie hergelockt worden war, weil Lydia etwas wollte. Sie hatte die Ausstrahlung von jemandem, der auf den idealen Moment wartete, um eine Bitte loszuwerden. Jedes Mal, wenn Tara hinsah, war der Blick ihrer Mutter auf sie gerichtet. Sie schaute jedoch rasch in die entgegengesetzte Richtung, wenn sie ertappt wurde.

Beas Wangen waren rosig von der Wärme in der Küche, in der sie aßen. Lydia trug ein wunderbar geschnittenes Kostüm mit Minirock, und es stand ihr weit besser, als es Tara jemals kleiden würde. Ihr mittelbraunes Haar schimmerte warm im Schein der Arbeitsplattenbeleuchtung. Gemessen an ihr kam Tara sich schäbig vor. Auf ihrem Wollpullover waren kleine Fusseln, aber wenigstens hatte sie ihre guten Stiefel angezogen.

Beas Look war ein vollkommen anderer als Lydias. Die

Cousine ihrer Mutter trug noch ihre leuchtend rot und blau gestreifte Schürze über der grünen Leinenbluse und der Jeans.

»Wirklich erstklassig, Bea«, sagte Lydia, legte ihr Besteck ab und griff nach ihrem Weinglas. »Und wie schön, dass du dich zu uns gesellen konntest, Tara. Ist bei der Arbeit alles in Ordnung?«

»Ja, alles gut.« Sie wollte nicht näher darauf eingehen und schon gar nicht an Luke Cope denken, tot in der Mühle und mit einem ausgehackten Auge.

Bea sah Tara wissend an, doch Lydia nahm die Versicherung für bare Münze.

»Wunderbar. Und gehst du zur Feier von deinem Vater und Melissa? Es ist nett von ihnen, uns alle einzuladen, nicht wahr? Ich habe gestern mit ihm gesprochen, und da erwähnte er es.«

»Reizend.«

Lydia bedachte sie mit einem strengen Blick. »Sei nicht so, Schatz. Es ist alles lange her.«

Es war lange her, seit Robin zu Lydia gesagt hatte, sie sollte abtreiben, statt Tara auf die Welt zu bringen. Komisch, wie präsent es immer noch in ihren Gedanken war ... »Die Einladung ist ein bisschen kurzfristig. Es würde nicht seltsam wirken, wenn ich absage.«

»Kurzfristig?«, wiederholte Lydia. »Was meinst du?«

Ein abscheulicher Verdacht beschlich Tara, gepaart mit frischem Hass. »Wann hast du deine bekommen?«

Lydia sah sie nur kurz an und gleich wieder weg. »Oh, ähm, das weiß ich nicht mehr genau.«

Tara starrte ihre Mutter an, bis die endlich wieder aufblickte. »Ach, um Himmels willen! Ungefähr vor einem Monat, glaube ich.«

»Hingegen kam meine erst kürzlich.« Bestenfalls im Nachhinein losgeschickt, wahrscheinlich in der Hoffnung, dass sie an dem Tag schon etwas vorhatte.

»Du kennst das doch«, sagte ihre Mutter unbekümmert. »Es gibt so vieles zu bedenken, wenn man so eine Feier organisiert.«

»Ja, da kann einem die eine oder andere Tochter schon mal durch die Lappen gehen.« Sie wandte sich demonstrativ von Lydia ab. »Gehst du hin, Bea?«

»Das hatte ich eigentlich vor.«

»Versuch es bitte mal aus einer anderen Warte als deiner zu sehen, Tara«, sprang Lydia ein, bevor Tara reagieren konnte. Sie hatte eindeutig Beas schuldbewussten Blick zu Tara bemerkt. »Für Bea kann es recht nett sein, zur Abwechslung mal bekocht und bedient zu werden.«

Tara fühlte sich einen halben Meter hoch. Ja, Lydia hatte es immer noch drauf. Sie beschloss, die implizierte Kritik ihrer Mutter an ihrem Charakter zu ignorieren. »Kemp fand, ich sollte auch hingehen, aus so ziemlich dem gleichen Grund. Um auf Robins und Melissas Kosten zu essen und mich zu amüsieren.«

»Also wirklich, Tara!«, sagte Lydia. »Mir war nicht bewusst, dass die Bezahlung bei der Polizei *so* schlecht ist.« Es entstand eine Pause, als sie noch einen Schluck Wein trank. »Aber genug davon. Ich wollte dich übrigens um einen Gefallen bitten.«

Und es geht los. Tara hatte gewusst, dass es einen Grund gab, warum ihre Mutter wollte, dass Bea sie zum Essen einlud. Sie sah Lydia fragend an.

»Es ist wegen Harry«, erklärte Lydia mit einem verschwörerischen Blick zu Bea. »Er hat fantastische Neuigkeiten – man hat ihm einen Studienplatz in Naturwissenschaften angeboten, am Bosworth College. Aber«, sie verdrehte die Augen, »er ist in einem rebellischen Alter. An der UCL ist er auch angenommmen, und er spricht davon, lieber dort zu studieren.«

»Die UCL ist hervorragend.« Jedenfalls hatte Tara das gehört, und ein Platz an einer Londoner Universität würde heißen, dass sie nicht Gefahr lief, ihrem Halbbruder zu begegnen.

»Ja, aber nicht *ganz* dasselbe, oder?«

Tara holte tief Luft. Selbstverständlich wiederholte Lydia die Vorurteile ihres Mannes. Doch nachdem Harry in der Pampa aufgewachsen war, wollte er vielleicht dringend in die Hauptstadt, anstatt an die alte Universität seines Vaters gezwungen zu werden.

»Ich hatte gehofft, dass du ihn überzeugen könntest, wie schön es ist, in Cambridge zu leben.« Die Worte ihrer Mutter schienen Taras Theorie zu bestätigen. »Du kennst die Stadt – und auch wenn du hier nicht studiert hast, musst du die Studenten doch immerzu sehen. Du weißt, was sie so treiben. Ich habe gedacht, dass Harry vielleicht für einige Tage bei dir sein könnte. So hätte er die Chance, Cambridge richtig kennenzulernen und sich in die Stadt zu verlieben.«

Ganz sicher nicht! Es war einer der schlimmsten Ideen, die Tara jemals gehört hatte. Wenn er derzeit rebellisch drauf war, wollte Lydia ihn gewiss gern für einige Tage abschieben, damit Tara sich mit seinen Teenager-Stimmungsschwankungen herumschlug. *Na, super!* Der Silberstreif am Horizont war, dass er garantiert nicht kommen wollte. Mit seiner einunddreißigjährigen Halbschwester zu chillen, war sicher nichts, was er sich erträumte. Umso besser, denn ihr ging es genau so.

Also wollte ihre Mutter, dass Tara ihren Halbbruder bespaßte; damit er sich weniger übel bei der Aussicht auf ein Leben in einer der schönsten Städte des Landes fühlte. *Prima.*

Bea schenkte Tara Wein nach und sah sie mit einem flehenden Blick an. Sie hatte es noch nie gemocht, wenn Tara und Lydia stritten.

»Mum, du weißt, wie es mit meiner Arbeit aussieht«, sagte Tara. »Ich bin gar nicht oft genug da, um etwas mit ihm zu unternehmen.«

»Er ist achtzehn, Schatz. Du musst ihn nicht an die Hand nehmen.« Lydia warf ihr einen mahnenden Blick zu. »Versuch dich zu erinnern, wie es war, als du in dem Alter warst.«

Lieber nicht. In dem Alter hatte Tara noch verarbeitet, anderthalb Jahre gestalkt worden zu sein. Wegzuziehen an die Universität, war ihre Fluchtchance gewesen, aber weil sie immer noch nicht gewusst hatte, woher die Gefahr kam, hatte sie sich auch da nicht sicher gefühlt. Und sie entsann sich nicht, dass irgendwer außer Bea ihr besondere Aufmerksamkeit geschenkt hatte.

Doch diese ganze Unterhaltung war ohnehin müßig. Auf keinen Fall würde Harry dem zustimmen.

Nach einer Weile zuckte sie mit den Schultern. »Wenn du denkst, dass ihn ein kurzer Aufenthalt in einem kalten, feuchten Haus mitten im *Nichts* ihn überzeugen wird, dann unbedingt«, antwortete sie. »Er wird aber einen Schlafsack mitbringen müssen. Ich habe kein Gästebett.«

Ihre Mutter verdrehte die Augen. »*Danke*, Schatz. Ich sage es Harry. Er wird sich sehr freuen.«

Das bezweifelte Tara.

KAPITEL NEUNUNDZWANZIG

An dem Abend war es eigenartig für Max, zum zweiten Mal den Pub Flag and Diamond zu betreten, diesmal mit Megan im Schlepptau. Es war das erste Mal seit dem Tod seiner Frau, dass er mit einer anderen als Susie einen Pub betrat. Natürlich war es rein beruflich, aber es war schon spät und fühlte sich wie privat an.

Er blickte sich in dem Lokal um, dass er nun, da er nicht allein war, mit anderen Augen sah. Der Raum war schmutzig, und die Velourstapete blätterte ab. Ganz sicher keine Location, die er für ein Date wählen würde. Was es ein bisschen weniger komisch machte. Dies war keine Umgebung, die einen von ihnen vergessen ließ, warum sie hier waren.

Megan hatte gefragt, wie sie sich anziehen sollte, da Max den Pub kannte. Er riet ihr zu Jeans und Pullover, aber bei dem Wetter trugen sie beide mehrere Schichten – so wenig »dienstlich«, wie es ging. Er war in einer schwarzen Bomberjacke und Megan in einer braunen Kunstlederjacke mit flauschiger Kapuze. Sie hatten gewartet bis es späterer Abend war, auch wenn Max vermutete, dass es hier nie richtig voll wurde.

Mehrere andere Gäste schauten sich zu ihnen um, als

Megan auf einen Tisch zuging, doch es war lediglich ein Typ da, den Max vom Tag zuvor wiedererkannte, und der saß in einer Ecke und war mit etwas auf seinem Handy beschäftigt. Max glaubte nicht, dass man sie als Polizisten erkennen würde, doch sie passten hier eindeutig nicht her.

»Die machen kein Essen«, sagte ein Mann mit einem zauseligen Bart und kleinen Knopfaugen.

»Kein Problem, Alter«, antwortete Max. »Wir wollen nur ein Bier für den Nachhauseweg.«

Der Bärtige brauchte länger, als Max lieb war, bis er nickte. Megan gelang es prima, gänzlich unbesorgt auszusehen, und sie warf dem Mann einen Blick zu, bei dem er ein oder zwei Grad wärmer wurde.

»Setz dich schon hin«, sagte sie immer noch lächelnd und schaute Max mit einem ziemlich vertrauten Blick an. »Ich hole die Getränke. Was willst du?«

Max bemerkte den eifersüchtigen Gesichtsausdruck des Bärtigen. Seine ernste, methodische Kollegin besaß echtes Schauspieltalent. Das hätte er nicht gedacht.

»Ist gut, Schatz«, sagte Max, der sich immer noch bizarr fühlte. Er betete, dass man es ihm nicht ansah. Wurde er rot? »Ich nehme ein Pint Old Speckled Hen.«

Megan nickte, dass ihr die dunklen Locken in die Stirn fielen, und ging zum Tresen. So hatten sie es vorher abgesprochen, falls der ältere Mann vom vorherigen Abend wieder bediente. Max hoffte, wenn er nahe bei der Tür blieb und Megan die Drinks holte, würde niemandem auffallen, dass er – ein Fremder – den zweiten Tag in Folge hier war. Er schluckte, als er auf einen Sitz sank. Riskant war es immer noch. Max drehte sich halb weg von der Stelle, an der Megan vor der Bar anstand, konnte allerdings sehen, dass heute eine Frau bediente. Sie hatte einen schwarzen Hoodie an und mehr Piercings, als Max jemals gesehen hatte – und er hatte schon eine Menge gesehen.

»Kommt nicht oft vor, dass eine Frau sagt, man soll sich hinsetzen, sie holt das Bier«, sagte der Bärtige, wobei er sich über seinen Tisch lehnte.

Max grinste und bemühte sich, normal auszusehen. »Kann man wohl sagen.«

»Bist du auch nicht gewohnt, was? Ist sie neu?« Er lallte ein wenig. Wahrscheinlich war er schon den ganzen Abend hier. »Wieso gehst du mit ihr in so eine Spelunke?« Er lachte leise.

»Ach, Spelunke? Ich weiß nicht«, antwortete Max. »Mich erinnert es an eine der Kneipen draußen in den Fens, in die mein Dad damals gegangen ist. Ich mag es traditionell.« Sie mochten einen zwielichtig scheinenden Wirt haben, aber das Lokal selbst war hundertprozentig altmodischer Pub. »Und wir sind sowieso nur vorbeigekommen und haben das hier zufällig entdeckt.«

Der Typ musterte ihn. »Geh nächstes Mal lieber woanders mit ihr hin.«

Sein Ton war nicht direkt aggressiv, aber in ihm schwang eine leise Warnung mit. Er wies Max darauf hin, dass es kein Laden für ihn und Megan war, und wollte sie wissen lassen, dass sie nicht sehr willkommen waren. Was hatte Max falsch gemacht? Er hatte es in Lichtgeschwindigkeit versaut.

»Okay«, sagte er, »ich merk's mir.« Wäre er wirklich zufällig am Flag and Diamond vorbeigekommen, hätte er keinen Betrunkenen gebraucht, der wie ein Kleiderschrank gebaut war, um ihm zu sagen, dass er das verkehrte Lokal gewählt hatte.

Als er sich umblickte, stellte er fest, dass ihre Unterhaltung die Aufmerksamkeit einiger anderer Gäste erregt hatte. Und da allgemeine Höflichkeit kein Hemmnis für sie darstellte, starrten sie Max auch noch an, als er zu ihnen schaute.

Ihm wurde mulmig. Megan und er hatten beschlossen, zusammen herzukommen, damit Max sich vom Barpersonal fernhalten konnte, aber tatsächlich hatten sie sich auf die Weise verdächtiger gemacht. Es war kein Pub für Paare. Und niemand würde ihnen hier irgendetwas erzählen. Dennoch widerstrebte es Max, mit leeren Händen zu gehen.

»Ein Kumpel von mir hat erzählt, dass er manchmal hier ist – anscheinend findet er den Laden nicht schlecht.« Max beobachtete den Bärtigen.

Der sah ihn fragend an.

»Ein Luke Cope.« Dies war das letzte Mal, dass Max den Namen des Künstlers beiläufig in eine Unterhaltung einfließen lassen konnte und damit durchkommen. Noch war die Identität der Leiche aus der Mühle nicht öffentlich bekannt.

»Luke Cope?«, wiederholte der Mann, ohne eine Miene zu verziehen. »Kenne ich nicht.«

Megan kam mit Max' Pint und einer Cola für sich an den Tisch.

»Ist das alles?«, fragte der Bärtige.

Sie verdrehte die Augen. »Ich muss noch fahren, mein Pech.«

Der Mann wies mit dem Daumen auf Max. »Kannst ihm doch sagen, er soll fahren.«

»Mein Auto? Du machst Witze, oder?«

Hierauf schüttelte der große Kerl den Kopf und wandte sich ab. Doch Max hörte ihn noch murmeln: »Dein Auto? Ich dachte, ihr kriegt Dienstwagen ...«

Sie waren durchschaut worden.

Megan sah Max mitfühlend an. Er hoffte auf eine Beförderung, genau wie sie, das wusste sie. Jahrelang war seine Karriere das Letzte gewesen, was ihn interessierte, doch auf einmal wusste er, dass er dringend aufsteigen wollte. Und dies würde ihm wenig helfen.

Nur für einen Sekundenbruchteil stieß Megan mit ihm an, und ihre Finger streiften sich.

Sie machten Smalltalk über einen Film, den sie beide sehen wollten, aber selbst das klang nun gestelzt. Max trank sein Pint schneller, als er es normalerweise tun würde, obwohl er bemüht war, sich sein Unbehagen nicht anmerken zu lassen.

Schließlich gelang es ihm, halbwegs würdevoll zu gehen. Megan war an seiner Seite. An der Tür schaute er sich noch einmal um und sah, dass sich der Bärtige rührte. Max' Bauch verkrampfte sich bei dem Gedanken, dass der Typ ihnen folgen könnte, was er jedoch nicht vorzuhaben schien.

Auf dem nebelverhangenen Parkplatz blieb Max kurz stehen. Von der Seite sah er durch eines der Fenster nach, was drinnen vor sich ging.

Megan war hinter ihm und blickte ihn fragend an, als er sich zu ihr umdrehte. Der Bärtige war zum Tresen gegangen und redete mit der Bedienung. Doch anstatt auf das Bier zu zeigen, das er bestellen wollte, hatte er zu dem Tisch genickt, an dem Max und Megan eben gesessen hatten. Und die Frau an der Bar hatte genickt und war nach hinten gegangen.

Sie verschwanden lieber …

Als Max auf der Beifahrerseite einstieg und Megan den Motor anließ, seufzte er.

»Es war kein totaler Reinfall«, sagte sie.

Max lehnte sich zurück und schloss einen Moment lang die Augen. »Und welcher Teil war deiner Meinung nach keiner?«

»Na ja«, sagte sie, erreichte die Ausfahrt und blinkte nach links, »wir wissen, dass es ein zwielichtiger Pub ist, in dem sie keine Fremden wollen. Und da der Bartträger direkt an die Bar ist, um uns zu verpfeifen, scheint nahezuliegen, dass sie etwas verbergen, vielleicht sogar besonders vor uns. Eventuell hatte Luke Copes plötzlicher Geldsegen etwas mit dem zu tun, was sie da noch verkaufen – abgesehen von wässrigem Bier.«

Max nickte. »Ja, aber das ist wohl kaum ein Beweis.«

»Und doch sollte man mal nachforschen.«

Max zuckte mit den Schultern. Er wurde das Gefühl nicht los, versagt zu haben. Andererseits hatte Megan recht.

»Außerdem«, fuhr sie fort, »wissen wir jetzt, dass wir beide die Neuverfilmung von *Getaway* sehen wollen. Hast du Lust, mit mir reinzugehen?«

Das überraschte ihn. Sollte es ein Date sein? Er blickte zu ihr, doch sie sah auf die Straße. Allerdings lächelte sie.

Einige seiner Freunde fanden, er sollte wieder mehr ausgehen, doch jedes Mal, wenn er darüber nachdachte, kam es ihm wie ein Verrat an Susie vor. Verdammt, es war bloß ein Kinobesuch! Etwas, das seine Frau und sich früher hin und wieder gegönnt hatten. Was, wenn er dann seine Gefühle nicht im Griff hatte? Megan meinte wahrscheinlich, dass sie als Freunde hingehen sollten. Falls er dort auf einmal weinerlich würde, wäre sie binnen Sekunden abgeschreckt. Obwohl er sich nicht bereit fühlte, wollte er sie auch nicht zurückweisen ...

Er schaute wieder hin und bemerkte, dass sie nun zu ihm sah. »Schon gut«, sagte sie. »Ich verstehe es. Im Ernst. Aber falls du irgendwann mal Lust auf so etwas hast, sag mir Bescheid, okay?«

KAPITEL DREISSIG

Tara saß im Lord Butterfield Café am Downing College und umschlang einen dampfenden Becher schwarzen Kaffees mit beiden Händen. Und der Kaffee war nicht das einzig Dampfende: Draußen herrschte dichter Nebel, und auch aus ihrem Mantel, den Tara abgestreift hatte, dampfte es in dem warmen Raum. Wenigstens war die Feuchtigkeit nicht bis zu dem Wollkleid durchgedrungen, dass sie unter dem Mantel trug. Es war bequem und wie gemacht dafür, die schlimmsten Begleiterscheinungen des englischen Frühlings abzuschmettern. Tara schaute zu ihrem Kollegen. Blake saß neben ihr, und Max und Megan waren ihnen gegenüber.

Während sie in ihr Brötchen mit Halloumi biss, blickte sie sich in dem Café um. Hier wimmelte es von Studenten und Wissenschaftlern, aber keiner könnte sie belauschen, denn es war noch die geschäftige Frühstückszeit, sodass der Lärmpegel bedeutete, sie konnten frei reden. Der Halloumi war sehr, sehr gut. Nicht gesund, aber sättigend, und jetzt war nicht die Zeit, sich über Ernährung Gedanken zu machen. Sie konnte sich ihre guten Absichten aufsparen, bis es wärmer wurde, sodass weniger Schutzschichten nötig waren. Und immerhin hatte sie gestern Abend bei Bea gesund gegessen.

Blake hatte vorgeschlagen, dass sie alle frühstücken gingen – ihm war zweifellos klar, dass sie besser arbeiteten, wenn sie nicht ausgehungert waren. Und Tara vermutete, dass er auch eine formlose Unterhaltung nach Flemings schulmeisterlichem Briefing wollte. (Sie alle mussten Vorschläge auf ein Whiteboard schreiben und sich melden, wenn sie etwas sagen wollten.)

Zunächst hatten sie schweigend hier gegessen, doch nun erzählten Max und Megan von ihrem gestrigen Abstecher zum Flag and Diamond.

»Und eure Nachforschungen zu dem Laden haben bisher nichts ergeben?«, fragte Blake stirnrunzelnd.

Max schüttelte den Kopf. »Keine offiziellen Vermerke.«

»Grabt weiter und erweitert die Suche: Gerüchte, Andeutungen oder indirekte Verbindungen zu früheren Straftaten.« Er nahm einen großen Bissen von seinem Bacon-Brötchen, den er im Ganzen zu schlucken schien.

Tara bemerkte, dass Megan Max verschwörerisch zunickte. Sie schienen sich gut zu verstehen, und Tara fragte sich, ob es nur professionelle Harmonie war oder mehr. Max hatte wahrlich ein bisschen Glück verdient, jedoch war Tara unsicher, ob Megan die Richtige wäre, es ihm zu bescheren.

»Ziehen wir Zwischenbilanz, bevor wir loslegen«, sagte Blake und schluckte noch einen Happen, während er seinen Kaffee aufnahm. »Wir denken, dass Luke Copes Tod wie ein Suizid inszeniert wurde. Agneta sagt, er war so betrunken, dass es sie wundern würde, wäre er überhaupt bei Bewusstsein gewesen, geschweige denn imstande, sich Heroin intravenös zu spritzen. Außerdem gibt es keine Anzeichen, dass er es regelmäßig genommen hat, also warum sollte er diese Methode wählen? Und woher hätte er die Droge bekommen? Oder gelernt, wie er sie injiziert?«

»Es passt einfach nicht, oder?« Tara trank einen Schluck. »Sofern er die Droge nicht in der Mühle herumliegen hatte, würde es bedeuten, dass der Selbstmord geplant war. Dass er wusste, er würde sich das Leben nehmen, nachdem er Freya ermordet hatte – und sich einige Umstände gemacht hat, um es auf diese Art zu tun.«

»Und dann sind da noch die Sachen, die von der Spurensicherung gefunden wurden«, ergänzte Megan.

Sie hatten die Ergebnisse beim Briefing erfahren. Es gab Spuren von Nüssen und Salz in dem Raum in der Mühle und unter Luke Copes Fingernägeln.

»Ich nehme an, jemand, der verzweifelt allem ein Ende setzen will, stopft sich vorher nicht mit Cashewkernen voll. Es sei denn, er hat gegessen und getrunken, weil er sich elend fühlte.« Megan überlegte.

Und Max schüttelte den Kopf. »Nur konnte die Spurensicherung nirgends die Cashewtüte finden, vergiss das nicht. Jemand muss sie mitgenommen haben – vermutlich, weil er oder sie sich um die Schlussfolgerungen sorgte, die wir ziehen könnten. Vielleicht hatte Luke Copes Mörder mit ihm zusammen gegessen und getrunken, bis er sicher war, dass Luke weit genug hinüber war, um ihm die tödliche Dosis zu verabreichen.«

»Ich denke, du hast recht«, sagte Blake. Er hatte sein Brötchen aufgegessen. Tara sah, wie er gedankenverloren zu seinem Teller griff und dann feststellte, dass nichts mehr da war. »Und ich schätze, dieselbe Person hat hinterher mit dem fehlenden Ersatzschlüssel abgeschlossen. Die sollte lieber hoffen, dass sie sorgfältig war. Ich möchte, dass die Fingerabdrücke sämtlicher Kontakte von Luke Cope genommen werden. Wir können auch um DNA-Proben bitten, aber die müssten sie uns freiwillig geben. Und wenn sie es nicht wollen, will ich wissen, warum.«

»Denkst du, dem stimmt der DCI zu?«, fragte Megan.

Fleming war noch nicht überzeugt von der Theorie des

inszenierten Selbstmords. Wahrscheinlich würde ihr nicht gefallen, dass Blake Professor Cross um eine freiwillige DNA-Probe bat – zumal es keine Hinweise gab, dass er wüsste, wie man jemandem Heroin injizierte. Aber sein Sohn war Diabetiker. Tara hatte es nachgesehen und entdeckt, dass Insulin nicht intravenös gegeben wurde, aber sowohl Oscar als auch Zach Cross mit subkutanen Spritzen vertraut sein dürften.

Blake seufzte. »Da müssen wir noch dran arbeiten. Unser Job ist es, sie so schnell wie menschenmöglich zu überzeugen. Es stimmt, dass wir nur Indizienbeweise haben. Aber nimmt man alles zusammen ... Mir fällt immer noch kein Grund ein, warum Luke an solch einem kalten Abend das Fenster in der Mühle öffnen sollte, wenn er vorhatte, sich umzubringen. Doch es wäre eine normale Verhaltensweise für einen Mörder. Vor allem für einen, der Cope umbrachte, dann sein Handy nahm und das Treffen mit Freya Cross arrangierte, um auch sie zu töten. Dank der Temperatur in der Mühle wird Agneta nie wissen, wer von ihnen zuerst gestorben ist.«

»Der Täter muss die letzten zwölf Tage die Luft angehalten haben«, sagte Tara. »Er konnte unmöglich wissen, wie lange es dauern würde, bis wir die Leichen fanden. Freya hätte viel früher entdeckt werden können, und Luke hatte anderen erzählen können, dass er die Mühle gemietet hatte. Vielleicht hat er das sogar, aber diejenige hielten es nicht für richtig, es uns zu sagen. Oder wir haben nicht die richtigen Leute gefragt.«

Blake nickte. »Imogen Field ist die Nächste auf meiner Liste. Als Ärztin wird sie sich mit allen Arten von Injektionen auskennen.«

Und sie wussten, dass sie Lukes Ex war, das Motiv eines seiner schaurigen Bilder und von ihm gegen Freya Cross eingetauscht ... Ihre Befragung dürfte spannend werden.

Tara beobachtete, wie der DI zu Megan sah. »Du und Max übernehmt den Sohn.« Dann wandte er sich zu Tara. »Und, Tara, während ich bei Imogen Field bin, möchte ich, dass du noch einmal die Alibis überprüfst, denn wir wissen nun, dass wir den Tag vor Freya Cross' Ermordung miteinbeziehen müssen, als Luke Copes Wagen von einer Verkehrskamera aufgenommen wurde. Ich schätze, da sind er und der Mörder raus zur Mühle gefahren.«

Mechanisch nickte sie. Natürlich. Es war die richtige Aufgabe für sie als die Neueste im Team. Warum sollte Blake sie mit zu Imogen Field nehmen? Dass sie den Tag zuvor zusammengearbeitet hatten, hieß nicht, dass sie grundsätzlich Aufgaben für Ranghöhere mitübernehmen dürfte.

Oder wollte er mehr Distanz zu ihr? Litt sie, weil er sich in ihrer Nähe seltsam fühlte?

»In Ordnung«?, fragte er sie.

»Chef.«

»Fang mit Jonny Trent und Monique Courville in der Galerie an. Ich habe meine Mutter hingeschickt, die sich dort später als zufällige Besucherin ausgeben wird, also solltest du bis dahin möglichst nicht mehr dort sein.«

Max blickte ihn fragend an.

»Sie ist Kunstexpertin«, erklärte Blake. »Ich will nur wissen, was sie allgemein von dem Laden hält. Luke Cope und Freya Cross wurden dort bei einem Streit gehört, und Freya hatte eindeutig ein Problem, das sie mit ihrem Chef besprechen wollte. Das macht mich neugierig.«

Also durfte Blakes Mutter undercover gehen, während sie Alibis prüfte. »Wissen die oben, was du vorhast?«, fragte Tara.

Er zog eine Augenbraue hoch und grinste. »Ich kann kaum glauben, dass du das fragst. Sie ist nur eine Interessierte, die zufällig mal in die Galerie sieht.«

Klar doch.

»Die Techniker versuchen, das Bild von der Verkehrska-mera schärfer zu bekommen«, fuhr Blake fort. Bei dem Briefing hatten sie gehört, dass es aussah, als hätte Luke Cope jemanden bei sich im Wagen gehabt, aber die Aufnahme war zu körnig, um zu erkennen, ob es sich um einen Mann oder eine Frau handelte. »Ich schicke auch noch einige Officers zurück zu Copes Nachbarn, um zu sehen, ob einer von ihnen am Donnerstag, dem zweiundzwanzigsten, abends einen Besucher bei ihm gesehen hatte, bevor er weggefahren ist. Sein Beifahrer könnte zu ihm nach Hause gekommen sein.«

Und dann war die Frage, wie der Mörder sich vom Tatort entfernt hatte, wenn er mit Luke gefahren war. Officers in der Wache erkundigten sich natürlich bei den örtlichen Taxiunternehmen, aber niemand rechnete damit, dass der Täter solch eine Spur hinterließ. Tara schätzte, dass er wahrscheinlich irgendwo hingegangen war, von wo er einen Bus nehmen konnte. Auf den ländlichen Busstrecken konnte man nach wie vor bar bezahlen, also wäre die Fahrt nicht nachzuverfolgen. Sie konnten nur hoffen, dass jemand den Täter von der Mühle fortgehen gesehen hatte. Andererseits war es nicht direkt eine Hauptverkehrsader, und das Wetter hatte sich bereits verschlechtert. Die meisten Menschen waren vermutlich zu Hause geblieben.

»Wir treffen uns im Büro wieder«, sagte Blake. »Bis dahin haben wir hoffentlich Luke Copes Bankdaten. Ich möchte wissen, wie viel Geld bei ihm einging und abgehoben wurde und woher es kam.«

»Ich muss immer noch daran denken, was Fleming über seine Fingerabdrücke auf der Spritze gesagt hat.« Max blickte in die Ferne, sein halb aufgegessenes Würstchensandwich in einer Hand.

Die Spurensicherung hatte seine Abdrücke auf der Spritze gefunden, keine anderen. Es stimmte, dass nur ein echter Fachmann die Finger des Toten so akkurat auf die Kanüle bekommen hätte. Deshalb zögerte Fleming immer noch, was die Theorie vom fingierten Suizid betraf.

»Und mir will Freya Cross' kleine Reisetasche nicht aus dem Kopf«, sagte Tara.

Professor Cross hatte ein altes Urlaubsfoto ausgegraben, auf dem seine Frau sie trug, doch war die Tasche nicht aufgetaucht. Warum hatte der Mörder sie mitgenommen? Natürlich war nicht auszuschließen, dass ein Obdachloser oder ein Junkie sie neben der Leiche entdeckt und gestohlen hatte, aber in dem Fall hätten diejenigen doch gewiss auch ihr Handy und das Portemonnaie genommen.

»Wir brauchen definitiv mehr Antworten«, sagte Blake. »Aber die bekommen wir. Ich werde keine Ruhe geben. Dieser Fall ist nicht mit Luke Copes Tod aufgeklärt. Wir suchen nach einer dritten Person, die entweder den Tod beider wollte oder skrupellos genug war, einen von ihnen gezielt zu benutzen, um selbst unschuldig zu wirken. Und es muss jemand sein, der von der Mühle gewusst hat und an Heroin gelangen und es spritzen kann.«

»Und der sich möglicherweise hinreichend gut mit ihm verstanden hat, dass Luke Cope ihn mit zu der Mühle genommen und den Abend dort mit ihm getrunken und Nüsse gegessen hat«, ergänzte Tara. »Und wer kannte sich mit Lukes und Freyas Beziehung gut genug aus, um ihren üblichen Treffpunkt zu kennen?«

»Und sogar, dass sie einen Streit hatten«, fügte Megan hinzu, »sodass die Person eine glaubwürdige Textnachricht von Lukes Handy schicken und das Treffen vorschlagen konnte.«

Die Nachricht war aus dem Stadtzentrum von Cambridge geschickt worden, also sollte ihre Theorie stimmen, musste der Mörder das Handy mit in die Stadt genommen und hinterher zurück zur Mühle gebracht haben, nachdem er seine Spuren verwischt hatte.

»Möchte jemand mehr Kaffee?«, fragte Blake. »Abgesehen von mir?«

Alle bejahten, und kaum saßen sie wieder, leerte Blake

seinen Becher mit einem Schluck zur Hälfte. »Natürlich könnte unser Mörder auch gar kein persönliches Motiv haben. Was ist, wenn Luke Copes mysteriöses zusätzliches Geld aus Drogenverkäufen stammte? Vielleicht hatte er sich mit den Falschen angelegt? Freya könnte gewusst haben, was los war, und das hätte sie auch zu einem Ziel gemacht. Es würde erklären, warum Lukes Mörder wusste, wie man Heroin spritzt – und die Droge zur Hand hatte. Und beide Morde waren ziemlich theatralisch inszeniert – sie wären eine gute Abschreckung, sollte jemand anders ihnen Ärger machen.«

Einen Moment lang blieben alle stumm.

»Wie auch immer, Luke Cope bekam ohne Frage von irgendwoher ein anständiges Einkommen.« Er sah kurz zu Tara. »So baufällig die Mühle auch wirkt, verlangt die Agentur eine fette Miete.«

Tara verzog das Gesicht. »Und ich nehme an, wir sollten auch Lukes Haus als mögliches Motiv in Betracht ziehen.«

»Oh ja. Die Halbschwester, Vicky Cope, gehört mit ins Rennen. Das ist ein zweieinhalb Millionen Pfund schweres Motiv, falls man der Schätzung des Maklers glauben kann«, antwortete Blake. »Sie hat kein direktes Motiv, Freya zu ermorden, soweit ich es sehe, aber wir müssen sie im Kopf behalten.«

»Und ich wäre auch wütend, hätte mein Vater meine Mutter gegen eine neue Frau ausgewechselt und mich aus meinem Elternhaus gezwungen.« Tara hatte jahrelang einen Groll auf ihren eigenen Vater gehegt. Sie würde deshalb nicht gewalttätig, konnte sich jedoch vorstellen, dass jemand es wurde.

»Dem stimme ich zu«, sagte Max.

Wieder dachte Tara an die rechtlichen Vorkehrungen, die Lukes, Matthews und Vickys Vater für sie alle im Falle seines Todes getroffen hatte. Vicky Cope hatte das Unternehmen des Vaters geerbt, und auch das war wertvoll. Vermutlich dachte ihr Dad, sie wäre am besten geeignet, es fortzuführen. Hingegen lag Matthews und Lukes Erbe in einem Trust, bis sie ein Alter weit nach der Volljährigkeit erreichten. Könnte der Vater geglaubt haben, dass es Streit gäbe, hätte er ihnen die Kanzlei gemeinsam vermacht? So hatte Vicky etwas Wertvolles, das aber harte Arbeit und ein reifes Herangehen verlangte. Derweil forderten die Vermächtnisse an die Söhne keinerlei Anstrengungen ihrerseits.

Mr Cope Senior dürfte die Arrangements zweifellos für sinnvoll gehalten haben, doch Tara konnte sich vorstellen, dass alle drei Kinder aus unterschiedlichen Gründen darüber wütend waren. Vicky war in eine verantwortungsvolle Position gezwungen, die sie vielleicht nicht wollte, und musste ein Unternehmen von einem Mann weiterführen, den zu hassen sie allen Grund hatte. Und weder Luke noch Matthew war zugetraut worden, sich vernünftig zu verhalten.

»Ich frage mich, warum der Vater sich Vicky als seine Nachfolgerin in der Kanzlei ausgesucht hat«, sagte Blake, als hätte er Taras Gedanken gelesen. »Ich verstehe ja, dass er Luke für ungeeignet hielt – nach dem, was alle sagen –, aber was ist mit Matthew?«

Tara zuckte mit den Schultern. »Sein Arbeitgeber sagt, dass er ein fantastischer Verkäufer ist – allerdings als normales Teammitglied, keine Führungskraft, wie er mich glauben ließ. Vielleicht kann er keine Menschen führen, und sein Vater hat es gewusst.« Doch sie überlegte immer noch, wer den größten Nutzen von den jüngsten Todesfällen hatte. »Ich weiß, dass das Haus ein Hauptgewinn ist, aber ich frage mich, ob Luke Cope sonst noch etwas Wichtiges vererbt hat.«

Blake trank mehr von seinem Kaffee, bevor er verneinte. »Ich habe gestern mit den Anwälten der Cope-Familie gesprochen, als wir von der Mühle zurück waren. Sie dürfen keine Einzelheiten herausgeben, bis die nötigen Papiere unterschrieben sind, aber sie haben mir erzählt, dass es von Luke kein Testament gibt. Andererseits hat er außer dem Haus – und der

Einrichtung, die anscheinend inbegriffen ist – nicht viel zu vererben gehabt. Matthew ist der nächste Angehörige, und sicher freut er sich schon darauf, die gruseligen Bilder seines Bruders, dessen Kleiderschrankinhalt und die alten Farben zu bekommen ... Falls es wirklich irgendwelchen wertvollen Schmuck von ihrer Mutter gegeben hat, klingt es so, als wäre der inzwischen schon versilbert worden.«

»Und hätte Matthew seinen Bruder umbringen wollen, um etwas zu erben, hätte er nur den Suizid vortäuschen können«, fügte Max hinzu. »Es wäre nicht nötig gewesen, dass er Freya Cross mit reinzog, soweit wir wissen. Er und seine Halbschwester Vicky sitzen da im selben Boot.«

»Stimmt.« Blake nickte.

Wieder mal musste Tara an Jonny Trent denken. Was hatte er mit alle dem zu tun? Warum war Freya so wütend auf Luke gewesen? Und was für ein Problem hatte sie in der Galerie gehabt?

Ihre Alibiüberprüfung mochte reine Routine sein, aber sie würde das Beste daraus machen.

KAPITEL EINUNDDREISSIG

Oscar Cross musterte die beiden Detectives ihm gegenüber, die Frau auf einem gepolsterten Stuhl und den Mann auf seiner Bettkante, also wirklich! Oscar saß bereits in dem Bürosessel seines Wohnzimmers, also war dem Typen, DC Irgendwer, keine andere Wahl geblieben. Trotzdem ärgerte es Oscar.

Es kam nicht oft vor, dass Studenten des St Francis's College Besuch von der Polizei bekamen. Brachte sich hier jemand in Schwierigkeiten, schritten als Erstes die Zuständigen in der Institution ein und verhängten Disziplinarmaßnahmen oder Strafen. Flüchtig regte sich Stolz in Oscar. So viel zu dem »zahmen/lahmen Typen« auf dem Flur, dem nie irgendetwas passierte. Er wusste, dass die anderen so über ihn dachten. Jack Paris, der im letzten Studienjahr fast rausgeflogen wäre, weil er auf den Glockenturm der College-Kapelle geklettert war – von außen – tätschelte ihm manchmal den Kopf. *Der gute alte Oscar, der eigentlich nur hier ist, wie wir alle wissen, weil sein Vater an diesem College lehrt. Familienbeziehungen hin oder her, er wird nie einer von uns sein ...*

Es war eine Lüge! Die Aufnahmeregeln waren streng.

Oscar straffte die Schultern. Die Nachricht von diesem

Besuch würde sich ohne Frage herumsprechen. Es waren mindestens zwei Leute auf dem Korridor gewesen, die gehört hatten, wie der Pförtner Sam die Detectives mit Namen vorstellte, als Oscar ihnen öffnete. Normalerweise musste Oscar seine Besucher beim Pförtner abholen, aber Sam wollte wohl nicht, dass die Polizisten am offiziellen Eingang herumstanden, auch wenn sie in Zivil waren. Sie könnten etwas Unangenehmes sagen, und es galt, den Ruf des St Francis's zu schützen.

Oscar konnte sich zumindest auf einige Fragen von seinen Kommilitonen freuen.

»Also, gehen wir noch einmal Ihre Alibis durch«, sagte die Frau. DS Mahoney oder so ähnlich. Er hatte es sich nicht gemerkt. Wenn er ehrlich war, hatte er einen Moment gebraucht, um sich zu beruhigen. Er hatte nicht mit dem Besuch gerechnet, und da würde er sich mal erkundigen. Mussten die sich nicht ankündigen oder so?

Die Frau sah zu dem Mann, der aufgeschrieben hatte, was Oscar sagte.

DC Dingsbums blickte in seine Notizen. »Am Abend des Donnerstags, zweiundzwanzigster Februar, waren Sie hier in Ihrem Wohnheimzimmer und haben an einem Essay gearbeitet, der am nächsten Tag abgegeben werden musste. Sie glauben, dass Sie irgendwann Patrick Jones aus 4b auf dem Korridor getroffen haben, sind sich aber nicht sicher, um welche Uhrzeit.«

Der Mann blickte zu ihm. Dachte er, Oscar hätte es sich in den letzten zwei Minuten anders überlegt? Er nickte. Eine mündliche Antwort, dass er bei dieser Aussage blieb, ersparte er sich, denn er war noch verärgert, dass sie seine Alibis überhaupt überprüfen wollten. Sie hatten eine ermordete Frau und einen Mann, der an einer Überdosis gestorben war. Oscar würde meinen, dass sie eins und eins zusammenzählten, aber anscheinend wollten sie sich »nach allen Seiten absichern«. Es war

»gängiges Prozedere.« Wie öde, wenn man von einem Regelsatz beherrscht wurde. Sie könnten doch einfach glauben, was sie sahen, nach Hause gehen und den Steuerzahler nicht unnötig belasten.

»Am Freitag, dem dreiundzwanzigsten Februar sind Sie um achtzehn Uhr in den Speisesaal gegangen, wo Sie mit Tom Cruickshank zu Abend gegessen haben. Anschließend waren Sie auf Drinks in der Collegebar und gegen zwanzig Uhr dreißig wieder auf Ihrem Zimmer. Danach haben Sie niemanden mehr gesehen.«

Wieder nickte Oscar.

Sie gingen auch den Samstag und Sonntag durch, und in der Aufzählung klang Oscar genauso unbeliebt, wie er sich fühlte. Jeder Satz – *Sie haben niemanden Bekanntes gesehen, Sie haben Ihre Freunde beim Frühstück verpasst. Sie sind zwei Minuten stehen geblieben, um mit Tom Cruickshank zu reden* (*wieder er*) – bewirkte, dass er sich kleiner fühlte und sie alle, sich selbst eingeschlossen, umso mehr hasste.

»Wie war Ihr Verhältnis zu Ihrer Stiefmutter?«

Stiefmutter? *Freya.* Freya hatte er sie genannt – auch in Gedanken. Die zweite Frau seines Vaters hatte nichts Mütterliches an sich gehabt und war Oscar altermäßig näher gewesen als Zach Cross.

»Als sie auf der Bildfläche erschien, war ich fast mit der Schule fertig«, antwortete er und versuchte, einen neutralen Gesichtsausdruck zu wahren. »Danach bin ich ausgezogen, also habe ich nie viel Kontakt zu ihr gehabt.«

Die Frau sah ihn fragend an. »Wohnen die meisten Studenten nicht lieber zu Hause, wenn sie in der Stadt studieren, in der ihre Eltern wohnen?«

Sie hatte wirklich keinen Schimmer. Wie erbärmlich! »Man muss auf dem Campus wohnen. Es ist eine von St Francis's Regeln. Wie bei vielen Colleges. Und außerdem war ich sowieso immer nur ein paar Tage die Woche bei meinem Vater.

Nach der Scheidung habe ich lieber die meiste Zeit bei meiner Mutter gewohnt.« Auch wenn er froh gewesen war, als jenes Arrangement ebenfalls endete.

»Wie ging es Ihnen damit, als Ihr Vater Ihnen erzählt hat, dass er Ihre Mum verlässt, um mit Freya zusammenzuleben?«

Gott, die Frau hatte es echt raus, Fragen zu stellen! Was glaubte sie denn, wie es ihm damit ging? Doch Oscar war gewohnt, seine Gefühle zu verbergen.

»Ich war traurig, aber ich habe es verstanden. Ich wusste ja, dass er und meine Mutter sich schon länger auseinandergelebt hatten und nicht alle Ehen ewig halten.« Er sah die Frau mit ruhigem Blick an.

»Das war sehr reif für einen Achtzehnjährigen«, sagte sie. »Ich kann mir vorstellen, dass es nicht leicht war. Der Druck der Abschlussprüfungen, Ihre Mum, die so schnell ersetzt wurde, die tratschenden Nachbarn.«

Sie spielte ihm Mitgefühl vor, aber er wusste, dass sie ihn provozieren wollte und so lange weiterstochern, bis er reagierte. Er würde sie nicht gewinnen lassen.

»Das machen viele durch. Es ist ziemlich verbreitet.« Er fasste nicht, dass er hier sitzen und versuchen musste, eine Frau davon zu überzeugen, dass er seine Stiefmutter nicht ermordet hatte. Und alles, weil sein Vater zu blöd war zu erkennen, dass Freya die Falsche für ihn war. Sie war zu jung, zu schön, zu lebendig.

Bei der Trauung war Oscar so wütend gewesen. Er hatte saudumm dagestanden. Die Gäste hatten ihn und Freya für fast gleich alt gehalten, und zwei, die seinen Vater nur von der Arbeit kannten, hatten gefragt, ob sie Geschwister seien. Wäre Freya nicht in dem Brautkleid gewesen und hätte an Zachs Arm gehangen, hätten wahrscheinlich alle gedacht, Oscar und Freya wären eher ein Paar als sie und sein Dad.

»Und wie war das Verhältnis von Ihrem Vater und Freya? Haben Sie die beiden jemals streiten gehört?«

»Wie gesagt, ich bin selten da gewesen.« Er blieb stoisch.

»Ist Ihnen mal etwas aufgefallen, dass Sie zu der Annahme veranlasste, Ihre Stiefmutter könnte Ihrem Vater untreu sein?«

Beide starrten ihn an wie zwei Katzen, die einen Vogel beobachteten.

»Nein, nie.«

Warum fragten sie? Sie wussten doch, dass er lügen würde, wenn er musste. In seinem Kopf liefen Filme ab. Die Erinnerung an seinen Aufenthalt im alten Elternhaus in den Weihnachtsferien. Freya, die umwerfend in ihrem schwarzen Kleid mit dem tiefen Rückenausschnitt aussah, als sie sich auf eine ihrer zahllosen Vernissagen vorbereitete. Sein Vater wollte auch ausgehen, allerdings zum Dinner mit einem Gastprofessor, der während der »Feiertage« allein in England war. Warum war Oscar überhaupt dort gewesen? Er sollte nur allein in dem protzigen Haus hocken und nichts tun. Freya war noch strahlender als sonst gewesen. Ihre Wangen hatten geglüht. Diesen Ausdruck kannte Oscar; es war Vorfreude. Sie liebte ihre Arbeit, dennoch konnte er nicht glauben, dass die allein der Grund für ihr Aussehen war.

Am Ende war er ihr gefolgt. Er hatte sicheren Abstand gehalten, doch sie machte es ihm leicht – nahm die Abkürzung durch das Naturschutzgebiet. Es war trocken gewesen, und Zweige hatten unter seinen Füßen geknackt, aber sie war so tief in Gedanken gewesen, dass sie es nicht bemerkte. Er schlich ihr über Coe Fen in die Stadt nach. In der Magdalene Street hatte er sie die Galerie betreten gesehen, zu der sie wollte, und gelächelt, als ihr dort jemand die Tür aufhielt. Danach war Oscar im Schatten der gegenüberliegenden Straßenseite stehen geblieben, neben einem der Eingänge zum Magdalene College.

Durch die hell erleuchteten, beschlagenen Fenster der Galerie konnte er Freya sehen. Er hatte ihr edles Profil betrachtet, als sie zu den Kunstwerken an der Wand aufschaute. Und dann hatte er denselben Ausdruck gesehen, als sie etwas anderes anblickte: einen großen Mann mit kantigen Zügen und zerzaustem, dunklem Haar. Einen gefährlich wirkenden Mann.

Und wie von selbst überquerte er die Straße und traute sich näher an die Galerie, um mehr zu erkennen. Da hatte er beobachtet, wie sich der Mann und seine »Stiefmutter«, die wunderschöne Freya, von den Wänden ab und dem Raum zuwandten. Alle anderen taten es ebenfalls. Ein Mann stand vor ihnen und hielt anscheinend eine Ansprache. Durch das Fenster sah Oscar, wie sich Freyas Hand und die des Fremden näherten, bis sie ihre Finger ineinander verwoben.

Er hatte zu dem Zeitpunkt nicht gewusst, dass der Mann Luke Cope war. Es wurde ihm erst später klar, als er Freya wieder gefolgt war.

Plötzlich bemerkte Oscar, dass die beiden Detectives aufgestanden waren. Er erhob sich rasch.

»Danke für Ihre Aussage, Mr Cross«, sagte die Frau.

Mr Cross ... Einige seiner Betreuer an der Uni nannten ihn so. Sie meinte es selbstverständlich ironisch.

»Gerne.«

KAPITEL ZWEIUNDDREISSIG

Dr. Imogen Fields Haus befand sich in einer ruhigen Straße zwischen der Milton und der Chesterton Road. Die Nachricht, dass Luke Copes Leiche in der Mühle gefunden wurde, war draußen ... und dass er an einer Überdosis Heroin starb. Die Ärztin hatte erschüttert gewirkt, als sie öffnete, und Blake war nicht entgangen, dass ihre Augen glänzten, als er sich bedankte, dass sie ihn empfing. Sie hatte eine Vertretung für die Praxis organisiert, um sich mit ihm zu unterhalten. Wieder einmal waren die jüngsten Entwicklungen in dem Fall vor der offiziellen Pressekonferenz durchgesickert. Blake war nach wie vor ratlos, wer die Medien mit diesen Details versorgte, und »ein anonymer Tipp« war alles, was seine Kontakte ihm sagen konnten. *Sicher doch.*

Dr. Fields Haus strahlte Ruhe und Ordnung aus, was Blake neugierig machte. Wie hatten diese Frau und Luke, der so chaotisch gelebt hatte, zusammengefunden? Und das war seine Einstiegsfrage.

Einen Moment lang sah sie amüsiert aus. »Sie sind nicht der Erste, der über unsere Beziehung erstaunt ist«, sagte sie, und er fluchte innerlich. Er hatte seine Gedanken nicht so offensichtlich machen wollen. »Wir sind uns rein zufällig begegnet, als ein Radfahrer auf der Mill Road stürzte. Luke hatte den Sturz verursacht, weil er dem Mann direkt vors Fahrrad gelaufen war. Er hatte eine große Leinwand getragen und nicht darauf geachtet, wo er hinging. Ich hielt an, um zu sehen, ob der Radfahrer ärztliche Hilfe brauchte.«

»Und brauchte er die?«

Die Frau schüttelte den Kopf. »Schon als ich zu ihm ging, legte ein Schwall von Kraftausdrücken nahe, dass er nicht ernsthaft verletzt war, und außer einer Abschürfung am Arm war er unversehrt, Gott sei Dank. Auch Lukes Leinwand war nur leicht beschädigt. Darüber war er allerdings gar nicht froh, und ich habe ihm ein paar Takte erzählt.«

Eine typische Romcom-Szene, nur dass es bei dieser kein Happyend gab. »Wie hat Luke reagiert?«

Field verdrehte die Augen gen Himmel. »Er hat zurückgebrüllt, und ich war außer mir. Ich bin weggegangen, nachdem ich dem Radfahrer einige Erste-Hilfe-Tipps gegeben hatte. Da ich mich nicht mehr umgesehen hatte, war ich ziemlich überrascht, als ich plötzlich eine Hand auf meiner Schulter spürte und begriff, dass er mir gefolgt war.«

»Wollte er sich entschuldigen? Hatte er die Leinwand noch bei sich?« Die Gehwege in der Mill Road waren schmal und für gewöhnlich sehr belebt. Blake war schleierhaft, wie der Mann sie dort einholen konnte.

Imogen Field verzog das Gesicht. »Ich fürchte, das war eines der Dinge, die mich bezaubert hatten. Wie sich herausstellte, hatte er sie einfach an den Straßenrand geworfen, direkt dort, wo der Radfahrer gestürzt war, und ist mir nachgelaufen, weil ihm klar wurde, dass er unrecht gehabt hatte. Es schien eine große Geste zu sein. Da wusste ich ja noch nicht, dass er jene Arbeit gehasst hat. Später hat er die Leinwand übermalt. Sie können Ihren letzten Dollar verwetten, dass er sie niemals dort gelassen hätte, wäre er stolz auf das Bild gewesen. Seine Arbeit kam immer an erster Stelle.«

»Haben Sie sich deshalb getrennt?«

Die Ärztin hatte ihnen Kaffee gekocht und trank nun einen Schluck von ihrem. »Teils. Aber drei Jahre lang hatte ich mich damit abgefunden. Als er dann anfing, seiner Arbeit *und* Freya Cross den Vorrang vor mir zu geben, hatte ich endgültig genug. Dabei war die Trennung längst überfällig.« Auf einmal hielt sie eine Hand vor ihr Gesicht. »Ich kann gar nicht glauben, was er getan hat. Er ist immer aufbrausend gewesen, aber ich hätte mir nie vorstellen können, dass er jemanden umbringt. Oder sich in einem Anfall von Reue das Leben nimmt. Wenn er aufgebracht war, hat er seine Wut rausgebrüllt.«

Blake war froh, dass sie offen war, aber zugleich glaubte er, diesen Typ zu kennen. Manche Menschen schockierten andere mit ihrer Ehrlichkeit, um sie blind für das zu machen, was sie verbargen.

»Ich habe unsere Trennung nicht bereut, nicht einmal, bevor ich von dieser Sache hörte. Es war nicht leicht, mit ihm zusammenzuleben. Und nach dem, was geschehen ist, bin ich vermutlich gerade noch davongekommen.«

»Wie waren seine anderen Beziehungen? Hatte er viele Freunde?«

Sie schüttelte den Kopf. »Freunde wäre der falsche Ausdruck. Er hat sich mit Menschen umgeben, die seiner Karriere förderlich sein könnten. Nicht, dass sie es jemals waren. Das war noch ein Grund für die Trennung. Ich verlor die Geduld mit ihm. Und er war stur, wenn es darum ging, Hilfe anzunehmen. Matthew, sein Bruder, arbeitet im Verkauf. Okay, mir ist klar, dass medizinisches Gerät zu bewerben nicht dasselbe ist, wie Kunden zum Kunstkauf zu bewegen, aber Matthew hatte Ideen, die Luke zumindest mal hätte ausprobieren können, und er wollte nicht. Zu stolz, nehme ich an. Ich hatte auch eine Freundin in der Musikindustrie, die glaubte, hilfreiche Kontakte zu haben. Sie hat gedacht, sie könnte ihn zum Trend machen, Aufmerksamkeit auf seine Arbeit lenken, aber oh nein, er hasste den Gedanken und meinte, es wäre ein Ausverkauf.«

Blake konnte beide Seiten verstehen.

Imogen Field trank wieder von ihrem Kaffee. »Zum Teil gebe ich seinen Eltern die Schuld«, sagte sie. »Ich weiß nicht, ob Ihnen bekannt ist, was die Testamente vorgesehen hatten. Dass sie Luke ein Haus in Treuhandverwaltung vererbt haben?«

Blake bejahte stumm.

»Sie wollten, dass die Brüder ihren eigenen Weg im Leben gehen, und sie dachten, das würden sie schaffen, indem sie beide auf ihr Erbe warten lassen. Aber es hat nicht funktioniert. Für Luke zumindest war es, als müsste er sich irgendwie über Wasser halten, bis er vierzig wurde und in den Besitz seines Vermögens kam. Wenn er solange nur einigermaßen über die Runde käme, wäre alles gut.«

»Und für Matthew war es anders?«

»Nun ja, seine Immobilie ist außerhalb der Stadt. Sie ist so groß wie Lukes – größer sogar, soweit ich weiß. Luke hat es mir erzählt. Aber sie wird nicht so viel wert sein. Die Kombination von Größe und Lage bedeutet wahrscheinlich, dass sie schwerer zu verkaufen sein wird. Trotzdem hat Luke es aus irgendeinem Grund gehasst, dass Matthew das Anwesen geerbt hat.«

»Hätte er das lieber gehabt?«

Dr. Field runzelte die Stirn. »Da bin ich mir nicht sicher. Jedenfalls war er unglücklich über das Arrangement. Wie gesagt, er war ein schwieriger Mann. Faszinierend, doch am Ende hat das nicht gereicht.«

Wie überaus vernünftig, eine Beziehung zu beenden, wenn sie nicht funktioniert, ehe man den Schaden vergrößert. Innerlich seufzte Blake.

Dank der durchgesickerten Informationen, konnte er Dr. Field nicht durch eine List zu dem Geständnis bringen, sie hätte von Lukes Zufluchtsort gewusst. Jeder, der Nachrichten gehört hatte, wusste von der schaurigen Szene draußen in den Fens. Immerhin war die Theorie vom vorgetäuschten Suizid noch unter Verschluss. Blake fragte, ob Cope sie mal zur Mühle mitgenommen hatte – auch wenn ihre Beziehung schon vorbei gewesen sein musste, als er die Schlüssel zu dem Gebäude bekam. Offiziell.

Die Frau schüttelte den Kopf. »Ich hatte keine Ahnung, dass er etwas gemietet hatte.«

Blake nickte. »Und wann haben Sie ihn zuletzt gesehen?«

»Ach, das ist Monate her. Aber ich habe unlängst zufällig Matthew getroffen. Wir haben uns kurz unterhalten, und es klang, als wäre Luke wie immer.«

»War Ihnen bekannt, dass er Sie gemalt hat?« Blake beobachtete die Augen der Frau. Ihre Überraschung sah echt aus.

»Was? Nein, das habe nicht gewusst. Ich habe ihm nie Modell gestanden.«

Bei diesem speziellen Porträt hätte sie es wohl auch nicht lange mitgemacht.

Auf einmal wurde ihr Blick schärfer, als sähe sie ihm an, was er dachte. »War es komisch? Das Bild, meine ich?«

Blake zögerte. »War es.«

Wieder schüttelte sie den Kopf. »Keine Sorge, Sie müssen es mir nicht verraten. Er hat eine Menge seltsame Bilder gemalt.«

Ja, das konnte Blake bestätigen.

»Nur fürs Protokoll, ich muss Sie fragen, wo Sie vom Abend des zweiundzwanzigsten Februars bis zum Samstag, dem vierundzwanzigsten, waren.«

»Da muss ich in meinem Kalender nachsehen.« Sie blätterte in einem kleinen Moleskine-Notizbuch. »Obwohl es eigentlich überflüssig ist, denn wenn mein Leben eines ist, dann ist es berechenbar. Donnerstagsnachmittags bin ich in der Praxis. Es ist anstrengend, und gewöhnlich bin ich noch eine

Stunde nach Ende der Sprechzeit dort. Also müsste ich gegen halb acht abends zurückgewesen sein und dann – das verraten Sie bitte nicht meinen Patienten – habe ich auf dem Sofa gesessen, die Beine hochgelegt, ferngesehen und ein Curry gegessen, dass ich mir auf dem Heimweg geholt hatte. Das mache ich jeden Donnerstag. Freitags habe ich ein bisschen früher Schluss.« Sie sah ihn an und zog eine Augenbraue hoc. »Also hatte ich noch einen aufregenden Ausflug zum Supermarkt auf dem Heimweg und hier selbst gekocht. Der Fernsehteil ist allerdings derselbe wie am Donnerstag. Am Samstag – hoho! – da war ich mittags bei einigen Freunden in Newmarket essen. Danach habe hier abends Reste gegessen.«

»Danke.«

»Wollen Sie die Adresse in Newmarket?«

Doch Blake verneinte. Nichts, was sie sagen konnten, würde helfen, da Agneta beim Timing nicht sicher sein konnte. Wäre Field das ganze Wochenende auf einer Konferenz in Japan gewesen, das wäre etwas anderes. Und es war ohnehin ein Schuss ins Blaue ...

»Eine Sache noch«, sagte er. »Ich könnte Ihren Rat in einer technischen Frage brauchen.«

Sie sah ihn fragend an. »Lassen Sie mich raten. Sie fragen sich, wie Luke sich das Heroin selbst spritzen konnte, weil Sie keine Hinweise gefunden haben, dass er es vorher schon gemacht hatte.«

Blake nickte.

»Ich bin mir sicher, er hätte nicht gewusst, wie es geht«, sagte sie. »Deshalb habe ich mich schon dasselbe gefragt.«

»Ich nehme an, das lernt man leicht?« Er beobachtete ihre Augen. Die Zeitungen wussten bisher nicht, wie das Heroin injiziert wurde.

Es verging ein Moment, bevor Imogen Field antwortete. »Manche Methoden sind einfacher als andere. In den Muskel oder subkutan wäre zum Beispiel leichter, als die Droge intravenös zu verabreichen. Und Abhängige scheuen sich eher vor Injektionen in die Vene, machen es nur, weil die Droge so viel schneller wirkt.«

»Gibt es noch etwas anderes, auf das wir achten sollten? Wir forschen bereits nach, woher Luke die Droge gehabt haben könnte.« *Oder jemand anders sie hatte.*

»Nur die praktischen Sachen. Zum Beispiel das Besteck, das er haben musste. Es gibt verschiedene Spritzengröße und so.«

»Welche Größe hätte Luke gebraucht?« Blake entsann sich nicht, dass der Nadeltyp in den Berichten aufgetaucht war. Wahrscheinlich wartete diese Information in seinem überquellenden E-Mail-Eingang.

Imogen Field nannte einige technische Details, doch das Interessanteste war, dass die beste Spritze für subkutane und intravenöse Injektionen in den Arm die war, die auch Diabetiker benutzten.

KAPITEL DREIUNDDREISSIG

Jonny Trents Augen traten ein bisschen vor, als er Tara anschaute. Bei ihrer Ankunft hatte er ängstlich gewirkt. Er rechnete mit etwas, dessen war sie sich sicher, doch als sie zu sprechen begann, blieb offenbar der Schlag aus, den er erwartet hatte. Nach und nach hatte sich die Anspannung in seinen Zügen und seiner Haltung gelöst. Was hatte er gedacht, warum sie hier war? Sie musste der Wahrheit sehr nahe sein. Es war zum Verzweifeln. Ihre Alibiüberprüfung kam nicht gut an.

»Verzeihung«, haspelte er ein wenig, »aber warum wollen Sie das wissen? Ich habe in den Nachrichten gesehen, dass im Zusammenhang mit dem Mord an Freya nach Luke gesucht wurde, und jetzt ist seine Leiche gefunden worden. Da er an einer Überdosis gestorben ist, würde ich annehmen, es ist ein klarer Fall. Heißt das bei Ihnen nicht so?«

Zu viel Fernsehen ... Tara beobachtete ihn. Dachte er das wirklich, oder könnte es ein Bluff sein? Hielt er selbstgerechte Empörung für das beste Mittel, sie von seiner Fährte abzulenken? Schwer zu sagen. Alles an Jonny Trent wirkte aufgeblasen und irgendwie unecht. »Wenn wir in einem Fall ermitteln, ist es wichtig, dass wir alles abdecken«, erklärte sie. »Haben wir nicht alle Möglichkeiten in Betracht gezogen, kann der Coroner zu keinem anständigen Ergebnis kommen. Und Freyas Familie muss sich auch sicher sein, dass wir die Wahrheit herausgefunden haben.«

Jonny Trent drehte an dem Goldring an seiner rechten Hand. Tara schaute auffällig hin, und er hörte auf. Sie blickten einander an.

Egal was du mir erzählst, ich glaube dir kein Wort.

Der Mann seufzte gereizt. »Ich wohne hier, über der Galerie. Und die meisten Abende bin ich zu Hause. Den Tag über bin ich viele Stunden auf den Beinen, spreche mit Kunden, und wenn wir schließen, habe ich oft keine Lust mehr, noch auszugehen.«

»Dann waren Sie am Donnerstag, dem zweiundzwanzigsten Februar, den ganzen Abend hier? Allein?«

Er runzelte die Stirn und zückte ein Notizbuch aus der Innentasche seines Sakkos. Darin blätterte er. »Ja«, sagte er wenig später. »Nachdem Monique und Freya um sechs gegangen waren.«

»Und was ist mit Freitag bis Samstag? Hatte die Galerie beide Tage geöffnet?«

Er nickte entschieden. »Hatte sie. Und wieder waren die Mädchen den ganzen Freitag mit mir hier, bis wir geschlossen haben.«

Die Mädchen ...

»Am Samstag hatte Monique von zehn bis vier Dienst. Ich habe einigen Papierkram erledigt und sie vorne unterstützt.«

Letzteres bezweifelte Tara.

»Dann war ich am Sonntag allein bis zwei hier, länger haben wir sonntags nicht geöffnet. Es waren ein paar Besucher da, aber keiner hat etwas gekauft.« Was ihn zu ärgern schien. »Also kann ich Ihnen die Namen nicht geben.«

»Und jeden dieser Abende waren Sie allein hier? Sind Sie weder Freitag, noch Samstag oder Sonntag ausgegangen?«

Abermals sah er in seinen Taschenkalender. Tara kam es vor, als würde er etwas zu viel Show darum machen. »Nein, bin ich nicht.«

Es brauchte schon mehr, um sie zu überzeugen, nur konnte sie nicht viel tun.

»Danke. Jetzt würde ich gern mit Monique reden.«

Er öffnete den Mund, als wollte er widersprechen, schloss ihn jedoch gleich wieder. Wahrscheinlich sorgte er sich, er müsste tatsächlich arbeiten, solange Tara sich mit der Frau unterhielt. Allem Anschein nach fühlte er sich hinter seinem Mahagonischreibtisch sehr heimisch, wo sein runder Bauch leicht an die Kante stieß.

»Na schön«, sagte er und stand auf. »Ich wäre Ihnen sehr verbunden, wenn Sie sie nicht zu lange aufhalten.«

Prompt beschloss Tara, das Gespräch nach Kräften in die Länge zu ziehen.

Jonny Trent führte sie zurück nach vorn. Monique war in dem Raum mit Blick zur Einfahrt. Irgendwie sah es hier anders aus, heller, trotz des dichten Nebels draußen.

Monique schaute auf, erblickte Tara und war sichtlich überrascht. Sie musste außer Hörweite gewesen sein, als Tara vorhin an die Tür geklopft hatte und von Jonny Trent hereingelassen wurde.

»Ich dachte, wir haben eine frühe Kundin«, sagte sie mit einem unsicheren Lächeln. »Ich habe das mit Luke in den Nachrichten gesehen. Es ist unvorstellbar. Ich meine, ich weiß, dass er und Freya gestritten haben, aber ich hätte nie gedacht ...« Sie beendete den Satz nicht, sondern biss sich auf die Unterlippe.

»Ich würde Sie gern noch einmal kurz sprechen.« Tara sah zu Jonny Trent. »Unter vier Augen.« Er zog eine Augenbraue hoch. »Ich möchte Ihren Geschäftsbetrieb nicht stören, wenn die Kunden kommen.«

Trent seufzte. »Meinetwegen. Ich halte hier die Stellung.«

Tara ging mit Monique zurück in das Büro, in dem sie schon einmal geredet hatten. Sobald die Tür geschlossen war und sie einander gegenübersaßen, erklärte Tara, worum es ging.

Monique riss die Augen weit auf. »Glauben Sie nicht, dass Luke Selbstmord begangen hat?«

Diese Frage überging Tara. »Es ist reine Routine. So offensichtlich die Indizien auch scheinen, müssen wir alle Eventualitäten klären.«

Monique schluckte. »Verstehe. Ich bin mir aber nicht sicher, ob ich Ihnen helfen kann.« Wie Trent erzählte auch sie, dass die Arbeit in der Galerie ermüdend war, weshalb sie abends gern zu Hause ihre Ruhe hatte.

»Was ist mit Nachbarn? Hätten die Sie nach Hause kommen gesehen oder gehört, dass Sie dort waren?«

Sie runzelte die Stirn. »Meine Vermieterin wohnt unter mir. Ich bin in der Wohnung im ersten Stock, und wir teilen uns die Diele. Ich glaube, ich habe sie getroffen, als ich Donnerstag von der Arbeit nach Hause gekommen bin.« Sie verzog bedauernd das Gesicht. »Es kann aber auch an dem Freitag gewesen sein.«

»Und Sie waren am Freitag und Samstag den ganzen Tag mit Mr Trent hier? Keiner von Ihnen hat die Galerie zwischendurch verlassen?«

Monique bestätigte die Zeiten und dass sie zusammen gewesen waren. »Und am Sonntag war ich in der Stadt zum Shoppen«, sagte sie. »Ich habe mir ein Kleid gekauft, für das ich noch den Kassenbon habe, falls Sie den sehen möchten.«

Vollends unnütz ... »Das wird nicht nötig sein, danke.« Sie müsste Monique wieder zurück an die Arbeit lassen und gehen, obwohl sie sicher war, dass hier etwas nicht stimmte. Sie konnte nur nicht sagen, was es war. Vielleicht würde Blakes Mutter das Rätsel später lösen. Der Gedanke war das Gegenteil von beruhigend.

Als sie sich die Kunsthistorikerin vorstellte, die hier umherwanderte und sich fachmännisch anschaute, was Trent's zu bieten hatte, dachte sie wieder an den vorderen Ausstellungsraum, der heller als zuvor gewirkt hatte. Und plötzlich wusste sie, woher der Unterschied rührte. Luke Copes Gemälde war abgenommen wurden. Natürlich, das leuchtete ein. Vermutlich durfte Jonny Trent keine Arbeiten mehr von ihm verkaufen, ehe der Nachlass nicht geregelt war. Sie erwähnte es, und Monique nickte.

»Ja, stimmt, das haben wir abgenommen. Es ist verblüffend, wie sehr es den Raum verändert, dort eine sonnige Landidylle hängen zu haben, nicht wahr?«

»Und ich nehme an, Lukes Bild geht zurück an Matthew Cope?«

Das verneinte Monique. »Normalerweise wäre es so, aber soweit ich weiß, hat Matthew zugestimmt, dass Jonny es kauft.« Sie lächelte. »Ich denke, er könnte es ihm zu einem günstigeren Preis überlassen haben, dabei hätte Jonny es so oder so gekauft. Er führt die Galerie als Geschäft, doch er liebt Kunst wirklich, und wenn es um seine Privatsammlung geht, entscheidet sein Geschmack, was er kauft, nicht der potenzielle Wert.«

Blake hatte erwähnt, dass Jonny Trent behauptete, Luke Copes Arbeit zu schätzen, also passte es. Dennoch bezweifelte Tara, dass der Mann irgendwas aus solch einem unverfänglichen Grund tat.

»Ich habe mich auch schon gefragt, ob er sentimentaler ist, als wir alle denken«, sagte Monique. »Es war das Letzte, was wir noch von Luke hatten.« Sie senkte den Blick zum Tisch. »Ich habe ihn kaum gekannt, aber die Geschichte mit Freya ist so tragisch. Ich kann mir nur vorstellen, dass er sie in einem Anfall von Wahnsinn getötet hat und hinterher nicht damit leben konnte. Was für eine Verschwendung.«

Sie standen auf, und Tara folgte Monique zurück in den Verkaufsraum. Trent war dort mit einem Kunden beschäftigt, als sie erschienen.

»Ah«, sagte er und blickte auf, »und hier ist unsere Managerin, Monique Courville. Sie wird Ihnen gern helfen.«

Er hatte ihr also Freyas Titel gegeben. Wahrscheinlich wollte er ihr auf diese Weise unmissverständlich klar machen, dass sie an der Frontlinie war und ihn vor allen profanen Arbeiten, auf die er keine Lust hatte, abschirmen musste.

Monique schaltete direkt in den professionellen Modus um, wie Tara bemerkte. Sie schenkte dem Besucher – ein großer, hagerer Mann mit rotem Haar und passendem Goatee – ein charmantes Zahnpastareklamelächeln, und obgleich sie elegant und konventionell aussah und er eher in Richtung Hipster schlug, erwärmte er sich merklich für sie und schüttelte ihr die Hand.

Jonny Trent begleitete Tara zur Tür. Sie versuchte, sich eine sentimentale Ader bei ihm vorzustellen, was ihr nicht gelang. Wieder einmal staunte sie über Moniques Bild von ihrem Chef. Andererseits war verständlich, dass man, wenn man so eng und so viele Stunden mit jemandem zusammenarbeiten musste, das Beste draus machte. Selbst wenn es bedeutete, sich selbst zu belügen.

KAPITEL VIERUNDDREISSIG

Ehe sie zurück zur Wache fuhr, um Bericht zu erstatten, machte sie sich zu einem Kurzbesuch bei Matthew Cope zu Hause auf. Sie hatte angerufen und erfahren, dass er Sonderurlaub bekommen hatte. Wegen des dichten Nebels konnte man nur wenige Meter weit sehen, was das Fahren anstrengend machte. Um sie herum war alles dunstverhüllt.

»Es war nett von Ihnen, Lukes Bild an Jonny Trent zu verkaufen«, sagte sie, nachdem er sie ins Haus gelassen hatte. Der Galeriebesitzer musste verflucht schnell gewesen sein, bedachte man das Timing.

Matthew schüttelte den Kopf. »Er hat in dem Moment angerufen, in dem er es erfuhr, um mir sein Beileid auszudrücken. Ich weiß nicht einmal, woher er meine Nummer hat. Er erwähnte, dass er das Bild abnehmen und für mich einlagern würde, sofern ich es nicht verkaufen will. Angeblich hat er es immer schon sehr gemocht und wäre es für ihn ein Andenken an Luke.« Er sah Tara an. »Mich wundert, dass er ein Andenken will, nach dem, was Luke getan hat. Aber ich habe ich gesagt, er kann das Bild gerne haben. Ich habe ja noch jede

Menge. Er bestand darauf, etwas zu bezahlen, also haben wir uns auf einen Preis geeinigt.«

Tara erklärte, warum sie hier war.

»Glauben Sie etwa, dass jemand anders in den Fall verwickelt ist?«

Sie antwortete genauso wie bei den anderen und gab die Überprüfung der Alibis als reine Formalität aus. Doch Matthews dunkle Augen verrieten ihr, dass er es durchschaute.

Am Donnerstagabend, dem zweiundzwanzigsten Februar, hatte er angeblich auf dem Heimweg durch die Stadt auf ein Bier angehalten. Er war ein wenig geblieben, weil er an dem Tag den Bus genommen hatte. Der Wirt des Clarendon Arms nahe der Bushaltestelle erinnerte sich vielleicht. Und für den Rest des Wochenendes wusste sie bereits über seine Bewegungen Bescheid.

Ehe sie zum Parkside-Revier zurückkehrte, hatte sie noch einmal mit Zach Cross gesprochen. Auch er war noch beurlaubt, deshalb war sie bei ihm in Newnham gewesen. Als sie ihn fragte, wo er an dem Donnerstagabend gewesen war, erzählte er ihr, er sei den ganzen Abend mit Freya zu Hause gewesen, dann brach er in Tränen aus. Nichts von dem, was er sonst noch sagte, war eine große Hilfe, obschon er erwähnte, dass er am Samstagabend mit einem Freund von seiner Fakultät auf einen Drink ausgegangen war. Tara würde interessieren, wie er an dem Abend nach dem Mord an seiner Frau gewirkt hatte.

Auf der Wache sah Tara sich erneut die Informationen an, die sie an Blake, Megan und Max weitergeben konnte. Sie war sicher, dass sie verglichen mit dem, was sie gefunden haben dürften, enttäuschend waren. Sie rief den Mann an, mit dem Zach Cross sich am Samstagabend getroffen hatte, weil sie dringend mehr wollte. Unterdessen hoffte sie, dass ihr Handeln ihr nicht auf die Füße fallen würde. Zu behaupten, sie wolle lediglich Alibis gegenchecken, dehnte den Begriff doch über Gebühr. Nichts deutete darauf hin, dass Freya oder Luke in jener Nacht ermordet wurden.

Als alle wieder da waren, tauschten sie ihre Neuigkeiten aus.

Blake merkte bei Taras Hinweis auf, dass Monique Courville nach wie vor nichts auf ihren Chef kommen ließ.

»Meine Mutter sagt, als sie das letzte Mal in der Galerie war, hätte sie beobachtet, wie Trent Freya belästigte – oder ihr zumindest sehr dicht auf die Pelle rückte. Monique war auch dort, und meine Mutter hat nicht gesehen, dass er sie so behandelte. Aber ich kann mir nicht vorstellen, dass er bei einer Frau Halt macht. Hältst du es für möglich, dass Monique seine Gefühle erwidert, falls ich recht habe und er sich ebenfalls an sie ranmacht?«

»Hör auf, das ist gruselig!«, sagte Tara. »Die Alternative wäre, dass sie das Beste aus der Situation macht. Sie braucht eindeutig das Gehalt, also würde ich schätzen, sie hat kaum Alternativen.« Monique tat ihr leid. Tara war in einer vergleichbaren Lage gewesen, als sie für *Not Now* gearbeitet hatte. Von frischer Luft konnte man nicht leben. Aber immerhin hatte sie einen Ausweg gefunden.

Blake runzelte die Stirn. »Was hat der Wissenschaftler gesagt, mit dem Zach Cross sich an dem Samstagabend getroffen hatte? Ich nehme an, du konntest mehr als eine Bestätigung herausholen, dass sie zusammen gewesen waren.« Da war ein Lächeln in seinen Augen, und Tara verdrängte ihre Reaktion darauf. *Beinahe* so schnell, wie sie sich einstellte. Ihr fiel auf, dass Megan sie mit undurchsichtiger Miene beobachtete.

»Er war merkwürdig mitteilsam«, musste Tara zugeben. »Groß nachhaken musste ich gar nicht.« Der Mann schien froh zu sein, dass sie anrief, als hätte er das Gefühl, er müsste etwas sagen, wollte aber nicht von sich aus zum Telefon greifen.

»Er hat erzählt, dass Professor Cross sehr viel getrunken hat. Dann stockte er kurz und sagte, dass hätten sie beide. Wahrscheinlich aus Loyalität. Fazit ist, dass Cross erheblich mehr gekippt hat als sonst, und der Freund, noch ein Professor – Guy French – vermutete, dass etwas los war.«

Alle sahen einander an.

»Andererseits hat er selbst zugegeben, dass er dachte, seine Frau wäre mit einem anderen Mann auf und davon, und dann scheint solch ein Verhalten nicht ungewöhnlich«, ergänzte Tara.

»Und wahrscheinlicher wäre wohl, dass er an dem Abend gar nicht ausging, falls er Freya umgebracht hat«, sagte Megan.

Tara nickte. »Allerdings war der ›Jungsabend‹ der Professoren wohl schon seit einer Weile geplant, also könnte er gedacht haben, dass es verdächtig aussieht, wenn er in letzter Minute absagt.«

Blake berichtete von seinem Besuch bei Imogen Field. »Sie war sehr sachlich, schien sehr ehrlich. Beispielsweise hat sie nicht mit ihrem Wissen hinter dem Berg gehalten, wie man Heroin injiziert. Laut ihrer Aussage hat sie Luke seit Monaten nicht gesehen und wusste nichts von der Mühle.«

Tara erkannte, dass Blake der Frau nicht ganz traute. Er konnte es nicht an irgendetwas festmachen, schätzte sie, war jedoch unsicher, ob er ihr glauben konnte.

»Dieses Gemälde«, sagte er. »Das Luke von ihr kämpfend in der Galgenschlinge gemacht hatte.«

Ohne Hoffnung auf Erfolg.

»Ich habe mir noch mal die Fotos angesehen, die das Technikerteam hinterher von dem Bild gemacht haben. Der Hintergrund ist die Aussicht von der Mühle.« Er sah Tara an. »Sie hängt in dem Raum von einem Dachbalken, in dem die Mühlsteine sind. Es beweist nicht, dass sie jemals dort gewesen ist, versteht sich. Nur in der Fantasie ihres Ex.«

Dennoch gab es zu denken. Jemand hatte von Lukes heimlichem Zufluchtsort erfahren. Und Imogen Field könnte gelogen haben, dass sie Cope seit Monaten nicht gesehen hatte. Sie hatte ein Motiv und das Wissen, um sowohl Freya als auch ihren Ex umzubringen. Ja, Tara verstand, warum Blake zögerte.

»Oscar Cross war interessant«, sagte Megan. »Er hat eindeutig geglaubt, dass er total cool wirkt, aber ich würde schwören, dass er etwas verschweigt. Er hat sich auf seinem Stuhl zurückgelehnt, sogar gelächelt, doch seine Fäuste waren geballt. Als wir gingen, hörte ich auf seinem Wohnheimflur einen seinen ›Kumpels‹ auf seine Kosten lachen. Ich frage mich, ob er es am College schwerhat.«

Blake erklärte, dass die Spritze, die bei Luke benutzt wurde, laut Imogen Field wahrscheinlich in Diabetiker-Größe war. »Ich habe die Notizen mit dem Bericht der Spurensicherung abgeglichen, und sie beschrieben den Nadeltyp anders, aber es hat sich herausgestellt, dass sie identisch sind. Was nichts heißen muss.«

Er lehnte sich zurück und blickte ins Nichts, während er einen Schluck Kaffee trank. »Noch eine interessante Sache sind die Kontoauszüge von Luke Cope, die ich eben erst bekommen habe.«

Tara setzte sich auf und wartete, dass er mehr erzählte. Sie konnte nicht anders. Ihr war unerträglich, wenn jemand anders Informationen hatte, die ihr fehlten.

Blake klappte seinen Laptop auf. »Tja, die Überraschung ist, dass er wirklich Schmuck verkauft hat, wie es aussieht. Hier sind einige Überweisungen von ein paar Juwelieren in der Stadt.«

»Einige?«, fragte Tara verwundert, weil es nicht zu Matthews Geschichte von dem einen außerordentlich wertvollen Stück passte, das Luke entdeckt und verkauft hatte.

»Mehrere. Und dann sind hier noch andere Scheckeinrei-chungen, die wir noch zurückverfolgen müssen. Ich frage mich, ob das ähnliche Verkäufe sind, nur vielleicht an Einzelpersonen.«

»Über was für Beträge reden wir hier?«, kam Tara Megan ein wenig zuvor. Die Frau schloss den Mund wieder und sah seitlich zu Tara. Wahrscheinlich wollte sie gerade dieselbe Frage stellen. Und Tara hatte nicht vorgehabt, ihr über den Mund zu fahren, aber Blake ermunterte sie ja alle, unbedingt sofort zu sagen, was ihnen in den Sinn kam. Indes hatte Tara das Gefühl, Megan würde eine andere Herangehensweise vorziehen.

»Keine einzelne große Summe, die seinen Rückzug ins Elternhaus erklären würde, wie Matthew es dargestellt hat«, antwortete Blake, »aber jede einzelne Transaktion belief sich auf Beträge von fünfhundert bis ein paar Tausend. Und sie summieren sich.« Er sah fragend in die Runde.

»Es wäre interessant zu wissen, ob Luke Copes Mutter ihren Schmuck versichert hatte. Oder ob sich irgendwie anders herausfinden lässt, was sie genau besaß«, sagte Max.

»Als Matthew es erwähnte, hat er gesagt, dass er auch einige schöne Stücke geerbt hat«, warf Tara ein. »Und ich würde sagen, die müssten in ihrem Testament aufgeführt sein.« Doch als Matthew ihr die Geschichte erzählte, hatte sie sich gefragt, ob er sie sich ausgedacht hatte, um das Gesicht zu wahren. Vielleicht war Luke der Liebling seiner Mutter gewe-sen. Nach dem, was Blake von Imogen Fields Aussage erzählte, klang es, als wäre er nicht nur brillant, sondern auch charmant gewesen. Seine Mum könnte seine dunkle Seite übersehen haben.

»Das müssen wir herausfinden«, sagte Blake. »Sonst noch etwas, bevor wir weitermachen?«

»Wir haben ein Update von den Befragungen der Nach-barn von Luke«, antwortete Max. »Sie haben jemanden gefunden, der glaubt, dass er ihn am Donnerstag, dem zweiundzwanzigsten Februar allein hat wegfahren sehen.«

An dem Abend, als ihn die Verkehrskamera mit einem Beifahrer eingefangen hatte …

»Allerdings ist sich die Person nicht vollkommen sicher, dass es der Tag war.« Max verzog das Gesicht.

»Und die gründliche Nachforschung zum Flag and Diamond hat etwas ergeben«, sagte Megan. »Auch wenn es leider mager ist. Und es muss nicht einmal relevant sein, falls Luke sein Geld aus Schmuckverkäufen statt vom Drogenhandel hatte.« Tara beobachtete, wie Blake auf seinem Stuhl nach vorn rückte, und wusste, dass er an sich halten musste, sie nicht aufzufordern, es schon auszuspucken. »Ich habe einen Bericht über Gewalt und Verbrechen im Zusammenhang mit Drogen gefunden, in dem der Pub erwähnt wird«, fuhr Megan fort und sah in ihre Notizen. »Da ging es um einen Überfall, bei dem eine Fünfundachtzigjährige ums Leben kam. Der Täter hieß Gavin Rawlings, und einer der Befragten kannte ihn aus dem Flag and Diamond. Er hat dem Reporter erzählt, Gavin hätte der Frau niemals etwas antun wollen. Er beschrieb ihn als sanftmütig, aber seiner Drogensucht ausgeliefert; er hätte nur Geld für seinen nächsten Schuss gebraucht.«

Blake sah Megan an. »Und was hat er genommen?«

»Anscheinend Heroin.«

Interessant, keine Frage. Aber Megan hatte recht. Trotz Lukes offensichtlicher Verbindung zu dem Pub und seinem Tod durch eine Überdosis von derselben Droge, war es immer noch dünn.

»Wir sollten es im Hinterkopf behalten«, sagte Blake. »Soweit wir wissen, haben wir Lukes Mörder noch gar nicht auf dem Schirm. Er könnte nach wie vor über den Pub mit Luke verbunden sein.« Er stützte den Kopf in die Hände. »Dass wir eine Datenspur haben, die zeigt, dass Cope Schmuck verkauft hat, heißt nicht, dass es sonst nichts gibt.« Er sah sie alle der

Reihe nach an. »So viele mittelgroße Transaktionen sehen für mich nach einer Tarnung aus. Gehen wir unsere Verdächtigen durch. Wir haben Zach Cross, der sich ziemlich sicher war, dass seine Frau eine Affäre mit Luke Cope hatte, und Oscar Cross, der gegen die zweite Ehe seines Vaters mit Freya war. Und dann ist da noch Imogen Field.« Er unterbrach, um einen Schluck Kaffee zu trinken – einen doppelten Espresso, tippte Tara. Wie er es schaffte, nicht permanent gnadenlos überdreht zu sein, blieb ihr schleierhaft.

»Dann haben wir Vicky Cope, die nun nach seinem Tod Luke Copes Haus erbt«, fuhr er fort. »Aber mir erschließt sich nicht, warum sie Freya ermorden sollte. Dasselbe gilt für Matthew Cope, der Lukes Gemälde und anderen Kram erbt, von dem wir eventuell nichts wissen. Doch egal, wie viel sie wert sind, müsste auch er Freya nicht töten, um zu profitieren. Und das große Fragezeichen für mich ist Jonny Trent von der Galerie. Monique Courville sagt aus, dass Freya Streit mit Luke Cope hatte. Sie hat es gehört. Aber da es bei der Arbeit war und Freya geschrien hat, Luke sei blöd gewesen, möchte ich wetten, dass es mit der Galerie zu tun hatte. Trent kannte sie beide; er war eindeutig verängstigt, als ich hinkam, und ich bin mir sicher, dass er uns etwas verheimlicht. Außerdem finde ich den Mann widerlich. Habe ich etwas ausgelassen? Irgendwelche Anmerkungen?«

Megan sah nicht aus, als wollte sie einspringen, also tat Tara es: »Dann glaubst du, es könnte immer noch mit Drogen zusammenhängen? Dass Luke Heroin beschafft hat und in nicht nachverfolgbarem, legal gekauftem Schmuck bezahlt wurde? Wer Luke beliefert hat, wäre wahrscheinlich skrupellos genug, ihn und Freya umzubringen, sollte er auch nur vermutet haben, dass sie Bescheid wusste.«

»Aber der Drogenansatz ist wirklich sehr dünn«, sagte Megan.

Eben hatte Tara es selbst noch gedacht, doch für einen Moment fühlte sie sich angegriffen.

»Wie dem auch sei«, warf Max ein, »der Typ, mit dem ich im Flag and Diamond geredet habe, hat mich gewarnt, so viel steht fest. Er hat erkannt, dass ich Polizist bin – mich vielleicht für einen Neuen gehalten, der sich einen Namen machen will, aber leicht einzuschüchtern ist.«

Tara lachte. »Oder hat es zumindest gehofft. Schlechte Menschenkenntnis, ganz klar.«

Max grinste ihr zu, und sie erwiderte es.

Als Tara aufschaute, waren Blakes und Megans Blicke auf sie gerichtet. Etwas an Blakes Gesichtsausdruck erinnerte sie daran, dass sie nach wie vor wütend auf ihn war.

»Ich denke, wir müssen überlegen, wer von unseren Verdächtigen mit Luke zu der Mühle gefahren sein könnte«, sagte Megan.

Blake nickte. »Ich kann mir nicht vorstellen, dass er Oscar Cross mitnimmt, um den Abend mit ihm zu bechern und Nüsse zu knabbern. Warum sollte er? Es gibt nicht mal Hinweise, dass sie sich gekannt haben, und sie sind sich auch altersmäßig nicht nahe. Aber Zach Cross? Obwohl sie nicht befreundet waren, könnte er es vielleicht so hingebogen haben. Vielleicht hatten sie sich erst woanders getroffen, etwas getrunken und das Kriegsbeil begraben. Zach könnte Interesse an Lukes Kunst vorgetäuscht haben. Wenn sein Ego groß genug war, hat Luke womöglich nicht gesehen, in welcher Gefahr er schwebte. Aber warum die Mühle? Warum nicht einfach zu seinem Haus in der Stadt gehen?«

»Demnach wäre Imogen Field wahrscheinlicher?«, fragte Tara. »Vielleicht hat sie sich aufgebrezelt, ihm eingeredet, dass sie noch einen letzten schönen Abend mit ihm will, und die Mühle vorgeschlagen, weil es romantisch sei. Wir haben nur ihr Wort, dass sie nichts von der Mühle wusste.«

Blake nickte. »Möglich wäre es.«

»Und Jonny Trent von der Galerie ist genauso wahrscheinlich?«, fragte Megan. »Es ist durchaus denkbar, dass Freya als Lukes aktuelle Freundin von der Mühle gewusst hat, und sie könnte es bei der Arbeit erwähnt haben. Der Ort hat ihn offensichtlich inspiriert, also war es ein relevantes Thema. Und alle Hinweise, die wir brauchten, um die Mühle zu finden, waren dort in der Galerie. Wir mussten lediglich die einzelnen Punkte verknüpfen, und das könnte er auch getan haben.«

Wieder nickte Blake. »Ich könnte mir auch vorstellen, dass er Vicky oder seinen Bruder mit hinnimmt – aber wie gesagt, ich wüsste nicht, warum sie diesen Doppelmord begehen sollten. Nein ... Mir gefällt dein Argument für Jonny Trent als Täter.«

Megan Maloney strahlte, und Tara begann, ihr Lächeln ärgerlich zu finden. Sie schaltete ihr Denken in den neutralen Modus zurück, bevor ihre Gefühle sie aus dem Konzept brachten. Es stimmte, dass auch sie sich vorstellen konnte, wie Jonny mit Luke becherte. Und dass der Galeriebesitzer ein Motiv haben könnte. Verdammt, es könnte sogar pure Eifersucht sein, denn Blakes Mutter hatte gesehen, wie er Freya bedrängte. Wahrscheinlich wünschte er sich, was Luke hatte. Übermächtige, lodernde Wut überkam sie. Vielleicht hatte er vorgehabt, Luke zu töten, dann Freya an dessen Stelle zu treffen und es bei ihr zu versuchen. Sie hatte sich gewehrt, ihn beleidigt, und er hatte ihr den Stein über den Schädel geschlagen, bevor er sie umbrachte. So könnte es gewesen sein ...

»Was ist mit der Art, wie Freya angegriffen wurde?«, fragte Megan. »Müssen wir uns die ansehen? Die Tatsache, dass ihr Mörder sie vor dem Erdrosseln bewusstlos geschlagen hat?« Es war, als hätte die Frau Taras Gedanken gelesen. »Es könnte darauf hinweisen, dass sich der Täter äußerlich von Luke Cope unterschied, deutlich genug, dass es sogar im Dunkeln zu erkennen war. In dem Fall musste er sie schnell überwältigen, bevor sie begriff, dass sie getäuscht wurde.«

Jonny Trent war vermutlich so groß wie Luke Cope, aber ziemlich rundlich, verglichen mit dem Künstler. Dennoch war Tara unsicher, ob Megans Hypothese richtig war. »Wenn Freya als Erste in dem Naturschutzgebiet war, wird sie sehr wachsam gewesen sein«, sagte sie. »Keiner steht spätabends an solch einem Ort herum und lässt seine Gedanken abschweifen. In der Stille nimmt man noch das kleinste Geräusch wahr. Folglich wird sie, als ihr Mörder oder ihre Mörderin gekommen ist, ganz auf ihn oder sie fokussiert gewesen sein.« Eine Frau könnte langes Haar unter einer Mütze oder einem Schal verborgen haben; es war ja sehr kalt gewesen. »Ich würde sagen, selbst ein Täter von der gleichen Statur wie Luke Cope hätte schnell handeln müssen. Freya wird in dem Moment, in dem die Person auf sie zukam, erkannt haben, dass es nicht ihr Geliebter war.«

Sie malte sich aus, was in der Frau vorgegangen sein mochte: Sie hatte für einen Moment angenommen, es handelte sich schlicht um einen Anwohner, der vor dem Schlafengehen frische Luft schnappte. Aber dann war die Person eilig direkt auf sie zugelaufen, und ihre Furcht setzte ein ...

Niemand reagierte auf ihre Worte, und wenig später ließ Blake das Team gehen. Tara fragte sich, ob alle dachten, sie würde aus purer Lust am Widerspruch Einwände vorbringen. Dabei war sie sich sicher, dass sie recht hatte. Und dass die anderen sie für kindisch halten könnten, weckte ihre Wut aufs Neue.

KAPITEL FÜNFUNDDREISSIG

Patrick Wilkins ging die St Andrew's Street im Stadtzentrum entlang zur Redaktion von *Not Now*. Es war beinahe Mittagszeit, und auf der Straße wimmelte es von Büroangestellten, die in die Sandwichläden eilten. Wann zur Hölle würde das Wetter endlich besser? Der feuchte Nebel ruinierte Patrick die Frisur.

Als er die Downing Street zur John Lewis überquerte, erkannte er jemanden. Meistens fand er Schwangere nicht attraktiv, aber DI Blakes Frau Babette war ungewöhnlich. Sie schaffte es, geil auszusehen. Patrick fragte sich, wann es so weit war – sie musste schon recht weit sein. Sie beugte sich hinunter, um mit einem kleinen Kind zu reden – ihre und Blakes Tochter, nahm Patrick an. Einzelne Strähnen ihres blonden Haars fielen nach vorn. Als sie sich wieder aufrichtete, ertappte sie Patrick dabei, wie er sie beobachtete, und lächelte, als sie ihn erkannte.

Aus ihrem freundlichen Gesichtsausdruck schloss Wilkins, dass Blake seine Suspendierung nicht erwähnt hatte. Es sei denn, Babette erinnerte sich nicht mehr, wer er war. Sie waren sich schon begegnet – letztes Jahr erst bei einem Umtrunk für die Mitarbeiter. Einen Moment lang ärgerte er sich, dass sie ihn vielleicht nicht zuordnen konnte, aber bei der Veranstaltung war viel los gewesen. Und es wäre gut, nett zu sein, wenn sie es so spielen wollte. Die Gelegenheit war zu günstig, um sie sich entgehen zu lassen – mit der schönen Frau des DI zu plaudern, Babette dem Babe.

»Mrs Blake.« Er trat vor und reichte ihr die Hand, während er sie und ihre Tochter anlächelte. Frauen mochten es, wenn man ihre Kinder miteinbezog – sie behandelte, als würden sie zählen. »Patrick Wilkins von der Cambridgeshire Constabulary.«

Er konnte seinen Dienstgrad nicht nennen, weil der unter dem ihres Mannes war.

»Natürlich, ich erinnere mich an Sie.«

Patrick fragte sich, ob es stimmte. *Oder war sie einfach geübt im Umgang mit Menschen?* Wahrscheinlich hatte sie keine Ahnung, ob er DS oder Chief Constable war.

»Und bitte«, ergänzte sie mit einem strahlenden Lächeln, »sagen Sie Babette.«

»Tja, es ist reizend, Sie wiederzusehen, Babette.« Er beugte sich zu dem kleinen Mädchen mit den hellbraunen Ringellocken. *Ekelhaft süß*, dachte Patrick. »Und wen haben wir hier?«

Das Mädchen – das irgendwas zwischen fünf und acht Jahre alt sein musste, das konnte Patrick nicht sagen – klammerte sich an den Kamelhaarmantel seiner Mutter und versteckte sich halb hinter ihr. *Gott, er hasste es, wenn Kinder das machten! Was dachten die denn? Dass er eine Art Kinderschänder war? Sah er gefährlich aus?*

Doch Babette lachte. »Sie ist schüchtern. Das ist Kitty, Garstins und meine Tochter.«

Garstin. Patrick vergaß oft, dass sein DI solch einen lächerlichen Vornamen hatte. Von den meisten Menschen ließ er sich Blake nennen – wenn nicht »Chef« oder »Sir«. Und Wilkins verstand auch, warum. Welche Mutter gab einem Kind solch einen Namen?

Er war versucht, es aufzugeben, hatte jedoch das Gefühl, er sollte jetzt weitermachen, selbst wenn er das Kind nicht überzeugen könnte, dass er in Ordnung war. Als beugte er sich noch ein wenig tiefer, gab sich richtig Mühe und lächelte der Kleinen zu. »Hallo, Kitty, freut mich sehr.«

Das Mädchen lockerte den Griff am Mantel nur ein wenig, und etwas mehr von dem Gesicht war zu sehen. Patrick rang nach einer Idee, was er sagen könnte, da fiel sein Blick wieder auf Babettes Babybauch.

»Du freust dich sicher schon sehr, dass du bald einen kleinen Bruder oder eine kleine Schwester bekommst«, sagte er.

Es schien die richtige Taktik gewesen zu sein. Nun lächelte das Mädchen verhalten und nickte. »Mummy sagt, es kommt rechtzeitig zum Sommer.«

Er schämte sich dafür, wie froh er war, dass Blakes Tochter ihn akzeptierte. *Erbärmlich. Warum redete er überhaupt mit ihnen?*

»Das ist sehr aufregend«, sagte er lahm.

Das kleine Mädchen nickte, dass die Ringellocken wippten. »Ja, und Daddy war ganz aufgeregt, als wir es ihm erzählt haben. Das war eine große Überraschung.«

Babette lachte. »Ja, es war eine wunderbare Überraschung für uns alle!« Sie wuschelte ihrer Tochter durchs Haar. »Jetzt komm, Süße. Wir müssen zu John Lewis und ein paar Babysachen besorgen.« Sie sah zu Patrick. »Sie konnte heute nicht zur Schule. Es ist nur eine Erkältung, aber wir sollten uns beeilen, damit sie wieder nach Hause kommt. Bei diesem Wetter draußen zu sein, ist sicher nicht so gut.«

Das Kind sah nicht sehr krank aus. Patricks Mutter hatte ihn nie aus dem Haus gelassen, wenn er in der Schule krankgemeldet war.

Als sie gingen, marschierte er weiter zur Redaktion und

spielte den letzten Teil der Unterhaltung noch einmal in Gedanken durch. »*Eine wunderbare Überraschung*« ... *sehr interessant.* Natürlich vergrößerten sich Familien dauernd per Zufall. Patrick selbst hatte über die Jahre mitbekommen, dass er ebenfalls das Ergebnis einer ungeplanten Schwangerschaft war – das jüngste von fünf Kindern. Und Babette hatte ganz klar versucht, ihre Situation ähnlich darzustellen.

Was nicht erklärte, warum sie und Kitty gemeinsam Blake die Neuigkeit mitteilten. *Daddy war ganz aufgeregt, als wir es ihm erzählt haben. Das war eine große Überraschung.* Welche Frau erzählte ihrem Kind von einer Schwangerschaft, bevor sie es dem Vater sagte? Vorausgesetzt Blake war der Vater. Blake musste es aus irgendeinem Grund zurückgehalten haben. Wenn er hinter die Wahrheit kam, könnte es sich für ihn lohnen ...

Er war so tief in Gedanken, dass er beinahe am Eingang der Redaktion zwischen zwei Läden in der St Andrew's Street vorbeilief.

Als er die Treppe in den ersten Stock hinaufging und klingelte, war er noch froher als ohnehin schon, wie sich dieser Tag entwickelte.

Fünf Minuten später saß er in Giles Troys Büro und hatte einen fettarmen Latte vor sich stehen.

Giles zog eine Augenbraue hoch. »Wie hast du dich entschieden?«

Patrick nahm einen Schluck von dem Kaffee und fühlte sich so gut wie seit Wochen nicht mehr. »Für eine neue Karriere. Und ich nehme deinen Vorschlag gerne an.«

Ein träges Lächeln trat auf Giles' Züge. »Hervorragend. Ich bin entzückt, dass ich dein erster Kunde sein werde.« Er erhob seine Kaffeetasse. »Auf dass Tara Thorpes Leben so richtig ungemütlich wird.«

»Amen.« Auch Wilkins hob sein Getränk an.

Tara stand am Kaffeeautomaten im Büro für ihren Wachmacher nach dem Mittagessen an, als die Textnachricht von Matt kam, ihrem alten Kollegen bei *Not Now*. Er war der Einzige dort, zu dem sie Kontakt hielt. Früher hatten sie immer mal wieder an langen Pubabenden Dampf über ihren Chef, Giles Troy, abgelassen.

> *Wie geht's? Dieser Polizist, der den ganzen Ärger verursacht hat, geht hier ein und aus, als wäre es neuerdings sein zweites Zuhause. Ich wollte dich nur warnen, falls etwas im Busch ist. Er hat eben mit Giles das Gebäude verlassen. Der Chef sagte was von einem Grund zum Feiern.*

Was zur Hölle hatte Wilkins vor? Die Nachricht war mehr als ominös.

Vor lauter Grübeln bemerkte sie nicht, dass sie an der Reihe war, bis Max, der hinter ihr stand, ihren Ellbogen anstupste.

Als er ihr Gesicht sah, legte er eine Hand auf ihre Schulter. »Alles in Ordnung?«

Sie drehte das Handy so, dass er Matts Nachricht sah. Max runzelte die Stirn und schüttelte den Kopf.

»Wilkins ist ein riesiger Unruhestifter«, sagte Tara, »der es hasst, wenn andere ihn klein wirken lassen.« Sie schnitt eine Grimasse. »Und das habe ich zweifellos getan – mit Kemps Hilfe. Was Giles angeht, hält sich sein Groll gegen mich, bis er im Grab liegt. Oder ich. Ich habe das Gefühl, dass ich der gemeinsame Nenner bin, und was immer die planen, ich werde im Mittelpunkt stehen. Aber ich könnte nicht die Einzige sein, die leidet.«

Als Shona Kennedy kurz vor Weihnachten den giftsprühenden Artikel über Tara schrieb, hatte es ein schlechtes Licht

auf das ganze Team geworfen – und Blake darüber hinaus wie
einen untreuen Schürzenjäger aussehen lassen.

Max drückte ihre Schulter lächelnd, ehe er die Hand
zurückzog. »Typen wie die kann man nicht aufhalten«, sagte er,
»und es gibt sie wie Sand am Meer. So etwas passiert dauernd.
Die Polizei hat breite Schultern und schützt ihre Leute. Sollte
irgendetwas geschehen, wird damit genauso ruhig verfahren
wie letztes Mal. Und ein halbes Jahr später ist alles vergessen.«

So ganz glaubte sie ihm nicht, war aber dankbar für seinen
Versuch, sie zu beruhigen. Bedachte man, was das Leben ihm
schon zugemutet hatte, war bewundernswert, wie gelassen und
geerdet er war. Tara holte tief Luft.

»Danke.« Es schien nicht angemessen, doch als sich ihre
Blicke begegnet, wusste sie, dass er die Botschaft vernommen
hatte und verstand, wie ernst sie es meinte.

Sie zapfte ihren Kaffee und machte sich auf den Weg
zurück an ihren Schreibtisch. Auf halbem Weg durch den Flur
bemerkte sie Megan. Anstatt in den Teamraum zurückzukehren, steuerte die DS auf den Haupteingang zu und bedeutete
Tara, ihr zu folgen. Tara trank rasch einen Schluck von dem
heißen schwarzen Kaffee, bevor er überschwappte, und ging
hinterher.

Als sie beide vorn standen, öffnete Megan den Mund und
schloss ihn wieder. Sie sah nicht froh aus.

»Stimmt etwas nicht?«, fragte Tara. Sie glaubte nicht, dass
sie irgendwie feindselig klang.

Megan sah sie direkt an. »Wir müssen nur vorsichtig mit
Max' Gefühlen sein, sonst nichts. Er arbeitet für mich, und ich
passe auf ihn auf.« Bei ihr klang es wie eine Drohung.

Okayyy. Also hatte Tara recht gehabt, als sie eine Verbindung zwischen Megan und ihrem Kollegen gespürt hatte –
auch wenn die vielleicht hauptsächlich von Megan ausging.
Und vermutlich hatte sie Tara und Max am Kaffeeautomaten
gesehen und reagierte komplett übertrieben.

»Kein Problem«, sagte Tara. »Ich stimme dir zu. Max ist der beste Freund, den ich hier habe – und ich würde niemals sein Wohlergehen gefährden wollen.«

Sie drehte sich um und ging zurück zu ihrem Schreibtisch. Dem Himmel sei Dank, dass sie schon einiges von ihrem Kaffee getrunken hatte. Es hätte ihre Würde doch arg angekratzt, würde sie den hier überall verkleckern.

KAPITEL SECHSUNDDREISSIG

Professor Antonia Blake sorgte sich nicht, dass Jonny Trent sie wiedererkannte: Es war Monate her, seit sie seine Galerie besucht hatte, und da hatte die gesamte Aufmerksamkeit des Widerlings sowieso Freya Cross gegolten. Doch sicherheitshalber beschloss sie, die geometrisch gemusterte Tunika in Türkis und Dunkelblau, die sie über einer dicken Strumpfhose und Stiefeln trug, gegen die langweiligste Rock-Pullover-Kombi einzutauschen, die sie besaß – was ganz und gar nicht ihrem Stil entsprach. Nach kurzem Zögern ergänzte sie noch eine Perlenkette, die sie von ihrer Großmutter geerbt hatte. Betucht, aber keine Ahnung von Kunst, dieses Image wollte sie vermitteln.

Eine Stunde später stellte sie im Foyer der Galerie fest, dass die Mühe vergebens gewesen war. Antonia bezweifelte, dass Jonny Trent sich mit Frauen auskannte und die reichen, aber möglicherweise unbedarften von potenziellen Expertinnen auf dem Gebiet unterscheiden konnte. Sie schätzte, dass er in primitiveren Kategorien dachte: Frauen, die er sexuell attraktiv fand, und solche, die es für ihn nicht waren. Als er sie nach drinnen bat, hielt er einen Arm hinter ihren Schultern, nahe, ohne sie zu berühren, um sie in die richtige Richtung zu lenken. Als würde sie nicht allein vom Parkplatz ins Gebäude finden. *Bevormundend* und *Triebtäter*. Innerlich kochte sie.

In der Diele kam eine gut, aber fantasielos gekleidete junge Frau auf sie zu, begleitet von einem Mann mit schütterem grauem Haar in Jeans und Oberhemd. Antonia erkannte die Frau von ihrem vorherigen Besuch wieder.

»Guten Morgen«, sagte die Frau freundlich lächelnd zu Antonia, ehe sie sich dem Galeriebesitzer zuwandte. »Mr Fisk würde jetzt gern die hintere Galerie sehen, Jonny.«

Trent strahlte. »Exzellent. Exzellent.« Er drehte sich zu Antonia um. »In dem Fall überlasse ich Sie den fähigen Händen meiner Managerin Monique Courville. Bitte, Mr Fisk«, sagte er zu dem anderen Besucher, »folgen Sie mir.« Er begann zu gehen, wobei er Antonia über die Schulter zulächelte. Sie dachte an den Auftrag ihres Sohns, zu dem gehörte, dass sie diesen schrecklichen Mann an der Nase herumführte, und erwiderte das Lächeln. Es war die Art fixiertes Grinsen, das sie sonst für das Einschleimen bei den richtigen Autoritäten an ihrer Fakultät reservierte. Und nun winkte Trent. »Ich hoffe, Sie folgen uns auch nach hinten, wenn Sie hier fertig sind«, sagte er. »Die hintere Galerie ist mir eine Herzensangelegenheit. Ich würde sie Ihnen gern zeigen.«

»Das wäre wundervoll«, antwortete sie und unterdrückte ein Erschaudern.

Monique Courville trat vor und gab sich sehr freundlich. Es war definitiv gekünstelt, aber nicht schlecht. Immerhin betrieben sie hier ein Geschäft, und es gab für keinen der beiden einen Grund, ehrlich erfreut zu sein, mit ihr zu tun zu haben.

»Scheuen Sie sich nicht, mich alles zu fragen, was Sie möchten«, sagte Monique. »Wir haben Informationsblätter mit Einzelheiten zu den Arbeiten, aber ich kann Ihnen mehr über die Künstler erzählen, welche von ihnen private Aufträge annehmen und Ähnliches.«

Antonia nickte und versuchte, unentschlossen zu wirken. Die ausgestellten Arbeiten waren in Ordnung – aber nichts, für das sie Geld auszugeben versucht wäre, selbst wenn sie es hätte. Trotzdem schaute sie sich ein Bild nach dem anderen aufmerksam an und stellte ein paar Fragen. Monique begleitete sie zu dem zweiten Raum, in dem sie dasselbe Muster wiederholten.

Antonia fiel nichts Ungewöhnliches auf – außer vielleicht, dass es ein sehr großes Gebäude war, das sie hier unterhalten mussten, und bei ihnen keine Arbeiten hingen, die viel Geld einbringen könnten.

»Jetzt nehme ich gern Mr Trents Angebot an, mir die hintere Galerie anzusehen«, sagte Antonia zu Monique.

Das Lächeln der Frau schwächelte kaum merklich, doch sie korrigierte es unverzüglich wieder. »Selbstverständlich.«

Antonia vermutete, dass Courville eine Provision für jedes Bild aus den Haupträumen bekam, das sie verkaufte, aber zweifellos nicht für solche aus Jonny Trents »Herzensangelegenheit«.

Der Raum hinten im Haus war eine Offenbarung. Er fühlte sich recht weit weg vom Rest der Galerie an – man musste durch zwei Türen gehen, um hin zu kommen, auch wenn sie mit Holzkeilen halb offen gehalten wurden. Es gab dem Besucher das Gefühl, er würde einen etwas geheimeren Raum betreten. Das Innere der hinteren Galerie erinnerte Antonia an einen Pariser Flohmarkt. Hier waren Unmengen Werk, manche hingen an den dunkelroten Wänden, angeleuchtet von sanften Strahlern, und noch viel mehr standen in Aufstellern. Selbst Antonia, die eine alte Zynikerin war, fühlte sich von ihnen angezogen. Sie bargen das Versprechen, ein Schnäppchen oder unentdeckten Schatz zu finden. Sie wäre hier von einer krib-

belnden Vorfreude erfüllt, über einen neuen Künstler zu stol-
pern, den das Establishment bisher nicht wahrgenommen hatte.

Als sie den Raum betrat, lächelte sie Jonny Trent zu. Er
erwiderte es, und gleich fröstelte sie wieder. *Was tat man nicht
alles für seine Kinder!*

Wie sie erwartet hatte, war Trent noch mit seinem anderen
Besucher beschäftigt. Der Mann mit dem schütteren Haar
betrachtete eines der Bilder in dem Aufsteller und nagte an
seiner Unterlippe.

Offensichtlich unentschlossen. Sie konnte ihm seine Qual
ansehen und fragte sich, was er entdeckt hatte. Schließlich
schaute er wieder zu dem Galeriebesitzer. »Ich überlege es
mir.«

Trents breites Lächeln hatte etwas von einem Frosch, fand
Antonia.

»Unbedingt«, sagte er. »Wie gesagt, ich hatte so oder so
nicht vor, es heute zu verkaufen. Lieber möchte ich einen unab-
hängigen Experten mal draufsehen lassen, bevor ich es
weggebe. Ob Sie es glauben oder nicht, ich gehöre zu den
Menschen, die nach Gefühl kaufen. Ich bin nicht offiziell
geschult darin, den Wert dessen zu schätzen, was wir verkaufen. Meine Galeriemanagerin kennt sich natürlich aus – einer
von uns muss es ja. Für mich ist es eine persönliche Leidenschaft. Dies ist mein kleiner Fund, mein Glücksspiel. Ich glaube
nicht, dass es so viel wert ist, wie ich hoffe, aber das Kaufen ist
meine Form von Wette. Manche setzen auf Rennen, ich auf
Kunst. Man kann nie wissen, vielleicht mache ich eines Tages
das große Geld! Wenn Sie in der Zeitung lesen, dass ich das da
für Millionen verkauft habe, wissen Sie, dass ich es endlich
richtig hinbekommen habe.«

Der Mann in der Jeans war bereits zurückgetreten, schaute
jetzt jedoch erneut zu dem Bild. Und nagte abermals an seiner
Unterlippe.

Antonia versuchte, einen Blick auf die Arbeit zu werfen,

über die sie sprachen, ohne näher heranzutreten. Wenn sie Interesse zeigte, würde der potenzielle Käufer gewiss endgültig einknicken. Und was für ein Spiel Jonny Trent auch immer hier treiben mochte, sie wollte ihm nicht dabei helfen.

Wenig später drehte der Mann sich um und verließ den Raum. Antonia ließ Trent ihren interessierten Blick bemerken und ging dann hinüber zu der Stelle, an der sein anderer Besucher gestanden hatte. Es fiel ihr schwer, ihre Miene zu kontrollieren, als sie auf die Leinwand blickte. Sie fuhr sich mit der Zunge über die Lippen und sah nur ganz kurz zu Trent.

»Ich mag es sehr«, sagte Trent. Einen Moment lang schweifte sein Blick von ihr ab. »Ich glaube keineswegs, dass es ein echter Glücksfund ist, aber das sollte ich nächste Woche wissen.«

»Also verkaufen Sie es jetzt noch nicht?«

Der Galeriebesitzer zuckte mit den runden Schultern. »Ich habe den Preis ziemlich hoch angesetzt. Sollte jemand ernsthaft auf Risiko gehen wollen, gebe ich es eventuell her. Ich könnte mich ja auch irren.« Er lachte leise. »Obwohl ich mich treten würde, wenn Sie es mir abnehmen und sich herausstellt, dass ich endlich mal auf einen Sieger gesetzt hatte. Nein, ich sollte es wohl vorerst behalten.«

»Aber der Spatz in der Hand ist besser als die Taube auf dem Dach?«, fragte Antonia. »Sie hätten ein gutes Geschäft gemacht, würde es sich als Kopie oder etwas von einem Bewunderer Gemaltes entpuppen.«

Wieder zuckte er mit den Schultern. »Ja, das stimmt wohl ... Ich wollte es heute nicht einmal hier ausstellen. Ein Angestellter hat mir geholfen, Sachen umzulagern, und da ist es zwischen die anderen Arbeiten geraten.«

»Dann ist es womöglich Schicksal«, sagte Antonia. Es war eine gute Fälschung. Keine Signatur. Basierend auf einem von Picassos weniger bekannten Bildern – aus der Sammlung, die sein Elektriker aus der Garage mitgenommen hatte. Der Mann war des Diebstahls angeklagt worden, als die Werke 2015 gefunden wurden. Der Fund wurde auf einen Wert von achtundneunzig Millionen Dollar geschätzt. Antonia bewegte die Leinwand vorsichtig, um die Rückseite zu sehen. Rostige Nägel – fraglos künstlich gealtert und ein netter Zug. Ein fleckiger Aufkleber von einem Ausstellungsdatum in Paris, sogar mit einer altmodischen mechanischen Schreibmaschine getippt. Ihr stockte der Atem angesichts solch einer Verschlagenheit. Wieder sah sie den Galeristen an. Trent hatte ihr Atemstocken offensichtlich als Aufregung gedeutet, nicht als Empörung.

»Ich sollte es wirklich nicht hergeben«, sagte er und trat vor. »Was, wenn es doch echt ist?«

»Wie viel verlangen Sie dafür?«

»Es steht eigentlich nicht zum Verkauf.«

Antonia war versucht, mit ihm zu spielen und wegzugehen, wie der andere Kunde. Aber sie wollte wissen, was als Nächstes passierte.

»Für wie viel würden Sie es jetzt hergeben? Ich verstehe auch nichts von Kunst.« *Du wirst dir noch wünschen, ich täte es nicht!* »Aber es sieht interessant aus, und ich mag ebenfalls hin und wieder ein Glücksspiel. Das wäre es, denn hier ist keine Signatur.«

Und selbst wenn, war die Kunstwelt inhärent zwielichtig. Von Picasso wusste man, dass er ein Gemälde signiert hatte, das nicht von ihm war, um einem befreundeten Galeriebesitzer zu helfen, dessen wohlhabende Kundin glaubte, sie würde für einen echten Picasso bezahlen.

»Stimmt ...« Kaum hatte Trent es ausgesprochen, runzelte er die Stirn. Antonia sah, dass sein Blick ganz kurz zu ihren Perlen gewandert war – echte, keine Kulturperlen. »Aber da es für mich ein Glücksspiel wäre, könnte ich es wohl nicht für weniger als achtzehntausend Pfund hergeben.«

Antonia musste vornehmer aussehen, als ihr bewusst war.

Wüsste Jonny Trent doch, dass sie von einem Professorengehalt lebte! Sie konnte sich ein Auflachen verkneifen.

»Das ist eine Menge Geld.«

Trent nickte. »Ja. Und ich würde Ihnen nicht verübeln, wenn Sie gehen. Aber ich glaube, ich wäre ein Narr, es für weniger herzugeben.«

Schließlich nickte Antonia. »Ich habe das Gefühl, dass ich es bereuen werde, aber so etwas habe ich noch nie getan, und was ist das Leben, wenn man nie ein Risiko eingeht?«

Trent lächelte mit exakt der richtigen Dosis Zögern. »Wenn Sie sicher sind.«

Sie nickte.

»Dann kommen Sie bitte mit durch in mein Büro, damit wir die Formalitäten erledigen können.«

Für die interessierte Antonia sich ganz besonders. Für das Kassenbuch, das Trent hervornahm und in dem er das Gemälde mit »Künstler unbestätigt. Nach Art von Pablo Picasso« eintrug. *Sehr sauber.* Ihr fiel auf, dass das Kassenbuch neu war. Handelte es sich um das Einzige hier, oder gab es noch eines, in dem die legalen Verkäufe verzeichnet wurden? Hielt er diesen kleinen Nebenerwerb vor seiner Galeriemanagerin geheim? Und hatte die vorherige Managerin die Wahrheit herausgefunden?

Antonia neigte nicht zur Ängstlichkeit. Sie war im Laufe der Jahre mit so manchem fertig geworden. Ihr Ehemann war vor der Trennung gewalttätig geworden, und ihre Ansichten trugen ihr endlosen Hass von diversen männlichen Kollegen und Kritikern ein. Aber dies war etwas anderes. Trent beging hier einen Betrug im großen Stil und hatte eine Menge zu verlieren. Und er hatte ihr keine Lügen aufgetischt. Vielmehr verließ er sich auf Selbsttäuschung und schlaue Psychologie. Wenn er für solche Sachen bekannt war, landete er vielleicht nicht im Gefängnis, aber es würde ohne Zweifel bedeuten, dass er aus dem Geschäft wäre. Doch wahrscheinlich war es den

Menschen, die er reingelegt hatte, zu peinlich, um zurückzukommen und zuzugeben, wie leicht sie zu betrügen gewesen waren. Noch dazu konnten sie unmöglich beweisen, dass Trent ihnen die Werke nicht im guten Glauben verkauft hatte.

»Ich stelle Ihnen einen Scheck aus, einverstanden?«, fragte sie. Sie könnte direkt zu ihrer Bank gehen und den sperren lassen, aber sie rechnete ohnedies nicht damit, dass er solch eine Zahlung akzeptierte.

»Oh, ich fürchte, ich brauche eine Banküberweisung«, antwortete er. »Die können Sie jetzt gleich machen.«

Sie holte tief Luft. »Sie wissen doch, was dann passiert, oder? Ich bekomme einen von diesen furchtbaren Prüfanrufen, die sie machen, und dann kann ich mich nicht an meine ›Sicherheitsfrage‹ erinnern.« Sie seufzte verdrossen. »Wenn ich Ihnen jetzt einen Scheck über eine Anzahlung ausstelle und das Bild bei Ihnen lasse, können Sie mir dann bitte versprechen, dass Sie es an niemanden anders verkaufen? Ich fahre inzwischen zu meiner Bank im Dorf und lasse die alles regeln.«

»Natürlich«, sagte Trent und lächelte, als Antonia einen Scheck über tausend Pfund ausstellte.

Auch sie konnte täuschen.

Nachdem sie gegangen war, machte Antonia zwei Anrufe. Der erste war bei ihrer Bank, um den Scheck zu sperren. Der zweite war bei Garstin, dem sie erzählte, dass er vielleicht direkt mit einiger Verstärkung und einem Durchsuchungsbeschluss zur Galerie fahren sollte, falls das Bild auf mysteriöse Weise hinter den Kulissen verschwinden sollte, sobald sie außer Sicht war.

KAPITEL SIEBENUNDDREISSIG

Tara fühlte sich ausgeschlossen. Blake und Megan waren in einem Verhörraum mit Jonny Trent, während Max den Auftrag hatte, Kunstexperten und andere Fachleute zu begleiten, die sich Jonny Trents Galerie und die Geschäftsunterlagen ansahen.

Ihr Auftrag lautete, noch einmal mit Vicky Cope zu reden, Matthews und Lukes Halbschwester, die Lukes Haus erben würde. Es fühlte sich an, als hätte man ihr eine offene Frage zugeworfen, damit sie etwas zu tun hatte, während die anderen an den wichtigen Sachen arbeiteten. Sie hatte nicht vor, deswegen auf Primadonna zu machen – der Job musste erledigt werden –, dennoch ärgerte es sie.

Sie rief in Vicky Copes Patentkanzlei an und bat, zu ihr durchgestellt zu werden.

Die Frau klang angespannt. »Tatsächlich habe ich eben ein Treffen mit meinem Halbbruder Matthew verabredet«, sagte sie. »Und ich muss danach gleich wieder her, weil ein Umtrunk mit Mandanten aus Übersee ansteht.«

Tara würde sich nicht davon abhalten lassen, die eine Aufgabe zu erledigen, die ihr zugeteilt wurde. »Wo treffen Sie

Matthew? Vielleicht könnte ich Sie direkt danach sprechen. Ich könnte mit Ihnen zurück zur Kanzlei gehen, sodass wir uns unterwegs unterhalten.« Ihr war bewusst, dass sie aufdringlich klang, aber hier ging es um eine Mordermittlung, auch wenn Jonny Trent der wahrscheinlichste Kandidat zu sein schien.

Für einen Moment herrschte Stille am anderen Ende, dann atmete Vicky tief ein. »Ach, na gut. Ich bin auf einen Kaffee im Café Foy am Fluss mit Matthew verabredet.«

»Fantastisch, vielen Dank! Sagen Sie mir einfach, wann ich da sein soll, dann treffe ich Sie dort.«

»Okay.« Noch ein Seufzer. »Wir haben uns ewig nicht gesehen, aber ich denke nicht, dass es lange dauert. Geben Sie mir eine Stunde.«

Tara war froh, dass sie mit dem Rad zur Arbeit gekommen war; so konnte sie innerhalb von Minuten drüben am Fluss sein. Sie blieb im Büro und beendete den Bericht über ihren Besuch bei Jonny Trent – der, von seinem Kauf des Gemäldes von Luke Trent bis hin zu Moniques Provisionen, inzwischen wie Schnee von gestern wirkte. Danach tippte sie alles über ihr letztes Gespräch mit Professor Cross ein, aber da war auch nichts, was sie interessant fand. *Eine Stunde ...* Tara fragte sich, wie lange Vicky Cope wirklich mit ihrem Bruder reden würde und was sie besprachen. Nicht viel, ging man von dem aus, was Ms Cope gesagt hatte. Und es war nicht verwunderlich. *Tut mir so leid, dass dein Bruder tot ist, und auch noch ermordet, wie es scheint. Aber reden wir mal über das Haus, das ich erbe ...* Nein, das würde sie wahrscheinlich nicht gleich ansprechen. Sie würde das Eis brechen und Mitleid ausdrücken wollen, bevor Lukes Beerdigung anstand.

Plötzlich wusste Tara, dass sie nicht bis zur verabredeten Zeit warten würde. Auch wenn sie Matthew Cope und seine Halbschwester nur einen Moment lang beobachten könnte, bevor die beiden sie entdeckten, war sie doch zu neugierig, um die Gelegenheit zu verpassen. Ihr fiel kein Grund ein, weshalb einer von ihnen Freyas Tod gewollt haben könnte, doch wenn sie es genauer bedachte, konnte sie es auch nicht ausschließen. Es wäre, als würde sie eine Arbeit auf der Hälfte abbrechen.

Sie schaltete ihren Computer aus, holte sich ihren Wollmantel und knöpfte ihn bis oben zu, um sich gegen den Nebel zu wappnen. Der war nahe am Fluss gerne mal übler.

Fünf Minuten später hatte sie ihr Fahrrad am Geländer an der Quayside angeschlossen, in Sicht der hohen Bürogebäude mit den Bistros und Restaurants unten. Auf der anderen Seite des Flusses ragten die dunklen Umrisse des Magdalene College aus dem Nebel auf. Alles andere, was mehr als wenige Schritte entfernt war, blieb unscharf. Dunkle Schemen wurden nach und nach zu Menschen, die mit eingezogenen Schultern über die Promenade gingen.

Sie näherte sich vorsichtig dem Café Foy und spähte seitlich durch das Fenster.

Es dauerte einen Moment, bis sie Matthew Cope entdeckte. Seine sehr gerade Haltung war Tara inzwischen vertraut, und sogar aus einiger Entfernung sah sie, wie angespannt seine Schultern waren. Er blickte über den Tisch zu einer Frau, die Vicky sein musste. Sie saß mit dem Rücken zu Tara, und auch sie wirkte alles andere als locker. Ihr Oberkörper war vorgebeugt, während Matthew redete – also war ihnen der Gesprächsstoff noch nicht ausgegangen. Matthew hielt seine Tasse in einer Hand, hatte aber offenbar vergessen zu trinken. Tara wartete einige Minuten und beobachtete Matthew, bis sie bezahlten.

Einen Augenblick später kamen sie aus dem Café. Cope sah Tara und zog die Brauen hoch, bevor er sich zu Vicky wandte. Es gab eine kurze Diskussion. Tara vermutete, dass seine Halbschwester ihm nichts von dem Treffen erzählt hatte. Es gab auch keinen Grund dafür, denn sie hatte nicht geplant, dass sich Tara und Matthew begegneten. Doch Tara war zehn Minuten zu früh und überraschte sie beide. Hier kam eine alte

Journalistentaktik von ihr ins Spiel. Es lohnte sich oft, die Pläne anderer zu durchkreuzen, wollte man sie aufscheuchen.

»Tut mir leid«, sagte sie und ging auf die beiden zu. »Ich bin ein bisschen früh.«

Vicky sah verärgert aus. Wahrscheinlich hatte sie versucht, das Geschäft von der Ermittlung weg zu lenken. Nun stieß sie einen genervten Seufzer aus, was allmählich typisch für sie wurde, und zog eine Schachtel Marlboro Lights aus ihrer Manteltasche.

»Entschuldige«, sagte sie zu Matthew. »Macht es dir etwas aus? Möchtest du auch eine?«

Ihr Halbbruder schüttelte den Kopf. »Nein, danke, ich rauche nicht, aber mach nur. Das Ganze stresst uns alle.« Er sah zu Tara, während er sprach. »Ich sollte besser gehen. Dann könnt ihr beide euch in Ruhe *unterhalten*.«

Er klang irritiert, dabei müsste er sich denken können, dass die Polizei mit jedem sprechen wollte.

Vicky Cope steckte das Feuerzeug wieder ein, mit dem sie ihre Zigarette angezündet hatte, und drehte sich zu ihm. »Ich habe das ernst gemeint, was ich gesagt habe. Wegen der Bilder.«

Er blickte sie an und schüttelte den Kopf. »Du darfst gerne so viele haben, wie du möchtest. Und ich will auf keinen Fall Geld dafür. Nach dem, was passiert ist, kann ich mir sowieso nicht vorstellen, dass ich sie bei mir aufhängen will.«

Vicky betrachtete ihn nachdenklich. »Das ist verrückt. Dass du sie nicht willst, macht sie nicht automatisch wertlos. Ich erkundige mich mal.« Mit der freien Hand zog sie ein Mobiltelefon hervor und fing an, ihre PIN einzutippen.

Doch Matthew hielt seine Hand über ihre, um sie zu unterbrechen. »Na gut, du hast gewonnen. Die großen werden für ungefähr vierhundert das Stück gehandelt. Wenn die Polizei in dem Haus fertig ist, kannst du kommen und dir eines aussuchen.«

Vicky schob ihr Telefon zurück in die Tasche und nickte. »Danke, das mache ich.«

»Dann bis bald.« Er klopfte Vicky kurz auf die Schulter, nickte Tara misstrauisch zu und ging in Richtung Innenstadt. Bald war er im Nebel verschwunden.

Die Frau nahm einen tiefen Zug von ihrer Zigarette, deren Qualm sich mit den Wassertropfen in der Luft vermischte. »Mist.«

»Ein schwieriges Treffen?«

Vicky verdrehte die Augen gen Himmel. »Linkisch, zumindest meinerseits. Ich habe solche Gewissensbisse, weil ich jetzt die Kanzlei *und* das Stadthaus habe. Wie muss er sich fühlen, da draußen in dem komischen Haus am Stadtrand festzusitzen? Es ist ein riesiger Kasten, aber sehr baufällig, soweit ich mich entsinne. Ich bin nur einmal dort gewesen. Und es ist eine raue Gegend.«

»Haben Sie deshalb angeboten, eines von Lukes Gemälden zu kaufen?«

»Na super! Wenn es für Sie so offensichtlich ist, war es das für ihn sicher auch. Und vierhundert Pfund werden wohl kaum helfen.«

»Aber das Haus in der Trumpington Road war nun einmal zuerst *Ihr* Elternhaus. Und Matthews hatte den Eltern seiner Mutter gehört, wenn ich mich richtig erinnere.«

»Stimmt ... doch ich habe auch die Kanzlei.« Sie sah unter ihrem dichten dunklen Pony hervor zu Tara auf. »Und die ist eine Menge wert. Patentrechtskanzleien machen in Cambridge ein gutes Geschäft. Hier scheinen den Leuten schon vor dem Frühstück drei Erfindungen einzufallen.« Wieder verdrehte sie die Augen.

»Hat Ihr Vater jemals erklärt, warum er sein Testament so abgefasst hat?«

Vicky verneinte. »Ich nehme an, dazu hatte er schlicht

keine Gelegenheit mehr. Er ist relativ jung gestorben, haben Sie das gewusst? Infolge eines Treppensturzes.«

Tara nickte.

»Meiner Mutter hatte er nur gesagt, was er getan hatte. Und natürlich schien es nicht so ungerecht, als jeder von uns etwas hatte. Obwohl ich immer das Gefühl hatte, dass Matthew den Kürzeren gezogen hat.«

»Und Sie können sich nicht denken, warum Ihr Vater alles so aufgeteilt hat und die Häuser der Söhne zunächst in treuhänderischer Verwaltung lassen wollte? Wie ich es verstehe, bekommen Sie Lukes Haus jetzt sofort, richtig?«

Vicky Cope schloss kurz die Augen, zog wieder an ihrer Zigarette und öffnete sie wieder. »Na ja, mein Eindruck war, dass ich mich in der Schule und an der Uni ein bisschen besser gemacht hatte. Ich frage mich, ob ich deshalb die Kanzlei bekommen habe.« Sie lachte auf. »Auf jeden Fall ist es das einzige Vermächtnis, das harte Arbeit verlangt. Und Lukes künstlerisches Talent war offensichtlich, als er noch ein Teenager war, also vermute ich, unser Vater wollte ihn nicht zu einem Büroleben verdammen.«

Was nicht erklärte, warum Matthew keine Chance bekommen hatte.

»Hat Ihnen Ihr Elternhaus gefehlt?«

»Ja, hat es, auch wenn es mehr mein Bild von ihm war, nach dem ich mich sehnte, weniger die Realität. Das ist mir jetzt bewusst. Mein Vater hat meine Mutter unglücklich gemacht – ich vermisste also keine idyllische Vergangenheit. Nach unserem Auszug haben Mum und ich das Haus nie wieder betreten. Ich war natürlich auf der Beerdigung meines Vaters, aber wir sind hinterher nicht mit zum Leichenschmaus gegangen. Meine Mutter wollte nicht, und ich wollte sie nicht allein lassen.«

Tara nickte. »Wie alt waren Sie da?«

»Vierundzwanzig. Die Jungs – Matthew und Luke – waren

zwanzig und achtzehn. Als Teenager war ich dauernd in Cambridge. Meine Mutter war nach der Trennung mit mir nach Suffolk gezogen, aber ich war häufig hier, um einzukaufen und Freunde zu treffen.« Sie seufzte. »Da bin ich manchmal dort vorbeigegangen und habe das Haus von außen angesehen. Ich denke, weil ich nie wieder da war, barg es für mich eine gewisse Faszination. Hin und wieder sah ich eine Bewegung hinter einem der Fenster. Einmal war Luke rausgekommen, rauchend, und ich hörte seine Mutter mit ihm schimpfen.«

»Gehen Sie noch manchmal vorbei, um es sich anzusehen?« Tara fragte sich, ob Vicky von Lukes Mühle wissen könnte. Falls sie vor dem Haus gewesen und ihm gefolgt war, als er hinfuhr, war es nicht ausgeschlossen.

»Du meine Güte, nein! Diesen Spleen habe ich zusammen mit der Akne und den falschen festen Freunden aufgegeben.« Sie lachte, aber Tara dachte nach. Es klang sehr gewollt, und wenn jemand während der Kindheit zwanghaft ein Haus ausspionierte, war man dann nicht versucht, es später hin und wieder auch zu tun? Es war ja nicht direkt ein Umweg für sie, denn immerhin arbeitete sie in Cambridge.

»Haben Sie Ihre Halbbrüder früher je gesehen? Ich meine, richtig getroffen?«

»Alle Jubeljahre mal. Meine Mutter und mein Vater hielten es für gut, dass wir uns kennen. Aber es war immer sehr steif.«

»Was war Ihr Eindruck von ihnen?«

»Luke war rebellisch. Er hielt die Treffen für keine gute Idee und hatte keine Scheu, es sich anmerken zu lassen. Ich war seiner Meinung und deshalb nicht beleidigt. Vielmehr hatte ich das Gefühl, dass er eine verwandte Seele war. Nur waren wir beide so sehr damit beschäftigt, trotzig zu sein, dass wir uns nie richtig nahegekommen sind.«

»Was ist mit Matthew?«

»Er war reservierter, und das ist er bis heute.« Sie schüttelte den Kopf. »Ich war verärgert, als ich sah, dass Sie schon hier

waren, weil ich fand, dass wir noch nicht alles gesagt hatten.«
Die Frau fixierte Tara mit ihrem Blick.

Tara wartete, und schließlich seufzte Vicky.

»Ich hatte gehofft, unser Gespräch privat abschließen zu
können, aber ich denke, es hätte auch nichts daran geändert,
wie ich mich fühle.« Sie zuckte mit den Schultern. »Vermutlich
will ich nur Absolution, verstehen Sie? Dass er mich nicht
hasst. Doch das ist irgendwie ein bisschen kindisch.«

Was Tara nachvollziehbar fand. Die Hälfte ihrer Gefühle
zu ihrer Familie würden sich im Kopf einer Fünfjährigen pudel-
wohl fühlen.

Nachdem auch Vicky Cope im Nebel verschwunden war,
schaute Tara nach ihren E-Mails und Nachrichten. Keiner
schien ihr irgendetwas zu erzählen. Und wenn es für sie nichts
zu tun gab, würde sie sich eben selbst etwas suchen. Was immer
Jonny Trents Spiel sein mochte, Luke war darin verstrickt
gewesen. Wenn sie zu seinem Haus zurückging, fand sie vielleicht etwas, das sich als wichtig erwies. Und tief im Innern
wusste sie, dass sie auch ihrem Journalistengespür nachgab. Die
Cope-Familienkonstellation war mehr als seltsam.

Zwanzig Minuten später ragte Lukes Zuhause groß und
dunkel in der feuchten Kälte vor ihr auf. Die Polizei hatte es
noch nicht wieder den Nachlassverwaltern übergeben. Barry,
der PC, der als Erster vor Ort gewesen war, als Freyas Leiche
gefunden wurde, stand an der Tür Wache. Wie Taras, waren
auch seine Jacke und sein Haar voller winziger Wassertropfen.

»Ah, hallo«, sagte er und rieb die Hände in den Handschu-
hen, um sie zu wärmen. »Was läuft auf dem Revier?«

»Ich warte noch auf ein Update.« Sie wollte nicht zugeben,
dass sie keine Ahnung hatte.

»Willst du noch mal rein? Max und einige Techniker sind
vorhin hier gewesen und haben ein paar Bilder abgeholt, aber
im Moment ist keiner drinnen.«

Sie nickte. »Ich habe das Gefühl, dass ich etwas übersehen

habe. Ich werde eine Weile bleiben. Wenn du willst, kannst du einen Kaffee trinken gehen.«

Sein Lächeln wurde noch breiter. »Hört sich gut an. Ich habe meine Thermowäsche an, aber dieser Nebel kriecht einem trotzdem in die Knochen.«

»Na, dann los. Ich rufe dich an, falls du noch nicht zurück bist, bis ich losmuss.«

»Perfekt.«

Er gab ihr die Schlüssel und zog munter pfeifend davon. Der trübe Tag schluckte seine sich entfernende Gestalt.

Tara schloss das Haus auf. Als sie drinnen war und die Tür hinter sich geschlossen hatte, war es beinahe dunkel, denn von dem wenigen Tageslicht drang kaum etwas nach innen. Eine Sekunde lang stand sie da und blickte durch die offene Tür ins Wohnzimmer mit den schweren William-Morris-Vorhängen.

Doch gleich darauf drehte sie sich um und machte sich auf den Weg in das unheimliche Chaos von Luke Copes Atelier. Dort verbrachte sie einige Zeit – schaltete das grelle Licht ein und suchte erneut alles ab. Es verriet ihr nichts Neues. Schließlich gab sie es auf und wanderte von Zimmer zu Zimmer. Sie versuchte sich vorzustellen, wie es gewesen sein musste, hier aufzuwachsen. Die prunkvolle Eleganz, die noch im Großteil des Hauses zu sehen war, hatte etwas Erdrückendes. Tara nahm an, dass Luke es möbliert vermietet hatte, nachdem seine Mutter gestorben war. Es wäre eine höllische Arbeit gewesen, all das polierte Holz im Chippendale-Stil woanders zu verstauen. Er musste darauf vertraut haben, dass seine Mieter alles pfleglich behandelten – oder es war ihm egal gewesen.

Tara stand unten an der Treppe und betrachtete die kalten, harten Fliesen, auf die Lukes und Matthews Vater gestürzt war. Dann stieg sie hinauf in den ersten Stock. Auf den mit edlem Teppich ausgelegten Stufen machten ihre Schritte keinerlei Geräusch. Auch alles um sie herum war still. Grabesstille.

KAPITEL ACHTUNDDREISSIG

Beim Anruf seiner Mutter hatte Blake das Gefühl, ein gewaltiges Puzzleteil hätte sich an seinen Platz gefügt. In nicht einmal fünfzehn Minuten war er bei der Galerie, wo er mit heulenden Bremsen auf der Kieseinfahrt anhielt. Wie vorhergesagt, war das Bild nirgends mehr zu sehen, doch sie brauchten keinen Durchsuchungsbefehl, da sie dort waren, um Trent wegen Mordverdachts zu verhaften.

Sie fanden das Kunstwerk oben in den Privaträumen des Mannes. Und äußerst interessant war, dass es nicht das Einzige dort war. Es gab noch vier mehr, jedes ähnlich den Arbeiten von Künstlern aus dem späten neunzehnten oder frühen zwanzigsten Jahrhundert. Nur mit dem einzelnen Picasso-Imitat wäre schwer nachzuweisen gewesen, dass Trent von der Fälschung gewusst hatte; aber vier solcher Gemälde waren allzu viel Zufall. Angesichts dieses kleinen Vorrats sah es für ihn nicht gerade rosig aus.

Sie hatten die Galerie der Spurensicherung, Max und ein paar PCs überlassen. Monique Courville war angeblich kurz vor ihrer Ankunft gegangen, um irgendeine Besorgung zu erledigen, aber sie würden sie zur Befragung holen, sobald sie die junge Frau erreicht hatten.

Nun saßen Jonny Trent und sein Anwalt Blake und Megan gegenüber auf der Wache im Verhörraum. Trents Nervosität bei Blakes erstem Besuch in der Galerie war nichts verglichen mit seinem Verhalten heute. Er drehte an dem Goldring an seiner rechten Hand und nagte an seiner Unterlippe. Blake konnte beinahe fühlen, wie er seinen Atem anhielt, als täte er selbst es.

»Wir haben eine Expertin, die sagt, dass alle fünf Gemälde in Ihrer Wohnung, bei denen es sich um grobe Kopien weniger bekannter Werke berühmter Künstler handelt, von derselben Person angefertigt wurden.« Blake neigte sich vor und stützte die Ellbogen auf den Tisch. »Und diese Person war Luke Cope.«

»Das können Sie nicht wissen.« Trent versuchte es immer noch mit vager Empörung.

»Es ist die vorläufige Feststellung einer Expertin. Wir können noch zweite und dritte Meinungen einholen. Und wir können die Rahmen und Leinwände zurückverfolgen, ebenso die Farben der Kopien mit denen auf Copes Arbeiten vergleichen.« Dafür würden sie eine Genehmigung brauchen, da es hieße, Proben von den Leinwänden zu kratzen, aber dieses Detail behielt Blake für sich. »Und unsere Forensiker sehen sich die Bilder an.«

»Forensiker?« Trent war so erschrocken, dass seine Stimme kippte.

Blake lächelte. »Billige Farbe nimmt sehr gut Fingerabdrücke, Fasern und dergleichen mehr an. Es wäre also besser für Sie, uns die Wahrheit zu sagen.« Er blickte in die Schweinsäuglein des Galeristen. »Luke hatte die Fälschungen für Sie gemalt. Wann hatten Sie den Deal gemacht? Als er das erste Mal bei Ihnen gewesen ist? Hatten Sie zugestimmt, seine echten Werke an prominenter Stelle in Ihrer Galerie zu platzieren, wenn er im Gegenzug die Kopien für Ihre hintere Galerie lieferte? War es das?«

Trent senkte den Blick zur Tischplatte.

»Dann fand Freya Cross es heraus – erst kürzlich. Sie hatten geschafft, es die ganze Zeit geheim zu halten. Kein Wunder, dass Sie so eigen mit Ihrem Lieblingsprojekt waren! Die Einträge in Ihrem Kassenbuch sind jeder für sich genommen harmlos. Ein einzelnes Bild ›im Stil‹ eines berühmten Künstlers ist eine Sache. Doch irgendwann muss Freya ein Muster erkannt und gesehen haben, wie gut Sie an dem Arrangement verdienten.«

Ein Muster. Plötzlich dachte er an Freya an dem Abend ihrer Ermordung, die ihre mysteriöse, verschwundene Tasche bei sich gehabt hatte. Und dann an das Kassenbuch, das sie vormittags als Beweis beschlagnahmt hatten: es war brandneu, genau wie Blakes Mutter gesagt hatte.

»Irgendwie fand Freya heraus, dass Luke Sie mit den Fälschungen versorgte«, fuhr Blake fort. »Monique Courville hatte die beiden deswegen streiten gehört. Freya fragte Luke, wie er so blöd sein konnte.« Vielleicht hatte Luke nach diesem Streit das Bild von seinen Händen an Freya Cross' Kehle gemalt. Weil sie ihm das Gefühl gegeben hatte, ein Idiot zu sein? Weil sie ihn nicht »verstanden« hatte? Vor Ekel durchfuhr Blake ein kalter Schauer. »Aber weil Freya in Luke verliebt war, hat sie das Kassenbuch mit Ihren früheren Verkäufen gestohlen, anstatt Sie beide zu melden. Und das brachte sie zu ihrem Treffen mit ihm mit. Ich nehme an, es war zu klobig, um es in ihrem Haus zu verwahren, ohne dass es Fragen provozierte, und sie hätte nicht riskiert, es einfach wegzuwerfen. Sie wollte, dass Luke es zerstörte und versprach, nicht mehr für Sie zu arbeiten. Aber es war nicht Luke, der zu dem Treffen mit ihr kam.«

Er machte kurz Pause, weil seine Kehle ausgetrocknet war. »Wir können beweisen, dass Lukes Selbstmord vorgetäuscht war, deshalb suchen wir nach jemandem mit einem Motiv, beide zu töten, ihn und Freya.« Es kostete ihn einiges an Selbstbeherrschung, ruhig sitzen zu bleiben, als er an die beiden Leichen dachte, die er gesehen hatte; an Freyas wächserne Haut und Luke Copes ausgehackten Augapfel. »Und Sie passen. Sie hatten keine Garantie, dass die beiden Ihr Geheimnis wahren würden, und sie hatten das Kassenbuch als Beweis. Sie werden für Ihre Taten ins Gefängnis geben, und Ihr Geschäft wie auch Ihr Ruf werden ruiniert sein.«

Trents gesunde Gesichtsfarbe war verblasst. Seine Wangen waren schlaff und bleich vor Schock.

»Wann haben Sie herausgefunden, dass Freya Bescheid wusste?«

»Ich ...« Er hatte es eindeutig so eilig zu reagieren, dass er nicht überlegen konnte, was er sagen wollte. »Ich habe nichts gewusst. Woher hätte ich wissen sollen, was sie wusste?«

»Ach, kommen Sie!« Der Mann hielt ihn offensichtlich für einen Trottel. »Ich wette, das Erste, was Luke getan hatte, war, Sie zu warnen, dass Sie entdeckt wurden. Und vergessen Sie nicht, dass wir Ihre Räume durchsucht haben. Meine Kollegen haben mich informiert, dass die Besprechung, die Freya Cross in ihrem Küchenkalender eingetragen hatte, auch in *Ihrem* Kalender auf dem Schreibtisch vermerkt war. Also war Ihnen klar, dass sie etwas besprechen wollte. Etwas so Ernstes, dass Sie dafür einen Termin mit Ihnen vereinbarte, anstatt einfach an Ihre Bürotür zu klopfen.«

»Das könnte irgendwas gewesen sein«, kam zu langsam. »Ich ...« Noch eine lange Pause. »Ich hatte mich sogar gefragt, ob Sie mich vielleicht nach Mutterschaftsurlaub fragen wollte. Das ist wahr!« Eine erbärmlich gespielte Entrüstung. Folglich musste er Blakes Gesichtsausdruck richtig gedeutet haben.

»Außerdem«, sagte Trent, »wurde Luke nicht tot irgendwo draußen in der Pampa gefunden – in einer gemieteten Unterkunft, von deren Existenz niemand gewusst hat?«

Ironisch zog Blake eine Augenbraue hoch. »Tja, jemandem

war sie durchaus bekannt. Wollen Sie mir sagen, dass Sie keine Ahnung davon hatten?«

»Wie sollte ich denn?«

Blake bemerkte, dass der Anwalt versuchte, den Blick seines Mandanten einzufangen. Wieder lächelte er. »Ist das ein Nein?«

»Selbstverständlich ist es ein Nein«, antwortete Trent. Der Anwalt legte eine Hand auf seinen Arm, nur war es zu spät.

»Na gut«, sagte Blake. »Unsere Techniker werden sich die gespeicherten Strecken auf Ihrem Navigationsgerät ansehen, aber das wird Ihnen ja keine Probleme machen, wenn stimmt, was Sie mir eben gesagt haben.«

Und nun sah Jonny Trent tatsächlich seinen Anwalt an und der ihn.

»Ich glaube, mein Mandant würde seine Aussage gern noch einmal durchgehen«, sagte der Anwalt.

Wie nett.

KAPITEL NEUNUNDDREISSIG

Oben an der Treppe in Luke Copes Haus blickte Tara sich auf dem breiten Flur mit dem großen, schmuckvoll gerahmten Spiegel und den düsteren Gemälden um. Hatte er diese Kunstwerke als Kind gesehen und beschlossen, dramatischere Bilder zu malen? Was mochten seine Eltern gedacht haben? Welches ihrer Kinder hatten sie mehr geschätzt?

Sie ging zurück in Luke Copes Zimmer, wo die Unordnung mit der überall verstreuten Kleidung den Charakter des Mannes spiegelte. Ihn hatte ausschließlich seine Kunst interessiert, das sagte jeder. Wieder fiel ihr der Bücherstapel neben seinem Bett auf. Sie fragte sich, was er zur Entspannung gelesen hatte, deshalb trat sie näher an ein Bücherregal an der Wand gegenüber dem Fenster. Sie schaltete die Deckenleuchte ein, dennoch blieb es hier drinnen schattig. Das recht dunkle Grau der Wände war auch keine Hilfe. Tara hockte sich hin, um sich die Titel anzuschauen.

Eine Sekunde später hatte sie das Zimmer um sich herum vergessen. Das erste Buch, das sie herauszog, war *Menschenschinder oder Manager: Psychopathen bei der Arbeit*. Das zweite hieß *Gewissenlos. Die Psychopathen unter uns*. Und daneben standen Selbsthilfebücher. *Wie man seinen Dämonen entkommt* und *Deine Gene sind nicht dein Schicksal.* Wieder dachte sie an das Teppichmesser, das sie bei ihrem ersten Besuch in diesem Haus in ein Brett gerammt gesehen hatte, als hätte es jemand in Wut dort hineingeschlagen. Womit hatte Luke Cope es zu tun gehabt?

Ihre Beine fühlten sich wacklig an, als sie sich wieder aufrichtete und Staubflusen von ihrem Mantelsaum klopfte. Den hatte sie anbehalten, weil es hier drinnen bitterkalt war.

Sie verließ Lukes Zimmer und überquerte den Flur, um eine zweite Treppe hinaufzusteigen, die schmaler war. So weit war sie letztes Mal nicht vorgedrungen, auch wenn die Spurensicherung, Megan und Max das ganze Haus angesehen haben mussten. Wieder war ihr bewusst, wie ihre Füße in den Teppich einsanken. Die Tür oben an der Treppe war geschlossen, sodass kaum Licht war und sich alles zu eng anfühlte. Tara müsste achtgeben, wo sie hintrat.

Als sie die Tür öffnete, fand sie sich einem Zimmer gegenüber, das Luke Cope als Abstellkammer benutzt haben musste. Es gab keine Deckenleuchte, und auf den Holzdielen lag kein Teppich. Tara entdeckte eine Lampe auf einem niedrigen Tisch, die sie einschaltete. Im schwachen Schein warfen die Kartons und Kisten überall hier lange Schatten. Die Vorhänge waren zu drei Vierteln geschlossen, und als Tara sie aufzog, änderte es kaum etwas, weil draußen das Licht schwand. Dort unten im diesigen Zwielicht war ein dunkelblauer Mercedes. Einen Sekundenbruchteil lang empfand sie nur ein Aufflackern von erhöhter Aufmerksamkeit. Doch fast sofort kam ihr der Wagen wieder in den Sinn, der um ein Haar frontal in sie hereingerast wäre. Sie holte tief Luft. Solche Wagen waren in diesem Stadtteil recht häufig. Sie strengte sich an, das Nummernschild zu entziffern, rief auf der Wache an und bat die Kollegen, das Kennzeichen zu überprüfen. Sicherheitshalber sollte nachgesehen werden, ob es im System vermerkt war, auch wenn der Wagen wahrscheinlich einem von Luke Copes wohlhabenden Nachbarn gehörte.

Tara wandte sich wieder dem Raum zu, in dem unter anderem Schrankkoffer voller Bilder lagerten. Eines nach dem anderen holte Tara sie hervor. Es waren unverkennbar Arbeiten von Luke. Die ersten hatten ähnliche Motive wie die unten, Moorlandschaften, dunkle Wolken und aufgewühltes Meer, karge Landschaften mit einsamen Gebäuden. Doch dann stieß sie auf eine Reihe von Bildern, die wie Bühnenszenen wirkten. Zwischen Mobiliar in übertrieben grellen Farben bewegten sich maskierte Figuren.

Plötzlich wurde Taras Bick auf eine der Gestalten gelenkt – auf ein Gesicht, das sie erkannte und das auf jedem der Bilder auftauchte.

Matthew Cope.

Sie schaute sich eines der Bilder genauer an. Die Maske, die er trug, stellte sein eigenes Gesicht dar. Wenn überhaupt, hatte Luke es schöner gemacht, als sein Bruder in Wirklichkeit war. Doch das Gesicht hinter der Maske hatte zur Folge, dass Taras Knie wieder nachzugeben drohten und sich die kleinen Härchen auf ihrer Kopfhaut aufrichteten. Auch die Züge waren eindeutig Matthews. Luke hatte seinem Bruder einen rötlichen Teint, scharfe Zähne und starre Augen verliehen. Er hatte ihn als den Teufel gemalt, der sich hinter der Persönlichkeit versteckte, die er der Öffentlichkeit präsentierte.

Verglichen mit Lukes Gemälde von Freya Cross sollte es nichts sein, aber so war es nicht. Und fast hätte Tara es übersehen: kleine Gestalten mit noch kleineren Gesichtern auf Leinwänden, die ein Kind verwenden konnte. Es war verständlich, dass sie Max und Megan nicht aufgefallen waren, zumal Max so gut wie keinen Kontakt zu Matthew gehabt hatte und Megan gar keinen.

Eine Nachricht ging auf Taras Handy ein, die ihren Adrenalinspiegel in die Höhe schnellen ließ. Der Mercedes draußen war auf einen Mann registriert, der im Zusammenhang mit einem Drogenfall befragt worden war. Heroin. Aber die Beweise hatten nicht für eine Anklage gereicht.

War es derselbe Wagen, den sie nahe Matthew Copes Haus gesehen hatte? Im Geiste versetzte sie sich zurück in die schäbige Küche mit den altersschwachen Möbeln. *Es hatte nach Zigarettenqualm gerochen, fiel ihr auf einmal wieder ein ...*

Und in dem Moment wurde ihr klar, dass Matthew sie belogen hatte. Er hatte Vicky Cope gesagt, er rauche nicht, als sie ihm eine ihrer Marlboro Lights angeboten hatte.

Er hatte an jenem Tag Besuch gehabt, bevor Tara gekommen war. Und wahrscheinlich vom Halter des blauen Mercedes'. Von jemandem, der verdächtigt wurde, mit Heroin zu handeln ...

Tara hatte gerade angefangen, Max' Nummer zu wählen, als sie eine Bewegung hinter sich hörte.

Schritte auf dem Holzfußboden.

KAPITEL VIERZIG

Als Blake aus dem Verhörraum trat, runzelte er die Stirn.

Trent behauptete, er wäre raus zur Mühle gefahren, um sich Luke vorzuknöpfen, weil er glaubte, dass der Freya Cross umgebracht hatte, um sie zum Schweigen zu bringen. Er sei in Sorge gewesen, und nach einer Weile gab er an, er hätte sich gefragt, ob Luke sich nach dem Mord an der Geliebten etwas angetan habe. Und wieder ein bisschen später gestand er, dass er auch gehofft hatte, in die Mühle zu gelangen und das fehlende Kassenbuch mit den Einträgen der Fälschungen zu finden, bevor es jemand anders entdeckte. Das, und auch um mögliche Fälschungen zu entfernen, die Luke dort lagern könnte.

Der letzte Teil klang vollkommen plausibel. In Blakes Augen war Jonny Trent ein herzloser, egoistischer Mann, dem es nur um seinen eigenen Vorteil ging.

Er hatte ihnen erzählt, dass er von niemandem sonst wisse, dem Luke etwas von der Mühle erzählt hatte, aber das hätte er ihm ohnehin nicht gesagt. Und kaum war all das heraus, hatte er auch andere Details bestätigt, wie jenes, dass er Luke mit

Schmuckstücken bezahlt hatte, die der als geerbte Stücke von seiner Mutter ausgeben und verkaufen konnte.

Doch was am hartnäckigsten an Blake nagte, waren die vielen Nachrichten, die Jonny Trent an Freyas Handy geschickt hatte. *Wo zur Hölle bist du? Ruf mich an.*

Warum sollte er solch eine Textnachricht schicken, wenn er sie ermordet hatte? Blake bezweifelte die Doppelbluff-Theorie. Der Jonny Trent, den er kannte, hätte sie eher im Ton »besorgter Chef« formuliert, falls er damit rechnete, dass Ermittler sie sich später ansehen würden.

Fleming traf ihn und Megan auf dem Korridor, warf einen Blick auf Blakes Gesicht und seufzte. »Möchten Sie mir verraten, was Sie denken?«

»Ich glaube nicht, dass er unser Mörder ist.«

KAPITEL EINUNDVIERZIG

Tara straffte die Schultern und drehte sich zu Matthew Cope um. »Ich habe mich noch ein letztes Mal umgesehen. Mein Chef hat einen Verdächtigen in Gewahrsam, und ich schätze, das Haus wird bald an die Nachlassverwalter Ihres Bruders zurückgegeben. Wir suchen nur nach letzten Beweisen, um die Anklage zu stärken.« Sie lächelte, doch noch während sie es sagte, erkannte sie, dass ihre List nicht funktionierte.

Matthew schaute zu den Bildern, die sein Bruder von ihm gemalt hatte und die noch auf den Kisten und Koffern im Raum verteilt waren. Ein Zucken huschte über sein Gesicht.

In Taras Kopf flossen zahlreiche Gedanken ineinander. Matthew behauptete, er wäre im Flag and Diamond gewesen, weil sein Bruder dort häufiger gewesen war, doch der Laden wurde mit einem Verbrechen in der Drogenszene in Verbindung gebracht, genauso wie der Fahrer des Wagens vor dem Haus. Was, wenn der Pub nie eine Anlaufadresse für Luke gewesen war? Max hatte erzählt, dass Matthew dem Wirt zugewunken hatte, bevor er den Pub verließ. Das war eine vertraute Geste. Warum zum Teufel war sie nicht früher darauf gekommen? Und laut Max hatte es ausgesehen, als wäre Matthew mit den Leuten dort ins Gespräch gekommen. Hatte er verhandelt? Die Worte von Matthews Chef fielen ihr wieder ein. Er hatte gesagt, Matthew könnte den Menschen in Valencia Orangen verkaufen. Und falls er dort gewesen war, um Heroin zu verkaufen ...

Matthew sah sie wieder an, und es war, als würde er jeden ihrer Gedanken lesen. In diesem Moment zog er eine Waffe aus der Innentasche seiner Jacke.

Es blieb keine Zeit zum Denken. Die Information war mit einem Schlag in ihrem Kopf: Ein Mann, der zweimal gemordet hatte – sie verstand immer noch nicht, warum. Eine Person – oder vielleicht mehr – unten, draußen in dem Wagen, für die eine Menge auf dem Spiel stand. Es ließ sich schwer sagen, um wie viel Geld es ging.

Diese Leute würden nicht lange fackeln. Vor allem aber, drängender noch als alles andere, musste sie etwas tun. Sollte Matthew Cope erahnen, dass sie angreifen würde, hätte sie keine Chance.

In nicht einmal einer Sekunde hatte sie sein Handgelenk so fest umklammert, dass sich ihre Fingernägel in seine Haut bohrten. Gleichzeitig hieb sie mit der rechten Hand von unten gegen den Waffenlauf, sodass er auf die Decke gerichtet war. So könnte ein Schuss sie nicht mehr treffen, und sie entriss ihm die Waffe, während sie ihr Knie fest dahin rammte, wo es ihn am meisten schmerzte. Dem Himmel sei Dank, dass ihr Wollkleid so elastisch war. Vor lauter Adrenalinüberschuss musste sie lachen.

Doch Matthew Cope war nur am Boden, nicht ausgeschaltet. Er hatte aufgeheult und war zurückgefallen, als ihr Knie ihn traf, rappelte sich jetzt aber wieder auf und humpelte auf sie zu. Tara richtete die Waffe auf ihn.

»Keinen Schritt weiter!«

Er blickte sie gelangweilt an und kam näher.

»Denken Sie, ich würde nicht abdrücken?«

Matthew Cope war nur noch ein kleines Stück von ihr entfernt. Er fuhr sich mit der Zunge über die spröden Lippen und zückte ein Messer. »Die Waffe ist nicht geladen.«

KAPITEL ZWEIUNDVIERZIG

Blake war stinksauer. Und zu allem Überfluss konnte er Tara nicht erreichen. Er wollte wissen, was sie von Vicky Cope erfahren hatte, doch sein DC war nicht nur verschwunden, sie ignorierte auch seine Anrufe.

Als er sie losschickte hatte er ihr angesehen, dass es ihr nicht gefiel, von der richtigen Action ausgeschlossen zu werden. Aber sie musste nach wie vor lernen, ihre Rolle zu spielen, selbst wenn es keine aufregende war.

Tief im Innern war er ziemlich sicher, dass sie auch noch wütend auf ihn war. Und seine Gewissenbisse machten ihn umso reizbarer. Doch ganz gleich, welchen Grund sie für ihre Wut haben mochte, musste sie darüber hinwegkommen und ihren Job erledigen.

»Vor zwanzig Minuten hat sie ein Kennzeichen überprüfen lassen«, sagte Max, der auf seinen Monitor schaute.

Blake richtete sich gerade auf und runzelte die Stirn. »Aha? Und mit welchem Ergebnis?«

Auch Max' Stirn war von tiefen Furchen gemustert. »Der Fahrzeughalter ist schon mal wegen Drogenhandels befragt worden. Heroin.«

»Heroin?« *Was hatte Tara aufgespürt?* »Was für ein Wagen war das?«

»Ein dunkelblauer Mercedes.«

Schlagartig wurde Blake kalt. »War es nicht ein dunkelblauer Mercedes, der Tara fast von der Straße gerammt hatte, als sie zu Matthew Cope wollte?«

Max nickte nachdenklich. »Ja, ich glaube ja. Sie könnte wieder raus zu ihm gefahren sein, als sie mit Vicky fertig war.«

»Ohne uns Bescheid zu geben? Das ist wieder typisch.« Megan klang streng.

Und Blake holte tief Luft. Tara hätte es ihnen sagen müssen, aber herumzusitzen und sich das Maul über sie zu zerreißen, war unter den gegebenen Umständen wohl kaum die angemessene Reaktion.

»Soll ich mal hinfahren und nachsehen?«, fragte Max.

Blake bemerkte, dass Megan zu ihrem Kollegen sah. Warum musste es so verflucht schwierig sein, ein Team zu führen?

»Ja.«

»Auch wenn wir nicht wissen können, ob sie zu Luke Copes Haus ist«, sagte Megan. »Wenn sie gerade die Schwester getroffen hatte, könnten sie über das Erbe der Frau geredet haben.«

»Stimmt ... überprüfen wir beide Adressen. Kannst du hinfahren, Megan? Nachsehen, ob du sie findest?«

Megan war zu professionell, um ihren Chef zu kritisieren, doch er sah ihr an, dass sie es gern täte. Und er wollte mit einem von ihnen mitfahren. Taras Nachfrage und die Tatsache, dass sie nicht mehr auf Anrufe reagierte, sagten ihm, dass es ein Problem gab. In Gedanken ging er eine Möglichkeit nach der anderen durch, als er versuchte, Taras Bewegungen nachzuvollziehen. Wohin könnte sie gefahren sein?

Sie musste den Wagen wiedergesehen haben, und wenn er mit Drogenhandel zusammenhing, schätzte er, dass sie vermu-

tete, Matthew Cope wisse mehr, als er sagte. Heroin – es war
der gemeinsame Nenner. Ein Heroinfall im Zusammenhang
mit dem Pub, in dem der ältere Bruder gewesen war, und mit
dem Wagen, der aus Richtung seines Hauses kam.

Blake traf eine Entscheidung. »Ich fahre mit dir, Max.
Wenn sie denkt, dass sie neuen Informationen zu Matthew
Cope auf der Spur ist, wird sie wieder zu ihm gefahren sein.«

Und jetzt kam doch ein tadelndes Kopfschütteln von
Megan.

KAPITEL DREIUNDVIERZIG

Einen flüchtigen Moment lang erwog Tara, dieselbe Taktik ein zweites Mal bei Matthew Cope anzuwenden. Schießen war nicht das Einzige, was man mit einer Waffe tun konnte. Schlug man sie fest genug auf die Hand von jemandem, hatte man eine reelle Chance, dass die Person losließ, was immer sie hielt. Doch noch während sie nach vorn stürzte, hieb er mit dem Messer zu und traf die Finger ihrer rechten Hand. Sie war es, die ihre Waffe fallen ließ.

Zunächst war sie so erschrocken, dass sie den Schmerz nicht einmal wahrnahm. Da war nichts als Zorn, der in ihr aufwallte. Sie konnte nicht glauben, dass sie es verpatzt hatte, und die Vorstellung, dass er sie überwältigte, war unerträglich. Zu viele Jahre ihres Lebens war sie schon der Gnade eines anderen ausgeliefert gewesen, hatte sich ducken müssen. Furcht und Scham regten sich in ihr, als Blut von ihren Fingern auf ihren Mantel tropfte.

Matthew hatte aufgehört, als sie die Waffe fallen ließ. »Nimm den Lappen von dem Tisch da, und wickle ihn um deine Hand. Stramm.«

Er wollte ihr Blut nicht auf dem Boden. Sie vermutete, dass

er sie aus dem Haus schaffen wollte. Wie er sie indes hier raus-
bekommen wollte, war ihr schleierhaft. Vielleicht würde er sie
bewusstlos schlagen, so wie Freya. Er könnte sie auch erdrosseln, bevor er ihre Leiche wegschaffte.

Plötzlich hörte Tara eine blecherne Stimme. Sie kam aus
Matthew Copes Jackentasche.

»Was ist da oben los?« Er hatte eine offene Telefonverbin-
dung auf seinem Handy. Zu den Typen in dem Mercedes
unten, nahm Tara an.

»Eine unerwartete Komplikation.« Er trat einen Schritt auf
Tara zu. »Ich brauche eure Hilfe.«

Es erklang ein zynisches Lachen. »Du willst mich verarschen, oder? Wir wollen nichts mit deinem Scheiß zu tun
haben. Können wir jetzt rein und uns holen, was uns gehört?«

Cope holte tief Luft und kam noch näher. Er war zwischen
ihr und der Tür und in Reichweite, um erneut mit dem Messer
zuzustechen. Tara blickte sich schnell nach irgendetwas um,
das sie als Waffe benutzen könnte.

»Alles klar«, sagte Cope. »Macht schnell. Und nehmt nicht
mehr als vereinbart.«

Wieder das Lachen. »Wer soll uns daran hindern, Matty?«

»Ich rufe die Cops und reiße euch mit rein, wenn ihr mehr
nehmt. Lieber sitze ich meine zwanzig Jahre ab, als mich von
euch verarschen zu lassen.«

»Wie du meinst.«

Matthew sah wieder zu Tara.

»Meine Kollegen werden wissen, dass Sie mich haben«,
sagte sie. »Sie sind so oder so dran, ob Sie sich stellen oder
nicht.«

Der Mann zog eine Augenbraue hoch und griff mit der
freien Hand zu seinem Mobiltelefon, um das Gespräch zu
beenden. »Das glaube ich nicht. Ich habe deinen Anruf auf
dem Revier gehört. Deine Leute werden denken, dass sie dich
haben.«

Was kein schöner Gedanke war. Tara verzog keine Miene. Wenn er sich einbildete, dass er gewann, würde es ihm Auftrieb geben. Die Wirkung des psychologischen Vorteils war nicht zu unterschätzen.

»Was nehmen die sich?«, fragte sie. Sie versuchte, ihre Angst herunterzuschlucken, dennoch hörte sie ein leichtes Zittern in ihrer Stimme.

»Einige ausgewählte Bilder von meinem Bruder, um sie zu verkaufen. Ich schulde ihnen Geld. Die sind ein charmanter Haufen. Ich war gerade für einen ordentlichen Batzen Ware bezahlt worden, da wurde ich überfallen. Es muss jemand gewesen sein, der Bescheid wusste und dem klar war, dass ich nicht zur Polizei gehen konnte. Wahrscheinlich sogar einer von denen. Die Summe war beträchtlich, und ich konnte meine Schulden nicht begleichen.«

»Aber die Bilder ...«

»Die waren ziemlich wertlos, bevor Luke gestorben ist. Aber ich bin Verkäufer – Marketing ist mein Spiel, ob in meinem Tagesjob oder beim Heroinverkauf. Und diese Kunstwerke von einem Mörder werden unglaublich im Wert steigen. Ich hatte meinem Bruder gesagt, dass ich sein Talent richtig gut vermarkten kann, aber er war ja zu stolz, um sich von mir helfen zu lassen. Also mache ich es jetzt ohne ihn.«

»Du hast ihn als Mörder inszeniert ...«

»Ich wusste, dass ich es hinbekomme.« Sie konnte den Eifer in seinen Augen sehen, hingegen gar keine Emotion, was seinen Bruder betraf. »Ist ein Künstler erst hinreichend berüchtigt, gewinnt sein Werk für bestimmte Leute ungemein an Reiz. Ich habe schon einen Rockstar, der sich brennend dafür interessiert, und einen Multimillionär, der wie ein Einsiedler lebt. Beides ekelhafte Leute, aber überaus bereit, sich von ihrem Geld zu trennen. Ich muss die Deals nur über die Bühne bringen, ehe bekannt wird, dass Luke ein Opfer war. Dann wären die Bilder nicht mal mehr halb so viel wert.

Zum Glück haben die Idioten unten keinen Schimmer, wie heikel es für sie wird.«

»Sie haben Freya Cross nur getötet, damit Ihr Bruder wie ein Mörder dasteht.« Tara hatte Mühe, diese Vorstellung zu akzeptieren.

Er schüttelte den Kopf. »Um ein Vermögen mit seinen Bildern zu machen. Wir reden hier über eine *Menge* Geld, Tara.« Er sah sie an, als hielte er sie für wahnsinnig; als machte sein Motiv die Taten vollkommen nachvollziehbar.

Und nun fielen Tara die Bücher unten in Lukes Zimmer wieder ein – alle über Psychopathen. Hatte er sie gekauft, weil er sich sorgte, er hätte einen in der Familie, nicht, um sich selbst zu analysieren? Was war mit dem Buch darüber, dass man seine Gene überwinden könne?

Von draußen hörte sie das Geräusch durchdrehender Autoreifen.

Matthew Cope nickte. »Sie sind weg.«

»Woher haben Sie gewusst, dass es jetzt sicher war herzukommen?« Sie hatten beinahe durchgehend Leute an der Haustür postiert.

»Mir war klar, was passieren würde, wenn ihr Lukes Leiche findet. Dass ihr dann jemanden hier Wache stehen lasst. Aber ich hatte reichlich Zeit, alles zu arrangieren. Ich habe kleine Kameras vorne und hinten angebracht, solange ich wartete, dass ihr meine Sorge um Luke ernst nehmt. Als es endlich so weit war, hatte ich hier alles geregelt. Sogar Polizisten verlassen hin und wieder ihren Posten.« Er runzelte die Stirn. »Allerdings hatte ich heute nicht hingesehen, wie du ins Haus gegangen bist. Als ich nachschaute, sah ich bloß, dass dein Kollege nicht vor der Tür stand.« Wieder kam er näher. Tara wich zurück und blickte verstohlen zur Seite. Sie brauchte etwas Schweres. Irgendetwas, das in Reichweite war. Auf einem Beistelltisch in der Nähe stand eine große Zinnvase, doch die würde sie niemals erreichen, ohne dass Matthew sie abfing. Ließ sie ihn jedoch die Kontrolle übernehmen, war sie so gut wie tot.

Lieber riskierte sie zu kämpfen, wo sie war, anstatt zuzulassen, dass er sie still und leise beseitigte. Bei dem Gedanken an das, was ihr bevorstehen mochte, zitterte sie am ganzen Leib. Sie spannte die Beine an. Auf keinen Fall durfte sie jetzt die Beherrschung verlieren.

Plötzlich hörte sie ein Geräusch hinter ihm, das von unten an der Treppe kam.

»Tara! Bist du da oben? Was zur Hölle machst du denn?« Megans wütende Stimme hallte durch das stille Haus.

Matthew Cope legte einen Finger auf seine Lippen und blickte von Tara zu der Messerspitze.

Trotz der Warnung wollte sie beinahe rufen. Doch selbst ohne die Drohung des Mannes, gab es Gründe, das nicht zu tun. Sie vermutete, dass Megan weiter nach ihr suchen würde, wenn sie keine Antwort bekam, und solange die DS im Haus war, wäre Matthews Aufmerksamkeit geteilt. Tara erinnerte sich an Kemps Rat: *Halbe Aufmerksamkeit ist halbe Gefahr.* Tara stand da, wohlwissend, dass ihre Anspannung jede Sekunde in unkontrolliertes Zittern kippen könnte. Sie horchte konzentriert hin. So bekam man Angst in den Griff. *Fokussiere und atme.*

Schritte. Megan musste im mittleren Geschoss sein. Näher durfte sie nicht kommen. Matthew Copes Aufmerksamkeit abzulenken, war eine Sache, jemanden aus dem Team dieser Bedrohung auszusetzen, eine ganz andere. Ihr Blick wanderte von der Zinnvase zu Matthew. Die Vase war zu weit weg und er noch zu sehr auf sie fixiert.

Dann jedoch hörte sie das Knistern des Polizeifunks von unten.

Kaum merklich veränderte Cope die Position, neigte sich ein wenig näher zur Tür und weg von ihr. In dem Sekundenbruchteil, in dem Matthew sich bewegte, das Messer immer noch angriffsbereit in der Hand, stürzte Tara sich auf die Vase.

Tara konnte nicht hören, ob Megan die Treppe heraufkam, denn der Teppich schluckte alle Geräusche. Sie könnte bereits halb oben sein.

Mehr Zeit zum Nachdenken blieb nicht. Blitzschnell kalkulierte sie den Winkel und die Methode, die sie anwenden musste. Sie durfte Megan nicht in Matthews Sichtweiter lassen, ehe sie ihn entwaffnet hatte.

Falls sie sich verschätzte …

Als sie den Arm schwang, wusste sie, dass sie nicht riskieren durfte, leise zu bleiben. »Megan, lauf!«

Im selben Augenblick schmetterte Tara die schwere Vase mit aller Kraft auf Copes rechten Mittelhandknochen.

»Was zum …«, rief Megan. Sie musste nur noch wenige Schritte entfernt sein.

Die Vase traf, und Tara hörte Knochen brechen.

Matthew heulte auf vor Schmerz. Das Messer fiel ihm aus der Hand und schlitterte über den Holzboden. Wieder rammte Tara das Knie fest nach oben zu seinem Schritt.

Und diesmal traf sie viel besser.

KAPITEL VIERUNDVIERZIG

»Dein Verhalten war unverantwortlich.«

Blake sah Megan an. Er war erschöpft. Taras Unabhängigkeit und ihre Angewohnheit, ihre Pläne für sich zu behalten, hatten sie beinahe das Leben gekostet. Doch sie blieb bei ihren Gründen, warum sie es getan hatte, und sogar jetzt noch war er sich nicht ganz sicher, dass sie sich künftig anders verhalten würde. Wie sollte er ihr die möglichen Konsequenzen nur begreiflich machen? Was hätte geschehen können, lief wie ein Horrorfilm in Technicolor in seinem Kopf ab. Matthew Copes Waffe war nicht geladen gewesen. Bedeutete das, er hatte weniger verbissen darum gekämpft, sie zu behalten, weil er wusste, dass er damit niemanden töten könnte? Wie gut war Tara wirklich? Ziemlich beeindruckend, das war Blake klar, aber niemand war unbesiegbar. Wie viel von dem heutigen Erfolg war Glück? Und würde er sie ermutigen, das nächste Mal ein noch größeres Risiko einzugehen? Was, wenn ihr Glück sie im Stich ließ?

Megan hatte recht. Taras Weigerung, sich an das Protokoll zu halten, durfte nicht ignoriert werden.

»Welche Ironie, dass sie Matthew Cope die Hand gebro-

chen hat«, sagte Megan. »Als würde sie sich bei den Körper-
teilen steigern.«

Blake dachte an den Journalisten mit dem gebrochenen
Finger. »Ich glaube nicht, dass es ihr Ehrgeiz ist, Gewalt eska-
lieren zu lassen; ihr fehlte es an Optionen.« Doch Blake war
bewusst, dass Megans sarkastische Bemerkung ihrem Frust
wegen Taras Haltung generell entsprang, nicht ihrem Einsatz
von Selbstverteidigung – der berechtigt gewesen war. Nach
dem heutigen Drama hatte er kurz mit ihr gesprochen. Er
wusste, welche Angst sie gehabt haben musste, und dass sie
ihrer Meinung nach nur getan hatte, was sie tun musste, um
Megan zu schützen, indem sie sie warnte. Gleichzeitig war für
sie selbstverständlich, dass sie nach ihren eigenen Regeln
handelte. Blake seufzte. Allmählich verstand er, warum DCI
Fleming sie bisweilen wie eine Klasse aufmüpfiger Schüler
behandelte.

»Gehen wir wieder rein«, sagte er zu Megan. Sie hatten
eine kurze Pause im Verhör von Matthew Cope gemacht. Und
waren vom Thema abgewichen: die Fragetaktik.

Als das Band wieder lief, setzte Blake neu an. »Wann kam
Ihnen die Idee zu dem Mord-Suizid-Szenario?« Er fasste immer
noch nicht, dass der Mann eiskalt zwei Menschen umgebracht
hatte – einschließlich seines eigenen Bruders –, um Geld zu
verdienen. Und vermutlich auch, um sich etwas zu bestätigen.

»Als ich dieses lächerliche Gemälde gesehen habe, das er
von Freya Cross gemacht hatte. Natürlich hätte ich den Geis-
tesblitz schon früher haben können. Ich hatte ja auch sein Bild
von Imogen Field gesehen, aber erst bei dem zweiten ging es
mir auf. Und es war leichter, alles mit Freya zu arrangieren,
weil sie und mein Bruder sich noch sahen.« Er lächelte. »Das
Bild spielte mir direkt in die Hände. Es ließ Luke von Anfang
an schuldig aussehen.«

Und das war seltsam. Luke war derjenige gewesen, der eine
rasende Wut auf die Frau gehabt hatte, was Matthew – dem

kalten, berechnenden Widerling – erlaubte, seinen Zug zu machen.

»Er muss sehr wütend auf sie gewesen sein, um diese Szene zu malen«, sagte Blake.

Matthew zuckte mit den Schultern. »Das war er sicher. Sie hatten einen heftigen Streit, wie ich es verstanden habe, als Freya herausfand, dass er die Galeriekunden täuschte. Aber Luke befolgte auch den Rat einer bekloppten Therapeutin.« Er lachte, und Blake unterdrückte ein Erschaudern. Jemandem wie ihm war er noch nicht begegnet. Würde man nur Copes Körpersprache sehen, könnte man annehmen, dass er mit alten Freunden plauderte. »Sie hat ihm gesagt, er soll die schlimmsten Bilder malen, die ihm durch den Kopf gehen, um sie auszutreiben.« Ruhig blickte er Blake in die Augen. »Es ist nämlich so, dass Luke sein Leben lang Angst hatte, er hätte denselben *Makel* wie ich.«

Blake dachte an die Bücher in Lukes Zimmer, von denen Tara ihm erzählt hatte.

»Ich bin offenbar ein Psychopath«, fuhr Matthew gelassen fort. »Interessant. Ungewöhnlich. Und es lässt sich nicht ändern.«

Der Anwalt neben Cope sah kreuzunglücklich aus, hatte es aber eindeutig aufgegeben, seinen Mandanten darum zu bitten, sich an ihre Absprache zu halten.

Blake dachte wieder an das andere Bild, das sie gefunden hatten. »Was hat Luke zu dem Bild von Ihrem Vater bewegt? War er auf ihn auch wütend?«

Matthew Cope lachte. »Oh nein! Ich war es, der wütend auf unseren Vater war. Er und meine Mutter haben mir Luke immer vorgezogen. So kreativ, so apart. Sensibel. Ich wusste, was lief.« Blake hörte eher Verachtung aus seinen Worten als Wut. Es war, als würde er seine Eltern bedauern, weil in seinen Augen deren Urteilsvermögen versagt hatte. »An dem Tag, an dem mein Vater mir sagte, er und meine Mutter hätten festgelegt, dass Luke ihr Stadthaus in treuhänderischer Verwaltung bekommen sollte und ich diese schimmelnde Abscheulichkeit am Rand von Cambridge, war ziemlich klar, wen von uns sie am meisten schätzten. Und an jenem Tag starb mein Vater. Wie ich Ihnen bereits sagte, war Luke nicht im Haus, als er die Treppe hinunterfiel. Meine Mutter war auch nicht da ...«

Blake lief ein kalter Schauer über den Rücken, doch Matthew Cope lächelte nur.

»Mr Cope, haben Sie Ihren Vater umgebracht?« Trotz des Schocks gelang es Blake, ruhig zu sprechen. Megan neben ihm hatte die Augen vor Entsetzen weit aufgerissen.

Der Anwalt öffnete den Mund, war jedoch nicht schnell genug.

»Ich habe ihn gestoßen. Er fiel. Er starb.«

Wie viele Verbrechen blieben über so viele Jahre unentdeckt, weil niemand einen Verdacht hegte? Aber das stimmte nicht ganz, vermutete Blake. »Wusste Ihr Bruder, was Sie getan hatten?«

»Er hatte keinen Beweis, aber er zog seine eigenen Schlüsse. Deshalb hat er sich immer so vor seiner eigenen Wut gefürchtet. Und den Rat dieser Quacksalber-Psychologin befolgt, sich alles ›von der Seele zu malen.‹ Ich meine, im Ernst? Ich habe ihm oft gesagt, dass wir aus einem Guss sind, nur damit er ins Grübeln kommt.«

»Dann hatten Sie kein gutes Verhältnis?« Blake erinnerte sich an Taras Notizen von ihrer Unterhaltung mit Matthew Copes Chef. Er hatte Luke für den schwierigen Bruder gehalten und gesagt, Matthew hätte versucht, Brücken zu bauen, doch seine Bemühungen wären an Luke abgeprallt. Blake verstand, warum Luke Abstand wahren wollte.

»Es brachte nichts. Ich musste mein gesamtes Schauspieltalent aufbieten, als ich die Idee zu seinem und Freyas Tod hatte. Teils stützte sich mein Plan darauf, dass Luke mich mit zur Mühle nahm, damit wir zusammen trinken konnten. Ich habe ihm gesagt, dass sein Verdacht, ich hätte mit dem Tod unseres Vaters zu tun, unbegründet war, und ich so gekränkt gewesen sei, dass ich ihn deswegen in seiner Angst bestärkt habe. Und ich habe ihn gefragt, ob es nicht Zeit würde, das Kriegsbeil zu begraben. Wir hätten schon zu viel von unserem Leben damit verschwendet, uns gegenseitig an die Gurgel zu gehen.«

»Und er hat Ihnen geglaubt?«

Matthew nickte. »Letztlich ja, aber nicht schnell genug. Die ganze Zeit, die ich mich anstrengte, ihn zu überzeugen, haben die Typen, denen ich Geld schuldete, den Betrag erhöht. ›Zinsen‹ haben sie es genannt.«

»Und am Ende konnten Sie Luke überreden, Sie mit in die Fens zu nehmen. Dort haben Sie seinen Suizid vorgetäuscht. Nehmen Sie selbst Heroin?«

Matthew setzte sich gerader hin und blickte Blake von oben herab an. Blake fiel es schwer, sich zurückzuhalten, denn noch nie hatte jemand so sehr um Schläge gebettelt wie Cope jetzt. »Ganz so idiotisch bin ich nicht«, antwortete der Mann. »Aber ich weiß genau, wie man es injiziert. Viele jüngere Drogensüchtige fangen mit dem Rauchen an, weil es ihnen weniger Angst macht. Aber das Ziel des Dealers ist, dass sie es intravenös konsumieren. Die Wirkung setzt quasi sofort ein, und sie brauchen mehr. Und dann immer mehr. Da ist der Profit viel besser.« Wieder lächelte er; der herablassende Experte, der sein Wissen weitergab. »Zu meiner Verkäuferrolle gehörte, dass ich den freundlichen, erfahrenen Junkie mimte, der ihnen zeigen konnte, wie sie es machten, ohne sich zu verletzen, und als Mittelsmann für meine Lieferanten fungierte. Es war ein guter Nebenverdienst, bis alles schiefging.«

Blake sah kurz zu Megan. Er dachte an die unzähligen Leben, die Leute wie Cope in eine Abwärtsspirale lenkten.

»Warum haben Sie Ihr Können denn nicht auf ehrliche Weise genutzt?« Blake stellte fest, dass er praktisch brüllte und seine Worte durch den Raum hallten. Megan und der Anwalt zuckten zusammen. Matthew Cope saß nur da, als hätte Blake das Muster seiner Krawatte kritisiert.

»Habe ich versucht. Doch obwohl ich hochfunktional bin, bin ich ein Außenseiter. Einmal habe ich mir einen Ausrutscher bei der Arbeit geleistet. Ein bisschen Geld von einem Deal abgezweigt. Mein Chef ist ein alter Freund der Familie. Ich habe ihm geschworen, dass es ein Buchhaltungsfehler war, und er hat mir auf die Schulter geklopft und gesagt, er glaube mir. Aber danach wurde ich versetzt. Verstehen Sie? Alles läuft runder, wenn ich mein Einkommen auf andere Weise verdiene. Das Haus, das ich geerbt habe, verschlingt reichlich Geld, und keiner würde es jemals kaufen wollen. Die Gegend ist furchtbar.«

Blake holte tief Luft. Aus diesem Grund hatten sie die erste Pause gemacht. Weil er nicht glaubte, dass er weitermachen könnte, ohne dass etwas in ihm platzte. Der Mann schien unfähig, seine Taten zu begreifen. In seinem Kopf übertrumpften seine Bedürfnisse die aller anderen.

Er ballte die Fäuste unter dem Tisch.

»Also wusste Sie, wie Sie Ihrem Bruder die Überdosis injizierten und seine Fingerabdrücke an der Spritze akkurat platzierten.«

»Das stimmt.«

»Wie schön, dass Sie so ehrlich sind.« Blakes Worte troffen vor Sarkasmus.

Cope wirkte überrascht. »Ich bin kein Idiot. Ihre Leute durchsuchen schon mein Haus. Sie werden den Schlüssel zur Mühle und Freyas Tasche finden. Ich wollte sie loswerden, aber ich hatte zu tun. Und Sie haben schon das Prepaid-Handy, mit dem ich den Kontakt zu meinen Dealern hielt. Mit dem und Taras Beweisen haben Sie schon eine recht starke Anklage gegen mich. Wenn ich verschweige, was ich getan habe, wird es dieses Verhör nur in die Länge ziehen, und ich langweile mich schnell. Jetzt ist mir schon seit über einer Stunde langweilig.«

Wieder einmal musste Blake um seine Beherrschung kämpfen. Er glaubte Cope nicht, dass er die Situation öde fand, denn er liebte die Aufmerksamkeit. Das war ihm anzusehen. Er war stolz auf das, was er getan hatte.

Einen Moment später konnte er fortfahren. »Und dann haben Sie sein Handy mit zurück in die Stadt genommen – Sie sind mit dem Bus gefahren, vermute ich – und haben Freya Cross den nächsten Tag eine Textnachricht mit der Bitte um ein Treffen geschickt, in der Sie sich als Ihr Bruder ausgaben.«

»Stimmt. Und als ich ins Naturschutzgebiet kam, dachte ich, ich könnte die Täuschung länger durchhalten, mindestens ein oder zwei Minuten. Luke war ähnlich gebaut wie ich, aber mein Haar ist anders, deshalb trug ich eine Mütze.« Er schüttelte den Kopf. »Aber Freya hat mich fast sofort durchschaut. Ich schätze, Liebespaare lernen sich intimer kennen, als ich dachte. Aber ich war vorbereitet. Ich habe sie mit einem Stein niedergeschlagen, den ich mitgebracht hatte, und sie dann mit ihrem eigenen Schal umgebracht. Für alle Fälle hatte ich eine Krawatte dabei, aber mir schien es vernünftig, die Zahl der Fasern zu begrenzen, die Sie finden würden. Ich wollte die Szene möglichst genau nachstellen, die mein Bruder gemalt hatte, aber ich hatte einiges zu dem Thema gelesen. Meine bloßen Hände zu benutzen, schien zu unkontrollierbar.«

Blake dachte an den Mann, der abends in einem Sessel saß und sich sorgfältig überlegte, was das Leben für ihn am einfachsten machen würde ... und vor seinem geistigen Auge erschien Freya Cross' totes Gesicht.

»Und danach haben Sie uns in den Ohren gelegen, wir sollten versuchen, Ihren Bruder zu finden.«

»Das hat alles zu lange gedauert. Ich nahm an, dass Freya beinahe sofort gefunden würde und der Verdacht schnell auf Luke fiele, weil er verschwunden war. Aber das ist nicht geschehen. Und ehe die Medien nicht darüber berichteten, dass mein Bruder unter Mordverdacht stand, konnte ich mit seinen

Bildern nichts verdienen. Mir saßen meine Lieferanten im Nacken, und meine Schulden wuchsen. Ich musste die Dinge in Schwung bringen, also habe ich mich beschwert, dass niemand Lukes Verschwinden ernst nahm.«

Und nun fügte sich ein weiteres Puzzleteil ins Bild. »Der anonyme Tipp an die Presse, dass Luke unter Verdacht stand; und dann später, dass er tot aufgefunden wurde? Das waren Sie?«

Matthew zog eine Augenbraue hoch. »Natürlich. Ich brauchte das Geld. Aber es war auch eine gewisse Befriedigung, dass ich recht gehabt hatte. Ich habe immer das Knowhow gehabt, um die Bilder meines Bruders zu vermarkten. Hätte er sich auf eine Partnerschaft mit mir eingelassen, hätte ich das Einkommen vom Heroinverkauf nicht gebraucht, und er wäre noch am Leben. Er hat genauso wenig an mich geglaubt wie meine Eltern.« Nun grinste er breit. »Dumm von ihm.«

Copes Stolz war nicht auszuhalten.

»Sie sagen, dass Sie noch Freyas Tasche haben. Aber was ist mit dem Kassenbuch aus der Galerie passiert, das da drin war?«

»Ich habe es verbrannt. Das Letzte, was ich wollte, war, dass andere mögliche Mordmotive ans Licht kamen. Wenn die Leute anfingen, alternative Möglichkeiten in Betracht zu ziehen, könnte es meinen ganzen Plan ruinieren.«

»Dann haben Sie gewusst, was Luke in der Galerie getan hat?«

Matthew nickte. »Einmal bin ich hereingeplatzt, als er einen hübschen Matisse halbfertig hatte. Luke konnte dem Deal, den Jonny Trent ihm angeboten hatte, nicht widerstehen. Und er betonte, dass Trent nie auch nur einen einzigen Kunden belog. Die waren selbst schuld, wenn sie an Märchen glauben wollten. Luke schaffte es, sein Verhalten zu entschuldigen. Und ich denke, dass er es zu Recht tat – was ich ihm gesagt habe.«

»Wie ich höre, haben Sie Trent das letzte echte Gemälde von Luke kaufen lassen, das er in der Galerie hatte.«

Erstmals zuckte ein Anflug von Wut über Matthew Copes Züge. »Er hat verdammt gut gewusst, wie viel es mit dem Skandal um Luke wert würde. Sogar jetzt noch, wenn herauskommt, dass ich der Mörder bin und nicht er, wird es um einiges im Wert steigen.« Er neigte den Kopf zur Seite. »Trent hatte den Verdacht, dass ich für beide Tode verantwortlich sei, sobald die Polizei die Mord-Suizid-Theorie anzweifelte. Er hatte keine Beweise, aber es hätte komisch ausgesehen, hätte ich mich geweigert, ihm das Gemälde zu verkaufen. Genau so war es mit meiner Halbschwester, die mir in Gegenwart Ihrer Kollegin anbot, eine von Lukes Arbeiten zu kaufen. Vicky hat gedacht, sie tut mir einen Gefallen, mir einige Hundert für ein Bild zu geben, und ich konnte ihr nicht widersprechen. Oder riskieren, dass sie den aktuellen Wert seiner Arbeiten online recherchiert.«

Er lehnte sich zurück und verschränkte die Arme vor der Brust. »Es ist reines Glück, dass Sie mich überführt haben, und ich bin immer noch froh, meinen Plan durchgezogen zu haben. Wären meine Eltern noch am Leben, würden sie endlich erkennen, wozu ich wirklich fähig bin.«

KAPITEL FÜNFUNDVIERZIG

Neun Tage später stand Tara im Garten ihres Vaters Robin und ihrer Stiefmutter Melissa in der grünen Glebe Road, nahe der Perse-Vorschule, einer Privateinrichtung, die deren Kinder bis zum Alter von sieben Jahren besucht hatten.

Das Wetter war umgeschlagen, und jetzt herrschten laue Frühlingstemperaturen. So lau, dass man diesen Märztag leicht für einen im Mai halten könnte, was günstig für die Party war. Obwohl ihr Vater und ihre Stiefmutter notfalls reichlich Platz in ihrer Doppelhaushälfte aus den Dreißigern des letzten Jahrhunderts hätten. Dank Robins Fähigkeiten als Architekt war das Innere nach höchsten Maßstäben umgestaltet worden. *Schön für sie.*

Tara kam sich ungeschickt vor. Sie hielt einen zu kleinen Teller voller rutschiger Häppchen – gefüllte Windbeutel, Kirschtomaten, Falafel und dergleichen – sowie ein Glas mit Schampus. Und mit der verbundenen rechten Hand, an der die Schnitte von Matthew Cope immer noch schmerzten, war sie ein bisschen linkisch. Ein kleines Cipollata-Würstchen hatte sie bereits auf den Schuh von Robins und Melissas Vikar fallen lassen. Der Blick ihrer Stiefmutter hatte Bände gesprochen.

Dennoch war es Robin, nicht ihre Stiefmutter, der distanzierter auf ihre Ankunft reagiert hatte. Es war eine halbe Stunde vergangen, bevor er zuließ, dass sich ihre Wege wieder kreuzten, und da waren seine Züge angespannt gewesen. Andererseits eilte Melissa herum wie ein überdrehtes Aufziehspielzeug. Wahrscheinlich war sie hochgradig nervös wegen der Veranstaltung, und es könnte auf ihn abgefärbt haben.

Das Gute war, dass Tara Verstärkung hatte. Kemp hatte sie überredet herzukommen, und sei es, um Robin und Melissa zu ärgern. Zu Taras Überraschung war er auch hier, als Beas Begleitung. Er sollte ohnehin noch bleiben, und als Lydia es erfuhr, hatte sie die Sache in die Hand genommen und Robin gefragt, ob er mitkommen dürfe. Natürlich musste Taras Vater Ja sagen. Folglich hatte Tara Bea und Kemp, ihre Mutter und ihren Stiefvater Benedict (nicht, dass sie einen von ihnen als »Verstärkung« zählen würde) und ihren Halbbruder Harry.

Letzterer blickte in diesem Moment verlegen in ihre Richtung. Tara wusste bereits, warum. Einen Moment später kam ihre Mutter zu ihr, mit einer Sektflöte und einem Crostini in den Händen.

»Liebes«, sagte sie, »vielen Dank, dass du Harry nach der Party mit zu dir nimmst. Er muss sich bald für eine Uni entscheiden, und Benedict geht an die Decke, wenn er den Platz in Cambridge nicht annimmt.«

»Falls du denkst, ich werde ihn nach Kräften beeinflussen, irrst du dich«, entgegnete Tara. »Ich erledige deine schmutzige Arbeit nicht für dich.«

Lydia sah sie halb entgeistert an. »Du überraschst mich wirklich.«

»Und du hättest mir ein bisschen früher Bescheid sagen können. Was, wenn ich etwas vorgehabt hätte?«

Ihre Mutter lächelte gelassen. »Hattest du doch nicht, oder?«

Wie überaus ärgerlich. »Nein, zufällig nicht.«

»Na dann.«

»Ich kann immer noch nicht glauben, dass er überhaupt mitkommen will.« Sein Gesicht jedenfalls sagte etwas anderes.

Lydia wich Taras Blick aus.

»Was?«

»Wir haben gesagt, er darf Cambridge nicht absagen, ehe er nicht eine Weile bei dir gewesen ist und die Stadt kennengelernt hat.«

»Dann muss er nicht nur auf meinem Fußboden schlafen, sondern kommt auch noch unter Zwang? Super!«

»Keine Sorge, Schatz.« Sie kicherte. »Er hat einen Schlafsack, und mit achtzehn macht es einem nichts aus. Es ist die ideale Gelegenheit.«

Ideal für wen? Tara wusste genau, warum ihre Mutter sie nicht vorgewarnt hatte. Tara wäre sofort eine plausible Lüge eingefallen, mit der sie sich aus der Affäre wand.

Wenig später, als sie zu Bea ging, erblickte sie Harrys Gesicht. Er wurde rot, und sie hatte das Gefühl, er wusste, dass sie ihn ansah. Er war losgeschickt worden, um sich nett mit Robins Kindern zu unterhalten, die alle viel jünger als er waren.

»Ich hoffe, du isst sehr viel und redest mit allen Freunden deines Vaters«, sagte Kemp. »Nette Nummer übrigens, die mit dem Vikar und dem Würstchen.« Er nahm eine Hähnchenkeule von seinem Teller auf und biss um des Effekts willen sehr gierig hinein, wobei er sich grinsend umschaute. Bea gab ihm einen Klaps auf den Arm und verdrehte die Augen, musste aber auch schmunzeln, wie Tara feststellte.

Und sie standen ziemlich dicht zusammen.

»Apropos nette Nummer«, fuhr Kemp mit noch halb vollem Mund fort, »Chapeau zu dem, was du mit diesem Scheißhaufen Matthew Cope gemacht hast.«

Prompt erstarb Beas Lächeln. Sie balancierte ihr Weinglas für einen Moment auf ihrem Teller, um Tara in den Arm zu nehmen. Sie war ein bisschen blass. »Ich durchlebe das in Gedanken immer wieder, und ich war nicht mal dort. Hast du Albträume?«

Hin und wieder hatte Tara welche, aber darüber konnte sie nicht reden. Erst recht nicht hier.

»Entschuldige«, sagte Bea, die sofort begriff. »Du musst es mir nicht sagen. Auch wenn Reden manchmal guttun kann.«

Was Tara nie leichtfiel. Wieder dachte sie an Luke Cope, der sich seine schlimmsten Gedanken von der Seele malte. Sollte sie auch mal zum Pinsel greifen? Nein, irgendwie konnte sie sich das nicht vorstellen.

»Tara weiß, was sie tut«, sagte Kemp und schwenkte ein mit Parmaschinken umwickeltes Crostini. »Sie hat es ja schließlich gelernt.«

Tara schnitt eine Grimasse, doch sein Scherz war wohltuend. Und er hatte recht. Er hatte sie so eisern trainiert, als sie gestalkt wurde, dass sie schnell und instinktiv reagieren konnte.

Plötzlich veränderte sich Kemps Gesichtsausdruck. »Ich bin stolz auf dich.«

Tu mir das nicht an! Nicht in der Öffentlichkeit! Sie blinzelte angestrengt und trank von ihrem Sekt.

»Ich auch.« Bea blinzelte genauso hektisch wie sie.

Tara betrachtete beide. Sie wirkten wie ein Paar, zwei Teile eines Ganzen. Es war, als wären die Eltern, die sie eigentlich hätte haben müssen, vor ihren Augen zu einer Einheit verschmolzen. Und *sie* fanden, dass sie es gut gemacht hatte.

Was ein überaus seltsames Gefühl war. Kemp und sie hatten eine gemeinsame Vergangenheit. Aber sie hatten einander immer nur sehr gemocht. Einmal war es zu einer physischen Beziehung geworden, doch die hatte sich längst in etwas anderes verwandelt, das tief und dauerhaft war. Und vom Alter war er Bea näher als Tara. Keiner von ihnen hatte etwas gesagt, aber sie hatte das Gefühl, dass sich die Dinge weiterentwickelt hatten.

Und sie liebte alle beide. Ihr Wunsch, dass sie glücklich waren, überwog alles andere.

Tara stellte ihren Teller und ihr Glas auf den unebenen Rasen. Die Sektflöte kippte um. Aus irgendeinem Grund bekam Melissa es mit, obwohl sie weiter weg stand und im Gespräch mit einem Mann war, der einen Angeber-Schnauzbart trug.

Doch Tara wandte sich Kemp und Bea zu und umarmte beide gleichzeitig. »Danke. Ich weiß nicht, wo ich ohne euch wäre.«

Es entstand eine kleine Pause, in der selbst Kemps Augen ein wenig zu glänzen begannen. »Und dein Material zu meinem *Exchef* zahlt sich immer noch aus«, ergänzte Tara schnell und trat mit einem normaleren Lächeln einen Schritt zurück.

Kemp merkte auf. »*Exchef*? Ist es definitiv? Ich meine, ich hätte so oder so nie gedacht, dass sie Wilkins wieder auf seinen alten Posten lassen.«

Vorübergehend empfand Tara pures Glück. »Er hat gekündigt. Ich habe es gestern erst gehört.«

Kemp stieß einen leisen Pfiff aus. »Das sind großartige Neuigkeiten.«

In der Tat. Aber Wilkins war damit nicht aus ihrem Leben verschwunden. Als Nächstes müsste sie herausbekommen, was er und Giles Troy ausheckten. Und welche Auswirkungen es auf sie haben könnte ...

Lydia schien jetzt im vollen Partymodus. Tara beobachtete, wie sie sich von Gruppe zu Gruppe bewegte und Benedict ihr wie ein treuer kleiner Hund folgte. Das Lachen ihrer Mutter wehte über den Rasen, und die Menschen, mit denen sie sprach, schienen bezaubert – in manchen Fällen regelrecht hingerissen – von ihr. Tara bemerkte, dass Melissa häufig zu ihr sah, und auf ihrer Miene spiegelte sich eine Mischung aus Verärgerung und Furcht.

Nach ein paar Stunden wollte Tara dringend gehen. Die letzten zwei Wochen waren die Hölle gewesen.

Sie machte sich auf die Suche nach Harry. »Du musst noch nicht mit«, sagte sie. »Komm einfach nach, wenn du so weit bist.« *Oder gar nicht, was sehr schön wäre.*

Harry hatte mit Melissas Mutter geredet.

»Nein, ich bin jetzt bereit«, sagte er. Ihr entging weder sein inbrünstiger Tonfall noch sein Blick. Vielleicht hatten sie doch etwas gemein.

Die Taxifahrt zurück zur Riverside war wenig entspannt. Harry saß da, sagte nicht viel und umklammerte den Rucksack mit seinen Übernachtungssachen.

Nachdem Tara den Fahrer bezahlt hatte, überquerten sie den Park zu ihrem Cottage, und Harry sah sie an. Er war wieder rot geworden.

»Tut mir leid«, sagte er. »Ich weiß, dass Mum mich dir aufgezwungen hat.«

Tara blickte zu ihm. »Dich hat sie auch gezwungen zu kommen.«

Nun lächelte Harry schüchtern. »So ist sie eben, nicht?«

Tara nickte. »Immer schon gewesen und wird es immer sein. Also, worum geht es bei dieser Uni-Geschichte?«

Er zuckte mit den Schultern. »Ich habe Angst, dass ich nicht reinpasse – aber nicht nur hier, sondern überall. Und je mehr Dad darauf besteht, dass ich nach Cambridge gehe, desto mehr will ich genau das Gegenteil.« Der zweite Satz kam sehr schnell heraus.

»Verstehst du dich sonst gut mit Benedict?«

Noch ein Schulterzucken. »Ich glaube, er ist kein Typ, dem man je richtig nahe ist – und er ist ja viel weg. Aber er ist in Ordnung. Was ist mit dir und Robin?«

Tara erzählte ihm von der Abtreibungsgeschichte. »Mum findet, ich sollte ihm längst vergeben und es vergessen haben.«

»Oh Mann.«

Sie erreichten Taras Haustür. Harry war noch nie bei ihr gewesen. Sie hatten sich bisher nur auf Partys bei Lydia und Benedict draußen in den Fens gesehen.

»Das ist ja irre hier!«, sagte Harry, aber so, als wäre es gut, was Tara ebenfalls fand.

Er blickte nicht nur zu dem Haus, sondern auch der Umgebung: dem Fluss, dem Park, den Zweigen der langsam grünenden Weiden, die im Wind schwankten.

Tara lächelte vor sich hin, als sie aufschloss. Der Postbote war da gewesen. Sie hob einen Luftpolsterumschlag auf, der auf der Fußmatte gelandet war, und ging nach drinnen. Harry folgte ihr durch in die Küche, während sie den Umschlag aufriss. Mit der verbundenen Hand dauerte es länger als sonst.

Sie sprach unterdessen, und Harry war auf ihren Vorschlag hin zum Wasserkocher gegangen, um Kaffee zu machen.

Plötzlich verschwamm der Raum um Tara herum, und alle Geräusche verklangen, bis nur noch sie und ihre Sendung übrig waren. In der Ecke des Umschlags, die sie schon geöffnet hatte, sah sie eine einzelne tote Biene.

Schlagartig war sie zurückversetzt in Beas Wohnzimmer, an ihrem sechzehnten Geburtstag. Damals hatte sie das erste »Geschenk« von ihrem mysteriösen Stalker erhalten. Bienen zum Geburtstag bei Bea.

Tara hatte den Umschlag weggeschleudert, worauf sich die toten Insekten im ganzen Zimmer verteilten, in ihrem Becher mit heißem Kakao und auf allen anderen Geschenken landeten.

Taras Hände zitterten. Ihr war vage bewusst, dass Harry fragte, ob alles in Ordnung sei, zu ihr kam und ihr das offene Päckchen aus den tauben Fingern nahm, um hineinzusehen. Und genauso benommen nahm sie wahr, wie verwirrt und entsetzt er aussah, als er den Umschlag fallen ließ. So verwirrt und entsetzt wie sie damals, als sie zwei Jahre jünger gewesen war als er jetzt.

Eine Minute verging, bis sie den Umschlag wieder aufnahm und nach einer Nachricht suchte. Vorsichtig zog sie das einzelne Blatt hervor, vermied es jedoch, den Rest des Inhalts zu berühren.

Erinnerst du dich an mich? Ich bin noch hier. Wenn du mich wiederhaben willst, pfeif die Hunde zurück.

KAPITEL SECHSUNDVIERZIG

Eine Stunde später saß Tara in ihrem Wohnzimmer mit Blick zum Stourbridge Common. Blake war ihr gegenüber, und der Umschlag mit den Bienen und der Nachricht lag auf dem Couchtisch zwischen ihnen. Einige der Insekten waren noch auf dem Küchenfußboden verstreut.

»Danke, dass du an einem Samstag kommst.« Tara wusste nach wie vor nicht, wie er erfahren hatte, was passiert war. Sie hatte nur auf dem Revier angerufen. Und sie war derzeit nicht sein Lieblingsmensch, weil sie gegen die Regeln verstoßen und auf eigene Faust nach Hinweisen in Lukes Haus gesucht hatte. Die Tatsache, dass sie ihren Mörder gefunden und überwältigt hatte, schien eher nebensächlich ...

»Ich war im Büro, um noch einige Sachen in den Unterlagen zum Cope-Fall zu ergänzen«, sagte er hörbar angespannt.

Nicht zu Hause, um Babettes Hand zu halten ... War der Papierkram wirklich so dringend?

Einen Moment lang betrachtete Blake sie aufmerksam, als wolle er erraten, was sie dachte. Sie gab sich Mühe, eine neutrale Miene zu wahren. Trotz allem, was sie durchmachte und welche Schrecken es zurückbrachte, hatte sie das Gefühl, dass er in Gedanken immer noch bei ihrem Fehlverhalten in dem Fall war.

Schließlich seufzte er. »Wir fangen damit an, die Bezugsquellen für tote Bienen zu kontaktieren.

»Bezugsquellen? Aber wer ...«

»Wie ich gehört habe, gibt es einige im Internet. Die Bienen werden für alternative Heilmethoden benutzt. Ich hoffe, dein Perverser hat seine Spuren nicht allzu gründlich verwischt.«

Tara hingegen hatte das unschöne Gefühl, dass er es hatte. Als er sie damals quälte, war es niemandem gelungen, ihn aufzuspüren.

»Was ist mit der Nachricht?«, fragte Blake. »Weißt du, was mit dem Zurückpfeifen der Hunde gemeint ist? Du hast doch nicht privat nachgeforscht, oder?«

Dann und wann war Tara der Gedanke gekommen, aber es war schon so lange ruhig, dass ihr das Graben in der Vergangenheit selbstzerstörerisch erschienen war.

»Nein, habe ich nicht. Und ich habe auch nichts getan, das jemanden auf die Idee bringen könnte.«

Blake runzelte die Stirn.

»Der Poststempel ist von hier, genau wie vorher.«

»Ist mir aufgefallen.«

In diesem Moment kam Harry herein und stellte ihnen Kaffee hin.

»Danke«, sagten Blake und Tara gleichzeitig, bevor Harry wieder aus dem Zimmer eilte.

»Wir können uns hier von dir anleiten lassen«, erklärte Blake. »Wie du es angehen möchtest – wie wir ermitteln sollen.« Er hatte einen förmlichen Ton, beinahe distanziert. Es widersprach seiner physischen Nähe.

Sie nickte. Ihre Differenzen und der Stress der Vergangenheit, der sich wieder auftat, wo ihre Zukunft sein sollte, machten sie ungewöhnlich emotional. Wahrscheinlich half der Sekt vom Nachmittag auch nicht. Sie biss sich auf die Unterlippe, bis es wehtat. Die drohenden Tränen versiegten, aber die Emotion und der Frust dahinter blieben.

»Ich glaube, du bist noch zu sehr abgelenkt von dem, was ich getan habe, bevor ich Matthew Cope überwältigt habe, trotz *dem*.« Sie zeigte zu dem Umschlag mit den Bienen. Die Worte waren von selbst herausgeplatzt, schnell und voller Wut.

»Ja, da hast du verdammt recht, Tara.« Seine Reaktion war nicht minder plötzlich und hitzig.

»Ich habe mich ausgeschlossen gefühlt – und als würdest du mich aus persönlichen Gründen auf Distanz halten.«

»Und du glaubst, das rechtfertigt es, beleidigt loszustürmen? Du kapierst es immer noch nicht, oder?« Er wurde lauter und sein Ton schroff. »Loszugehen und Beweise zu überprüfen, ohne es uns zu sagen, mag wie eine Kleinigkeit wirken, aber es hatte massive Folgen. So konnten wir dir keine Verstärkung bieten, und es hat dich in echte und Megan in potenzielle Gefahr gebracht. Sie hat allen Grund, sauer zu sein. Du musst verstehen, warum es wichtig ist – ungeachtet deiner Gefühle für mich oder irgendein anderes Teammitglied.«

Alles wallte in ihr auf: Stress, Schmerz und Wut. Letztere jedoch lag zu neunzig Prozent daran, dass seine Kritik berechtigt war. Sie war bisher nur zu stolz gewesen, ihren Fehler zuzugeben. Es wäre erheblich einfacher gewesen, hätte sie sich von Anfang an erwachsener benommen. Sie blickte ihn an. »Ich kapiere es. Ehrlich. Es tut mir leid.«

Es trat eine längere Pause ein.

»Das ist gut«, sagte Blake danach. »Damit wird weniger wahrscheinlich, dass du auf Agnetas Tisch landest – sie hat auch so schon genug zu tun.«

Tara verdrehte die Augen.

Er stellte seinen Kaffee neben den Bienen ab. Sie sah, wie er seine Hand auf sie zu bewegte, und eine Sekunde lang dachte sie, er würde ihre ergreifen. Ganz gleich, was sie an dem

Tag in der Mühle gesagt hatte, wollte sie es auch. Es war ein Reflex. Doch am Ende hielt er sich zurück.

»Megan hat neulich gefragt, warum ich dem Team nicht erzählt habe, dass Babette und ich das zweite Kind erwarten.«

Tara konnte sich nicht vorstellen, dass Megan so etwas fragen würde.

»Die Wahrheit ist, dass ich selbst nichts wusste, bis Babette schon über den dritten Monat war.« Nun sah er Tara wieder an. »Wir hatten es nicht auf ein Baby angelegt – ganz und gar nicht. Sie hat es mir an dem Abend erzählt, nachdem du das Feuer überlebt hattest. Kitty wusste es da schon.«

Tara war vollkommen still. Was für eine Beziehung hatten Blake und seine Frau? Warum in aller Welt erzählte sie es seiner Tochter vor ihm? Um es ihm schwerer zu machen, sie zu verlassen? An seiner Familie gab es verflucht vieles, was Tara nicht verstand. Sachen, die er nicht erzählen konnte. Die meiste Zeit wusste sie nicht, was er durchmachte. Und dann war da der Grund, weshalb er es ansprach, damit sie die Wahrheit kannte ...

Eine Weile lang schwiegen sie beide. Die Fragen, die Tara durch den Kopf gingen, schienen in der Luft zu hängen. Sie hatte den Eindruck, dass er ihr mehr sagen wollte.

Schließlich seufzte er. »Über das hier reden wir am Montag«, er zeigte zu dem Umschlag. «Aber ruf mich jederzeit an, wenn du dir Sorgen machst, okay?« Er blickte ihr in die Augen. »Es wird nicht wie letztes Mal, Tara. Das lasse ich nicht zu. Wir alle schützen dich.«

Sie nickte. Diese Teamsache funktionierte nur auf Gegenseitigkeit. Sie hätte die anderen mit mehr Respekt behandeln müssen. Wieder war sie den Tränen nahe, als Blake aufstand, um zu gehen.

Nachdem sie ihn zur Tür gebracht hatte, ging sie zu Harry in die Küche.

»Du kannst Mum erzählen, dass man in Cambridge tote

Bienen geliefert bekommt und du dich deshalb gegen ein Studium hier entschieden hast«, sagte sie.

Harry lachte, obwohl er besorgt aussah. »Ich kann nicht fassen, dass du all das durchgemacht hast, als du ungefähr in meinem Alter gewesen bist, ich hatte keine Ahnung.«

»Ist eher kein Gesprächsstoff fürs Familiendinner.«

»Nein, wohl nicht.« Harry ging an Fenster, von dem aus sie Blake durch den Park in Richtung seines Zuhauses in Fen Ditton radeln sah. »Ist er dein Chef?«

Tara nickte. »Bis auf Weiteres.«

»Habt ihr euch gestritten?« Harry wirkte neugierig.

»Er hat mich zurechtgewiesen.«

»Was für ein Depp.«

Tara lächelte verhalten. »Danke, aber ich hatte es verdient.«

Für einen Augenblick grinste ihr Halbbruder. »Ich hasse so etwas. Also ist er kein Depp?«

Widersprüchliche Gefühle kämpften in ihr – Traurigkeit gemischt mit Wärme. Blake hatte gewollt, dass sie seine Lage verstand – zumindest hinreichend, um zu wissen, dass er sie nicht an der Nase herumgeführt hatte.

»Nein«, antwortete sie. »Definitiv kein Depp.«

MEHR VON BOOKOUTURE DEUTSCHLAND

Für mehr Infos rund um Bookouture Deutschland und unsere
Bücher melde dich für unseren Newsletter an:

deutschland.bookouture.com/subscribe/

Oder folge uns auf Social Media:

 facebook.com/bookouturedeutschland

twitter.com/bookouturede

instagram.com/bookouturedeutschland

EIN BRIEF VON CLARE

Vielen Dank, dass ihr *Die Leiche im Schatten* gelesen habt. Ich hoffe sehr, euch hat das Lesen so viel Spaß gemacht wie mir das Schreiben! Falls ihr auf dem Laufenden bleiben wollt, was meine Neuerscheinungen angeht, könnt ihr euch bei dem folgenden Link registrieren. Eure E-Mail-Adresse wird nicht weitergegeben, und ihr könnt euch jederzeit abmelden.

deutschland.bookouture.com/subscribe/

Dieses Buch entsprang ganz meiner Idee für das Motiv. Ich will nicht zu viel verraten, falls jemand diesen Brief liest, bevor er oder sie zu Ende gelesen hat, doch inspiriert wurde sie von einer Nachrichtenmeldung. Komisch war, dass, als ich den Roman überarbeitete, eine weitere, sehr relevante Meldung in die Schlagzeilen kam. Vielleicht erratet ihr, welche ich meine? In diesem Fall war Cambridge als Schauplatz ein Vorteil, weil die Stadt relativ klein ist. Es fühlt sich beinahe an, als hätte jeder mit jedem zu tun, und das war sehr praktisch für meine Geschichte.

Falls ihr die Zeit findet, würde ich mich sehr freuen, wenn ihr eine Rezension schreibt. Feedback ist ausgesprochen wertvoll, und es hilft neuen LeserInnen, meine Bücher für sich zu entdecken.

Und solltet ihr mich persönlich kontaktieren wollen, erreicht ihr mich über meine Website, bei Facebook, Twitter oder Instagram. Es ist immer klasse, von Leser:innen zu hören.

Nochmals danke, dass ihr Zeit mit der Lektüre von *Die Leiche im Schatten* verbracht habt. Ich freue mich darauf, schon sehr bald meine nächste Geschichte mit euch zu teilen.

Herzliche Grüße,

Clare x

www.clarechase.com

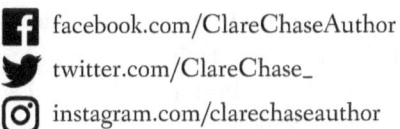

facebook.com/ClareChaseAuthor

twitter.com/ClareChase_

instagram.com/clarechaseauthor

DANKSAGUNG

Meine Liebe und mein Dank gebühren Charlie, George und Ros – weil ich nie eine Gelegenheit versäumen würde, es zu sagen, für eure großzügige Unterstützung, euer Feedback und eure Gelassenheit im Angesicht irrer Panik. Und von Herzen danke ich meinen Eltern, Phil und Jenny, David und Pat, Warty, Andrea, der Westfield-Gang, Margaret, Shelly, Mark, Helen, Lorna und einer ganzen Truppe von Angehörigen und Freund:innen.

Dank auch an die fabelhaften Bookouture-Autor:innen und Schriftstellerkolleg:innen, online wie im realen Leben, für ihren Beistand und ihre Ideen. Beides ist ungemein hilfreich. Ich möchte mich herzlich bei den Buchblogger:innen und Rezensent:innen bedanken, die sich die Zeit genommen haben, ihre Gedanken zu meiner Arbeit weiterzugeben.

Und mein herzlicher Dank geht an meine wundervolle Lektorin Kathryn Taussig für all ihr inspirierendes Feedback, wie auch an Maisie Lawrence, Peta Nightingale, Alexandra Holmes, Fraser, Liz und alle, die mit dem Lektorat, der Herstellung und dem Marketing bei Bookouture zu tun haben. Ein riesiger Dank an Noelle Holten, die so viel Energie und Begeisterung in die Werbung für meine Arbeit investiert, zusammen mit der fantastischen Kim Nash. Ich bin enorm glücklich, von solch einem wunderbaren Team verlegt und gefördert zu werden.

Und schließlich danke ich euch, meinen Leser:innen, dass ihr dieses Buch gekauft oder ausgeliehen habt!